陈三立陈寅恪研究

关爱和 著

中国大百科全书出版社

图书在版编目（CIP）数据

陈三立陈寅恪研究 / 关爱和著 . –– 北京：中国大
百科全书出版社，2024.3

（中国近现代文学论著五种）

ISBN 978-7-5202-1416-2

Ⅰ.①陈… Ⅱ.①关… Ⅲ.①陈三立（1852-1937）
—文学研究②陈寅恪（1890-1969）—文学研究 Ⅳ.
① I206.6

中国国家版本馆 CIP 数据核字（2023）第 165453 号

出 版 人	刘祚臣
丛书策划	胡春玲
丛书责编	冯　然
本书责编	冯　然
特约编辑	于淑敏
责任印制	邹景峰
封面设计	黄　琛
版式设计	博越创想
出版发行	中国大百科全书出版社
地　　址	北京市西城区阜成门北大街 17 号
邮　　编	100037
网　　址	http://www.ecph.com.cn
电　　话	010-88390639
印　　刷	中煤（北京）印务有限公司
开　　本	710 毫米 ×1000 毫米　1/16
字　　数	313 千字
印　　张	22.75
版　　次	2024 年 3 月第 1 版
印　　次	2024 年 3 月第 1 次印刷
定　　价	88.00 元

目 录

第一章

陈三立诗文创作

陈三立（1853—1937），字伯严，号散原，是晚清民国时期的重要诗人。其随父湖南巡抚陈宝箴参与维新变法的经历，成为他一生最重要的思想与情感资源。戊戌政变后陈氏父子遭革职，陈三立离开政坛，转作诗人。时代风云与人生遭际的悲凉慷慨之气，充溢于诗文的字里行间。辛亥革命后共和时代肇始，陈三立游走于新邦与故国，成为新旧过渡时代的歌者。陈三立的家国兴亡情感，贫病兼袭却诗酒不辍的况味人生，向新而怀旧的文化意绪，忧国且怜己的感伤情怀，构成末代士人斑斓多彩的情感世界。陈三立晚年有"犹吐光芒配残月"的诗句：破碎的社会秩序与纷纭的古典诗学，已是一弯残月；诗人努力使自己的笔端犹吐光芒，犹见情怀。

陈三立诗存世约2000余题，文约500余篇。以今人李开军整理、上海古籍社2014年出版的《散原精舍诗文集》，收录最为精细完整。陈三立1900年以前的诗文作品，今人潘益民、李开军据南京陈方恪遗稿手抄本，整理为《散原精舍诗文集补编》，由江西人民出版社2007年出版。这是陈三立早年的自弃之作，大部分作品因版权原因，未收入上海古籍社《散原精舍诗文集》中，殊为遗憾。陈三立早年自弃诗文中有"太平人""袖手人"的称谓，可称为"袖手人"时期。陈三立1901—1908年的诗作，收在《散原精舍诗》中，由郑孝胥代选且作序。此时期诗人经历戊戌政变后家与国的双重痛苦，诗中不时有"插足江湖心倔强"①、"独余慷慨悲歌气"②的描述，可称为"悲歌人"时期。诗人1909—1922年间的诗作，收入《散原精舍诗续集》中，仍由郑孝胥代选作序。辛亥革命推翻帝制，五四新文化推动伦理革命、文学革命，对陈三立均有重大冲击。其诗中多有"苦吟已成骑虎背"③、"我辈今为亡国人"④的表述，可称为"亡国人"时期。陈三立1922年以后的诗作，收入《散原精舍诗别集》中。诗人暮年，漂泊无寄，贫病并袭，集中多有"年年倔强人间世"⑤、"兵戈四海无归处"⑥的感慨，故名之为"无归人"时期。陈三立的古文，由作者本人取去定稿，共十七卷，名为《散原精舍文集》，生前亲手编定，1949年方才刊行问世。

本文试图根据陈三立"袖手人""悲歌人""亡国人""无归人"的生命与历史线索，论述陈三立的诗文创作及其所表达的思想情感及其心路历程。

---

① 陈三立：《次韵答王义门内翰枉增一首》，《散原精舍诗文集》，李开军校点，上海：上海古籍出版社2014年版，第9页。
② 陈三立：《题彭菽斋关中诗册》，《散原精舍诗文集》，李开军校点，上海：上海古籍出版社2014年版，第46页。
③ 陈三立：《三叠前韵报樊山午彝》，《散原精舍诗文集》，李开军校点，上海：上海古籍出版社2014年版，第287页。
④ 陈三立：《八月廿八日为渔洋山人生辰补松主社集樊园分韵得鲁字》，《散原精舍诗文集》，李开军校点，上海：上海古籍出版社2014年版，第381页。
⑤ 陈三立：《和酬倦知同年七十有七自寿诗》，《散原精舍诗文集》，李开军校点，上海：上海古籍出版社2014年版，第709页。
⑥ 陈三立：《题黄龙寺倚树摄影图》，《散原精舍诗文集》，李开军校点，上海：上海古籍出版社2014年版，第705页。

第一节　袖手人：九州传说是狂名

陈氏由福建上杭迁至江西义宁，至陈宝箴已是第四代。陈宝箴早年入湘军，参席宝田幕，1875年为道员，署理湖南四县。1880年实授河南道，治所河南武陟。1882年之后，历任浙江按察使、湖北按察使、直隶布政使等职。中日甲午战争爆发，被任命为东征湘军的粮台。1895年秋天，为湖南巡抚。陈三立1853年生于义宁，1872年由义宁迁居长沙，渐次结识易顺鼎、郭嵩焘、王闿运、曾广钧、瞿鸿禨、俞明震、文廷式等师友朋辈。1889年成进士后，以主事官吏部。随即请假回籍，侍亲武昌。不久出任张之洞在武昌所办两湖书院文学门教习，与梁鼎芬、汪康年、夏曾佑、谭献、郑孝胥、陈衍、黄遵宪、张謇、沈曾植等人得识往来。此时，陈宝箴、陈三立父子双双面对的是春风得意马蹄疾的前程。

1890年湖广总督张之洞提议建立两湖书院，书院由两湖茶商捐资而成。1891年招生，设经、史、文、理四门，专取两湖士子入学。梁鼎芬曾任院长，继任者有蒯光典等。唐才常、黄兴等即是两湖书院的学生。两湖书院及张之洞幕府，一时成为两湖及东南士人的聚集之所。陈三立在张之洞督府所在地与父亲的为官地武昌，度过了几年读书养望、诗酒文会、结交天下士人的生活。陈三立1932年所写的《顾印伯诗集序》回忆道："光绪中，张文襄公为湖广总督，幕下僚史宾客，多才雅方闻之彦。尤以能诗名者，有梁节庵、易实甫、陈石遗、程子大，成都顾君印伯亦其一人也。诸子意兴飚发，篇什流布，倾动一世。"①陈三立自编的《散原精舍诗》起编于1901年。陈三立1900年前诗，主要见于潘益民、李开军合编的《散原精舍诗文集补编》及李开军辑《散原精舍集外诗》。其中，《补编》部分原为手抄本，收诗265题，起于1880年，止于1896年，是陈三立28岁至44岁期间的诗作。

收入《补编》中的《南皮尚书于展重阳日谶集菱湖露台作》《南皮尚书招饮两湖书院同汪进士杨中书易兵备作》《和答南皮尚书凌霄阁置酒用原韵一首》《三月三日褉集曾文公祠为诗钟之戏南皮督府因惠酒食赋谢》诸诗，均记载武昌诗酒之事。张之洞或设宴招饮，或带头赋诗众人唱和，或馈赠酒食众人自乐，一派诗酒流连、会聚同欢的景象。陈三立《三月三日褉集曾文正祠为诗钟之戏南皮督府因惠酒食赋谢》诗其二云："明公宜泛爱，吾党已能狂。题句依兰坐，分餐到桂堂。风云驱梦寐，醉饱涸沧桑。欲逐晨莺散，楼台未可忘。"②风云之气，沧桑之感，在醉饱之余，变得混沌模糊。谭献《复堂日记》记1893年六月朔日南皮之招，以为"自午正至酉初，谈宴始终。虽文酒清集，究非多事封疆之所宜也"③。对张之洞幕府风气的批评可谓切中积弊。

陈三立于长沙武昌时期以书生意气抒写与唱和之作居多。1889年，陈三立由义宁回长沙途中，雨夜听茶伎鹭儿歌唱，触动心事，作《鹭儿曲》。序中云："余学道无成，流转中外，与此女盛年华质，沦厕委巷，顾影同波，宁有异乎？"诗云："平生落拓谁同调，京洛归来逢一笑。九州人物散如烟，雨夜灯前汝英妙。"④江湖飘摇，以茶伎自比，由诗可见"盛年华质"的诗人

---

① 陈三立：《散原精舍诗文集》，李开军校点，上海：上海古籍出版社2014年版，第1089页。

② 陈三立：《散原精舍诗文集补编》，潘益民、李开军整理，南昌：江西人民出版社2007年版，第89页。

③ 李开军：《陈三立年谱长编》，北京：中华书局2014年版，第278页。

④ 陈三立：《散原精舍诗文集补编》，潘益民、李开军整理，南昌：江西人民出版社2007年版，第54页。

心底波澜。1890年，已成进士的陈三立于除夕与元日分别有诗：

> 湘上看明烛，迷离二十年。生涯杯酒尽，意气故人怜。学道输华发，哀时向绮筵。跻堂千万寿，春动彩衣妍。
>
> 珠雨千门晓，银花万象春。难为今日醉，空作太平人。禁闼违珂佩，神州杳凤麟。江湖吾计决，物外有垂纶。①

辞旧迎新之际，躬身反省，有"迷离二十年""空作太平人"之悔；环顾天上人间，发"禁闼违珂佩，神州杳凤麟"感慨；酒酣耳热之余，作"意气故人怜""江湖吾计决"之想。39岁年华的诗人，心事浩茫。陈三立与王闿运弟子易顺鼎结交最早，1892年时两人同在两湖书院。陈三立有"四海君为总角交，江湖相看各呦呦"②诗句，叙写友情，又有"嗟君须坚学道心，莫教饥饿求官去"③的诗彼此励志。

郭嵩焘之于陈三立，其辈分与教益在父兄之间。郭嵩焘长陈三立35岁，1876年出使英国，成为中国历史上第一个驻外使节。以后在他的建议下，中国开始考虑在新加坡、旧金山、横滨设立领事馆。1879年因刘锡鸿诋毁而黯然回国，称病在湖南养老不出。但仍上疏朝廷，致信李鸿章，关心国事，建议外交事宜。郭嵩焘回湘后与陈宝箴过往甚多，1880年郭嵩焘得阅陈三立所写古文，赞以"根柢深厚"，1882年陈三立拜谒郭嵩焘，遂成"忘年交"。郭嵩焘的"忘年交"朋友中，后享大名者，一是英国时忘年交严复，

---

① 陈三立：《散原精舍诗文集补编》，潘益民、李开军整理，南昌：江西人民出版社2007年版，第56页。

② 陈三立：《人日得易仲实镇江舟中寄诗感和二首》其二，《散原精舍诗文集补编》，潘益民、李开军整理，南昌：江西人民出版社2007年版，第62页。

③ 陈三立：《易仲实属儿子衡恪作匡山草堂图为题长句》，《散原精舍诗文集补编》，潘益民、李开军整理，南昌：江西人民出版社2007年版，第63页。

二是湖南时忘年交陈三立。陈三立得识郭嵩焘后，游处甚笃。《郭嵩焘日记》不时有交往与诗酒之会的记载。陈三立1886年《九月十九日郭侍郎招集碧湖展重阳作》诗云："侍郎峻节摩霄汉，瀛海归来脱羁絷。领袖名贤托胜游，城郭人民等闲看。"① 此次长沙碧湖诗会是陈三立、文廷式、曾广钧等约二十人参加的第二次聚会。没有被邀请者用东晋偏安江南、过江名士多如鲫的典故讥笑之。聚会者则干脆把所赋诗结集为《鲫鱼第二集》，此后又有王闿运、郭嵩焘、八指头陀等参与聚会，所赋诗集为《鲫鱼第三集》。由上可知，维新变法前，陈三立诗酒文会有长沙与武昌两个文人圈，两个圈子对陈三立的眼界与诗风的形成都有重要影响。

梁启超1901年以后所作的《饮冰室诗话》录陈三立诗"凭栏一片风云气，来作神州袖手人"的残句，流传甚广。学界大都把它误为戊戌政变后的作品。潘、李整理的《补编》认定此诗是陈三立1893年前后的诗作，诗题为《高观亭春望》其一，全诗为："脚底花明江汉春，楼船去尽水鳞鳞。凭栏一片风云气，来作神州袖手人。"② "袖手人"的残句广泛流传的原因，一是道出陈三立在随父参与湖南新政前，尚处在文酒酬酢，多属宦游的时期；二是因为"袖手人"的诗句一语成谶，预示了陈三立1898年以后被政坛边缘化的命运。

陈三立在长沙武昌期间的古文，收在《散原精舍文集》的前四卷与《散原精舍集外文》中。其中最值得注意的是论志向气节与论文诗旨趣之作。1877年以后，二十几岁的陈三立与易顺鼎数封书信，多有共同的修身培志的约定："愿自兹以往，力求捐除旧习，开扩新知，多读有用之书，以培植根柢，务积义理以遣情缘，而平时一切靡声曼词，概从刊落，庶几气既充而

---

① 陈三立：《散原精舍诗文集补编》，潘益民、李开军整理，南昌：江西人民出版社2007年版，第39页。

② 陈三立：《散原精舍诗文集补编》，潘益民、李开军整理，南昌：江西人民出版社2007年版，第82页。

志量亦即日高明耳。"①陈与易，皆出于官宦之家。陈氏认为，官宦子弟更需要眼光远大，磨砺心志，以有用于世："处瘴疠万山之中，尚不能动心忍性，增长知识，屏除结习，设他日出山而湖南而上海而京师，而藐藐之躬何以应四海无穷之敌？大抵吾辈，内无严惮之师友，则志益偷而气益馁；外多附和之宾朋，则欲日纵而习日深。"②陈三立随父在武陟治所，深感河工水利之类的事，懒漫空疏，不适时用。又在与郭嵩焘交往中，深有体会于郭公广东治夷事的经验之谈："夷人之入中国，为患已深，岂虚骄之议论，枉张之意气所能攘而斥之者？"③从父辈治政经历中，渐悟见理论事，应求平实，务切实际。以治政治事之道理，旁通于诗文之作，陈三立主张为诗文之道，应由"务惊流俗"走向"冲虚宁静"。其1881年所写《七竹居杂记》云：

> 人之恢张其议论以求相胜，大率务惊流俗，以自壮其志意而已。所难恃者，志意空壮，流俗难惊，徒贻明达之士窃笑于其后，或悯其无知，或惜其自弃，否则不得已聊许其有进取之气。是求以胜人者，转以自辱，亦何如冲虚宁静，少图梦魂之安之为？④

避作大言议论，枉张意气，倾心冲虚宁静，心安理得，成为青年陈三立追求的诗文取向。十年后陈三立有《欧阳中鹄自书所著五言古诗题词》云：

---

① 陈三立：《与易顺鼎书》，《散原精舍诗文集》，李开军校点，上海：上海古籍出版社2014年版，第1249页。

② 陈三立：《与易顺鼎书》，《散原精舍诗文集》，李开军校点，上海：上海古籍出版社2014年版，第1258页。

③ 陈三立：《郭侍郎荔湾话别图跋》，《散原精舍诗文集》，李开军校点，上海：上海古籍出版社2014年版，第1089页。

④ 陈三立：《散原精舍诗文集》，李开军校点，上海：上海古籍出版社2014年版，第1262页。

夫诗之为教，极于性命，察于人伦。非明天地之际，通古今之变，未易言也。自世以涂傅为才，剿拟为格，而风雅道衰矣。作者所诣，吾未卜果与哲先同轨，要能内不失其志，外不撉于俗，为学道君子明清尔雅之言，彰彰明矣。世变日滋，雕虫相贵，漓本妒真，忧在儒学。循讽兹帙，慨然长想。然则作者之诗，盖亦有不能自已者邪？①

从评价欧阳中鹄诗作内不失其志，外不撉于俗，以学道君子明清尔雅之言应对世变，也可旁见陈三立的诗学主张。陈三立早年的诗学主张与经验，对他个人诗风的形成有重要影响。

1895 年秋，陈宝箴就任湖南巡抚，陈三立携家至长沙，开始了生命中最重要的一段历史过程。陈三立在 1896—1898 年间，主要协助陈宝箴做了以下几件事情：一是协办矿产与铁路事宜，坚持在兴办矿产与铁路过程中，充分保护湖南利益。二是支持汪康年、梁启超在上海兴办《时务报》，并在《时务报》发行后，在湖南各州县订阅。三是协办《湘学报》、湖南时务学堂事宜。四是经黄遵宪举荐，协助请梁启超来湘任时务学堂总教习。谭嗣同也受邀返湘佐行新政，并任时务学堂分教。五是创立南学会。总会设长沙，在数州设立分会。1898 年，陈三立曾得人保举，因丁母忧不合保举之例而罢。此年 7 月，王先谦、叶德辉联名具呈，吁请整顿时务学堂，斥退韩文举等康学之教习，陈氏父子不得不弥缝于新旧两派之间。稍后，陈宝箴上折请旨饬令康有为将其所著《孔子改制考》一书样板自行销毁，8 月 5 日，陈宝箴密保陈宝琛、杨锐、刘光第等十七人。9 月 21 日，戊戌政变发生，六君子被杀。10 月 6 日，陈宝箴以"滥保匪人"被革职，永不叙用。陈三立以"招

① 陈三立：《散原精舍诗文集》，李开军校点，上海：上海古籍出版社 2014 年版，第 1280 页。

引奸邪"罪名被一并革职。11月3日,陈宝箴、陈三立携家人及陈三立母亲灵柩,登舟离开长沙,约一个月后到达南昌。1900年4月,葬母于南昌西山。陈宝箴于墓旁筑室而居,曰"崝庐"。5月,陈三立全家迁至金陵。7月,陈宝箴卒于西山。年七十岁。

轰烈一时的湖南新政以陈氏父子被革职告结束,有史家认为:"湖南是戊戌政变后唯一受到惩处与清算的省份。"① 陈家集聚二十余年声名与显赫,以父子扶柩回乡、陈宝箴微疾而亡的悲剧收场。中国的历史在戊戌之年出现一个巨大的旋涡,而义宁陈家几乎被这一巨大旋涡吞没。

第二节　悲歌人:国忧家难正迷茫

陈家颠覆性的灾难,给陈三立带来沉重的打击。葬母之后,大病几死。陈宝箴《致俞明震》记述:"立儿自经此家国巨变,痛疾万状,虽病不肯服药。日前进药,竟将药碗咬碎,誓不贪生复活。"② 不料随后陈宝箴又突然去世,家国之忧,使49岁已不再年轻的陈三立经历了一场"国忧家难正迷茫"③的情感痛苦。南昌西山,《水经注》作散原山,陈三立葬父之后,遂以"散原"为号,以识隐痛。陈三立《由崝庐寄陈芰潭》直称戊戌政变后父子被免职为"党锢":"前年朝政按党锢,父子幸得还耕钓。分应亲故不相收,

---

① 茅海建:《戊戌变法的另面》,北京:生活·读书·新知三联书店2018年版,第374页。

② 陈宝箴:《陈宝箴集》,北京:中华书局2005年版,第1680页。

③ 陈三立:《由崝庐寄陈芰潭》,《散原精舍诗文集》,李开军校点,上海:上海古籍出版社2014年版,第18页。

万口訾謷满嘲诮。"①在万口嘲诮中,"九州传说是狂名"的义宁公子陈三立不复存在,而"独余慷慨悲歌气"②的诗人陈三立倔强而行。

昨日种种,譬如昨日死;今日种种,譬如今日生。诗人陈三立的断舍离行为之一,就是尽弃此前之诗。陈三立 1909 年自编《散原精舍诗》,收入 1901—1908 年间 600 余首诗作,记录了"写忧醒醒拈吟笔,偶尔留传江湖间"③的诗人生涯。郑孝胥作《散原精舍诗序》云:

> 大抵伯严之作,至辛丑以后,尤有不可一世之概。源虽出于鲁直,而莽苍排奡之意态,卓然大家,未可列之江西社里也。往有巨公与余谈诗,务以清切为主,于当世诗流,每有张茂先我所不解之喻。其说甚正。然余窃疑诗之为道,殆有未能以清切限之者。世事万变,纷扰于外,心绪百态,腾沸于内,宫商不调而不能已于声,吐属不巧而不能已于辞。若是者,吾固知其有乖于清也。思之来也无端,则断如复断,乱如复乱者,恶能使之尽合?兴之发也匪定,则倏忽无见,惝恍无闻者,恶能责以有说?若是者,吾固知其不期于切也。并世而有此作,吾安得谓之非真诗也哉?噫嘻!微伯严,孰足以语此?④

郑孝胥祖籍福建,生于苏州,小陈三立 5 岁。1882 年福建乡试第一,

---

① 陈三立:《散原精舍诗文集》,李开军校点,上海:上海古籍出版社 2014 年版,第 17 页。

② 陈三立:《散原精舍诗文集》,李开军校点,上海:上海古籍出版社 2014 年版,第 46 页。

③ 陈三立:《散原精舍诗文集》,李开军校点,上海:上海古籍出版社 2014 年版,第 42 页。

④ 陈三立:《散原精舍诗文集》,李开军校点,上海:上海古籍出版社 2014 年版,第 1530 页。

与陈衍、林纾同榜。1885 年客李鸿章幕府。1894 年在南京、1898 年在武昌两次居张之洞幕府。授安徽按察使、广东按察使，均不就。在上海筑海藏楼，以诗名世，诗名与陈三立在伯仲之间。陈衍 1908 年在北京出诗人榜，无第一，郑孝胥第二，陈三立第三。《郑孝胥日记》对此排名有记。陈三立《致廖树蘅》自述诗集成书过程云："下走自侨居白下，得诗约千余首，好事如郑苏戡者，挺任选政。而吾乡李、夏之徒，复抽资付排印。"[①]依陈三立千余首的数量，郑孝胥编《散原精舍诗》所删汰的数量应该在 300 余首。

郑序是阅读《散原精舍诗》的向导。序中所说以"清切"论诗的大佬巨公是张之洞。张以清切论诗，对当世诗流尤其是艰涩奇崛的江西诗派多有不满。郑氏此序，有两个重要判断：一是陈三立辛丑之后的诗，"有不可一世之概"与"莽苍排奡之意态"，卓然大家，未可列之江西诗派。二是诗之为道，不可以"清切"为限。世事万变，心绪百态，必乖于清；思来不端，兴发匪定，不期于切。三立之诗，吾人不能为，当于古人求之，是当下真诗。郑孝胥是陈三立诗的知音。

心绪百态，兴发匪定，才使《散原精舍诗》呈现莽苍排奡之意态，有不可一世之概。先从西山崝庐之诗说起。西山本为陈三立葬母之地，陈宝箴筑崝庐守墓，不久而卒，遂成父母合葬之处。陈父卒之前，又有陈三立堂姐、儿媳病死，西山几成家族的墓地。陈三立在《大姊墓碣表》历数亲人逝去，惊呼："天邪？命邪？"[②]其悲痛可知。陈三立 1901 年为父所写的《行状》，记述陈宝箴去世前五日，尚"勤勤以兵乱未已、深宫起居为极念"[③]。

---

① 陈三立：《散原精舍诗文集》，李开军校点，上海：上海古籍出版社 2014 年版，第 1166 页。

② 陈三立：《散原精舍诗文集》，李开军校点，上海：上海古籍出版社 2014 年版，第 859 页。

③ 陈三立：《散原精舍诗文集》，李开军校点，上海：上海古籍出版社 2014 年版，第 855 页。

家痛之中又掺杂国恨。每年数次的西山之行，陈三立留下数量不少的悼亡诗。此类悼亡诗呈现出复杂多变的情感。1901年清明，诗人西山祭扫，有《峥庐述哀诗五首》，其第五首记述葬母时的异兆："忆从葬母辰，父为落一齿。包裹置圹左，预示同穴指。"诗人为父"平生报国心，祗以来訾毁"的遭遇深为不平，也为"儿今迫祸变，苟活蒙愧耻"①的处境甚为不安。第二年祭扫，有《壬寅长至抵峥庐谒墓》：

> 几日醉春风，儿归又长至。荒茫五洲间，余此呼吁地。（其三）
> 国家许大事，长跽难具陈。端伤幽独怀，千山与嶙峋。（其四）
> 贫是吾家物，宁敢失坠之。江南可怜月，遂为儿所私。（其五）
> 大孙羁东溟，诸孙解西史。三龄稚曾孙，伊嚘学兄语。（其六）②

呼天抢地的悲伤在岁月中缓缓平息，但国家之事日坏，虽长跽而乏善可陈。贫困仍是家中长物，传承未失。只有江南的明月春风，为儿所尽情享用。最让人高兴和最值得报告的事情是大孙衡恪、寅恪去日本留学，三岁的重孙已在牙牙学语。陈家虽然灾难深重，贫困依旧，但后代在"羁东溟""解西史"的成长过程中，这是家族的希望所在。

在数量甚多的悼亡诗中，陈三立为自己勾画了一个"孤儿"形象。"终

---

① 陈三立：《散原精舍诗文集》，李开军校点，上海：上海古籍出版社2014年版，第17页。

② 陈三立：《散原精舍诗文集》，李开军校点，上海：上海古籍出版社2014年版，第55页。

天作孤儿，鬼神下为证。"① "孤儿犹认啼鹃路，早晚系山万念存。"② "杂花时节春风满，重到孤儿是路人。"③ "孤儿瞠视眩今昔，掩蔼酸涕增汝澜。"④ "群山遮我更无言，莽莽孤儿一片魂。"⑤孤儿自然首先是一个失去双亲者，而50余岁的孤儿，其失怙在心；孤儿还是对一种文化脐带、一种社会生活的粗暴断裂后心态的描述：前路迷茫，灵魂无可依傍。前一种失怙，在《散原精舍诗》中表现浓烈；后一种迷茫，在《散原精舍诗续集》中呈现深刻。中间的时间界碑是辛亥革命。

陈三立于1900年5月携家到江宁居住，是因为江宁官绅多为故旧，感情上可以慰藉。加上妻兄俞明震主持陆师学堂，生活上可为依靠。到江宁后，写诗便成为陈三立主要的生活方式。"日日吟成危苦辞"，⑥倔强诗人将时代风云收纳敛藏于危苦之辞之中，其情感的战场在诗的字里行间。心绪百态，兴发匪定，缘于感慨良多，有感而发。

其初到江宁，与曾官内阁中书、顺德知县的江都籍诗人王景沂有唱和诗三首："吾衰愚智宁寻丈，插足江湖心倔强。已将世变付烟云，空厌人群逐声响……天穷地变必有待，请听惨恻啼湘娥，世界健者知谁何？" "湘累

① 陈三立：《嵁庐述哀诗五首》其一，《散原精舍诗文集》，李开军校点，上海：上海古籍出版社2014年版，第16页。

② 陈三立：《返西山墓庐将过匡山赋别》，《散原精舍诗文集》，李开军校点，上海：上海古籍出版社2014年版，第35页。

③ 陈三立：《清明日墓上》其一，《散原精舍诗文集》，李开军校点，上海：上海古籍出版社2014年版，第17页。

④ 陈三立：《嵁庐墙下所植花尽开甚盛感叹成咏》，《散原精舍诗文集》，李开军校点，上海：上海古籍出版社2014年版，第111页。

⑤ 陈三立：《雨中去西山二十里至望城冈》，《散原精舍诗文集》，李开军校点，上海：上海古籍出版社2014年版，第143页。

⑥ 陈三立：《次韵答宾南并示义门》，《散原精舍诗文集》，李开军校点，上海：上海古籍出版社2014年版，第12页。

尚解酬渔父，醒醉何曾到此时。""苦拨死灰话怀抱，新亭雨泣恐多时。"① 王景沂稍后被聘为陈家教读。陈三立诗中的"插足江湖""苦拨死灰"是对眼下生命状态的描述；"天穷地变""世界健者"是对未来变化的期待；"惨恻湘娥""湘累渔父"是诗中借用的意象，它与湖南有关，与哀怨有关。"已将世变付烟云"对"心倔强"的诗人来说，是一件难事。诗人以敏感的触觉感知着外部的世界。《散原精舍诗》的第一首诗题为《书感》：

> 八骏西游问劫灰，关河中断有余哀。
>
> 更闻谢敌诛晁错，尽觉求贤始郭隗。
>
> 补衮经纶留草昧，干霄芽蘖满蒿莱。
>
> 飘零旧日巢堂燕，犹盼花时啄蕊来。②

诗中书写的本事是庚子事变中慈禧太后携光绪帝逃难西京。一面是错诛栋梁，一面是病急求医，错乱操作下造成补天之才遗落草野，蒿莱之物充溢天庭。这是一首政治批评之诗。这样的社会政治批评，在《散原精舍诗》集中，更多的是以"东云露一云，西云露一爪"的形式表现："东南灾已数千里，寂寞吟堪三两人……陆沉共有神州痛，休问柴桑漉酒巾。"③ "乃敢张目论世事，弄笔渍泪洒此纸……螳螂黄雀皆眼前，李代桃僵亦可怜。"④ "阽

---

① 陈三立：《次韵答王义门内翰枉赠一首》《次韵答义门题近稿》《次韵再答义门》，《散原精舍诗文集》，李开军校点，上海：上海古籍出版社 2014 年版，第 9—10 页。

② 陈三立：《散原精舍诗文集》，李开军校点，上海：上海古籍出版社 2014 年版，第 1 页。

③ 陈三立：《次韵黄知县苦雨二首》其一，《散原精舍诗文集》，李开军校点，上海：上海古籍出版社 2014 年版，第 22 页。

④ 陈三立：《得邹沅帆武昌书感赋》，《散原精舍诗文集》，李开军校点，上海：上海古籍出版社 2014 年版，第 7 页。

危国势遂至此，浩荡心源焉所穷。枯几秃豪君莫笑，梦回负尽蜡灯红。"[1]世事日变，诗人的关注也不断更新。

对国家民族出路，陈三立有两首古风，集中表达个人的见解。一首是写于1901年的《崝庐书所见》，诗人推尚进化论，以为民智民力民德，是民族进化的基础："民有智力德，昊穹锡厥美。振厉掖进之，所由奠基址。"列邦进化图存，无不有自己的路径。中国进化不可鲁莽，当缓步而行："卤莽极陵夷，种族且戮圮。天道劣者败，中夜起拊髀。体国始经野，歌以俟君子。"[2]另一首是写于1904年的《感春五首》其二，诗人再谈民德培养，以为改变"国民如散沙，披离数千岁"的状况，除采用近儒合群说，日责爱国心之外，还需以孔学为民族大旗："巍巍孔尼圣，人类信弗叛。劫为万世师，名实反乖谩。起孔在今兹，旧说且点窜。撼彼体合论，差协时中赞。吾欲衷百家，一以公例贯。与之无町畦，万派益输灌。"张孔学旗帜之外，再辅以陈亮事功之学："向见龙川翁，组织别树帜。谬欲昌其说，用广师儒治。"[3]这些见解在庚子后的中国很难付诸实行，但它是真实的思考，真诚的心声。

心绪百态，兴发匪定，在《散原精舍诗》中，还大量地表现在诗人的孤吟与唱和之诗中。"合眼风涛移枕上，抚膺家国逼灯前"[4]写于晚舟抵达九江的早晨，一夜难眠是因为江上波涛，也缘于家国之事。"孤吟自媚空阶夜，残泪犹翻大海波"[5]是收到黄遵宪从人境庐寄诗而感叹天荒地老、旧人仍在。

① 陈三立：《次韵答季词见赠二首》其一，《散原精舍诗文集》，李开军校点，上海：上海古籍出版社2014年版，第17页。

② 陈三立：《散原精舍诗文集》，李开军校点，上海：上海古籍出版社2014年版，第38页。

③ 陈三立：《春感五首》其三，《散原精舍诗文集》，李开军校点，上海：上海古籍出版社2014年版，第98页。

④ 陈三立：《晓抵九江作》，《散原精舍诗文集》，李开军校点，上海：上海古籍出版社2014年版，第41页。

⑤ 陈三立：《黄公度京卿由海南人境庐寄书并附近诗感赋》，《散原精舍诗文集》，李开军校点，上海：上海古籍出版社2014年版，第48页。

"暮年怀抱白天壤，到处池台欺鬓华"①是怀亲家兼文友范当世之作，暮年怀抱，梦魂牵绕。"新吟掩抑能盟我，此士浮沉莫问天"②是夜读郑孝胥新刊海藏楼诗的感受，花时月夜，残灯尘几，引为诗中知己。此为孤吟。孤吟之诗，涓细绵长。

"世乱为儒贱尘土，眼高四海命如丝。"③诗人与桐城派传人徐宗亮、萧穆惺惺相惜，以诗慰藉。"一喙两肩无长物，浅斟低唱送残秋"④是与友人会饮时的共嘲之语，一喙两肩，余无长物。"况今世变如苍狗，屡闻窃国如瓜分"⑤写随园小聚，朋友聊起国事与兵戈，唏嘘而罢。"烽烟遽有穷边警，奴虏难为此夜心。"⑥夜集而闻俄罗斯日本战事，忧心忡忡。此为唱和。唱和之诗，悲凉慷慨。

居江宁久，陈三立逐渐形成个人交游的圈子。俞明震、缪荃孙、李有棻、易顺鼎、曾广钧、陈锐、夏敬观、况周颐、李详、樊增祥、杨文会多有文酒之会，两江总督端方及张之洞也偶有参与唱和。在南昌与武昌时有交集者有王闿运、文廷式、沈曾植、沈瑜庆、梁鼎芬、陈衍。在上海交往较多者有陈诗、丁惠康、吴保初、郑孝胥、夏曾佑、严复、伍光建、张元济。广泛的交游与唱和是陈三立诗歌写作的重要方式。

---

① 陈三立：《次韵伯弢怀范大肯堂之作》，《散原精舍诗文集》，李开军校点，上海：上海古籍出版社 2014 年版，第 58 页。

② 陈三立：《夜读郑苏龛同年新刊海藏楼诗卷感题》，《散原精舍诗文集》，李开军校点，上海：上海古籍出版社 2014 年版，第 53 页。

③ 陈三立：《徐先生宗亮萧先生穆偕过寓庐作》，《散原精舍诗文集》，李开军校点，上海：上海古籍出版社 2014 年版，第 53 页。

④ 陈三立：《叔海既出锁院将于明日取沪至姑苏乃会饮河亭为别次韵调之》，《散原精舍诗文集》，李开军校点，上海：上海古籍出版社 2014 年版，第 52 页。

⑤ 陈三立：《同叔澥筱珊登扫叶楼归访薛庐顾石公遂携石公及梁公约过随园故址用前韵》，《散原精舍诗文集》，李开军校点，上海：上海古籍出版社 2014 年版，第 44 页。

⑥ 陈三立：《园馆夜集闻俄罗斯日本战事甚亟感赋用前韵》，《散原精舍诗文集》，李开军校点，上海：上海古籍出版社 2014 年版，第 78 页。

陈三立长严复一岁,严复甲午政论与《天演论》译书,深得陈三立之心。上引诗句中民德、民力、民智之说,均来自严著。严复通过学生熊元锷,与陈三立建立了交往。读严译《群己权界论》,严复译书《社会通诠》出版,陈三立均有诗。严复有伦敦之行,陈三立作《送严几道观察游伦敦》送别:"餔啜糟醨数千载,独醒公起辟鸿蒙。抚摩奇景天初大,照耀微尘日在东。聊探睡骊向沧海,稍怜高鸟待良弓。乘桴似羡青牛去,指点虚无意未穷。"①盛赞严复在思想界开辟鸿蒙之功。1905年严复出任复旦公学校长,来往遂多。

范当世能诗文,与张謇、朱铭盘并称"通州三生"。曾从张裕钊、吴汝纶学古文。1894年,范当世女儿孝嫦嫁陈三立长子衡恪。陈、范遂成儿女亲家。1900年6月,孝嫦病殁于江宁。范当世为陈宝箴、范孝嫦双双作墓志,甚为痛切。1901年2月,陈三立有诗让长子衡恪带与范当世:"吾尝欲著藏兵论,汝舅还成问孔篇。此意深微俟知者,若论新旧转茫然。生涯获谤余无事,老去耽吟傥见怜。胸有万言艰一字,摩挲泪眼送青天。"②互致慰藉。1905年底,范当世病故,陈三立亲往南通会葬,有"斯文将丧吾滋惧,微命相依世岂知"③之诗与老友作别。

迁居江宁后的生活表面热闹,而内心的苦痛只有自己知道。其间,端方将具疏请为陈三立复官,陈坚辞。参与南浔铁路事宜纠纷甚多,杨文会在南京创设佛学堂曰祇洹精舍,陈三立将铁路任事所得薪酬自行捐出。1906年学部奏派咨议官,一等八人,郑孝胥、严复、梁鼎芬在册。二等二十五

---

① 陈三立:《散原精舍诗文集》,李开军校点,上海:上海古籍出版社2014年版,第138页。

② 陈三立:《衡儿就沪学须过其外舅肯堂君通州率写一诗令持呈代束》,《散原精舍诗文集》,李开军校点,上海:上海古籍出版社2014年版,第8页。

③ 陈三立:《正月二十二日通州南郭外会送肯堂葬》,《散原精舍诗文集》,李开军校点,上海:上海古籍出版社2014年版,第157页。

人，陈三立、罗振玉、夏曾佑、钱恂在册。陈三立1907年有《病起玩月园亭感赋》《遣怀》诗云：

　　　　嬴骨瑳瑳夜吐铦，起披月色转深廊。花丛络纬旋围座，石蟀虾蟆欲撼床。近死肺肝犹郁勃，作痴魂梦尽荒唐。初知毅豹关轻重，仰睇青霄斗柄长。①

　　　　龙钟老物一篷蒢，拼与途人目笑渠。萦梦夸蛾徒自苦，舞筵傀儡定谁如。戮民几至风波外，息壤亲盟劫烬余。龌龊嵚崎无一用，残年饱饭斫拼桐。②

　　病痛缠绕，嬴骨瑳瑳。肺肝郁勃，魂梦荒唐，仰望只有江南月明，北斗柄长。龙钟老物，残年余烬，龌龊抑或嵚崎，又有何意义？生活与精神重压下的生命的体悟，使诗人的心底充满虚无，无比苍凉。正是此类仍在文从字顺之间，而境界自与时流迥异的诗作，使陈三立收获了诗人的盛名。

　　陈三立1900—1908年间所作文主要收在《散原精舍文集》卷五、卷六。《书韩退之柳子厚墓志铭后》对柳宗元建立事功甚巨，而韩愈作墓志铭只用"勇于为人，不自贵重"③作评，多有感触。韩愈此评，使天下怀公而忘私之心的志士心生忌惮。陈文此论，应该有弦外之音。陈三立为父作行状，有两处甚为精彩。一是描述湖南新政，突出众星拱月："当是时，江君标为学政，徐君仁铸继之，黄君遵宪来任盐法道，署按察使，皆以变法开新治为己

---

① 陈三立：《散原精舍诗文集》，李开军校点，上海：上海古籍出版社2014年版，第215页。

① 陈三立：《散原精舍诗文集》，李开军校点，上海：上海古籍出版社2014年版，第215页。

② 陈三立：《散原精舍诗文集》，李开军校点，上海：上海古籍出版社2014年版，第216页。

③ 陈三立：《散原精舍诗文集》，李开军校点，上海：上海古籍出版社2014年版，第842页。

任。其士绅负才有志意者，复慷慨奋发，迭起相应和，风气几大变。"二是写父子罢官后居守崝庐，以细节尽见落拓："府君既罢，归南昌，囊箧萧然，颇得从婚友假贷自给。明年，营葬吾母西山下，乐其山川，筑室墓旁，曰崝庐，日夕吟啸偃仰在其中，遗世观化，浏乎与造物者游。尝自署门联，有'天恩与松菊，人境拟蓬莱'之句，以写其志。至其所难言之隐，菀结幽忧，或不易见诸形色，独往往深夜孤灯，父子相语，仰屋唏嘘而已。"① 传状后，又有《崝庐记》：

> 崝庐者，盖遂永永为不肖子烦冤茹憾、呼天泣血之所矣。尝登楼迹吾父坐卧凭眺处，耸而向者，山邪？演迤而逝者，陂邪？畴邪？缭而幻者，烟云邪？草树之深以蔚耶？牛之眠者门者邪？犬之吠，鸡之鸣，鹊鸱群雉之噪而啄、响而飞邪？惨然满目，凄然满听。长号而下，已而沉冥而思，今天下祸变既大矣烈矣，海国兵犹据京师，两宫久蒙尘，九州四万万之人民皆危虋，莫必其命？益恸彼，转幸吾父之无所睹闻于兹世者也。②

此种文字书写，有真情灌注，感人至深。

---

① 陈三立：《散原精舍诗文集》，李开军校点，上海：上海古籍出版社 2014 年版，第 855 页。

② 陈三立：《散原精舍诗文集》，李开军校点，上海：上海古籍出版社 2014 年版，第 857 页

第三节　亡国人：针线弥缝忘老至

《散原精舍诗续集》由商务印书馆于1922年出版，收入陈三立1909—1921年之间的诗作。在此期间发生的最大的历史事件是辛亥革命与五四新文化运动。辛亥革命和五四新文化运动所引发的情感波澜，成为陈三立这一时期诗作的精神底色。

《散原精舍诗续集》仍请郑孝胥为序。郑孝胥1922年所作《散原诗集序》，深得陈三立1909年之后思想情感的脉络：

> 处乱世而有重名，则其言论予夺，将为天下视听之所系。昔孔子作《春秋》，而乱臣贼子惧。孔子无尺寸之柄，彼乱臣贼子何惧于孔子？亦惧其名而已。今之天下，是乱臣贼子而非孔子之天下也。为孔子之徒者，其将以廋词以自晦，置天下之是非而不顾欤？抑将体《春秋》之微旨，以天下之是非自任欤？孟子曰：王者之迹息而《诗》亡，《诗》亡而后《春秋》作。盖《诗》之义婉而《春秋》之义严，此难于强通者也。散原使余删其诗，余谓散原："既有重名于天下，七十老翁何所畏惧？岂能以山川风月之辞与后生小子争轻重哉？"使天下议散原之诗非诗，而类于《春秋》，乃余之所乐闻也。[①]

---

① 陈三立：《散原精舍诗文集》，李开军校点，上海：上海古籍出版社2014年版，第1531页。

诗秉《春秋》之旨，以天下之是非为任，不以山川风月之辞与后生小子争轻重，是郑孝胥读陈三立《散原精舍诗续集》的导向。1908年溥仪继位，1909年为宣统元年，陈三立集中的第一首诗为《宣统元年元日园居作》，中有"天降黄龙应纪瑞，世推赤舄可同符。腐儒据席稽皇极，不数垓埏赐大酺"之句[1]。腐儒稽首皇极，不求土地人民，只求聚会饮酒，不无揄揶的口气。但续集从宣统元年编起，此诗作为开集第一首诗，也许有一种期待隐含其中。

诗仍然是陈三立独特的生活方式。陈三立于1909年前后几年，相对摆脱了戊戌政变免职丧父的痛苦，与樊增祥、郑孝胥、陈宝琛、缪荃孙、俞明震、朱祖谋、陈衍、沈曾植、严复等寓居江南的诗人名士过往甚繁，不少诗作描画他们的交往与写作状态。陈三立的诗歌写作进入一个新的繁盛时期。

"狂有阮嗣宗，懒媲嵇叔夜。十载卧江南，涕唾污台榭。"[2] 此诗是与樊增祥叠韵之作。樊曾为张之洞幕僚，诗多产，辛亥后退居上海。狂与懒是海上名士也是江宁诗人的生存方略。"正自深杯写长恨，又移盛世作畸人。海涛飞梦初怀旧，天意昌诗觉有神。"[3] 此诗是和夏敬观之诗。深杯长恨，盛世畸人，是他写，也是自况。"新句流传使我惊，雕搜物象写奇情。孤尊自护莺鹏语，一世回看鹬蚌争。"[4] 此为次韵之作。雕搜物象，新句流传，友人写作生活如此，自己的写作生活也是如此。以下三首诗是分别写给沈曾植、陈衍、郑孝胥：

---

① 陈三立：《散原精舍诗文集》，李开军校点，上海：上海古籍出版社2014年版，第257页。

② 陈三立：《酬樊山迭韵见赠》，《散原精舍诗文集》，李开军校点，上海：上海古籍出版社2014年版，第258页。

③ 陈三立：《人日和剑丞沪居见寄》，《散原精舍诗文集》，李开军校点，上海：上海古籍出版社2014年版，第259页。

④ 陈三立：《次韵酬曹范青舍人》，《散原精舍诗文集》，李开军校点，上海：上海古籍出版社2014年版，第270页。

楼屋深深避世人，摩挲药碗了昏晨。车轮撼户客屡过，签轴堆床公不贫。志怪应逢天雨粟，作痴聊博海扬尘。夕阳栏楯与愁绝，罢对瓶梅报早春。①

驾海楼船虱此人，造庐据坐气犹振。塞胸故事何鸡狗，去眼遗经泣凤麟。针线弥缝忘老至，鬼神开阖掷诗新。栖迟零落寻朝士，更忆风波有戮民。②

渐出喧嚣接沈寥，眼中楼观万鸦飘。扪天画字悬真宰，举世无人对此宵。草树余馨凭嚼啮，舣棱残梦尚嶕峣。数星林表休窥座，啸咏犹堪托一瓢。③

这是陈衍标榜为"同光体"诗派的阵容。陈三立艰涩的诗句中有更忆风波、志怪作痴的牢骚，有楼屋深深、渐出喧嚣的自嘲，有"摩挲药碗了昏晨"的生命咏叹，有草树余馨、舣棱残梦的互慰寂寥。所谓同光体，除去诗学路径上的共同追求之外，更重要的是动荡漂泊时代的声气相求与情感知音。

陈三立《散原精舍诗》问世后，诗名大重。这一时期，对诗歌的写作有很多新的体会。"过饭家风不负腹，得句方烦炙且砭。发兴猥叠坡公篇，网取珠玑东海赡。正堂上客吐风才，示较新作挏马酽。"④此为食蟹时的叠韵之作，得句，发兴，都是写作过程中的细节体会。"苦吟已成骑虎背，静坐

---

① 陈三立:《沪居酬乙盦》其一,《散原精舍诗文集》,李开军校点,上海:上海古籍出版社 2014 年版,第 315 页。

② 陈三立:《石遗过海上赴都赋别》,《散原精舍诗文集》,李开军校点,上海:上海古籍出版社 2014 年版,第 38 页。

③ 陈三立:《遇太夷海藏楼夜话》,《散原精舍诗文集》,李开军校点,上海:上海古籍出版社 2014 年版,第 325 页。

④ 陈三立:《瞻园食蟹樊山三叠坡公韵次和一首并示午彝》,《散原精舍诗文集》,李开军校点,上海:上海古籍出版社 2014 年版,第 283 页。

欲学朱元晦。收拾心地妙彻初，摩挲檋具冰雪外。"① 苦吟静坐，收拾心地，是另一种写作心情和写作状态。"士生埶暇量短长，鬓发飘霜自摩抚。忽煎怀抱肯念乱，患在心膂延臂股。"② 摩抚鬓霜，念乱怀抱，是诗的情绪情感的源头所在。"肚皮厓柴向谁吐，海内解人剩三五。麻鞋藤杖无复之，伫下万灵一灯苦。"③ 肚皮牢骚，三五解人，诗的受众与知音日渐萧索。上述如此细腻描写诗歌写作细节的诗句，均为1909年前后与樊增祥的合韵之作，时樊增祥官江宁布政使。其沉痛，其频度，可见诗人在诗的写作中沉溺至深。诗人行为与心底的波澜苦寂，也读诗可触。

戊戌政变的情感风波才趋平复，辛亥革命的政治风暴又惊涛拍岸。陈三立居住的南京，成为武昌起义之后共和旗帜飘摇之地。兵乱之中，陈三立仓皇携家至沪上。此后，奔走于南京、上海、苏州、杭州之间。1911年12月，陈三立参与创办以"扶助完全共和政府之成立为宗旨"的中华民国联合会，与章太炎、张謇等十八人同为创办人。1912年，严复长北京大学，欲以文科监督聘之，坚辞不就。马相伯、章太炎、梁启超发起函夏考文苑，陈三立、王闿运、黄侃入文辞科。此年陈三立年届六十，有诗自记："前识来因马耳风，诉哀篱壁一秋虫。教镌肺腑藏奇字，已作尊前六十翁。"④ 与沪上旧友诗酒唱和，将民国的建立称为"换世""乱后""国亡"，称诗友为"吾党""羁客"，将诗作称为"骚雅""变徵"。1913年，樊增祥在沪有召集海上寓公成立超然吟社的倡议，由参与者轮流做东，一年中有十五次文酒之

---

① 陈三立：《三迭前韵报樊山午彝》，《散原精舍诗文集》，李开军校点，上海：上海古籍出版社2014年版，第287页。

② 陈三立：《雨夜遣兴用樊山布政午彝翰林唱酬韵》，《散原精舍诗文集》，李开军校点，上海：上海古籍出版社2014年版，第1531页。

③ 陈三立：《雪夜过瞻园诵樊山午诒倒叠前韵诸作感而和此》，《散原精舍诗文集》，李开军校点，上海：上海古籍出版社2014年版，第1531页。

④ 陈三立：《六十生日书二十八字》，《散原精舍诗文集》，李开军校点，上海：上海古籍出版社2014年版，第338页。

会。陈三立几乎参与了全部诗聚。超社第九次雅集，适值王士祯生辰，陈三立诗云：

> 我辈今为亡国人，强托好事围尊俎。此日肯为老丑延，此身差免沙虫伍。爬抉物怪写离乱，自然变徵音酸楚。雍容揄扬又一时，追拾坠韵同鸾羽。漫从隆污别坛坫，但令哀乐敕肺腑。诸公骚雅关运会，不废江河殉初祖。①

此年，陈三立还与冯煦、吴庆坻、沈曾桐、陈夔龙等光绪丙戌进士同年共八人于徐园雅集，陈三立诗记曰：

> 屈指卅年登科记，称盛桃李时评钦。只今世乱半飘泊，犹着数辈耽喋吟。可怜报国好身手，或为柱石为甘霖。各淫坟籍发光怪，永嘉未绝正始音。余衰忝托渊明里，自笑空抚无弦琴。杯酒颜配骋谈谑，余生一乐千黄金。②

三十年前同榜进士，半世飘零，弦琴空抚，报国无门。诗人在杯酒颜酡后，谑谈自己是"一乐千黄金"的人生。

"亡国人"是一个整体的存在。这个群体的基本价值指向是同情逊位者，鄙视篡位者。1915年袁世凯成立筹安会、恢复帝制，陈三立先后作《消息》《上赏》《双鱼》《玉玺》《旧题》《史家》，讽刺袁世凯称帝。《消息》

---

① 陈三立：《八月廿八日为渔洋山人生辰补松主社集樊园分韵得鲁字》，《散原精舍诗文集》，李开军校点，上海：上海古籍出版社2014年版，第382页。

② 陈三立：《六月二日徐园雅集为冯蒿庵姚菊坡吴补松沈子封陈庸庵曹耕荪苏静阶诸公及余凡八人皆光绪丙戌进士榜同年生也庸庵尚书有诗纪事次韵和酬》，《散原精舍诗文集》，李开军校点，上海：上海古籍出版社2014年版，第373页。

刺筹安会："消息迷苍狗，雕龙稷下儒。安知从左祖，争睹效前驱。刺谬三家说，依稀两观诛。狙公几朝暮，面壁捋髭须。"[1]《上赏》剑指拥戴帝制的功狗与功人："拥戴勤劳上赏频，纷纷功狗与功人。承恩博得胡姬笑，易醉他年有告身。"[2]"亡国人"诗歌群体臧否人物，又以是否出仕新朝为评价标准。王闿运1914年出任国史馆馆长，陈三立有《得长沙友人书答所感》，有"已费三年哀此老，向夸泉水在山清"[3]句，讽其言行不一。陈三立还有《读史偶书》，讥责杨度。而陈三立也有因"气节"而被人攻讦的时候。1917年，陈三立为曾任两广总督的袁树勋作墓志，郑孝胥甚为不满，批评袁父子皆事袁世凯，陈三立为其写作墓志有谀辞之嫌。由这些人物臧否的细节，可知民初江南士林眷恋旧主、不仕新朝的文人风尚。

陈三立免官后没有固定收入，儿子在国外游学，家庭生计是比较窘迫的。江西矿产经营，纠纷甚多，他把所得款项捐金陵刻经处，以免纷争。1915年湖南省政府闻陈家贫困，感念陈宝箴在湘办矿，造福人民，周济陈家两万元。随着报纸媒体的兴起，加之科举制度废除，卖文为生已成为江南文人的普遍选择。而陈三立的诗文写作，似乎离以文养家的距离较远，但以润笔费补贴家用的情况应该是存在的。辛亥革命前后，陈三立文所作墓志铭明显增多。所写事主大部分是新旧时代交替中的人物，陈三立在写作中寄寓了"亡国人"的历史与情感立场。

辛亥革命爆发之后，与陈三立为同年进士，官至直隶总督、北洋大臣的陈夔龙奏议作序，以为武昌之祸，起于戊戌政变之遗祸无穷，起于士大夫

---

① 陈三立：《散原精舍诗文集》，李开军校点，上海：上海古籍出版社2014年版，第486页。

② 陈三立：《散原精舍诗文集》，李开军校点，上海：上海古籍出版社2014年版，第504页。

③ 陈三立：《散原精舍诗文集》，李开军校点，上海：上海古籍出版社2014年版，第494页。

之曲狗无节：

> 吾国自光绪甲午之战毕，始稍言变法，当时昧于天下之大势，怙其私臆，激荡驰骤，爱憎反复，迄于无效，且召大衅，穷无复之。遂益采嚣陵之说，用矫诬之术，以涂饰海内外耳目。于人才风俗之本，先后缓急之程，一不关其虑。而节钺重臣号为负时望预国闻者，亦复奋舌摩掌，扬其澜而张其焰，曲狗下上狂逞之人心，翘然以自异。于是人纪之防堕，滔天之象成，而大命随之矣。是故今日祸变之极，肇端虽不一辙，而由于高位厚禄士大夫不遏其渐，不审其几，揣摩求合，无特立之节，盖十而六七也。岂不痛哉？

出于以上戊戌爱憎反复成辛亥祸变之极的认识，陈三立怀念郭嵩焘当年告诫自己"中国侈行新政，尚非其人非其时""守国使不乱"的老成，也称赞陈夔龙奏议中"重纲纪，挽学术，诚变更之繁，匡凌躐之弊"①的孤忠。1913 年，陈三立作《刘镐仲文集序》描述戊戌政变后二十年间的社会格局与个人处境：

> 二十年之间，屡构大变，海宇骚然，而衰说诡行，摧坏人纪，至有为剖判以来所未睹。奋臂群呼，国亦旋覆，而祸难汹汹，犹不知所届。余与实君，皆频岁离析转徙，侨系一隅，茕茕相望。②

---

① 陈三立：《庸庵尚书奏议序》，《散原精舍诗文集》，李开军校点，上海：上海古籍出版社 2014 年版，第 883 页。
② 陈三立：《散原精舍诗文集》，李开军校点，上海：上海古籍出版社 2014 年版，第 887 页。

陈三立 1921 年作《俞觚庵诗集序》，其中描述了辛亥革命所带来的灾难及海上流人遗老以诗疗伤的情景：

> 余尝以为辛亥之乱兴，绝羲纽，沸禹甸，天维人纪，寖以坏灭，兼兵战连岁不定，劫杀焚荡，烈于率兽。农废于野，贾辍于市，骸骨崇邱山，流血成江河，寡妻孤子酸呻号泣之声达万里。其稍稍获偿而荷其赐者，独有海滨流人遗老，成就赋诗数卷耳。穷无所复之，举冤苦烦毒愤痛毕宣于诗，固宜弥工而寖盛。
>
> 嗟呼，觚庵晚耽诗，略与余同，而侘傺犹甚于觚庵。猥为之稍勤，忘其愗且钝，楮墨传视，觚庵亦不以为非焉。然而生世无所就，贼不得杀，瑰意畸行无足显天壤，懂区区投命于治其所谓诗者，朝营暮索，敝精尽气，以是取给为养生送死之具。其生也，藉之而为业；其死也，附之而猎名，亦天下之至悲也。①

文中的觚庵即俞明震，是陈三立夫人俞明诗的哥哥。辛亥革命前任江南陆师学堂总办，民国后任甘肃肃政使，1918 年去世。陈三立在南京的生活，对妻兄多有依靠，是一种相濡以沫的存在。为已在另一世界的妻兄诗集作序，近于放胆而言，故而痛切淋漓。序中对辛亥革命改朝换代所作出的"骸骨崇邱山，流血成江河"灾难性描述，对世无所就，贼不得杀，生藉诗为业，死藉诗猎名的牢骚之语，均为陈三立他文所不曾有。"侘傺余尤甚于觚庵"，是强调自己诗中的失意牢愁要强烈于妻兄。

陈三立 1919 年作《书善化瞿文慎公手写诗卷后》，记述辛亥革命后避地上海的罢官废吏写诗唱和、叙写牢骚的情况云："迨国骤变，大乱环起，四

---

① 陈三立：《散原精舍诗文集》，李开军校点，上海：上海古籍出版社 2014 年版，第 942 页。

方人士暨生平相识亲旧，类辟地羁集沪上。三立与公亦先后俱至。居久之，无以遣烦忧，始纠侪辈十许人，时时联为诗社。"①

参与沪上诗社聚会的还有陈宝琛。陈宝琛是陈三立乡试时的江西学政，长陈三立五岁，陈三立终生以师事之。陈宝琛任翰林侍读时，因好议时政被列入"清流四谏"。1884 年中法战争中唐炯兵败，因其为陈宝琛、张佩纶所力荐，陈宝琛被给予降五级处分，担任福建鳌峰书院院长多年。1908 年溥仪登基后，陈宝琛首发为"戊戌六君子"昭雪之议，得溥仪褒扬。后奉诏入京，任溥仪授读师傅三年。1917 年，陈宝琛七十岁生日，陈三立作《陈太保弢庵夫子七十寿序》，引林纾之语，称陈宝琛之诗为"古遗民之诗"。因为陈宝琛得罪降职与陈三立的父亲陈宝箴得罪免职的原因相同，陈三立在感同身受之中，演绎出其对"古遗民之诗"的诠释：

> 光绪之季，中外之祸变亟矣，然果勤求贤杰，支柱弥缝，尚非瓦解不可为。乃一二柄国，昏默媚嫉，颠倒自恣，使海内想望如先生，出其摅略，握消息之枢机，立廉隅之防表，足挽时艰而延国脉者，竟抑过摈弃，垂三十年。纵昌其诗，大政所寄，类以躁狡庸愒代之，人事之自取败亡无可讳。特天之于先生，犹若故留余地，相持相待，以系古今未尝有之变，其有不可知而可知者欤？庄生称藐姑射之神人也，大浸稽天而不溺，大旱金石流土山焦而不热，其神凝，使物不疵疬而年谷熟。先生孤照潜符，靖己而吁天，洗其心以迓馨洁麻嘉之气，定命于冥漠，由庄生之寓言推之，先生所以自得之道，庶几近之矣。②

---

① 陈三立：《散原精舍诗文集》，李开军校点，上海：上海古籍出版社 2014 年版，第947 页。

② 陈三立：《散原精舍诗文集》，李开军校点，上海：上海古籍出版社 2014 年版，第1114 页。

身虽遭抑遏摈弃，但大政所寄，败亡之迹，于诗中清晰可见。诗风幽悄绵远，气肃声悲。诗人的精神境界，近于庄子笔下无己无待、自由自得的神人境界。此类诗可称为"古遗民之诗"。

上文所说的"光绪之季"，几乎成为陈三立政治叙事的原点。在陈三立看来，光绪之季的清王朝，尚处于同治中兴的余晖之中。中外祸变虽日亟，但不至于一朝瓦解。一二柄国重臣反复无常，构祸忠良，遂使朝政三十年间至于不可收拾。辛亥革命后清王朝覆灭，足挽时艰而延国脉者，不幸沦为"亡国人"。其黍稷离离、忧怀深远之诗，便成为遗民之诗。陈三立用"古遗民之诗"的称谓为座师祝寿，也可见特殊年代江南诗坛的褒扬品评时尚。

1917 年新文化运动兴起，打出道德革命、文学革命的两面旗帜。陈三立对新文化运动中事件与人物评价，依旧坚持"亡国人"的立场。1920 年，陈三立作《南昌东湖六忠祠记》，表彰名节志士，以为士之忠节坚毅是君之所赖，国之所捍，民之所保："且匪徒中国而已，彼环海之国不一，虽法制或歧，教俗或异，然使官吏不死职，将士不死绥，宁有存立盛强可指称者耶？吾国新进学子，驰观域外，不深察其终始，猥猎一二不根肤说，盛倡于纲纪陵夷、士气萎靡之后，以忠为戒，以死其君为妄，溃名教之大防，绝彝常之系统，势不至人心尽死，导而成蜉蝣之群、奴虏之国不止。为祸之烈，尚忍言哉？"[①] 文中的"吾国新进学子"当指批判旧道德、提倡新道德的新文化运动倡导者。盛宣怀是辛亥武昌起义的引爆人。他任邮传部大臣期间因推行铁路国有而引起各省的保路运动，辛亥革命爆发后被免职，1916 年去世。陈三立为盛宣怀作墓志铭，为其辩护的色彩显而易见："夫当国势岌岌，纲维久弛废，祸机四伏，假以自逞，何可胜原？且引绳而绝之，绝必有

---

① 陈三立：《散原精舍诗文集》，李开军校点，上海：上海古籍出版社 2014 年版，第993 页。

处，犹欲以此蔽罪于公，岂天下后世之公论哉？"[1]1917年6月的张勋复辟，是袁世凯称帝后的中华民国又一重要政治事件。张勋以调停黎元洪、段祺瑞矛盾为名，率三千辫子军进入故宫，把12岁的溥仪请出，宣布民国六年为"宣统九年"。溥仪仅复辟12天。在段祺瑞的讨逆军的打击下，张勋逃往荷兰使馆，溥仪逃到天津租界。张勋1923年去世，陈三立作《张忠武公墓志铭》，为张勋行为辩护。文中称溥仪为"今上"，借妇孺之口赞张勋为"忠臣"。又以"所部数万人，亦无一断发者，世所指为辫子军者也"[2]之语描述张勋的部下。

陈三立辛亥革命到五四时期的墓志铭写作，比较集中地体现出他的政治立场与情感指向。读懂这些文，可以更深刻地理解陈三立的诗，更细致地把握诗人的情感世界。

第四节　无归人：独摩老眼立秋风

1922年，陈三立已经是七十岁的老人。其旧诗友梁鼎芬、沈瑜庆、易顺鼎、瞿鸿禨、严复、沈曾植相继作古。古稀老人虽文酒诗会依旧，但心情自然不同，诗作也渐趋稀少。七十岁之后，陈三立生命与情感中的大事有以下几件：

一是1922年11月陈三立七十大寿，全家几代在散原精舍前合影，其乐

---

[1]　陈三立：《诰授光禄大夫太子少保邮传大臣盛公墓志铭》，《散原精舍诗文集》，李开军校点，上海：上海古籍出版社2014年版，第1011页。

[2]　陈三立：《散原精舍诗文集》，李开军校点，上海：上海古籍出版社2014年版，第1019页。

融融。不到一年，1923 年夫人俞明诗、长子陈衡恪相继在南京去世。对夫人去世，陈三立惊呼："呜呼！淑人之生死，系余一身一家者，至重且巨，天持以遣余，俾忽忽不复有生之可乐者，盖自兹始也。"① 陈衡恪是为照顾母亲，哀毁致病而不治。一月之内，陈家两件丧事。聚居 23 年的大家庭，又经历了一次生离死别的痛苦。

二是 1922 年秋梁启超南京讲学而旧友重聚与 1929 年在上海主持梁启超公祭。1922 年 11 月，梁启超到南京东南大学演讲，恰逢中国科学社为陈三立祝寿，这是自湖南时务学堂分别后两人的第一次重逢。陈三立以新印成之《散原精舍诗》及《续集》赠梁启超。三日后，陈三立请梁启超到散原精舍家中小聚，开五十年陈酒痛饮共醉。对于赠书，梁启超《散原精舍诗手记》云："与伯严别二十五年，今岁讲学秣陵，始复合并。吾年五十而伯严且七十矣。九月晦，同人集科学社为伯严寿，而沪上适以此书至。俯仰离合，不能已于怀。"② 对于醉酒，梁启超《致梁思成梁思永等》记曰："前晚陈老伯请吃饭，开五十年陈酒相与痛饮，我大醉而归。"③ 欧阳渐事后记录梁、陈在散原精舍聚会，陈、梁谈及湖南时务学堂旧事。学生蔡锷，入学年龄十四岁，文不通，已斥，复又取之。不想蔡锷后来成绝大事业。又谈学术："散原问何佛书读免艰苦，任公以《梦游集》语之。散原乃自陈矢，今后但优游任运以待死，不能思索，诗亦不复作也。"④ 梁启超告别南京，陈有《任公讲学白下及北还索句赠别》诗："辟地贪逢隔世人，照星酒坐满酸辛。旧游莫问长埋骨，大患依然有此身。开物精魂余强聒，著书岁月托孤呻。六家要

① 陈三立：《继妻俞淑人墓志铭》，《散原精舍诗文集》，李开军校点，上海：上海古籍出版社 2014 年版，第 1023 页。

② 李开军：《陈三立年谱长编》，北京：中华书局 2014 年版，第 1268 页。

③ 李开军：《陈三立年谱长编》，北京：中华书局 2014 年版，第 1269 页。

④ 陈三立：《散原居士事略》，《散原精舍诗文集》，李开军校点，上海：上海古籍出版社 2014 年版，第 1513 页。

指藏禅窟，待卧西山访隐沦。"① 叙写了 23 年后重逢，不胜唏嘘的情感。不料南京一晤，竟为永别。梁启超 1929 年 1 月 19 日在北京病逝，2 月 17 日，上海在静安寺举行公祭，陈三立、张元济担任主持。一时名流云集，极尽哀荣。

三是 1924 年 4 月 15 日前后，在杭州寓所会见印度诗人泰戈尔。泰戈尔访华，是梁启超 1920 年欧洲归来成立讲学社后，邀请外国著名学者访华的一项重要安排。泰戈尔是诺贝尔文学奖获得者，其中国之行引发轰动，也遭到抵制。泰戈尔在杭州会晤陈三立，两个不同国度的诗人相见时的情况，王统照的《致晨报社友书》记录如下："在杭时，有人介绍陈三立与之相晤，合拍一照，对语时，由志摩口译，但所谈有限。陈氏七十余岁，与六十余岁之太氏相较，其康健非太氏可比。当太氏索其诗册，陈甚谦逊，连言不可相比，终未相送。"徐志摩作泰戈尔的翻译，勉为其难。徐不懂梵语，交流只能用英语，因此会晤只能是礼节性的。至于陈三立坚持不送自己的诗集，不知是过谦还是不愿明珠暗投，已不可细究。

四是陈宝琛、郑孝胥谋划陈三立见溥仪之事。1924 年年初，郑孝胥入故宫，被溥仪任命为内务府总理大臣。7 月 25 日，陈宝琛、郑孝胥于溥仪召见时，奏请召见陈三立，溥仪答允。郑孝胥让陈隆恪写信告知陈三立，陈三立答应待天气稍凉即来京。10 月 23 日，冯玉祥发动北京政变，废除帝号，清室迁出紫禁城，驱逐溥仪出宫。陈三立谒见溥仪之事无从谈起。11 月 29 日，冯煦、陈夔龙、陈三立等二百十六人致电张作霖、段祺瑞，请恢复清室优待条件。同情溥仪遭遇，希望政府遵守逊位协议，不仅仅是出于遗民心态。

五是 1925 年 8 月 15 日，《甲寅周刊》刊出《光宣诗坛点将录》，将陈三立列在宋江的位置，郑孝胥列在卢俊义的位置。陈、郑虽有甲乙之别，但均

---

① 陈三立：《散原精舍诗文集》，李开军校点，上海：上海古籍出版社 2014 年版，第 625 页。

处于领袖群伦的地位。在生命的最后几年，陈三立对点将录排位及与泰戈尔的会晤还是十分看重的。

《光宣诗坛点将录》刊出后，陈三立逐渐恢复写诗。其1922—1930年间诗辑为《散原精舍诗别集》，1931年由商务印书馆铅印刊行。1925年年底，在杭州葬俞夫人、子衡恪后，由朱祖谋等好友在《申报》刊出陈三立书例，原有的鬻文为生之外，增加了鬻字为生的项目。陈三立《乙丑除夕次韵答倦知同年》写生存艰难："残客光阴托烬余，接床湖树鸟窠如。三年留命偿磨折，一室何心问扫除。催老杯浇终古恨，移情灯显数行书。杭人认入承平世，爆竹声沉万井庐。"①在战事频仍的多事之秋，哪里有承平之世的气息？陈衍的长子也在此年病卒，陈三立与陈衍成为白发人送黑发人的同病相怜者。陈三立《挽陈石遗翁长男公荆》："残年未灭思儿泪，今与而翁共此悲。我只吞声延气息，而翁犹及费文辞。互为药误天难问，独许才强世所期。料得九冥怜二老，兵戈相望更何之。"②兵戈遍地，何处可去？是丧失亲人之后的诗人的另一种生活困境。

陈三立南京悼亡后，居杭州两年，上海四年。在杭州、上海居住期间，与康有为来往增多。1925年夏初，陈三立写信邀康有为到杭州观荷。11月康有为到杭州，先有诗赠陈："戊戌当年锢党人，累君父子叹沉沦。风波亭外今何世，怅望桑田海作尘。"③说二十年前事。待两人在丁家山坐定把酒赏菊，康有为有诗多首，其中一首曰："东篱采菊息群纷，冒雨登山来故人。鸡黍衔杯更见子，风波垂夜阻留宾。谈天且为开怀抱，度世固宜知鬼神。七

---

① 陈三立：《散原精舍诗文集》，李开军校点，上海：上海古籍出版社2014年版，第644页。

② 陈三立：《散原精舍诗文集》，李开军校点，上海：上海古籍出版社2014年版，第631页。

③ 李开军：《陈三立年谱长编》，北京：中华书局2014年版，第1312页。

十看花长喜乐，勿为哀怒只嬉春。"①主要是希望陈三立从失去亲人的痛苦中走出来。陈三立有诗多首作答。1927年3月8日，康有为七十大寿，陈三立《寿康更生翁七十》诗云："九老成图犹在眼，十年阅世益刿肝。已穷呼吁天谁补，为湿精魂海自寒。骑气夜穿星宿界，着书庐恋薜萝峦。活国凭依驻景丹，颇传采药蓬壶返。"②寿日后不久，康有为卒于青岛。康有为晚年执着于"以孔教为国教"的社会活动，是张勋复辟闹剧的主要参与者。在提倡孔教方面，有合于陈三立思想之处。1934年陈三立索要张伯桢所写《康南海先生传》，读后写信给作者，一是申明王先谦非旧党，是湖南新政的支持者。二是以为康有为为中国一大人杰，天下后世，自有定论，因而需要保护好有关史料。③

三子陈寅恪1926年起已在清华大学任教。陈三立1929年9月拟就养于北平，因军阀战起，道路阻断，被迫改道至庐山牯岭次子隆恪家中。陈隆恪在江西任职，在庐山有住处。于是陈三立有了几年的山居生活。诗人乐在山水，愁在战乱：

> 钟动灵山鹊语腾，虬龙骧首破云层；兵戈四海无归处，来作娑罗树下僧。④

> 吾生无乐处山中，披诵骚辞托迹同。群盗更传掠薇蕨，独摩老眼立秋风。⑤

---

① 李开军：《陈三立年谱长编》，北京：中华书局2014年版，第1312页。
② 陈三立：《散原精舍诗文集》，李开军校点，上海：上海古籍出版社2014年版，第666页。
③ 李开军：《陈三立年谱长编》，北京：中华书局2014年版，第1475页。
④ 陈三立：《题黄龙寺倚树摄影图》，《散原精舍诗文集》，李开军校点，上海：上海古籍出版社2014年版，第666页。
⑤ 陈三立：《遣闷》，《散原精舍诗文集》，李开军校点，上海：上海古籍出版社2014年版，第711页。

山居四年后，因患有癃闭症，山上治疗不便，陈三立于1933年10月回到南京，度过八十一岁生日，索阅并审定汪国垣《光宣诗坛点将录》。然后到北京，在北京度过生命的最后的时光。其时，北京已处在日本侵华战争的第一线。陈三立在京期间，与陈宝琛等旧友多有聚谈。1935年陈宝琛去世，陈三立以"沆瀣之契，依慕之私，幸及残年偿小聚；运会所遭，辅导所系，务摅素抱见孤忠"①之辞挽之，并以八十三岁高龄为座师执绋。1937年7月7日卢沟桥事变，陈三立困居北京，旧疾复发，9月14日在家中去世，得年八十五岁。写出"兵戈四海无归处"诗句的诗人，一语成谶。陈三立家人遵嘱将其灵柩厝长椿寺。半月后，陈寅恪即随清华大学逃难去长沙。陈三立的灵柩直至抗战胜利后的1948年才归葬杭州。随侍的隆恪、登恪，"发土起棺，默诵放翁诗'王师北定中原日，家祭无忘告乃翁'句，怆痛欲绝"②。第二年，其《散原精舍文集》由中华书局刊行。此时，距陈三立故去已十二年。陈家在战争中的遭遇，折射出千千万万中国家庭在惨绝人寰战争中的命运。

第五节　稍稍挹苏黄　磊磊攀韩杜

晚年的陈三立，颇受《光宣诗坛点将录》将其置于领袖群伦位置的鼓舞。写作《光宣诗坛点将录》的汪国垣，字辟疆，江西彭泽人，与陈三立之子陈寅恪年龄相仿，1912年毕业于北京大学，1928年起任教于南京国立中

---

① 李开军：《陈三立年谱长编》，北京：中华书局2014年版，第1489页。
② 李开军：《陈三立年谱长编》，北京：中华书局2014年版，第1537页。

央大学。汪国垣本人写诗，属西江一派，对近代诗的研究终其一生。《光宣诗坛点将录》关于陈三立的诗作评语为："撑肠万卷饥犹餍，脱手千诗老更醇。双井风流谁得似，西江一脉此传薪。"[1]双井是黄庭坚的家乡，也是陈三立的出生地。"双井风流"是指黄庭坚的诗学韵泽，"西江一脉"点明陈三立诗学传承。"撑肠万卷"称赞陈三立诗作，学有根柢。陈三立1933年离开南京前，索阅《光宣诗坛点将录》，对"西江一脉此传薪"的评语，并没有提出异议。抗战时期，一代同光体诗人纷纷谢世，汪国垣1934年前后作《近代诗派与地域》，其论陈三立诗学路径曰：

> 至陈散原先生，则万口推为今之苏黄也。其诗流布最广，工力最深，散原一集，有井水处多能诵之。盖散原早年习闻湘绮诗说，心窃慕之。颇欲力争汉魏，归于鲍谢，惟自揣所制，不及湘绮，乃改辙以事韩黄；又以出自发庵之门，沆瀣相得，戊戌变政，受谴家居，遂壹志为诗；及流寓金陵，诗名益盛，同辈习闻所说，归礼涪皤，偶事篇章，并邀时誉，而后生末学，远近向风者，更无论矣。平生论诗，恶俗恶熟。又尝言："诗必宗江西，靖节、临川、庐陵、诚斋、白石皆可学，不必专下涪翁拜也。"盖散原诗亦经数变，早年专事韩黄，大篇险韵，尽成伟观。辛壬避地海上，又兼有杜陵、宛陵、坡、谷之长，闵乱之怀，写以深语，情景理致，同冶一炉，生新奥折，归诸稳顺，初读但惊奥涩，细味乃觉深醇。晚年佐以清新，近体参以圆海，而思深理厚，尚不失自家面目。此其过人者也。[2]

---

① 汪国垣：《汪辟疆诗学论集》，南京：南京大学出版社2019年版，第68页。
② 汪国垣：《汪辟疆诗学论集》，南京：南京大学出版社2019年版，第48页。

陈三立1927年在友人诗册上题诗，有"稍稍挹苏黄，磊磊攀韩杜"①的诗句，与年轻诗友共勉。"稍稍"是一个逐渐的过程，"挹"属膜拜而酌取的行为。"稍稍挹苏黄"是渐次得苏与黄浸润，然后酌取其精华；"磊磊"谓胸次分明，"攀"是攀援接近。仰之弥高，日积月累，接近杜韩的诗境。诗人关于学诗方向、路径的描述，是我们把握陈三立诗学成就的基本遵循。

近代湖湘间西江诗派与湘乡文派的兴起，与曾国藩有关。曾国藩早年在京师读书养望时，自言读明清大儒之书，不克辨其得失；读姚鼐《古文辞类纂》，而于古文诗者，心有灵犀。受姚鼐诗学主张的影响，曾国藩提倡学诗，由黄庭坚上接杜韩。其1835年《题彭旭诗集后即送其南归二首》诗中，对"涪叟""涪公"即黄庭坚造意无垠、琢辞倔强、以文为诗、盘空硬语的诗风，有深切的体会，且因自己的倡导学黄，改变了诗坛忻向，颇有自得之意。咸同之际，曾国藩在戎马倥偬之中，以诵读诗文涵养心志，间怀文人雅士之想，在古文方面，以湘籍作家接续桐城古文传绪，且有中兴桐城派之举，别创湘乡派。在诗学方面，继续提倡杜韩苏黄。曾国藩幕府中，吴汝纶、莫友芝等均为学黄响应者。湖南籍著名宋诗派诗人何绍基，辞官后被曾国藩聘至扬州、苏州印书。曾国藩在同治中兴时期的高位，有助于其诗文主张的播迁。陈三立的父亲陈宝箴即是黄诗的迷恋者。咸同年间湖湘诗文之兴，与曾国藩鼓荡风气大有关系。

"袖手人"时期，游走于长沙与武昌之间的陈三立，尚处在年轻气盛，孜孜功名，奔走求进的时期。游走于长沙与武昌之间的陈三立，实际是游走于两个诗歌流派之间。长沙为王闿运湖湘派所笼罩。陈三立在长沙与王闿运弟子多有交往。王闿运年长陈三立21岁，陈三立1882年后结识王闿运后，有多次论诗与唱和的机会。1891年，陈三立随父来到武昌。武昌的诗

① 陈三立：《黄黎雍寄示诗一册滕以人参独叶苓赋谢即题其诗卷》，《散原精舍诗文集》，李开军校点，上海：上海古籍出版社2014年版，第676页。

坛大佬是张之洞。张之洞论诗，不喜黄庭坚，与曾国藩取径西江有别。在与长沙湖湘派、武昌唐诗派诗人的交流唱和中，陈三立与不同取径的诗友有过切磋，也经历过多种诗学路径的尝试。1894 年以后，陈三立与范当世、黄遵宪交往增多。范当世为曾国藩诗与古文的再传弟子，给陈三立以影响。黄遵宪与陈三立互评诗作，陈谓黄遵宪《今别离》新事而合旧格；黄谓陈三立诗，已将名人才士之语扫荡很多，但仍需自辟境界，自撑门户。诗友间的鼓励，促使陈三立在自辟自撑上用力。至经历戊戌罢官免职，家破人亡的人生惨剧后，陈三立从"袖手人"走向"悲歌人"，其"独余慷慨悲歌气"的情感，得以与"稍稍抯苏黄，磊磊攀韩杜"的诗学路径结合，才真正成就了诗人陈三立。

1893 年，陈三立游黄州，在杨守敬广文书楼，见到馆主从日本带回的宋版《黄山谷内外集》，陈三立"念余与山谷同里闬，余父又嗜山谷诗，尝憾无精刻。颇欲广其流传，显于世"①。刻书用时七年。书成，陈宝箴遽归道山。陈三立请范当世为父写碑传，即以重刻宋版《黄山谷集》为酬谢。迁居南京，走入"悲歌人"时期的陈三立，越来越频繁地提及家乡先贤陶渊明，提及杜、韩、苏、黄。雨中题峥庐壁，有"可似涪翁卧双井，吟魂破碎永思堂"②之句。重九登高未成，与友人以"诗法研涪翁，书势临钟傅……饮酒读《离骚》，意与古人遇"③的诗互相宽慰。读范当世甲午天津玩月之作，叹绝苏黄之下无此奇，以"吾生恨晚生千岁，不与苏黄数子游"④之诗和韵。

① 陈三立：《山谷诗集注题辞》，《散原精舍诗文集》，李开军校点，上海：上海古籍出版社 2014 年版，第 1126 页。
② 陈三立：《雨中题峥庐壁》，《散原精舍诗文集》，李开军校点，上海：上海古籍出版社 2014 年版，第 39 页。
③ 陈三立：《重九放晴拟与小鲁为登高之会不果戏次其韵》，《散原精舍诗文集》，李开军校点，上海：上海古籍出版社 2014 年版，第 77 页。
④ 陈三立：《肯堂为我录其甲午客天津中秋玩月之作诵之叹绝苏黄而下无此奇矣用前韵奉报》，《散原精舍诗文集》，李开军校点，上海：上海古籍出版社 2014 年版，第 51 页。

友人从湖北来，谈湖北通志写作，陈三立以"犹能叠韵追坡谷，莫更论文数马班"[1]之句相赠。陈三立《漫题豫章四贤像拓本》，分别为四位乡先贤陶渊明、欧阳修、黄庭坚、姜夔题诗：

> 此士不在世，饮酒竟谁省。想见咏荆轲，了了漉巾影。
>
> 道丧文亦敝，踵韩挺作者。微茫通波澜，独饷百代下。
>
> 驼坐虫语窗，私我涪翁诗。镌刻造化手，初不用意为。
>
> 辞赋丽以淫，如翁安可得。一卷蓑笠前，《国风》有正色。[2]

陶渊明咏歌荆轲，采菊东篱，以葛巾漉酒，潇洒自放；欧阳修当道丧文敝之时，力挺韩愈、擢拔苏氏兄弟；黄庭坚以镌刻造化之功，达到自然天成诗境；姜夔以近俗的词体，表现《国风》之雅正。四位江西先贤皆为转移文学风气的大家。乡先贤的独立不移的品格成为一种精神滋养，弥散在晚生后辈的起坐行止之中：

> 健者飘零不相见，涪翁此语最可悲……世难益迫人益老，采菊漉酒真吾师。[3]
>
> 嵇康嗜操锻，陶潜喜获稼。劳生各有适，纵浪于大化。[4]
>
> 我诵涪翁诗，奥莹出妩媚。冥搜贯万象，往往天机备。世儒

① 陈三立：《小鲁至有赠》，《散原精舍诗文集》，李开军校点，上海：上海古籍出版社 2014 年版，第 239 页。

② 陈三立：《散原精舍诗文集》，李开军校点，上海：上海古籍出版社 2014 年版，第 119 页。

③ 陈三立：《九日忆去岁与小鲁伯弢酬唱感赋》，《散原精舍诗文集》，李开军校点，上海：上海古籍出版社 2014 年版，第 134 页。

④ 陈三立：《遣兴用伯弢除夕韵》，《散原精舍诗文集》，李开军校点，上海：上海古籍出版社 2014 年版，第 99 页。

苦涩硬，了未省初意。粗迹捋毛皮，后生渺津逮。①

对乡先贤的诗文境界的揣摩与化用，成为陈三立涵养心志，抒写忧愤，走出人生难关低谷的支撑力量。缘于此，陈三立"悲歌人"时期的诗便有了一种倔强之气。细读陈三立《散原精舍诗》中的作品，国忧家难的牢骚，生涯获谤的愤懑，乱世空文的嗟叹，敛手江湖的不甘，老去耽吟的从容，胸茹万古的自信，都被陈三立以诗与文的形式表现出来。

日日吟成危苦辞，更看花鸟乱余悲。闲来岁月吾丧我，圣处功夫书与诗。如此江山相向老，休论文字起衰谁。江南风景须公等，看取园亭啜茗时。②

满纸如闻呜咽辞，看看无语坐衔悲。黄云大海初来梦，白月高天自写诗。已向蒿莱成后死，拼供刀俎尚逃谁？痴儿只有伤春泪，日洒瀛寰十二时。③

上引两诗自述免职后的诗酒生涯：闲来岁月，唯书与诗。江南风景，黄云大海，有江山之助，又何必在意诗文起衰何代何人？日日危苦辞，满纸呜咽辞，是因为蒿莱后死，刀俎尚逃，诗心文情蓬勃，索性"白月高天自写诗"。郁结的现实处境与穷病的世俗生活，把维新变法时期"九州传说是狂名"的义宁公子，一变而为"苦拨死灰话怀抱"的白下诗翁。其经历，其襟怀，其意绪，其诗格，触之峥嵘，忆之缠绵。陈三立很快在诗家众多的江南

---

① 陈三立：《为濮青士观察文题山谷老人尺牍卷子》，《散原精舍诗文集》，李开军校点，上海：上海古籍出版社2014年版，第126页。

② 陈三立：《次韵答宾南并示义门》，《散原精舍诗文集》，李开军校点，上海：上海古籍出版社2014年版，第12页。

③ 陈三立：《得熊季廉海上寄书言俄约警报用前韵》，《散原精舍诗文集》，李开军校点，上海：上海古籍出版社2014年版，第13页。

脱颖而出，成为诗坛翘楚。

陈三立"悲歌人"时期的诗文，有强大的气场与精神力量。诗骚传统，贬谪遭遇，家国孤愤，士大夫穷达情怀，构成陈三立诗文中的底气，或喷薄而出，或盘旋曲折；既是自家怀抱，也是众人心声。"一万年来无此日，二三子肯定吾文。"[①]"暮年怀抱白天壤，到处池台欺鬓华。"[②]"敛手江湖对鸥鹭，孤飞闲立奈愁何。"[③]"世乱为儒贱尘土，眼高四海命如丝。"[④]钱基博《现代文学史》中称陈三立诗泣鬼神，诉真宰，未尝不在文从字顺中，当指此类作品。陈三立《寄姚叔节》有"天地精神自来往，江湖意兴莽萧疏"[⑤]之句，《寿左子异宗丞五十》其一有"破荒日月光初大，独立精神世所尊"[⑥]之句，天地精神、独立精神，都是"悲歌人"诗文写作的底气所在。

陈三立《散原精舍诗》中有"猛志固长在"的一面，也有"悠然见南山"的一面：

> 露气如微虫，波势如卧牛。明月如茧素，裹我江上舟。[⑦]
> 初岁仍微雪，园亭意飒然。高枝喋鹊语，欹石活蜗涎。冻压

① 陈三立：《侵晓舟发金陵次韵答义门赠别并示同舍诸子》，《散原精舍诗文集》，李开军校点，上海：上海古籍出版社2014年版，第13页。

② 陈三立：《次韵伯韬怀范大肯堂之作》，《散原精舍诗文集》，李开军校点，上海：上海古籍出版社2014年版，第58页。

③ 陈三立：《扬州方地山泽山兄弟于去冬过访濒行泽山索观近稿因赠二诗次韵答寄》其二，《散原精舍诗文集》，李开军校点，上海：上海古籍出版社2014年版，第59页。

④ 陈三立：《徐先生宗亮萧先生穆偕过寓庐作》，《散原精舍诗文集》，李开军校点，上海：上海古籍出版社2014年版，第53页。

⑤ 陈三立：《散原精舍诗文集》，李开军校点，上海：上海古籍出版社2014年版，第117页。

⑥ 陈三立：《散原精舍诗文集》，李开军校点，上海：上海古籍出版社2014年版，第201页。

⑦ 陈三立：《十一月十四夜发南昌月江舟行》，《散原精舍诗文集》，李开军校点，上海：上海古籍出版社2014年版，第85页。

千街静，愁明万象前。飘窗接梅蕊，零乱不成妍。①

前诗书南昌江舟夜行，后诗写园居微雪，观察细腻，描写入神。张慧剑《辰子说林》中记陈三立善于观察事物，细心穷理格物，这种功力，于上诗中可见。

陈三立1903年前后的诗作，受梁启超、黄遵宪新派诗的影响，不避新词语：

日手东西新译编，鸾姿虎气镜台前。家庭教育谈何善，顿喜萌芽到女权。②

儿童觊作抛球厂，厮养贪连种菜园。留与老夫候明月，累唏歌啸了无痕。③

前诗答南昌女士，以"家庭教育"入诗；后诗写家庭天伦之乐，以"抛球厂"入诗。陈三立赞成新教育、拥护科学。新词语入诗，是一种写作尝试，也是对梁启超诗界革命的一种响应。

陈三立作于1905年的一首诗曾引发张之洞的不满，并在诗友中形成一场小小的争论。此年重阳节，陈三立从张之洞登武昌洪山宝通寺，饯送梁鼎芬，有诗两首。其一云："啸歌亭馆登临地，今日都成隔世寻。半壑松篁藏梵籁，十年心迹照秋阴。飘髯自冷山川气，伤足宁为却曲吟。作健逢辰领元

———————————

① 陈三立：《园居看微雪》，《散原精舍诗文集》，李开军校点，上海：上海古籍出版社2014年版，第154页。

② 陈三立：《题寄南昌二女士》其二，《散原精舍诗文集》，李开军校点，上海：上海古籍出版社2014年版，第87页。

③ 陈三立：《后园茅苇锄除尽遽得旷地数亩晚步其闻吟二绝》其二，《散原精舍诗文集》，李开军校点，上海：上海古籍出版社2014年版，第97页。

老，下窥城郭万鸦沈。"① 其中第七句，元老当指张之洞，"领元老"使张之洞不解，元老安得为人所领？因而引发不悦。宋人诗好用倒装句。以倒装句读陈三立诗，"领元老"变为"为元老所领"，张之洞自然可以释然。晚清时期的诗坛，百家竞艳，难定一尊。张之洞诗主清切，将稍近僻涩者归诸西江派，而陈三立论张之洞诗，又嫌张诗有纱帽气即官气。诗坛纷纭，好恶各自。这些诗坛掌故，可以帮助读者体会细分诗人性格、取径与风格的不同。

在诗坛名声日重、风生水起的陈三立，日益自信旷达。其 1906、1908 年分别赠郑孝胥、樊增祥的两首诗，可以感到他的坚定信心：

> 生还真自负，杂处更能安。意在无人觉，诗稍与世看。所哀都赴梦，可老得加餐。吐语深深地，吹裾海气干。②
> 骚赋而还接古悲，散为傲诡托娱嬉。要抟大块阴阳气，自发孤衾瘀寐思。愈后谁扬摩刃手，鼎来侊解说诗颐。中声翻觅喧腾里，输与黄钟笙簧知。③

两诗以"生还真自负""吐语深深地""抟大块阴阳气""发孤衾瘀寐思"的诗学目标与郑、樊共勉。以自己熟悉的表达方式，选择喜欢的学古路径，抒写所思所想，喜怒哀乐，正是晚清民国旧体诗人孜孜以求的境界。

辛亥革命的爆发，陈三立的生命与情感进入"亡国人"时期。辛亥之变及稍后的新文化运动，给陈三立的诗文带来更多的风云之气。同时，与清

---

① 陈三立：《九日从抱冰宫保至洪山宝通寺饯送梁节庵兵备》其一，《散原精舍诗文集》，李开军校点，上海：上海古籍出版社 2014 年版，第 162 页。
② 陈三立：《沪上访太夷》，《散原精舍诗文集》，李开军校点，上海：上海古籍出版社 2014 年版，第 194 页。
③ 陈三立：《樊山示叠韵论诗二律聊缀所触以报》其一，《散原精舍诗文集》，李开军校点，上海：上海古籍出版社 2014 年版，第 255 页。

王朝去职的罢官废吏及以遗民自居的诗友聚集唱和的增多，也给这一时期的诗作带来互慰寂寥与切磋诗艺的新质。陈三立 1919 年《书善化瞿文慎公手写诗卷后》记述诗社起止曰：

> 迨国骤变，大乱环起，四方人士暨生平相识亲旧，类辟地羁集沪上，三立与公亦先后俱至。居久之，无以遣烦忧，始纠侪辈十许人，时时联为诗社，公之诗遂稍多，每出示，精思壮采，辄震其坐人。盖公诗典赡高华，由子瞻上窥杜陵，而不掩其度，即愤时伤乱，形诸篇什，神理有余，蕴藉而锋芒内敛，非如三立犷野激急，同于伧父也。三立既引还白下，公旋弃人间世，而王完巢、沈涛园亦相踵物故，所谓诗社者稍歇绝矣。昔欧阳公称："世之贤豪不常聚而交游之难得。"又称："非徒相得之难，而善人君子欲使幸而久在于世亦不可得。"三立诵而流涕，谓不啻为吾辈今日言之。然欧公犹生当隆平极盛无事之时，所感已如此，而况际天荒地变、患气充塞、人人莫知死所之今日耶？宜抚公诗，亡魂失志，至不喻古今聚散死生为有可哀也。①

文中的瞿文慎公为瞿鸿禨，官至军机大臣、协办大学士职。民国后徙居沪上，以遗老自居，1918 年去世。王完巢为王仁东，南通知州，1917 年去世。沈涛园为沈瑜庆，林则徐外孙，曾任江西布政使，1918 年去世。愤时伤乱的亡国之痛与聚散死生的亡友之痛，掺合纠缠在一起，诗社成为亡国人互慰寂寥与切磋诗艺的平台。"写忧行吟存孑遗，吾曹漫比蚊虻哄。"②"隐

---

① 陈三立：《散原精舍诗文集》，李开军校点，上海：上海古籍出版社 2014 年版，第948 页。

② 陈三立：《乙卯花朝逸社第二集蒿庵中丞邀酌酒楼用杜句分韵得纵字》，《散原精舍诗文集》，李开军校点，上海：上海古籍出版社 2014 年版，第 449 页。

居笑有宗雷侣，玩世今为嵇阮流。"①在多重混乱的政治情感与学古方向的裹挟下，陈三立"稍稍抱苏黄，磊磊攀韩杜"的诗学目标更加坚定。1914 年 7 月 15 日为黄庭坚诞辰，沈曾植招众人集泊园，观宋刻任注《山谷内集》，陈三立有诗："坛坫颇如压强敌，诸公尽有锦囊癖。"开首两句描述民国诗坛状况：人人均有学古目标学古祈向，各自夸耀学诗路径学诗自得。但透过喧嚣，拨去浮云，学诗途径的主流，仍不外杜韩苏黄：

> 是日适下涪翁拜，高唳尚想摩霄翮。翁诗久远愈论定，立懦廉顽果谁力。世人爱憎说西江，类区门户迷白黑。咀含玉溪蜕杜甫，可怜孤吟吐向壁。乡味肠浇双井茶，谪所梦恋廷珪墨。根柢早嗤雕虫为，平生肯付腐鼠吓。一家句法绝思议，疑凭鬼神对以臆。沈侯秘箧出宋椠，任注矜慎辨行格。乍喜并寿八百年，瓣香告翁天护惜。嗟余仰止忝邑子，捋扯毛皮意何得。②

此诗应是陈三立最集中论述黄庭坚诗为人瓣香原因与黄诗传承所自的文字。黄诗流传不绝，在其立懦廉顽，在其孤吟槎枒，在其根柢坚实，在其句法奇妙。黄诗的妙处在"咀含玉溪蜕杜甫"，李商隐的隐晦迷离与杜甫的沉郁顿挫，经咀含蜕变后，成就黄庭坚之诗。1914 年 1 月纪念苏轼生日的聚会中，诗坛大家云集。陈三立自言"我凭小黠诘大匠"，重提唐代苦吟诗人孟郊之诗："环肥燕瘦泯拣择，乃薄孟郊为秋虫。郊诗肺腑造万物，偶蔽所见宁谓公。湘绮效古恣挥斥，亦黜公体乖《国风》。酸咸嗜好积誉毁，至

① 陈三立：《用前韵答剑泉》，《散原精舍诗文集》，李开军校点，上海：上海古籍出版社 2014 年版，第 511 页。

② 陈三立：《六月十二日山谷生日乙庵作社集于泊园观宋刻任天社山谷内集诗解用集中观刘永年团练画角鹰韵》，《散原精舍诗文集》，李开军校点，上海：上海古籍出版社 2014 年版，第 375 页。

精不灭仍重重。只今世界堕恶趣，仰首长裒仙人踪。取公晚岁悟道语，好恶焚去还虚空。"①苏轼当年《读孟郊诗》有"寒虫号"之讥，近人王闿运又指责苏公之体有违《国风》，此均为环肥燕瘦酸咸嗜好的见解而已。在"只今世界堕恶趣"的时代，还是遵循苏轼晚年悟道之语，求同存异，将个人好恶焚去，走转益多师之路。

"亡国人"时期，陈三立诗作收入《散原精舍诗续集》中，其诗学取径的眼光更宽。"世人但眩五铢衣，那识幽衾贮辛苦。郁陶悱恻本忠厚，诚出《离骚》二十五。"②强调忠厚悱恻的《离骚》宗旨。"行卷讶飞苔石气，贪收郊岛入新诗。"③以诗学孟郊、贾岛，与诗友商榷。夜读陆游诗集，有"老有高情照峡藤，篇篇都诉短檠灯。匡时报国寻常语，四字吾生写未曾。"④依旧坚持人与诗称，诗不用豪语大言的写诗宗旨。诗友沈瑜庆民国后酷爱杜诗。陈三立《涛园夜过纵谈杜句》诗云："涛园抄杜集，半岁秃千毫。所得都成泪，相过问奏刀。万灵噤不下，此老仰弥高，胸腹回滋味，徐看仆命骚。"纷乱之世读杜，此老仰之弥高。⑤以杜韩苏黄为诗学旗帜，上朔诗骚传统，不弃郊寒岛瘦，广收博取，使陈三立的诗更具表现力：

　　寻常寄兴触虚舟，过子何期对楚囚。于国于家成弃物，为人为鬼一吟楼。传薪愿缓须臾死，把袂犹堪汗漫游。我反称天韩愈

① 陈三立：《东坡生日乙庵招集樊园观朱完者所绘东坡画像》，《散原精舍诗文集》，李开军校点，上海：上海古籍出版社 2014 年版，第 394 页。
② 陈三立：《雨夜遣兴用樊山布政午彝翰林唱酬韵》，《散原精舍诗文集》，李开军校点，上海：上海古籍出版社 2014 年版，第 290 页。
③ 陈三立：《沪上遇八指头陀赋诗见诒于灯下和之》，《散原精舍诗文集》，李开军校点，上海：上海古籍出版社 2014 年版，第 278 页。
④ 陈三立：《散原精舍诗文集》，李开军校点，上海：上海古籍出版社 2014 年版，第512 页。
⑤ 陈三立：《散原精舍诗文集》，李开军校点，上海：上海古籍出版社 2014 年版，第398 页。

说，玄夫得及莫愁不。①

　　乙盦登七十，苏盦亦六十。海滨成二老，觞辰差旬日。一楼一天帝，据之各无匹。乙盦杜德机，奇哀寄示疾。苏盦徇变雅，腾吟如草檄。二子癖则同，苏盦益傲物。不知老将至，胸伏万锐卒。待世非弃世，天护龙蛇蛰。屋山垂海云，揽结溢渴笔。传观助张目，余年六十七。②

　　辛亥之后，陈三立即以"文化托命人"自我定位，"传薪愿缓须臾死"所表达的即是这种信念。

　　1922 年之后，陈三立进入"无归人"时期的诗作，收入《散原精舍诗别集》中。诗人在"尧天历历苍天死，禹甸茫茫白骨多"③的生存环境中，以"年年倔强人间世"④的心态，以及"余生犹恋太平年"⑤的期望，继续着"稍稍挹苏黄，磊磊攀韩杜"，"近喜新吟接坡谷……哀乐消磨头可白"⑥的诗学之路。诗已经成为诗人生命和情感的重要载体，而文化托命人的认同，经史的滋养，先贤的垂范，皆是诗人自立自信的凭借：

---

　　① 陈三立：《病山南归旋失其子过沪相对黯然无语既还散庐念吾友生趣尽矣欲招为莫愁湖之游收悲欢忻聊寄此诗》，《散原精舍诗文集》，李开军校点，上海：上海古籍出版社 2014 年版，第 550 页。

　　② 陈三立：《读郑苏盦六十感愤诗戏和代祝》，《散原精舍诗文集》，李开军校点，上海：上海古籍出版社 2014 年版，第 596 页。

　　③ 陈三立：《写怀次闲止疴韵》，《散原精舍诗文集》，李开军校点，上海：上海古籍出版社 2014 年版，第 635 页。

　　④ 陈三立：《和酬倦知同年七十有七自寿诗》，《散原精舍诗文集》，李开军校点，上海：上海古籍出版社 2014 年版，第 709 页。

　　⑤ 陈三立：《次韵庸庵同年寄怀》，《散原精舍诗文集》，李开军校点，上海：上海古籍出版社 2014 年版，第 676 页。

　　⑥ 陈三立：《次韵庸庵同年元旦口号》，《散原精舍诗文集》，李开军校点，上海：上海古籍出版社 2014 年版，第 663 页。

末流作者沿宗派，最忌人云我亦云。树立还期成一子，声誉安用列三君。读书楬有濠梁趣，养气需生岱岳云。不负壮夫偿老学，风行水上与论文。①

昔贤句法高天下，遗响都非众所云。徒掇毛皮应笑我，能雕肝肾一逢君。陆离奇景辉孤梦，冥漠空霄写大云。五十诗人起高适，还如雾豹泽其文。②

上引是陈三立写给学生袁思亮的论诗之作。晚清民国诗坛，流派甚多，多为末流作者标榜声气的行为。以有所树立自期，最忌人云亦云，还当读书养气。人可以"徒掇毛皮"笑我，我却以"能雕肝肾"望君。教学生不盲从于宗派之说，以读书养气入手，都显示陈三立在晚清民国诗坛的清醒与特立独行。陈三立为陆游遗像题诗：

陶集冲夷中抗烈，道家儒家出游侠。放翁孤抱颇似之，皆奇男子无分别。可怜垂死望王师，忠义从今欲语谁。历劫天留圆扇面，起扶名教与论诗。③

陆诗得陶诗冲夷抗烈气韵，陆游、陶渊明皆奇男子之诗。陶、陆两诗人的游侠气度，来自于道家与儒家。因而陆游《示儿》诗"王师北定中原日，家祭无忘告乃翁"的诗句，有动人心魄的力量。忠义的节操与底气，源

---

① 陈三立：《次和伯夔生日自寿专言文事以祝之》，《散原精舍诗文集》，李开军校点，上海：上海古籍出版社 2014 年版，第 661 页。

② 陈三立：《再次和伯夔生日自寿专言诗事以祝之》，《散原精舍诗文集》，李开军校点，上海：上海古籍出版社 2014 年版，第 661 页。

③ 陈三立：《陆蔼堂求题其远祖放翁遗像》，《散原精舍诗文集》，李开军校点，上海：上海古籍出版社 2014 年版，第 676 页。

于名教，是古与今诗人气度情感融通的媒介。劫后若有余生，当与陶、陆先贤，起扶名教，再论诗艺。陈三立最终没有度过战争与生命的大劫，在日军占领的北京含恨去世。1948 年，陈三立归葬杭州时，子女念诵陆游《示儿》诗，以慰亡灵。古人与今人的生命情感，以诗的方式连通交汇。

第六节　犹吐光芒配残月

"犹吐光芒配残月，海隅悬作启明星"两句诗，来自陈三立 1927 年所作《次韵庸庵人日见寄》。[①]庸庵为陈夔龙，是陈三立丙戌榜同年，官至北洋大臣，民国后居沪。陈三立 1921 年作《俞觚庵诗集序》描述海滨流人遗老声气相投的情形及以诗为养生送死之具感慨，已在前文引述。陈三立对辛亥革命后社会情况的描写，体现出他一贯的评价立场：辛亥革命破坏种种，但成就海滨流人遗老冤苦烦毒愤痛之诗，可谓国家不幸诗人幸。但贼不得杀，瑰意畸行，无从实现，生以诗为业，死以诗索名，也是人生极悲催之事。在本文的最后，试图借用陈三立"犹吐光芒配残月"的诗句，描述陈三立在晚清民国诗坛存在的意义。

首先，作为晚清旧秩序崩溃、民国新秩序建立的亲历者，陈三立的诗文是这个西学东渐、新旧交替的时代，最后一代士大夫去旧向新情感的记录。曾经议论风生、谈兵究弊的旧秩序与旧文学，已是一弯残月；因党锢惩处被迫置身于政治之外的士人，以诗文的写作的方式，旁通曲畅，叙写心

---

① 陈三立：《散原精舍诗文集》，李开军校点，上海：上海古籍出版社 2014 年版，第664 页。

声,犹吐光芒。由论文以作的描述中,我们可以证实:陈三立并非晚清民国历史进程的"袖手人"。他用燃烧生命与情感的方式,参与了新旧时代的历史过程。这种投入与参与,使一弯残月的旧秩序、旧文学,呈现一抹光芒。此是陈三立在晚清民国诗坛存在的第一重意义。

晚清是一个旧政治旧制度土崩瓦解却死而不僵的年代,民国是一个新政治新制度建立但复辟暗潮此起彼伏的年代。在政治变革的第一个回合中,湖南因实行新政而成为戊戌政变后唯一受到惩处与清算的省份,陈家父子在晚清政治博弈中提前出局。1900年陈宝箴的突然去世,的确是一种解脱。而陈三立转而成为惩处清算压力的主要承担者。陈宝箴去世时,陈三立的三子陈寅恪刚满10岁,党锢之祸的阴影已深植幼小的心田。陈寅恪1945年在《读吴其昌撰〈梁启超传〉书后》中,描述戊戌变法五十年间个人的心路历程:

> 又十余年,中日战起。九县三精,飚回雾塞,而所谓民主政治之论,复甚嚣尘上。余少喜临川新法之新,而老同涑水迂叟之迂,盖验以人心之厚薄,民生之荣悴,则知五十年来,如车轮之逆转,似有合于所谓退化论之说者。是以论学论治,迥异时流,而迫于时势,噤不得发。[①]

由青年陈寅恪的心态反观中年陈三立,可以更真实地理解陈三立"凭栏一片风云气,来作神州袖手人"的无奈与悲凉,理解陈三立夜读陆游诗,其"匡时报国寻常语,四字吾生写未曾"之句的曲折深意,会心于陈三立在南京新学家上下其议论泰西新学时咏梅尧臣"谈兵究弊又何益,万口不谓儒者知"诗句而与范当世相视而笑的行为。诗文不作大言,不谈兵究弊,少匡

---

① 陈寅恪:《寒柳堂集》,上海:上海古籍出版社2020年版,第150页。

时报国语，是生存中的避害智慧，是创作中内敛含蓄的低调，当然，也不无士大夫阶层"曾经沧海难为水"的矜持自傲。陈三立为《苍虬阁诗序》论陈曾寿诗："尝论古昔丁乱亡之作者，无拔刀亡命之气，惟陶潜、韩偓，次之元好问。仁先格异而意度差相比，所谓志深而味隐者。"① 志深而味隐，也正是陈三立所致力的诗境。

陈三立的诗文中，家与国是紧紧连在一起的。对纷乱国事、穷病家事之喜怒哀乐情绪予以真实深刻地书写，是陈三立得以在晚清民国诗人中出类拔萃、跻身前列的原因所在。家国忧愤的深广与厚重，也是陈三立诗文不可一世、苍茫排奡意态形成的底蕴底气。诗人"百忧千哀在家国"情感重重叠叠："贫是吾家物，宁敢失坠之"②、"一笑敝庐无长物，不教掠买是虫声"③ 是言家贫；"疮痍饿殍极千里，荡洗宁问犁与耙"④、"况闻九州外，蛮触争未息。杀气薄穹苍，膏血溅禹域"⑤ 是言世乱；"恍疑饭颗逢杜甫，安得展齿俱谢公"⑥、"近句瘦硬益振奇，宛肖东野追杜陵"⑦ 是言学古取法；"要抟大块阴阳气，自发孤衾痡瘵思……元气有根终食果，长歌当哭不逢人"⑧、"正自深

---

① 陈三立:《散原精舍诗文集》，李开军校点，上海：上海古籍出版社2014年版，第1138页。

② 陈三立:《壬寅长至抵崝庐谒墓》其五，《散原精舍诗文集》，李开军校点，上海：上海古籍出版社2014年版，第55页。

③ 陈三立:《晚坐听虫声》，《散原精舍诗文集》，李开军校点，上海：上海古籍出版社2014年版，第417页。

④ 陈三立:《人日遣兴》，《散原精舍诗文集》，李开军校点，上海：上海古籍出版社2014年版，第398页。

⑤ 陈三立:《留别墅遣怀》其三，《散原精舍诗文集》，李开军校点，上海：上海古籍出版社2014年版，第435页。

⑥ 陈三立:《题王梦湘太守匡山戴笠图》，《散原精舍诗文集》，李开军校点，上海：上海古籍出版社2014年版，第398页。

⑦ 陈三立:《地震后三日雨中倒叠前韵酬午彝兼呈樊山使君》，《散原精舍诗文集》，李开军校点，上海：上海古籍出版社2014年版，第289页。

⑧ 陈三立:《樊山示叠韵论诗二律聊缀所触以报》，《散原精舍诗文集》，李开军校点，上海：上海古籍出版社2014年版，第255页。

杯写长恨，又移盛世作畸人。海涛飞梦初怀旧，天意昌诗觉有神"①是言诗文写作。内在情感之元气淋漓，与外部世界之瞬息万变，氤氲交集，再加上取则于古，转益多师的努力，陈三立以真气主宰，真情灌注，超凡脱俗，戛戛独造的诗文创作，在晚清民国旧秩序旧文学的格局中，犹吐光芒。

其次，陈三立"犹吐光芒配残月"的努力，表现在"文化托命人"价值观的坚守。义宁陈氏之学，起于江西，成于湖湘。在陈三立学术思想的形成过程中，曾国藩、郭嵩焘、张之洞影响甚大。陈三立《黄峙青同年属题李文忠致曾文正廿七通手笺册》云："中兴将相三四公，天启文忠继文正。当年勋绩迭驱驾，要竭智勇基笃敬。"②称赞中兴将相曾国藩、李鸿章并立功、立德、立言于一身的完整。《赠袁伯夔》一诗描述曾国藩同治中兴以后湖湘文与诗沿革："武烈翊中兴，楚材冠当代。文派亦俱昌，沿流等起废。湘乡接桐城，雄跨欲无对。羽翼郭与吴，云龙瞻进退。湘绮别树帜，映古纷杂佩，末运稍衰歇，能者犹数辈。"③其《留别墅遣怀》回忆自己年少时与郭嵩焘的交往道："绮岁游湖湘，郭公牖我最。其学洞中外，孤愤屏一世。先觉昭群伦，胠怀领后辈。"④陈三立一直把郭嵩焘作为对自己有重要影响的师友。

1915 年陈三立过南昌，江西有刊行豫章丛书之议，陈三立赞曰："四海犹存垫角巾，吐胸光怪掩星辰。已迷灵琐招魂地，余作前儒托命人。"⑤前儒托命人或文化托命人的职责是维护儒学敬天志道、伦理纲常的价值观。用旧

---

① 陈三立：《人日和剑丞沪居见寄》，《散原精舍诗文集》，李开军校点，上海：上海古籍出版社 2014 年版，第 398 页。

② 陈三立：《散原精舍诗文集》，李开军校点，上海：上海古籍出版社 2014 年版，第 580 页。

③ 陈三立：《散原精舍诗文集》，李开军校点，上海：上海古籍出版社 2014 年版，第 621 页。

④ 陈三立：《散原精舍诗文集》，李开军校点，上海：上海古籍出版社 2014 年版，第 436 页。

⑤ 陈三立：《余过南昌留一日渡江来山中适闻胡御史亦至有征刊豫章丛书之议赋此寄怀》，《散原精舍诗文集》，李开军校点，上海：上海古籍出版社 2014 年版，第 453 页。

的政治秩序与君臣伦常看待辛亥革命，则无疑是"国变"与"亡国"。正是如此，陈三立有多篇碑传文，写与辛亥革命有关人物，寄托对"国变""亡国"的评判与不安。流寓上海等地的罢官废吏增多，文酒诗会中，遂形成一种流亡群体。这一流亡群体是中国最后一代士大夫阶层、贵族阶层。其政治取向有别，诗学路径有别，可谓云泥有别，泥沙俱下。"国破屡狼狈，终依黄歇浦。海隅聚流人，过逢互摩抚。摊钱耽醲饮，哀乐倒肺腑。寻常挟孤愤，滑稽评今古。"①陈三立对诗坛众生相的描述，不无讥讽自嘲的意味。与流亡团体中的罢官废吏、政治遗老普遍的"亡国"情绪相比，陈三立还有一"文化托命人"的理想在。这是他能守住士人尊严与底线，未能与王闿运、郑孝胥、沈曾植等沦为劝进奔竞者流的原因，也是辛亥年后他把座师陈宝琛之诗称为"古遗民"之诗原因所在。"古遗民"具有"孤照潜符，靖己而吁天"、精神自得高蹈的诸种特质。1932 年，陈三立已进入生命的晚年，其作《顾印伯诗集序》云：

> 自周秦以来，积数千余岁之诗人，固应风尚有推移，门户有同异，轻重爱憎，互为循环，莫可究极。然尝以谓凡托命于文字，其中必有其不死之处，则虽历万变万哄万劫，终亦莫得而死之，而有幸有不幸之说不与焉。老遁穷山，披讽君诗，其庶几一二有合于此与？②

此年，陈三立寓庐山，"一·二八"事变在上海发生。此年的前五年，王国维去世，陈寅恪有著名的《王观堂先生挽词并序》：

---

① 陈三立：《哭于晦若侍郎三首》其三，《散原精舍诗文集》，李开军校点，上海：上海古籍出版 2014 年版，第 482 页。

② 陈三立：《散原精舍诗文集》，李开军校点，上海：上海古籍出版社 2014 年版，第 1090 页。

近数十年来，自道光之季，迄乎今日，社会经济之制度，以外族之侵迫，致剧疾之变迁；纲纪之说，无所凭依，不待外来学说之掊击，而已销沉沦丧于不知觉之间；虽有人焉，强聒而力持，亦终归于不可救疗之局。盖今日之赤县神州值数千年未有之巨劫奇变；劫尽变穷，则此文化精神所凝聚之人，安得不与之共命而同尽。此观堂先生所以不得不死，遂为天下后世所极哀而深惜者也。①

陈寅恪以"殉文化"说解释王国维的自杀行为在前，陈三立谈"凡托命于文字，其中必有其不死之处"在后。陈三立与陈寅恪父子的精神世界有许多内合与呼应。这些价值观是义宁陈学的重要内容。对照读之，我们似乎可以感受到晚清民国从传统士大夫到现代知识人价值观的接榫与转换。戊戌政变后，陈氏父子被人讥讽；南社成立后，陈三立及同光体诗派受到攻讦；五四新文学起，陈三立成为拟古诗派的代名。这些曲折都可以纳入陈三立所谓"万变万哄万劫"的范畴。陈三立没有与上述讥讽攻讦正面冲突，也不愿断断辩白，不侈谈自己诗属何派，文学何人。蛰伏隐忍的背后，是因为他坚信：凡托命于文字，其中必有其不死之处。其自立自信的精神气度，当属晚清民国西学东渐、新旧交替文化场域中"犹吐光芒"者。这同样也是陈三立在晚清民国存在的重要意义。

---

① 吴宓主编：《学衡》，第六十四期，1928 年。

第二章

陈三立陈寅恪父子的
湖南新政与辛亥革命书写

晚清民国的历史演进波澜壮阔，晚清民国历史的书写丰富多彩。陈宝箴、陈三立、陈寅恪祖孙三代，是晚清民国著名的仕宦文化世家。他们家族升降沉浮命运的本身，即构成晚清民国史的一部分；而他们家族的晚清民国书写，也应该进入当下的学术的视野。

第一节　陈三立的诗文书写

陈三立是维新变法时期湖南新政的亲历者。陈三立1889年成进士后，任吏部主事，随即请假回籍，在张之洞武昌两湖书院任文学教习。1895年，陈宝箴任湖南巡抚，陈三立跟随至长沙，参与协办矿产与铁路事宜，支持汪康年、梁启超在上海办《时务报》，并效仿在长沙办《湘学报》。兴办时务学堂，且请梁启超任时务学堂总教习。维新变法失败后，湖南新政以陈宝箴、陈三立父子革职而收场。陈宝箴罪名是"滥保匪人"，主要指曾密保杨锐、刘光第等人，革职后永不叙用。陈三立的罪名是"招引奸邪"，主要指请梁启超主办时务学堂，革职。中国近代的戊戌政治变法宣告失败，而义宁陈家在这一历史旋涡中，几乎遭遇灭顶之灾。这场灾难，在陈三立与其子陈寅恪后来的诗文书写中，均直呼为"党锢"之祸。

1898 年 11 月 3 日，陈三立侍父携家人及母柩，登舟离开长沙。父陈宝箴本拟至九江后再返武昌谒访张之洞，后未果。回南昌将母亲葬于西山后，陈三立大病几死。陈宝箴于墓边筑室而居，曰"崝庐"。1900 年 5 月，陈三立全家年迁居南京。7 月 22 日，陈宝箴微疾卒于西山。此年陈三立 48 岁，陈寅恪 11 岁。陈三立作《先府君行状》记湖南新政：

> 是年八月，诏授湖南巡抚。府君故官湖南久，习知其利病，而功绩声闻昭赫耳目间，为士民所信爱，尤与其缙绅先生相慕向。

> 当是时，非府君为巡抚，湖南几大乱。府君承困敝之后，纲纪放弛，吏益杂进，贪虐窳偷之风相煽，而公私储藏既耗竭，万事坏废待理方不可胜数。府君以谓其要者在董吏治、辟利原，其大者在变士习、开民智、救军政、公官权……既设矿务局，别其目曰官办、商办，矿商合办。又设官钱局、铸钱局、铸洋圆局……

> 而时务学堂、算学堂、湘报馆、南学会、武备学堂、制造公司之属，以次毕设。又设保卫局，附迁善所，以盐法道黄君遵宪领之。又属黄君改设课吏馆，草定章程。又选取赴日本学校生五十人待发。其他蚕桑局、工商局、水利公司、轮舟公司，以及丈勘沅江涨地数十万亩，皆已萌芽发其端。由是规模粗定。

> 当是时，江君标为学政，徐君仁铸继之，黄君遵宪来任盐法道，署按察使，皆以变法开新治为己任。其士绅负才有志意者，复慷慨奋发，迭起相应和，风气几大变，外人至引日本萨摩、长

门诸藩以相比。湖南之治称天下。

复又述南昌生活拮据及父子难言之隐与心中郁结道：

> 府君既罢，归南昌，囊箧萧然，颇得从婚友假贷自给。明年，营葬吾母西山下，乐其山川，筑室墓旁，曰崝庐。日夕吟啸偃仰其中，遗世观化，泖乎与造物者游。尝自署门联，有"天恩与松菊，人境拟蓬瀛"之句，以写其志。至其所难言之隐，苑结幽忧，或不易见诸形色，独往往深夜孤灯，父子相语，仰屋歔欷而已。[①]

稍后，又作《崝庐记》，记崝庐形势，复记冤屈感慨曰：

> 天下祸变既大矣，烈矣，海国兵犹据京师，两宫久蒙尘，九州岛四万万之人民皆危鬽，莫必其命，益恸彼，转幸吾父之无所观闻于兹世者也。[②]

这里所言"既大且烈之祸变"，指义和团之乱。后党拒绝变法，朝廷任嵩作柱，奸佞构陷忠良，遂有两年后的庚子事变。这是陈三立要表达的思想逻辑。陈三立《清故光禄寺署正吴君墓表》记维新人物吴铁樵事迹，曾有一段关于义和团之乱引发民权论声起的议论，叙述了自己由拥护君权到以民权补君权之敝的思想转换过程：

---

① 陈三立：《散原精舍诗文集》，李开军点校，上海：上海古籍出版社 2014 年版，第 844 页。
② 陈三立：《散原精舍诗文集》，李开军点校，上海：上海古籍出版社 2014 年版，第 857 页。

（吴君）其论治颇喜称民权，与余不合。余尝观泰西民权之制，创行千五六百年，互有得失，近世论者或传其溢言，痛拒极诋，比之逆叛，诚未免稍失其真，然必谓决可骤行而无后灾余患，亦谁复信之？彼其民权之所由兴，大抵缘国大乱、暴君虐相迫促，国民逃死而自救，而非可高言于平世者也。然顷者吾畿辅之变，义和团之起，猥以一二人恣行胸臆之故，至驱呆竖顽童张空拳战两洲七八雄国，弃宗社，屠人民，莫之少恤，而以朝廷垂拱之明圣亦且熟视而无如何，其专制为祸之烈，剖判以来未尝有也。余意民权之说转当萌芽其间，而并渐以君权之敝，盖天人相因，穷无复之之大势，备于此矣。①

此文写于1900年。其中的曲笔婉转处有二：一是义和团之乱的始作俑者是慈禧，故朝廷垂拱之明圣亦且熟视而无如何。其驱呆竖顽童张空拳战两洲七八雄国，弃宗社，屠人民，莫之少恤，是一意孤行的专制之祸。二是专制之祸烈，刺激民权之说起。民权在君权专制之敝显示后，天人相因，推演而起。亲身经历戊戌变法与庚子事变的义宁公子，相信民权君权有可以互补之处。庚子事变中君权之敝原因，是因为后党过于强大，限制了君权。在上述议论中，陈三立依然保持维新派反慈禧不反清帝的立场。

经过国忧家难的陈三立，决意不复出仕，专事诗人。且将以前诗作尽弃，表现出与昨日断舍离的决心。而少年陈寅恪在党锢家难中长大。其文史之梦，也在六朝古都氛围濡染中，悄悄地播下种子。

陈三立自编的《散原精舍诗》，收入写作于1901—1908年间诗600余首。

---

① 陈三立：《散原精舍诗文集》，李开军点校，上海：上海古籍出版社2014年版，第843页。

这 600 余首被郑孝胥称赞为"有不可一世之概"与"莽苍排奡之意态",①
卓然大家,未可列之江西诗派的诗,使陈三立收获了诗人之名。在南京久,
陈三立身边形成了来自各个方面的交游圈。南京、上海结识的新友居多,武
昌、长沙的旧雨仍时常来往,两江总督端方及稍后的张之洞也偶有参与唱和
的来往。广泛的交游唱和成为陈三立社会生活的主要参与方式,也成为诗歌
写作的重要产出方式。其间,端方将具疏为其复官,陈三立坚辞。1906 年,
清学部学部奏派咨议官,一等八人,郑孝胥、严复、梁鼎芬在册。二等二十
五人,陈三立、罗振玉、夏曾佑、钱恂在册。这些名分,对诗人陈三立来
说,都似乎已无关紧要。

　　陈三立从政坛换位于诗坛,仍是社会盛流。其《移居》诗写迁居南京
的感受,自云:"径自携家就佳处,不成辟世倍潸然。"②南京不成避世,是
因为诗人心中有家国之事,胸中藏八面来风,所谓"古事今情满孤抱,天
涯岁暮共悲风"③者也。京师拳民之乱生,诗人有"四百兆人原祸始,泪看
成海梦成丝"④的忧思;中俄会商收东三省,诗人怀"已向蒿莱成后死,拼
供刀俎尚逃谁"⑤的愤恨。其他如"昨逢里老谈蒙学,苦问朝廷变法无?"⑥、
"世变已成三等国,吾侪犹癖一家言"⑦,言来语往中无一不是世变遗恨、家

　　① 郑孝胥:《散原精舍诗文集序》,《散原精舍诗文集》,上海:上海古籍出版社 2014
年版,第 1530 页。
　　② 陈三立:《散原精舍诗文集》,上海:上海古籍出版社 2014 年版,第 3 页。
　　③ 陈三立:《次韵答季祠见赠二首》其一,《散原精舍诗文集》,上海:上海古籍出版
社 2014 年版,第 93 页。
　　④ 陈三立:《题夏伏雏燕北纪难图册》,《散原精舍诗文集》,上海:上海古籍出版社
2014 年版,第 72 页。
　　⑤ 陈三立:《得熊季廉海上寄书言俄约警报用前韵》,《散原精舍诗文集》,上海:上
海古籍出版社 2014 年版,第 13 页。
　　⑥ 陈三立:《嵰庐雨坐戏为四绝句》其四,《散原精舍诗文集》,上海:上海古籍出版
社 2014 年版,第 186 页。
　　⑦ 陈三立:《过陈善余编译局》,《散原精舍诗文集》,上海:上海古籍出版社 2014 年
版,第 224 页。

国情怀。1904 年底，陈三立以《除夕被酒奋笔书所感》歌行体诗，叙写"国家大事识一二，今夕何夕能追摹"[①]的复杂情感。诗中历数西南寇盗，出没多年；黄海北岭，蛟鲸搏噬。五载变法，朝暮三四；任蒿作柱，僵桃代李。限权立宪，举国嬉娱；地方自治，无甚成效。这些与国家政治有关的事端，在新年旧年交替与酒酣耳热之际，纷至沓来。迁居南京后的陈三立，绝非"神州袖手人"。

《散原精舍诗续集》收录 1909—1921 年间诗作。《续集》诗起编于宣统元年，陈三立《宣统元年元日园居作》诗有"腐儒据席稽皇极，不数垓埏赐大酺"[②]的调侃，对新帝宣统的期待。不求土地人民，只求诗酒文会。随后 1911 年 10 月武昌起义成功后，在各地纷纷宣布独立之时，南京因其为两江总督的所在地，踞守依旧。清军反攻汉阳，直逼武昌时，江浙革命军在南京上演了一出辛亥版的围魏救赵的大戏。12 月 2 日，江浙革命军光复南京。南京光复，是辛亥革命中的重要战役。此后，南京又成为南北和谈所在地，成为中华民国临时政府所在地。1912 年 2 月 12 日，议和成功，清帝退位。辛亥革命推翻了中国上千年的帝制。在推翻皇权，实现民权的过程中，各派政治力量，以国家民族大局为重，使一场由武装暴动而起的政治革命，最终以和谈协商的方式，完成国家权力交接。应该说，辛亥革命是一次低烈度的政权革命。

君权之敝出现时，民权可以补救，这是陈三立庚子事变后的觉悟；但十年后演变为以民权推翻君权，且以攻城略地、各省独立的方式进行，却是陈三立不曾预想的。武昌起义发生约 20 天后，因闻长沙光复，好友黄忠浩带兵守城为新军所杀，陈三立全家紧急避居上海。其迁居的时间，当在江浙联军光复南京之前。俞大纲《寥音阁诗话》记曰：

---

① 陈三立：《散原精舍诗文集》，上海：上海古籍出版社 2014 年版，第 184 页。
② 陈三立：《散原精舍诗文集》，上海：上海古籍出版社 2014 年版，第 257 页。

散原先生于鼎革之际，曾避地上海，寓老靶子路。当时逊清达官，海内名辈，多集于沪滨。瞿止庵、陈庸庵、郑海藏、沈寐叟、朱彊村、康更生、沈涛园、李梅庵辈均侨居其间，王湘绮、梁节庵辈则数数道经上海。一时诗酒之会甚盛，先生皆有投赠之作，见于集中。当时群公，多有以逊清遗老自居者，消寒集宴，人各出银元一枚，号为"贞元会"，实引用唐人诗"贞元朝士已无多"以相况。先生虽不无故国之思，然绝不作遗老态；亦不作遗老语，其关心国计民生之衷，初不以易世而稍变，偶论世局，多悯乱伤时之语，无偏颇之辞。[①]

吴宗慈《陈三立传略》记曰：

民国肇兴，先生卜居宁、沪、杭各地，时与数故老话沧桑兴废，虽不少灵均香草之忧思，然洞察一姓难再兴之理，且以民主共和之政体，为中国数千年历史之创局，与历代君主易姓有殊，故与当世英杰有为之士，亦常相往还，从无崖岸拒人之言行。其甘隐沦作遗民以终老，只自尽其为子为臣之本分而已。[②]

俞大纲为陈三立夫人之侄，于二十世纪五十年代的台湾写作《诗话》，推扬陈三立诗学、陈寅恪史学。吴宗慈为陈三立学生，1943年写作此传，是希望陈三立身后，能得到中央政府褒扬。两个不同时期不同目标的写作，均提及陈三立易代之际行为。两人都希望把维新变法中免职的陈三立与直接在辛亥革命中丢职的罢官废吏、逊清遗老剥离区别开来。

---

① 李开军：《陈三立年谱长编》，北京：中华书局2014年版，第937页。
② 陈三立：《散原精舍诗文集》，上海：上海古籍出版社2014年版，第1509页。

这种剥离区别的努力，陈三立在辛亥革命后的 1917 年所作的《陈太保弢庵夫子七十寿序》中也曾进行过。陈太保弢庵为陈宝琛，长陈三立五岁，是陈三立乡试时的江西学政，陈三立终生以师相待。1884 年中法战争中唐炯兵败，时居翰林侍读之位的陈宝琛因是唐炯的推举者而得罪，给予降五级处分，被迫到福建担任鳌峰书院院长多年。1908 年溥仪登基后，陈宝琛首倡为戊戌六君子平反，得到溥仪褒扬。后入京，充任礼学馆总裁，为溥仪授读师傅三年。清帝逊位后，主修《德宗实录》，仍追随溥仪，1921 年授太傅，后随溥仪到天津、东北，1935 年病逝于北京。陈三立以八十余岁高龄为陈宝琛送葬。陈宝琛的存在，是郑孝胥、王国维、陈三立一代文人与废帝溥仪情感不断的重要媒介。1917 年，陈宝琛七十岁生日，陈三立引林纾之语，称陈宝琛之诗为"古遗民之诗"[1]。

陈三立所言"古遗民之诗"有两个重要特征：一是作诗之人在光绪时代，中外祸变之亟时，即被弃用的忠臣义士；二是诗境近于庄子所言无所待的自在之境。光绪时期，国家尚未到非瓦解而不可为的地步。但柄国者，颠倒自恣，使海内握消息之枢机，足挽时艰而延国脉者，竟抑遏摈弃，压抑达数十年，这样才有辛亥之年的土崩瓦解。

陈三立的政治批判的原点，总在维新变法运动；而拒绝变法的恶果，则归结于辛亥之变。二十年间，不接受维新变法是因，结出了反满灭清之果。其 1913 年《刘镜仲文集序》论述二十年来中国政治演进之轨迹云：

> 二十年之间，屡构大变，海宇骚然，而邪说诡行，摧坏人纪，至有为剖判以来所未睹。奋臂群呼，国亦旋覆，而祸难汹汹，犹不知所届。[2]

---

① 陈三立：《散原精舍诗文集》，上海：上海古籍出版社 2014 年版，第 1113 页。
② 陈三立：《散原精舍诗文集》，上海：上海古籍出版社 2014 年版，第 885 页。

刘孚京字镐仲，江西南丰人，官刑部主事，与陈三立为青年时文友，1898病殁。因此，"二十年之间"，当指维新变法以降。其1921年所作的《俞觚庵诗集序》描述辛亥革命之乱，对社会与民生的巨大冲击道：

> 余尝以为辛亥之乱兴，绝羲纽，沸禹甸，天维人纪，寖以坏灭，兼兵战连岁不定，劫杀焚荡，烈于率兽。农废于野，贾辍于市，骸骨崇邱山，流血成江河，寡妻孤子酸呻号泣之声达万里。其稍稍获偿而荷其赐者，独有海滨流人遗老，成就赋诗数卷耳。穷无所复之，举冤苦烦毒愤痛毕宣于诗，固宜弥工而寖盛。[1]

俞觚庵为俞明震，是陈三立妻俞明诗之兄。俞明震任江南陆师学堂总办时，陈三立率全家投靠。俞明震民国后出任甘肃肃政使，1918 年去世。为妻兄诗集作序，把辛亥革命后的社会描述得如此不堪，不知是否会得到革命后尚出仕新职者的认可？在陈三立看来：辛亥革命后兵战连岁，劫杀焚荡，骸骨崇山，流血成河的岁月，只成就海滨流人遗老，成冤苦愤痛诗集数种。诗成为罢官废吏生藉之为业，死附之猎名，养生送死之具。诗幸，国家不幸，诗人亦不幸。

虽是自怨自艾、愤恨满怀，但诗酒文会仍是诗人的日常。樊增祥是出自张之洞幕府的诗人，辛亥革命前署理两江总督。南京光复后避居沪上。1913 年，樊增祥在沪召集海上寓公，成立超然吟社，由参与者轮流做东，一年中有十五次文酒之会，陈三立几乎全部参与。超社第九次雅集正值王士禛生辰，陈三立有诗云："我辈今为亡国人。"[2] 这是一个以"亡国人"自居

① 陈三立：《散原精舍诗文集》，上海：上海古籍出版社 2014 年版，第 942 页。
② 陈三立：《八月甘八日为渔洋山人生辰补松主社集樊园分韵得鲁字》，《散原精舍诗文集》，上海：上海古籍出版社 2014 年版，第 382 页。

的诗人群体。对旧朝的眷恋，对新朝的不安，黍离沧桑之感，摇笔即来。

1912 年 2 月 12 日，春节前五天，宣统宣布退位。陈三立《除夜》诗充满惆怅："亘古存残夜，孤呻有小楼。灯扶桨担去，埃杂海光流。逃世吾宁及，攀天梦亦休。夷歌暖杯酒，摇入万方愁。"① 此年，诗人 60 岁。2 月 29 日，《郑孝胥日记》记陈三立评价民、清更迭之语："以暴易暴，伯夷所悲；以燕代燕，子舆所叹。"② 此牢骚语的大意是：革命军伐清，以暴易暴，此伯夷所悲；孙中山、袁世凯禅让，如战国时期的以燕代燕，此孟轲所叹。陈三立是反袁的。在他看来，袁世凯是窃国大盗。3 月 10 日，袁在北京就任中华民国大总统，陈三立有《醉后漫题》，谓之"吹沫鱼龙犹出没，覆巢燕雀与啁啾。冥冥盘血神君帐，颊唾还看溺九州。"③ 其后袁世凯成立筹安会，恢复帝制，陈三立先后作《消息》《上赏》《双鱼》《玉玺》《旧题》《史家》，讽刺袁世凯称帝。

民国后，陈三立以诗人终老，对出仕新朝者报以嘲讽。王闿运 1914 年以 81 岁高龄受袁世凯聘出任国史馆馆长，陈三立作《得长沙友人书答所感》，以"已费三年哀此老，向夸泉水在山清"④ 讽其言行不一。缪荃孙 1914 年出任清史总纂，后成为江苏帝制劝进的推进人物。缪回南京后，酒间，陈三立逼问："七十老翁何所求？"⑤ 杨度接任王闿运为国史馆馆长，又入筹安会劝进，陈三立有《读史偶书》："多事陆生通一语，始疑帝号窃臣佗。"⑥ 充满着讥讽不满。

出仕为官，并没有让曾经沧海难为水的陈三立心动。但对辛亥革命及

① 陈三立：《散原精舍诗文集》，上海：上海古籍出版社 2014 年版，第 320 页。
② 李开军：《陈三立年谱长编》，北京：中华书局 2014 年版，第 947 页。
③ 陈三立：《散原精舍诗文集》，上海：上海古籍出版社 2014 年版，第 323 页。
④ 陈三立：《散原精舍诗文集》，上海：上海古籍出版社 2014 年版，第 494 页。
⑤ 李开军：《陈三立年谱长编》，北京：中华书局 2014 年版，第 1128 页。
⑥ 陈三立：《散原精舍诗文集》，上海：上海古籍出版社 2014 年版，第 498 页。

张勋复辟时期风云人物的记述，陈三立投入了较多的理解与同情。

陈三立1917年为两广总督袁树勋作碑志，有"革命军起，而君国不可复问矣"[①]的感慨。郑孝胥对陈三立为袁树勋书写碑志不满，以为："袁父子皆事袁世凯。余必不为此文，伯严何故为之，异哉！"[②]盛宣怀是武昌起义的引爆人。1911年5月8日。清政府公布内阁成员名单，十三人的名单中皇族出身占七人，汉族出身的只有四人。盛宣怀作为四人中的幸运者，担任邮传大臣。责任内阁名单公布的第二天，即宣布全国铁路干线一律收归国有，民间资本只准许参与支线建设。其中川汉铁路的收归引发的矛盾，造成官逼民反，武昌起义的枪声打响。之后，盛宣怀邀袁世凯出山，遭到更多人的谴责。盛宣怀被革职移居大连，永不再用。1916年4月，盛宣怀在上海病逝。陈三立作《诰授光禄大夫太子少保邮传大臣盛公墓志铭》，述其兴办洋务之功：

> 公以诸生起监司，最受知李文忠公。时文忠为直隶总督，务输海国新法，图富强，尤重外交兵备。公则议辅以路矿电线航船诸大端，为立国之要，与文忠意合。于是朝廷用文忠言，次第任公以四者，公亦终其身以四者自效，竭精殚虑，旁求孤诣，艰阻而不悔，疑谤而不恤，绵历岁纪，卒底于成。于航船，首设招商局上海，资并旗昌公司，遂有巨舶数十艘，寖益盛。于电线，购归英丹陆缝，自成陆线达津沪，而海疆要地环郡国，穿徼外，以次设。于矿，营大冶之铁、萍乡之煤：笼利擅势，为效尤著。于铁路，筑芦汉数千里，横贯中原，其粤汉议定，垂施工矣，为假美款，多挠败之者，中辍而有待。其他学堂、译馆、银行与四者

---

① 陈三立：《散原精舍诗文集》，上海：上海古籍出版社2014年版，第920页。
② 李开军：《陈三立年谱长编》，北京：中华书局2014年版，第1171页。

相表里，备世之急，接踵建立，南北相望。凡所设施，垂为经制，表禹甸未有之局，非常之举，中外属目，引为难能。呜呼！可谓一代才臣已。

陈三立认为：盛宣怀在义和团围困使馆及东南互保中，均有贡献于中国。其任邮传大臣后，因武昌之难获罪。后又以赈灾而尽瘁于国事：

> 公既任邮传大臣，会言官列陈铁路干而非枝者，务擅为国有，绝纷难而一统纪。公审邻国类沿为常制，推以为便，复图兼利安群情者，而后施行之。及令下，蜀人大哄，武昌之难继作。朝廷狗群议罢公，寻悟，诏复公故官，而国步骤改矣。公亦幽忧卧疾致不起。夫当国势岌岌，纲维久弛废，祸机四伏，假以自逞，何可胜原？且引绳而绝之，绝必有处，犹欲以此蔽罪于公，岂天下后世之公论哉？公负智略，肆应无穷，更事久，益晓情伪，接物平恕，自谓有法言而无恶声，有微愠而无暴怒，故能通天下之志，竭人士之力。生平既尽瘁国事矣，于振灾愈引为己责，层累募金，出私财，赴之如不及，遂成故事，为万方饥黎所托命，至今无复尸大力号召继轨如公者，世乃益慕思公矣。①

辛亥之年，国事岌岌，如临雪崩。而铁路公有一事，引发雪崩，罪归于一人，非天下后世之公论。如果说，陈三立为盛宣怀的回护，尚可理解的话，其在 1924 年为张勋复辟树碑立传，则有更多的微言大义蕴含其中。

张勋是江西奉新人，在清朝军队中从管带一直做到江南提督。革命军光复南京时，张勋是清军主要守城将领。袁世凯时期，盘踞徐州。袁世凯死

---

① 陈三立：《散原精舍诗文集》，上海：上海古籍出版社 2014 年版，第 1012 页。

后，醉心复辟清室，做了很久的准备策划，并得到国内复辟人物及国外组织的支持。1917年6月，张勋以调停黎元洪、段祺瑞府院之争矛盾之名，率五千辫子军进北京。7月1日凌晨，在故宫养心殿，12岁的溥仪由两太妃和太保世续、师傅陈宝琛的护导而出，张勋奏请溥仪复位，然后群臣叩头，山呼万岁。在辛亥革命推翻清廷六年后，演出恢复帝制，恢复宣统纪年的丑剧。因丁巳复辟之功，张勋被封为政务总长兼议政大臣、直隶总督兼北洋大臣，康有为为弼德院副院长兼太傅。张勋复辟的倒行逆施行径，必然激起社会各界的反对。段祺瑞复在天津马厂誓师，以"拥护共和"的旗号，组织"讨逆军"，自任总司令。7月12日，随着张勋逃入荷兰使馆，辫子军土崩瓦解。张勋1923年9月病死天津。陈三立作《张忠武公墓志铭》记其南京光复、北京复辟两次战事，及张帅府辫子军奇观云：

> 宣统庚戌，命公出统长江防军。明年辛亥七月，调补江南提督。八月，武昌乱作，四方颇煽动，公请往援，未允。方与总督将军筹防守，有某统制者，号新党，结豪绅猾吏，朋谒总督张公，策独立。张公愤拒，与相持，公后至，帕首佩两枪，骤举其一向诸人，叱曰："敢有异议者，视以贼当诛。"众苍黄避去。翌日，某统制果率军叛变，公与战于雨花台，大破之，兵尽溃。而巡抚程德全复据苏州叛，合诸路兵来攻，时公城守兵仅千人耳，粮械且绝，遂转战退而屯徐州，完所部及所增募，军势复盛，屹然为重镇。

上述南京光复之战。革命军攻下南京，为汉阳解围。与新军对抗者，即为张勋。张勋兵败后，退走徐州。袁世凯图帝不成，发愤而死。后袁世凯时期，军阀混战，张勋遂被推至复辟盟主地位：

明年四月，诸镇帅复不慊于后总统，集徐州位盟，而阴以复辟之说进，推公为盟主。公出望外，终快与素志合，机不可失，要约定，遂提部卒三千入都城，五月复辟成。今上授公内阁议政大臣，兼北洋大臣，直隶总督。当是时，段祺瑞退居天津，恃宿将号召，遮挟李长泰旅起马厂，预盟三二镇帅，竟反戈相应，合兵五万余攻京师。议者谓公不以重兵扼要害，轻受人绐，疏于防患，是殆然。然而事集于仓卒，谋邻于隐秘，初不欲张皇观听，示专己，取疑忌，孰意麾节相望，背约反噬，不测至此，事后成败之论，亦恶足尽据以责公哉？

以"反戈相应""背约反噬"描述段祺瑞马厂誓师，讨伐叛逆，是有弦外之音的。在陈三立看来，张勋是中了他人套路。再写北京巷战：

敌既迫，公所分兵战天坛者，终力耗而败。于是聚而围攻公南池子所居宅，阻沟水。短墙蔽之，公余士卒六七百人，发枪辄命中，毙敌无算，自昧爽至日昃，犹苦战不屈。尩弱妇孺互传语哗曰："忠臣！忠臣！"欻有德意志人四，驰汽车突入，挟公去，公筋暴眦裂，颜頳赤，方挥刀指前，呼叫不绝口，及车行，反顾宅，已被弹药尽毁矣。公不得死，移闭荷兰公使馆中。

这段书写类似于小说中的细节描述。妇孺"忠臣"的赞语及德意志人的飙车相救，甚是失真可笑。张勋死后，溥仪给予哀荣：

事闻，上震悼，赏银币三千枚治丧，赐祭一坛，予谥忠武。公性抗爽而沉毅，器干魁梧，咸重寡言笑。拥兵数十年，待士卒恩谊浃洽而有制，驯若子弟服命于父师。其瞻顾君国，忠悃贯终始，遭变换世，挺挺不徇断发令。世凯使人讽谕，指棺自矢："可死不可从。"世凯为气夺。即所部数万人，亦无一断发者，世所举为辫子军者也。一日，世凯命使劳问，临别，使诘公传何语报袁公，公曰："袁公之知不能负，朝廷之恩不能忘，袁公不负朝廷，张某何忍负袁公？如是而已。"[1]

由清入民国，须剪辫子，这是民国的法令。张勋的军队可以继续保留辫子，也是民国奇观。最后所记张勋与袁世凯的因拒不执行断发令的对话，也别有讥讽袁世凯背叛朝廷之恩的深意。

复辟丑剧宣告结束。北洋政府欲罪责康有为等人，康有为列举冯国璋、段祺瑞皆为复辟主谋的例证。1918年3月，北洋政府匆忙特赦所有参与复辟的人员。丁巳复辟促进了皖、直两系军阀的崛起。1917年7月，陈三立的诗友，68岁的沈曾植参与复辟，并被授予学部尚书。此年，从日本回到上海的41岁的王国维在帮助沈曾植编辑诗稿。在与沈曾植的交往中，成为丁巳复辟的间接知情者。1923年春王国维入值南书房，1924年2月郑孝胥入宫任内务府大臣，均是丁巳复辟后效应的持续发酵。郑孝胥入故宫后，与陈宝琛共同提出请溥仪召见陈三立，溥仪应允。在故宫的逊位之帝，可以召见、赏银、赐祭、予谥，不时显示帝制的存在，这是1924年秋冯玉祥驱逐溥仪的重要原因。因为10月溥仪被冯玉祥赶出故宫，陈三立的觐见没有成行。11月底，陈三立在上海参与了请求履行逊位约定、恢复清室优待条件的通电。

---

① 陈三立：《散原精舍诗文集》，上海：上海古籍出版社2014年版，第1017页。

第二节　陈寅恪的诗与文史著述书写

陈寅恪 1900 年随全家迁到南京时，刚刚 11 岁。父亲陈三立在居处辟出房舍，支持柳诒徵创办新式小学，陈寅恪得以在小学读书。后陈三立在头条巷购置房产，建"散原精舍"，与舅父俞明震之俞园比邻而居。陈寅恪晚年写作《柳如是别传》时回忆道：

> 寅恪少时家居江宁头条巷。是时海内尚称乂安，而识者知其将变。寅恪虽年在童幼，然亦有所感触，因欲纵观所未见之书，以释幽忧之思。伯舅山阴俞觚斋先生明震同寓头条巷，两家衡宇相望，往来便近。俞先生藏书不富，而颇有精本。……
>
> 一日寅恪偶在外家检读藏书，获睹钱遵王曾所注牧斋诗集，大好之，遂匆匆读诵一过，然实未能详绎也。是后钱氏遗著尽出，虽几悉读之，然游学四方，其研治范围与中国文学无甚关系，故虽曾读之，亦未深有所赏会。
>
> 然自此遂重读钱集，不仅借以温旧梦、寄遐思，亦欲自验。久所学之深浅也……披寻钱柳之篇什于残阙毁禁之余，往往窥见其孤怀遗恨，有可以令人感泣不能自已者焉。①

---

① 陈美延编：《陈寅恪集·柳如是别传》，北京：生活·读书·新知三联书店 2001 年版，第 2 页。

钱谦益诗集在清乾隆年间曾因钱晚年参与反清复明而被禁毁，辛亥革命前又因"驱逐鞑虏"革命潮起，钱的著述得以重新印行并被追捧。年少的陈寅恪得读具有反清复明思想倾向的禁书，心为所动，遂演绎而成晚年著述之缘。

1902 年 3 月 24 日，任江南水师学堂总办的舅父俞明震奉刘坤一之命送学生 28 人到日本学习，在水师学堂学习的鲁迅即是随俞明震到日本学习学生中的一员。陈寅恪及兄长陈衡恪随舅父到日本游历，5 月 11 日即随舅父归来。此次游历在上海得遇李提摩太，陈寅恪以后的诗文中多处提及。1904 年 15 岁的陈寅恪正式考取官费留日，于当年 12 月 3 日乘船去日本。陈三立有诗记其事。之后，又在复旦公学学习。1909 年由亲友资助，到柏林大学、瑞士苏黎世大学留学。辛亥革命次年，回上海流亡之家，有《自瑞士归国后旅居上海得胡梓方朝梁自北京寄书并诗赋此答之》诗，诗云："千里书来慰眼愁，如君真解殉幽忧。优游京洛为何世，转徙江湖接胜流。萤嘒乾坤矜小照，蛩心文字感长秋。西山亦有兴亡恨，写入新篇更见投。"①诗所答之人胡朝梁是江西铅山人，随陈三立学诗。此诗应写辛亥革命后的乱象：京都洛城，胜流不绝。乾坤如萤照之明，文字似蛩心感伤。西山当指南昌西山，因变法得罪的陈宝箴曾筑"崝庐"于西山。清王朝兴亡之恨，应从拒绝变法时，已经写就。拒绝变法种因，辛亥革命得果。陈三立、陈寅恪父子的见解十分相近。1913 年，就读于巴黎大学，有诗《法京旧有选花魁之俗余来巴黎适逢其事偶览国内报纸忽观大总统为终身职之议戏作一绝》："岁岁名都韵事同，又惊啼鴂唤东风。花王那用家天下，占尽残春也自雄。"②以巴黎花魁对比国内大总统终身制，也极有讽刺之意。1914 年 7 月第一次世界大战

<hr />

① 陈美延编：《陈寅恪集·诗集》，北京：生活·读书·新知三联书店 2001 年版，第 7 页。

② 陈美延编：《陈寅恪集·诗集》，北京：生活·读书·新知三联书店 2001 年版，第 8 页。

爆发，时局混乱。1915年春，陈寅恪匆匆回国，被时任经界局局长蔡锷聘任为编译所所长，组织海归人员编译《各国结界纪要》等书。第二年7月，又受湖南省长谭延闿聘任，任职湖南交涉使署，熟知对外交涉事务。一年后辞职，继续美国、德国等大学的留学。两年间北京、长沙的任职，使陈寅恪对民国时期的国家政治并不陌生。

1926年，37岁的陈寅恪终于结束长达18年的留学生涯，到清华国学院任教。在清华国学院导师中，与先一年入职的王国维交往最多，学术方向与路径最为相近。王国维长陈寅恪十三岁。陈寅恪与王国维同事一年后，王国维即自沉。《遗书》安排其书籍由陈寅恪、吴宓代为处理。在王国维入殓时，研究院的学生二十余人行鞠躬礼，而陈寅恪为王国维行跪拜之礼。陈寅恪主持了王国维书籍的处理，主要由北京图书馆收藏，通行本、复本由同人及亲友留作纪念。悼念王国维去世，陈寅恪6月最早先成挽联一副："十七年家国久魂销，犹余剩水残山，留与累臣供一死；五千卷牙签新手触，待检玄文奇字，谬承遗命倍伤神。"[1] "十七年家国"字样中，"殉清"的指向甚为明显。稍后又有《挽王静安先生》七律一首，中有"敢将私谊哭斯人，文化神州丧一身"句，已将王国维之死定位于神州文化之殇。秋天又作《王观堂先生挽词并序》，诗序提出著名的"殉文化"之说：

> 吾国古来亦尝有悖三纲违六纪无父无君之说，如释迦牟尼外来之教者矣，然佛教流传衍盛昌于中土，而中土历世遗留纲纪之说，曾不因之以动摇者，其说所依托之社会经济制度未尝根本变迁，故犹能藉之以为寄命之地也。近数十年来，自道光之季，迄乎今日，社会经济之制度，以外族之侵迫，致剧疾之变迁；纲

---

① 陈美延编：《陈寅恪集·诗集》，北京：生活·读书·新知三联书店2001年版，第180页。

纪之说，无所凭依，不待外来学说之掊击，而已销沉沦丧于不知觉之间；虽有人焉，强聒而力持，亦终归于不可救疗之局。盖今日之赤县神州值数千年未有之巨劫奇变；劫尽变穷，则此文化精神所凝聚之人，安得不与之共命而同尽，此观堂先生所以不得不死，遂为天下后世所极哀而深惜者也。至于流俗恩怨荣辱委琐龌龊之说，皆不足置辩，故亦不之及云。①

以"殉文化说"解释王国维自沉，已使一代文化巨匠，得以摆脱了社会上种种恩怨荣辱委琐龌龊之说，而更具有圣贤者的灵光。陈寅恪对王国维的阐释与升华并没有在此止步。1929 年王国维自沉两周年，清华为王国维立碑，陈寅恪撰写碑文，将王国维精神概括为士之读书治学最为可贵的"独立之精神，自由之思想"：

士之读书治学，盖将以脱心志于俗谛之桎梏，真理因得以发扬。思想而不自由，毋宁死耳。斯古今仁圣所同殉之精义，夫岂庸鄙之敢望？先生以一死见其独立自由之意志，非所论于一人之恩怨，一姓之兴亡。

先生之著述，或有时而不章。先生之学说，或有时而可商。惟此独立之精神，自由之思想，历千万祀，与天壤而同久，共三光而永光。②

1934 年，《王静安先生遗书》编成，陈寅恪为之作序，从三个方面概

① 陈美延编：《陈寅恪集·诗集》，北京：生活·读书·新知三联书店 2001 年版，第12 页。
② 陈美延编：《陈寅恪集·金明馆丛稿二编》，北京：生活·读书·新知三联书店2001 年版，第 247 页。

括王国维的治学内容及方法："一曰取地下之实物与纸上之遗文互相释证"；"二曰取异族之故书与吾国之旧籍互相补正"；"三曰取外来之观念，与固有之材料互相参证"①。至此，作为现代学术的开拓者，陈寅恪对王国维学术经验学术道路的总结、提升得以完成，并以"文化托命人"的定位，重塑了王国维在学术史上承前启后的学术形象。而同时，陈寅恪自己的学术领域与学术路径，也在上述价值观、学术规范的总结与提升中，渐渐形成。陈寅恪稍后在西北史地、佛经翻译传播、隋唐政治制度史及元白诗学、《再生缘》研究、钱柳因缘研究的学术过程中，坚持民族文化本位的文化立场，坚持对独立之精神、自由之思想的追寻，坚持取外来之观念，与最新地上地下材料互相参证，成为现代学术史上与王国维齐名的双星子座。

陈寅恪《王观堂先生挽词并序》中的"序"，因有"文化殉国"的论述为后代研究者所重视。而《挽词》诗本身，因叙写出王国维所经历的艰难世事，而为同时代人所激赏。《挽词》诗在排律组成的叙事中，凸显出诗者的政治观历史观。《挽词》诗的叙事，有许多晚清"今典"，陈寅恪怕后人不了解晚清"今典"而有误读，特别在 1953 年秋请蒋天枢到广州，当面将《挽词》诗所涉及的晚清掌故讲给蒋，由蒋帮助加上注释。《挽词》诗成为 1927 年写就、1953 年由诗人口授加注的经典之作。陈寅恪对晚清民国政治与王国维心路历程的理解，至晚年也未曾有大的改变。

《挽词》诗由王国维曾写作《颐和园词》入手，以为王氏当年仿效唐之元稹用长庆体写《连昌宫词》是希望再逢盛世，却不料汉家十厄接踵而至，中兴难期，而以死殉大伦。和军阀混战的乱象相比，光绪、宣统时代已是海宇承平之年。那时，张之洞自居清流，以中体西用教化世人，总持学部，笼络名流，王国维方能致力学术。预备立宪，以十年为期，而不意有辛亥之

---

① 陈美延编：《陈寅恪集·金明馆丛稿二编》，北京：生活·读书·新知三联书店 2001 年版，第 249 页。

变。辛亥变革时期，王氏避地日本。回国后，重理学术，专治经史考证之学，入直南书房行走。根据逊位条例，故宫本可行旧制。但有冯氏逼宫，王国维与柯劭忞、罗振玉曾相约殉死，不果。转至清华教书，许我为忘年之友，风义平生师友间。去者已去，生者哀愤，将来能做的只有"他年清史求忠迹，一吊前朝万寿山"①。

《挽词》诗甚长。与本文讨论话题有关处有二：一是以党锢后人自居，二是对梁启超参与马厂誓师的批评。诗中带入自己家经历的叙述如下："鲰生瓠落百无成，敢并时贤较重轻。元祐党家惭陆子，西京群盗怆王生。"②元祐党家指陆游祖父陆佃是王安石的学生，因支持变法被列为元祐党人。陈宝箴湖南新政的经历与南宋时期的陆佃相似，陈寅恪也就和陆游同为党锢后代的心情相仿了。

再看对梁启超的批评："清华学院多英杰，其间新会称耆哲。旧是龙髯六品臣，后跻马厂元勋列。"③原本是称赞清华人杰荟萃，兼容并包，王国维在其中，梁启超也在其中。却突然笔锋一转，指向梁启超参与段祺瑞马厂誓师一事，并点明梁启超在戊戌变法时为六品官员，摇身一变而为讨逆元勋。这种在称赞王国维"忠君"之时，突然插入梁启超"贰臣"的批评，若不是心怨久之，为何有此随手一击？

梁启超反对袁世凯复辟，也反对张勋复辟。张勋拥宣统重归龙椅后，梁启超发一反对通电，以为复辟者"处文明之世运，而梦想雍、乾之操术，叩以立宪之义，盖举朝莫之能解，使其政府幸而有一年数月之寿命，则其政

①　陈美延编：《陈寅恪集·诗集》，北京：生活·读书·新知三联书店2001年版，第17页。
②　陈美延编：《陈寅恪集·诗集》，北京：生活·读书·新知三联书店2001年版，第17页。
③　陈美延编：《陈寅恪集·诗集》，北京：生活·读书·新知三联书店2001年版，第16页。

象吾敢为预卜曰，桓玄、朱温时代之专制而已"。① 除通电反对外，梁启超亲入段祺瑞军，参赞讨逆之役。

1953 年陈寅恪与蒋天枢在"旧是龙髯六品臣"诗句下注："梁先生于戊戌以举人资格特赏六品顶戴，办理编译事宜。"在"后跻马厂元勋列"诗句下注："梁先生通电中比张勋为朱温，亦间诋康。费仲深树蔚诗云：'首事固难同翟义，元凶何至比朱温。'梁先生当张勋复辟时避居天津租界，与段祺瑞乘骡车至马厂段部将李长泰营中，遂举兵。所发通电中并诋及南海，实可不必，余心不谓然，故此诗及之。'龙髯六品''马厂元勋'两句属对，略符赵瓯北论吴梅村诗之旨。此诗成后即呈梁先生，梁亦不以为忤也。"② 梁启超大陈寅恪 17 岁，与其父陈三立交往甚好，在清华四导师中年龄最长。《挽词》诗写好后，陈寅恪在清华研究院抄送包括学生在内许多人看。可以猜想，如此对比着王国维之"忠悫"，说梁启超之"善变"，梁启超即使"不以为忤"，也不会欣然接受。

自此之后，陈寅恪多次把梁启超的"善变"与陈氏家族的故事对照着讲下去。1945 年孟夏，时陈寅恪刚刚双目失明。清华国学院时期的学生、时任武汉大学教授的吴其昌写了《梁启超传》一书，陈寅恪作《读吴其昌撰梁启超传书后》。《书后》写了三层意思，对理解梁启超、陈寅恪均十分重要。

第一层意思是说梁启超一生不能与政治绝缘，无法像历史上的刘秉忠、姚广孝那样，做到世外闲身而与人家国：

> 忆洪宪称帝之日，余适旅居旧都，其时颂美袁氏功德者，极丑怪之奇观。深感廉耻道尽，至为痛心。至如国体之为君主抑或

① 丁文江、赵丰田编：《梁启超年谱长编》，上海：上海人民出版社 1983 年版，第 825 页。
② 陈美延编：《陈寅恪集·诗集》，北京：生活·读书·新知三联书店 2001 年版，第 17 页。

民主，则尚为其次者。迨先生《异哉所谓国体问题者》一文出，摧陷廓清，如拨云雾而睹青天。然则先生不能与近世政治绝缘者，实有不获已之故。此则中国之不幸，非独先生之不幸也。又何病焉？①

第二层意思是说戊戌变法时期，言变法者两个来源。第一个来源是陈宝箴许为孤忠闳识的中国第一任驻英大使湖南籍人士郭嵩焘。另一个来源是附会孔子改制以言变法的康有为。湖南新政的来源主要来自前者，因为陈宝箴对康有为的"今文经学"附会之风无法接受。而郭嵩焘的背后，还有曾国藩、张之洞深耕细作的湖湘文化。陈寅恪1934年为冯友兰《中国哲学史》作序中的两句名言："寅恪平生为不古不今之学，思想囿于咸丰、同治之世，议论近乎湘乡、南皮之间。"②10年后的陈寅恪对维新变法两个来源的议论，可为上述名言做一个注脚。

第三层意思讲述自己心态变化。戊戌政变后，围绕立宪所进行的政治之纷乱妄谬，为天下指笑；卢沟桥事变后，中日战起，民主政治之论，甚嚣尘上："余少喜临川新法之新，而老同涑水迂叟之迂。盖验以人心之厚薄，民生之荣悴，则知五十年来，如车轮之逆转，似有合于所谓退化论之说者，是以论学论治，迥异时流，而迫于事势，噤不得发。"③陈寅恪自言自己由赞成变法的王安石之徒，变为反对变法的司马光之徒，原因是因为法越变越乱，生命已到朝不保夕的程度。为梁启超无法摆脱政治怅惜的史学大师，在

---

① 陈美延编：《陈寅恪集·寒柳堂集》，北京：生活·读书·新知三联书店2001年版，第166页。

② 陈美延编：《陈寅恪集·金明馆丛稿二编》，北京：生活·读书·新知三联书店2001年版，第282页。

③ 陈美延编：《陈寅恪集·寒柳堂集》，北京：生活·读书·新知三联书店2001年版，第168页。

战争与政治的挟裹之下同样是痛苦万分的。

以"独立之精神，自由之思想"作为士之读书治学的根本要义之后，这一要义也自然成为陈寅恪始终不渝的学术理想与学术旗帜。他的《元白诗笺证稿》，十余年磨一剑，诗史互证。截断众流，自树一帜。其《论再生缘》《柳如是别传》自称为"颂红妆"之作。陈寅恪以失明膑足之人的极限条件，支撑然脂暝写、亦文亦史的努力，在乾隆弹词奇女，明清易代才女的命运升沉中，寻求独立精神、自由思想在人间的孕育与成长。

为他人作史，已是心力耗尽，陈寅恪最后的心愿是为义宁陈家写史。这便有了《寒柳堂记梦未定稿》。这一笔记体的义宁陈家自述开始于1965年。在撰稿之初，陈寅恪曾对助手黄萱说："此书将来作为我的自撰年谱。"① 《寒柳堂记梦未定稿》现为残卷，距自撰年谱的目标相差甚远，应与作者没有能够完成有关。《寒柳堂记梦》有蒋天枢编《陈寅恪文集》版与陈美延编《陈寅恪集》版两个版本，后版较前版多7000余字。《寒柳堂记梦》与湖南新政与辛亥革命有关的记载如下数条：

> 清咸丰之季年，太平天国及其同盟军纵横于江淮区域。英法联军攻陷北京，文宗走避热河，实与元末庚申帝之情事相类。然以国内外错综复杂之因素，清室遂得苟延其将断之国祚者五十年。凡此五十年间政治中心，则在文宗孝钦显皇后那拉氏一人。

此段文字叙1861年辛酉政变。各种条件的错综复杂，打破咸丰驾崩后，朝野希望肃顺与文祥同辅幼主的共想。文祥帮助慈禧铲除政敌后，自己也被褫夺"议政王"头衔。慈禧实施垂帘听政，形成了长达五十年以那拉氏一人为中心的政治格局。

---

① 卞僧慧：《陈寅恪先生年谱长编》，北京：中华书局2010年版，第337页。

综观那拉后一生之行事，约有数端：一、为把持政权，不以侄嗣穆宗，而以弟承大统。后取本身之侄女强配德宗，酿成后来戊戌、庚子之事变。二、为重用出自湘军系统之淮军，以牵制湘军，遂启北洋军阀之一派，涂炭生灵者二十年。三、为违反祖制，信任阉宦，遂令晚清政治腐败更甚。四、为纵情娱乐，修筑园囿，移用海军经费，致有甲午之败。五、为分化汉人，复就汉人清浊两派中，扬浊抑清，而以满人荣禄掌握兵权。后来摄政王载沣承其故智，变本加厉，终激起汉人排满复仇之观念。

在慈禧实施垂帘听政的过程中，咸丰年间的汉族官僚派系的南北之争，在光绪初年转化演绎为"清流党"。一群在京翰林詹事部门任职的汉族官僚，形成了以奏疏为主要方式，议论国事，掊击权要的集体行动，史称"清流党"。

简要言之，自同治至光绪末年，京官以恭亲王奕䜣、李鸿藻、翁同龢、陈宝琛、张佩纶等，外官以沈葆桢、张之洞等为清流。京官以醇亲王奕譞、孙毓汶等，外官以李鸿章、张树声等为浊流。至光绪末迄清之亡，京官以瞿鸿禨、张之洞等，外官以陶模、岑春煊等为清流。京官以庆亲王奕劻、袁世凯、徐世昌等，外官以周馥、杨士骧等为浊流。但其间关系错综复杂，先后互易，亦难分划整齐。

光绪初年"清流党"有清人所称的"四谏"——张佩纶、张之洞、黄体芳、宝廷外，加上邓承修、陈宝琛、吴大澂。其中张佩纶、张之洞光绪五年后晋升较快。因为慈禧扬浊抑清，光绪清流群体在1883年至1885年的中法越南战争后趋于瓦解。

同光时代士大夫之清流，大抵为少年科第，不谙地方实情及国际形势，务为高论。由今观之，其不当不实之处颇多。但其所言实中孝钦后之所忌，卒黜之、杀之而后已。若斯之类，其例颇多，不遑枚举。……总而言之，清流士大夫虽较清廉，然殊无才实。浊流之士大夫略具才实，然甚贪污。其中固有例外，但以此原则衡清季数十年人事世变，虽不中亦不远也。

清流党瓦解于中法战争之际。而中法之战清朝败绩，与李鸿章对外情一知半解有很大关系：

合肥自同治元年至光绪二十七年，凡历四十年，专办洋务，故外人竟以合肥为中国之代表，亦自有理由。夫淮军之兴起，本出于那拉后欲借此以分化牵制湘军，特加倚重。曾、左之虽亦不能不稍稍敷衍，然其亲密之程度，则湘军之元勋远不及淮军之主将。吾人今日平情论之，合肥之于外国情事，固略胜当时科举出身之清流，但终属一知半解，往往为外人所欺绐。即就法越一役言之，合肥若果能深通外情者，则中国应得较胜之结局也。

陈寅恪以清浊流的消长观察清季人事世变，是一个以简驭繁的切入与理解的角度。清流少年科第，务为高论，于救衰救敝，无大裨益；浊流处理政务，具有才干，可以成事，但因贪污，缺乏气节，甚至误国。陈宝箴作为湘军旧部，与清流浊流均有交好，游刃于清浊两间，也游刃于帝、后两间：

清代季年，士大夫实有清流浊流之分。寅恪本人或以世交之谊，或以姻娅之亲，于此清浊两党，皆有关联，故能通知两党之情状并其所以分合错综之原委。

先祖以为中国之大，非一时能悉改变，故欲先以湘省为全国之模楷。至若全国改革，则必以中央政府为领导。当时中央政权实属于那拉后，如那拉后不欲变更旧制，光绪帝既无权力，更激起母子间之冲突，大局遂不可收拾矣。那拉后所信任者为荣禄，荣禄素重知先祖，又闻曾保举先君。

先祖之意，欲通过荣禄，劝引那拉后亦赞成改革，故推凤行西制而为那拉后所喜之张南皮入军机。首荐杨叔峤（锐），即为此计划之先导也。

随着变法失败，六君子被杀，康、梁逃往海外，湖南新政的领导者陈宝箴、陈三立受到革职处分。

当政变后，都中盛传先祖必受发往新疆之严谴，如李端棻奏保康有为及谭嗣同之例。然止于革职永不叙用之薄惩，实由荣禄及王仁和（王文韶）碰头乞请所致也。①

此后，陈宝箴死于南昌，陈三立移居南京，以诗歌自遣，不复出仕，拒入京师，不附和袁世凯立宪之说。陈寅恪任教清华后，才迎养至燕。卢沟桥事变后，忧愤死于北京。

---

① 陈美延编：《陈寅恪集·寒柳堂集》，北京：生活·读书·新知三联书店 2001 年版，第 183—206 页。

第三节　从同光胜流到民国大师：
江南世家的心路历程

　　陈三立、陈寅恪父子对湖南新政与辛亥革命的书写，有着共同的政治立场。其内在逻辑就是把从维新变法到辛亥革命再到溥仪迁出故宫看作一个因果连环的历史过程，慈禧强权主宰了同治、光绪、宣统五十年清王朝的命运。处在晚清民国变局中的三代皇帝都是值得同情的，尤其是维新变法中没有主导权的光绪、辛亥革命中被迫宣布逊位的溥仪。慈禧后党扼杀了一场以维新变法为主旨的自上而下的政治变革，导致了以排满复仇为号召的自下而上的武装革命。对光宣及民初的政治格局，陈三立、陈寅恪父子有了以下大致相同的判断与书写：李鸿章导致了中日甲午的败局，袁世凯是首鼠两端的窃国大盗，辫子军旧臣张勋复辟是误入北洋争夺的套辟，南书房行走王国维自沉不仅是殉清更是殉文化，冯玉祥的北京政变伤害了逊位清帝的利益，等等。

　　陈三立、陈寅恪父子两代有 37 岁的年龄之差，经历也各自不同。为何在晚清与民国许多重大事件的看法，会有如此多的相合之处？这是一个谜。义宁陈家之学，自同治年后，经历同光胜流、元祐党家、文化托命、大学之任数个阶段。陈寅恪与父亲陈三立对晚清与民国许多重大事件的看法相似，说明父子从家族遭际与命运的角度，对元祐党家、文化托命两个阶段的晚清民国历史，具有高度的感同身受与认知统一。

　　陈寅恪在《寒柳堂记梦》记曰："吾家素寒贱，先祖始入邑庠，故寅恪非姚逃虚所谓读书种子者。"①非读书世家的陈家得以入同光胜流，始于陈宝箴。陈宝箴乡试及第后，即入湘军，曾国藩曾为陈宝箴生日撰联，甚是器重。湘军将领出身和同治中兴局面的形成，使陈宝箴在经历多年宦海沉浮后，终于跻身封疆大吏、晚清胜流之列。

同光胜流的构成与湘、淮军的崛起与同治中兴的形成有关。曾参与湖南新政的黄遵宪 1902 年贬官回梅州后，写信与梁启超，议论湖湘大佬曾国藩。以为曾所学儒术，而专用黄老，平生兢兢避党援之祸、种族之争。文正卒于同治末年，其时地未割，无偿款，无国债，俨然中兴之局。曾氏生前，把军权交与李鸿章。其身后，中国遂进入无名臣名儒之局。黄遵宪的这种看法与陈寅恪十分接近。陈寅恪认为，陈宝箴的迟迟升迁，与李鸿章"湘军之元勋远不及淮军之主将"的认识有关。其《寒柳堂记梦》中对先祖仕宦之途的表述，充满怨愤："其仕清朝，不甚通显，中更挫跌，罢废八稔。年过六十，始得巡抚湖南小省。在位不逾三载，竟获严谴。"②

陈宝箴、陈三立获严谴后，义宁陈家由同光胜流进入元祐党家时期。陈三立 1889 年中进士，决定放弃吏部主事的任职，侍父武昌。入张之洞幕府，教书两湖书院。陈宝箴任湖南巡抚后，至长沙佐理湖南新政。这是一种同光胜流之家不同于寻常之人的晋升之路。变法失败打破了陈三立的晋升节奏。在亲身经历光绪年间政治格局的惊涛骇浪之后，陈三立绝意不复仕宦。陈寅恪《寒柳堂记梦》记陈三立：光绪后期，不愿入袁世凯麾下，拒湖南提学使。宣统逊位后，以不操京语，拒佐溥仪。因为真气主宰，忧愤深广，用心专一，陈三立成为晚清民国诗歌的巨擘。党锢阴影中走出的义宁第二代，经历过同光胜流的盛衰转换，经历过辛亥易代的升降起伏，已心无旁骛，志

---

① 陈美延编：《陈寅恪集·寒柳堂集》，北京：生活·读书·新知三联书店 2001 年版，第 188 页。
② 陈美延编：《陈寅恪集·寒柳堂集》，北京：生活·读书·新知三联书店 2001 年版，第 188 页。

在以文字谋求不死，作前儒托命之人。陈三立 1915 年过南昌，江西有刊行豫章丛书之议。江西是陶渊明、欧阳修、黄庭坚、姜夔的故乡，乡贤前儒，足为典范。陈三立有诗："四海犹存垫角巾，吐胸光怪掩星辰。已迷灵琐招魂地，余作前儒托命人。"[1] 1932 年，又有《顾印伯诗集序》，以为："自周汉以来，积数千余岁之诗人，固应风尚有推移，门户有同异，轻重爱憎，互为循环，莫可究极。然尝以谓凡托命于文字，其中必有其不死之处，则虽历万变万哄万劫，终亦莫得而死之，而有幸有不幸之说不与焉。"[2] 以文字写心，为前儒托命，不能建功立业为生民立命，但可披肝沥胆为天地立心。在宋儒张载"横渠四句"中的士大夫精神中，陈三立找到了自己的安身立命之处。陈三立与以其为代表的同光体诗派，在入民国前后及五四新文学运动中，遭受过南社冲击和新诗提倡者的批评。陈三立没有像郑孝胥、沈曾植为清朝逊帝庭前奔走，也没有像林纾、严复那样与新进少年叫骂对阵。陈三立坚持自己以文字写心，为前儒托命的立场，虽不免迂腐，但未曾改变。其 1920 年所写《南昌东湖六忠祠记》云：

> 窃闻临难毋苟免，食其禄者忠其事，天地之大经，圣贤之遗
> 则，通之百世而莫能易者也。盖人之生也，有羞恶之心，有不甘
> 不屈之气，根于性，立于义，发于诚，明于分，依之则为人，违
> 之甚或自陷于禽兽。当大难临不测，若皆泛泛然拱手委之，君谁
> 与赖？国谁与扦？民谁与保？况一死有系于成败存亡之外者哉！
> 五代之际，士大夫不识名节为何物，其托于是时者，如蘹之缘标
> 枝也，如萍藻之卷冲潦也，倏忽变灭，不足列有无之数。故欧阳

---

① 陈三立：《余遇南昌留一日渡江来山中适闻胡御史亦有至有任刊豫章丛书之议赋此寄怀》，《散原精舍诗文集》，上海：上海古籍出版社 2014 年版，第 453 页。

② 陈三立：《散原精舍诗文集》，上海：上海古籍出版社 2014 年版，第 1090 页。

公于其史最反复伤之，引以为鉴。且匪徒中国而已，彼环海之国不一，虽法制或歧，教俗或异，然使官吏不死职，将士不死绥，宁有存立盛强可指称者耶？

吾国新进学子，驰观域外，不深察其终始，猥猎一二不根肤说，盛倡于纲纪陵夷、士气萎靡之后，以忠为戒，以死其君为妄，溃名教之大防，绝彝常之系统，势不至人心尽死，导而成蜉蝣之群、奴虏之国不止。为祸之烈，尚忍言哉！①

南昌东湖六忠祠是为明末六位江西籍忠烈之士而建，所表彰的精神是宋代江西人欧阳修所倡导的士大夫的忠诚与气节。宋代之后出现的士大夫把忠于事、忠于君、忠于国、忠于民看作是发之于人性、利之于家国的行为，这便成为士大夫修齐治平的基本伦理纲常。"吾国新进学子"自然是指提倡伦理革命的新青年。这是陈三立对新文化运动伦理革命指向最直接最激烈的批评。陈三立为陆游遗像题诗，有"起扶名教与论诗"②之句，又有"天地精神自来往，江湖意兴莽萧疏"③、"破荒日月光初大，独立精神世所尊"④的诗句，在这些文字中，都能找到陈三立思想气质与价值观对陈寅恪影响的蛛丝马迹。

陈寅恪回国执教的时代，正是中国大学快速发展的时代。中国大学在五四之后接受了"民主"与"科学"的精神，正在加快转换中国学术中国知识体系的现代建构，使之适应中国自立于世界民族之林的需要。身处清华大

---

① 陈三立：《散原精舍诗文集》，上海：上海古籍出版社 2014 年版，第 993 页。
② 陈三立：《散原精舍诗文集》，上海：上海古籍出版社 2014 年版，第 643 页。
③ 陈三立：《寄姚叔节》，《散原精舍诗文集》，上海：上海古籍出版社 2014 年版，第 117 页。
④ 陈三立：《寿左子异宗丞五十》其一，《散原精舍诗文集》，上海：上海古籍出版社 2014 年版，第 201 页。

学这一中国现代学术中心，陈寅恪有着国家与民族学术引领者的自觉。其1931年发表的《吾国学术之现状及清华之职责》以为，"吾国大学之职责，在求本国学术之独立"，中国学术独立之独立，"实系吾民族精神上生死一大事者"①。1931年、1934年为冯友兰《中国哲学史》上、下卷写作审查报告，以为中国学术，"其真能于思想上自成系统，有所创获者，必须一方面吸收输入外来之学说，一方面不忘本来民族之地位"②。这种气度眼界，加上1929年《清华大学王观堂先生纪念碑铭》所提出的"独立之精神，自由之思想"的口号及"士之读书治学，盖将以脱心志于俗谛之桎梏，真理因得以发扬。思想而不自由，毋宁死耳"这类让读书人血脉贲张的论述，都使陈寅恪站到了20世纪30年代中国学术的制高点上。当然，陈寅恪也并不掩饰同光胜流，党锢之家，士大夫世家给予他的精神与学统的影响："寅恪平生为不古不今之学，思想囿于咸丰、同治之世，议论近乎湘乡、南皮之间。"③这种渊源有自的自豪自信，不是每个清华研究院的教授都具有的。陈寅恪的《隋唐制度渊源略论稿》以汉化、胡化的消长描述南北朝至隋唐的复杂历史演变，提出胡汉之分，不在种族，而在文化。隋唐制度的形成，是用夏变夷的历史过程。《唐代政治史述论稿》以为南北朝社会以婚、宦判别人物流品之高下，唐代犹承其风。武则天时期重科举，寒族通过科举进身，形成重要社会力量，唐牛李两党的分界由此而起，建立在关中本位政策上的唐中央政权得以崩坏。陈寅恪对隋唐历史的研究中，总有似有似无的晚清经验参与与存在。至其晚年的"颂红妆"的著述，《再生缘》的研究是要揭示女子不能参加科

---

① 陈美延编：《陈寅恪集·金明馆丛稿二编》，北京：生活·读书·新知三联书店2001年版，第361页。

② 陈美延编：《陈寅恪集·金明馆丛稿二编》，北京：生活·读书·新知三联书店2001年版，第284页。

③ 陈美延编：《陈寅恪集·金明馆丛稿二编》，北京：生活·读书·新知三联书店2001年版，第284页。

举的乾隆时代如何显现才华，《柳如是别传》中钱柳因缘研究以为钱之降清变节行为在其与柳如是共同参与的反清复明行为中已得到纠正。在《柳如是别传》论及清初夷汉文化冲突时，陈寅恪重申上述两书中胡汉之分在文化而不在种族的基本观点之后，书写了历史学家的感慨："噫！三百五十年间，明清国祚俱斩，辽海之事变愈奇。长安棋局未终，樵者之斧柯早烂矣。"①这是一种"俱往矣"的抚今追昔。三百五十年间，明清俱成陈迹，辽海方向外族入侵的危险依然存在。在陈寅恪的学术著述中，对赵宋之世传，贬斥势利，尊崇气节，遂一匡五代之浇漓，返之淳正的推重，对文化托命、文化优胜的坚持，对清流、浊流的划分，都能感觉到义宁之学濡染。而陈寅恪以大学的知识传授为平台，将义宁之学的价值观念，以潜移默化的形式，与文史专业知识的传授结合起来，便获得巨大的嗣响。更值得强调的是：作为留学东西洋的学者，在五四"民主""科学"精神涤荡后的大学任教，陈寅恪已不再是士大夫中的一员，而成为现代新型知识分子的代表。陈寅恪在对王国维一代前辈学者学术遗产的总结清理中，掬出"独立之精神，自由之思想"的大旗，既与中国士大夫的传统精神连接，更充满着"重新评判一切"的现代学术精神。这是陈寅恪孜孜以求的学术目标，推而广之，也成为现代学人心驰神往的学术目标。因为任何时代的学术都无法超越政治现实，因此"独立之精神，自由之思想"理想的实现，也只能相对接近理想目标而已。睿智如陈寅恪，在《再生缘》弹词中，在钱柳因缘中，确实尽了"上穷碧落下黄泉"的学术努力，寻求"独立之精神，自由之思想"学术理想的实现。陈

①　陈美延编：《陈寅恪集·柳如是别传》，北京：生活·读书·新知三联书店 2001 年版，第 1002 页。

寅恪在1953年《对科学院的答复》中重申"独立之精神，自由之思想"的立场：

> 我的思想，我的主张完全见于我所写的《王国维纪念碑》中。
>
> 我认为研究学术，最主要的是要具有自由的意志和独立的精神。所以我说"士之读书治学，盖将以脱心志于俗谛之桎梏"。"俗谛"在当时即指三民主义而言。必须脱掉"俗谛之桎梏"，真理才能发挥，受"俗谛之桎梏"，没有自由思想，没有独立精神，即不能发扬真理，即不能研究学术。
>
> 学说有无错误，这是可以商量的，我对于王国维即是如此，王国维的学说中也有错的，如关于蒙古史上的一些问题，我认为就可以商量。我的学说也有错误，也可以商量。个人之间的争吵，不必芥蒂。我、你都应该如此。我写王国维诗，中间骂了梁任公，给梁任公看，梁任公只笑了一笑，不以为芥蒂。①

陈寅恪著文可以赞扬殉清或殉文化的王国维，但未必一定要骂同在清华供职的梁启超。梁启超通电声讨张勋复辟，难道不是出于个人的"独立之精神，自由之思想"吗？正确的态度和做法是：凡秉承"独立之精神，自由之思想"的学术中人，都应该得到读书治学之人的尊重。

---

① 陈美延编：《陈寅恪集·讲义及杂稿》，北京：生活·读书·新知三联书店2001年版，第463页。

陈寅恪的学术取向
与文学研究

陈寅恪是中国现代学术史上具有标志意义的学者。1926年，在结束了18年东西洋留学经历后，36岁的陈寅恪到清华国学研究院任职，与王国维、梁启超、赵元任并列为四大导师，使清华国学研究阵容称盛一时。但好景不长，随着1927年王国维、1929年梁启超相继去世，陈寅恪成为清华国学研究院略显孤独的掮旗人与担纲者。1929年下半年，清华国学研究院撤销，陈寅恪改就清华大学中文系、历史系合聘教授。清华国学研究院的撤销，主要与清华升格为大学后专业设置与人才培养目标的调整有关，也与中国现代学术由"疑古时代"转向"释古时代"的发展进程有关。1931年，陈寅恪在《国立清华大学二十周年纪念刊》上发文《吾国学术之现状及清华之职责》，明确提出："吾国大学之职责，在求本国学术之独立。"陈寅恪认为：吾国学术独立，需要新发明之学理，新出版之图籍，更需要新人才之培养。大学的史学教育，在中国史料发见渐多的时代，需要可胜任本国通史、一代专史的讲授者；大学的文学教育，需要在以创造文学为旨归外，产生通解及剖析吾民族文化的精品力作。陈文最后强调：吾国学术独立"实系吾民族

精神上生死一大事者"①。陈寅恪谋求国家学术独立的学术自觉,在 20 世纪
30 年代的中国,具有振聋发聩的意义。它赋予大学以更强烈的学术使命感,
成为疑古时代走向释古时代的思想旗帜,影响着中国现代学术的进程。从国
学研究走向历史学、文学研究的陈寅恪,在清华度过了十年最心无旁骛的教
书与研究生涯,而渐次步入学术的高峰时期。1937 年的日军侵华战争,打
破了陈寅恪安稳与平静的大学生活。父亲陈三立的突然去世与清华的逃亡办
学,使陈寅恪没有时间医治因视网膜脱落而引起的右眼失明。之后在长沙、
昆明、成都等地流离失所、缺医少药的逃亡生活,又导致 1944 年 12 月其左
眼失明。处于学术巅峰,刚刚 55 岁的个体生命,从此进入无法自主阅读、
无法生活自理的人生困境。陈寅恪在双目失明后生命存续的 25 年间,虽屡
屡有"旧学渐荒新不进"②的懊恼,有"身世真同失水船"③的嗟叹,但始终
执着于自由独立理念,教书著述不辍,以生命燃烧的方式,为师道垂范,为
学术续命,创造了现代学术史上的学术奇迹。

第一节　家族家世与晚清记忆

　　1965 年夏至 1966 年春,陈寅恪撰写平生最后之作《寒柳堂记梦》(未定
稿),记述三代家世家学及个人对晚清同、光、宣政局的记忆与理解。其叙

---

　　① 陈美延编:《陈寅恪集·金明馆丛稿二编》,北京:生活·读书·新知三联书店
2001 年版,第 363 页。
　　② 陈美延编:《陈寅恪集·诗集》,北京:生活·读书·新知三联书店 2001 年版,第
50 页。
　　③ 陈美延编:《陈寅恪集·诗集》,北京:生活·读书·新知三联书店 2001 年版,第
72 页。

先祖陈宝箴、先君陈三立事云：

> 先祖仅中乙科，以家贫养亲，不得已而就末职。其仕清朝，不甚通显，中更挫跌，罢废八稔。年过六十，始得巡抚湖南小省。在位不逾三载，竟获严谴。先君虽中甲科，不数月即告终养。戊戌政变，一并革职。后虽复原官，迄清之末，未尝一出。然以吏能廉洁及气节文章颇负重名于当代。①

陈氏由福建上杭迁江西义宁，至陈宝箴已是四代。陈寅恪祖父陈宝箴举人出身，早年入湘军，参席宝田幕，以知县、同知、知府累保至道员，皆候补官衔，且多在湖南候补。1880年实授河南武陟河北道，1883年在浙江按察使任上时，因在河南处理过的王树汶案案情有反复，获咎降职，1890年复出任湖北按察使。陈文中"罢废八稔"即记此事。陈宝箴后任湖北布政使，与湖广总督张之洞得以共事多年，深得张之洞信任。辗转任职多处后，1895年9月，升任湖南巡抚。陈寅恪之父陈三立1889年成进士，授吏部主事，随即请假回籍侍亲武昌，后转至长沙辅佐陈宝箴湖南新政，办报纸，开学堂，兴实业。湖南新政因为梁启超、谭嗣同等维新人物的参与，一度成为地方维新的典范。1898年9月21日，戊戌政变发生，六君子被杀，陈宝箴以"滥保匪人"被革职，永不叙用。陈三立以"招引奸邪"罪名被一并革职。湖南成为戊戌政变唯一受到惩处与清算的省份。陈宝箴携全家及夫人灵柩乘船归至南昌，将夫人灵柩埋葬于西山，陈宝箴于墓旁筑室而居，曰"崝庐"。陈三立则率全家到南京居住。次年陈宝箴在西山以微恙去世。南昌西山《水经注》作散原山，陈三立遂以散原为号，从事诗文写作，有《散原

---

① 陈美延编：《陈寅恪集·寒柳堂集》，北京：生活·读书·新知三联书店2001年版，第187—188页。

精舍诗文集》行世，成为晚清民国诗坛的代表性诗人，后虽获复官，而终不复出。

陈宝箴去世的 1900 年，陈寅恪 11 岁。陈寅恪祖辈、父辈所经历的生命曲折与党锢之祸，给后来治史学文学的陈寅恪以巨大的影响。陈寅恪对晚清历史的理解感受，自然与他人不同。这些特殊的经验，潜移默化于他对政治生活与学术的认知中。

对情感参与历史研究所可能带来的不客观，陈寅恪有足够的警惕。1945 年陈寅恪双目失明在成都医院治疗时，燕京大学研究生轮流值班，其中一位叫刘适（石泉）的学生，因为值夜班时听陈寅恪讲授家世家风，加之对中国近代史的兴趣，成为陈寅恪唯一的中国近代史研究生。陈寅恪告诉刘适："我对晚清历史还是熟悉的，不过我自己不能做这方面的研究，认真做，就要动感情。那样，看问题就不客观了。"[1] 陈寅恪不研究晚清，是怕情感参与影响历史客观。但对晚清历史中与陈宝箴、陈三立命运的有关记忆，却是如骨鲠在喉，不吐不快。

同样是在 1945 年，陈寅恪因读吴其昌《梁启超传》，而触发了藏在心底的风暴。其《读吴其昌撰梁启超传书后》一文，提出与戊戌政变有关的三个重要话题：

一是戊戌政变之记述，有待考证澄清。梁启超弟子、武汉大学教授吴其昌在抗战逃亡途中坚持写《梁启超传》，未及完成，呕血而死，甚为可惜。而吴其昌写作《梁启超传》所据材料，主要来自梁启超《戊戌政变记》。《戊戌政变记》写于梁启超匆忙逃亡时期，史料难免有失真不确之处：

> 此记先生（梁启超）作于情感激愤之时，所言不尽实录。子馨（吴其昌）撰此传时，亦为一时之情感所动荡。故此传中关于

---

① 卞僧慧：《陈寅恪先生年谱长编》，北京：中华书局 2010 年版，第 226 页。

戊戌政变之记述，犹有待于他日之考订增改者也。^①

　　陈寅恪根据自己的经验，善意提醒治史与写作传记者，关于戊戌政变研究，仅依靠当事人的叙述是远远不够的，需要充分地甄别史料，还原真实，不为情感动荡所左右。

　　二是提出著名的戊戌变法理论两个来源之说。一个来源是湖南郭嵩焘（字筠仙），其历验实务，借镜西国，实湖南变法之根据；另一来源是康有为，其附会孔子改制，以言变法，为湖南变法所不取。郭嵩焘早年为湖湘子弟，后入湘军，为官后曾有广州办理洋务经历，1876 年成为中国第一代驻英使节，对西方国家的政治文化有一定程度的了解。被人诋毁后黯然回国，称病在湖南老家隐匿不出。与陈宝箴、陈三立过往交流甚多，成为陈氏父子两代询政问计、诗酒文会的朋友。郭嵩焘 1891 年去世。湖南新政实施时期，陈氏父子常以筠仙不在引为遗憾。陈寅恪举郭嵩焘为湖南维新的思想根源虽稍显牵强，但如果引申一步，把曾国藩、李鸿章等湖湘集团兴办洋务的思想与实践，与郭嵩焘合为一体，也是能够自圆其说的。但陈寅恪此处的指向，主要在于把湖南新政与康有为公羊说划分开来。

　　三是根据陈三立的讲述，完善梁启超主讲时务学堂的历史细节，实为陈氏父子舍康而聘梁的结果。陈三立"聘梁"获"招引奸邪"罪。如依黄遵宪说言聘康，则后果更不堪想象：

　　　　先君因言聘新会至长沙主讲时务学堂本末。先是嘉应黄公度丈遵宪，力荐南海先生于先祖，请聘其主讲时务学堂。先祖以此询之先君，先君对以曾见新会之文，其所论说，似胜于其师，不如舍康而聘梁。先祖许之。因聘新会至长沙。新会主讲时务学堂

①　陈美延编：《陈寅恪集·寒柳堂集》，北京：中华书局 2010 年版，第 166 页。

不久，多患发热病，其所评学生文卷，辞意未甚偏激，不过有开议会等说而已。惟随来助教韩君之评语，颇涉民族革命之意。诸生家属中有与长沙王益吾祭酒先谦相与往还者。葵园先生见之，因得挟以诋訾新政。韩君因是解职。未几新会亦去长沙。此新会主讲时务学堂之本末，而其所以至长沙者，实由先君之特荐。其后先君坐"招引奸邪"镌职，亦有由也。[①]

梁启超离开湖南后，历经风波，但一直与陈家保持良好的交往。陈寅恪在清华又与梁启超共执讲席。陈寅恪文中对于梁启超殁后二十余年，"论者每惜其与中国五十年腐恶之政治不能绝缘，以为先生之不幸"的议论，深感惋惜，并表达对当下政治腐恶越演越甚的深恶痛绝：

先生少为儒家之学，本董生国身通一之旨，慕伊尹天民先觉之任，其不能与当时腐恶之政治绝缘，势不得不然。忆洪宪称帝之日，余适旅居旧都，其时颂美袁氏功德者，极丑怪之奇观。深感廉耻道尽，至为痛心。至如国体之为君主抑或民主，则尚为其次者。迨先生《异哉所谓国体问题者》一文出，摧陷廓清，如拨云雾而睹青天。然则先生不能与近世政治绝缘者，实有不获已之故。此则中国之不幸，非独先生之不幸也。又何病焉？[②]

自戊戌政变后十余年，而中国始开国会，其纷乱妄谬，为天下指笑，新会所尝目睹，亦助当政者发令而解散之矣。自新会殁，又十余年，中日战起。九县三精，飙回雾塞，而所谓民主政治之论，复甚嚣尘上。余少喜临川新法之新，而老同涑水迂叟之迂。

---

① 陈美延编：《陈寅恪集·寒柳堂集》，北京：中华书局 2010 年版，第 167—168 页。
② 陈美延编：《陈寅恪集·寒柳堂集》，北京：中华书局 2010 年版，第 166 页。

盖验以人心之厚薄，民生之荣悴，则知五十年来，如车轮之逆转，似有合于所谓退化论之说者。是以论学论治，迥异时流，而迫于事势，嗫不得发。因读此传，略书数语，付稚女美延藏之。美延当知乃翁此时悲往事，思来者。其忧伤苦痛，不仅如陆务观所云以元祐党家话贞元朝士之感已也。[1]

此文在还原湖南新政"招引奸邪"历史过程的同时，为梁启超辨污，写自家心曲，传达出史学家强烈的现实感和对历史人物"同情之理解"的暖意。现实关注，是陈寅恪学术研究不太引人注目的学术底色。《读吴其昌撰梁启超传书后》一文如此激烈地批评政治，剖白心迹，在陈寅恪的著作中是极为少见的。戊戌政变后家族两代所遭遇的党锢之祸，在陈寅恪的心灵中留下无法抹去的记忆。戊戌政变以来五十年，全社会人心、民生之每况愈下，自己的心态也由"少喜临川新法之新，而老同涑水迂叟之迂"（临川指王安石，涑水指司马光）。对现实政治的失望，使其产生社会"退化"的判断。

20世纪40年代之后，关于戊戌政变的研究有很大进展，但重要历史叙述大都倚重梁启超《戊戌政变记》与康有为《我史》的局面没有彻底改变。有感于此，陈寅恪在衰病之年，效仿宋贤司马光《涑水记闻》及陆游《老学庵笔记》二书，作笔记体《寒柳堂记梦》，意在"因就咸同光宣以来之朝局，与寒家先世直接或间接有关者，证诸史料，参以平生耳目见闻，以阐明之。并附载文艺琐事，以供谈助。庶几不贤者识小之义。既不诬前人，亦免误来者"[2]。

在《寒柳堂记梦》中，陈寅恪认为宋陆游之家世与晚清义宁陈氏家世有相似之处。陆游之祖陆佃为王安石门人，后又列名元祐党籍。陆游与王安

---

[1] 陈美延编：《陈寅恪集·寒柳堂集》，北京：中华书局2010年版，第168页。
[2] 陈美延编：《陈寅恪集·寒柳堂集》，北京：中华书局2010年版，第186页。

石、司马光两党俱有关联，其论两党得失最为公允。"清代季年，士大夫实有清流浊流之分。寅恪本人或以世交之谊，或以姻娅之亲，于此清浊两党，皆有关联，故能通知两党之情状并其所以分合错综之原委。"①

依照陈文的划分，自同治至光绪末年，京官以恭亲王奕䜣、李鸿藻、翁同龢、陈宝琛、张佩纶等，外官以沈葆桢、张之洞等为清流。京官以醇亲王奕譞、孙毓汶等，外官以李鸿章、张树声等为浊流。至光绪末迄清之亡，京官以瞿鸿禨、张之洞等，外官以陶模、岑春煊等为清流。京官以庆亲王奕劻、袁世凯、徐世昌等，外官以周馥、杨士骧等为浊流。但其间关系错综复杂，先后互易。

陈文认为：同光时代士大夫之清流，大抵为少年科第，不谙地方实情及国际形势，务为高论。由今观之，其不当不实之处颇多。但其所言，实中孝钦后之所忌，卒黜之、杀之而后已。清流士大夫虽较清廉然殊无才实。浊流之士大夫略具才实，然甚贪污。其中固有例外，但以此原则衡清季数十年人事世变，虽不中亦不远也。辛酉政变后的五十年间政治中心，在那拉氏一人。其重用淮军，以牵制湘军，遂其北洋军阀一派，涂炭生灵二十年。又在汉人的清、浊两派中，扬浊抑清，终激起汉人排满复仇之观念等作为，最终导致清王朝的覆灭。

陈文叙述先祖先君与戊戌政变有关的事情两件。一是游走于清浊两党之间的陈宝箴对维新变法大势的判断及获谴后免于发往新疆的过程。二是陈三立是否得荣禄推荐及拒绝仕袁，不附和立宪等事。关于陈宝箴，文中记曰：

> 盖先祖以为中国之大，非一时能悉改变，故欲先以湘省为全国之模楷，至若全国改革，则必以中央政府为领导。当时中央政

---

① 陈美延编：《陈寅恪集·寒柳堂集》，北京：中华书局 2010 年版，第 187 页。

权实属那拉后，如那拉后不欲变更旧制，光绪帝既无权力，更激起母子间之冲突，大局遂不可收拾矣。那拉后所信任者为荣禄，荣禄素重先祖……。先祖之意，欲通过荣禄，劝引那拉后亦赞成改革，故推夙行西制而为那拉后所喜之张南皮入军机。首荐杨叔峤（锐），即为此计划之先导也。观黄尚毅所记，知南皮与荣禄本无交谊，而先祖与荣禄之关系，则不相同也。当政变后，都中盛传先祖必受发往新疆之严谴，如李端棻奏保康有为及谭嗣同之例。

然止于革职永不叙用之薄惩，实由荣禄及王仁和（王文韶）碰头乞请所致也。[①]

因为陈宝箴与荣禄旧交，加上军机大臣王文韶的"碰头乞请"，陈宝箴才得免于发往新疆。

关于陈三立事，文中记曰：

又闻（荣禄）曾保举先君。……寅恪昔举以询先君，先君答言不知。……先君苟入京者，当与四章京同及于难，可谓不幸中之幸矣。

先祖先君革职，归寓南昌，不久，先祖逝世，先君移居金陵，以诗歌自遣。光绪二十九年癸卯，以次年为慈禧七十寿辰，戊戌党人除康梁外，皆复原官，但先君始终无意仕进。未几袁世凯入军机，其意以为废光绪之举既不能成，若慈禧先逝，而光绪尚存者，身将及祸。故一方面赞成君主立宪，欲他日自任内阁首相，而光绪帝仅如英君主之止有空名。一方面欲先修好戊戌党人之旧怨。职是之故，立宪之说兴，当日盛流如张謇郑孝胥皆赞佐其说，

① 陈美延编：《陈寅恪集·寒柳堂集》，北京：中华书局2010年版，第203—204页。

独先君窥见袁氏之隐，不附和立宪之说。[1]

我们现在能够看到的《寒柳堂记梦》是残本。其中《吾家与丰润之关系》《孝钦后最恶清流》等处均有缺佚。以清、浊流之分野，帝、后党之权争，解读晚清政治格局，是陈寅恪观察晚清史的特殊视角，其重点在于通过光、宣政治格局，讲述陈氏家族的社会存在。陈宝箴的洞悉世情，敢为天下先，故有湖南新政。其在清浊两派中，左右逢源，才能获谴后仅得"薄惩"。戊戌年前后，陈三立丁母忧，未得推举入京，反倒避免了一场更大的家庭灾难。1903年袁世凯入军机，着意修复与戊戌党人的关系。陈三立不为所动，拒绝出仕，以诗人终老。陈氏父子在政变时代，可谓步步惊心。戊戌政变的风云，把陈氏父子推至风口浪尖。义宁陈氏，自陈宝箴起，开始进入晚清胜流之家的行列。

陈寅恪胜流之家的家族荣耀与优胜心态，体现在家族的叙事中，也体现在对自己的婚姻记叙中。《寒柳堂记梦》有云："父执姻亲多为当时胜流。""寅恪本人或以世交之谊，或以姻娅之亲，于此清浊两党，皆有关联。"晚清时代，婚姻是政治结交之外，保持胜流家族的重要方式。陈三立的婚姻选择如此，陈寅恪的婚姻选择也是如此。《寒柳堂记梦》最后记述家庭催婚及在清华与夫人唐筼结识成婚的过程：

> 寅恪少时，自揣能力薄弱，复体屡多病，深恐累及他人，故游学东西，年至壮岁，尚未婚娶。先君先母虽累加催促，然未敢承命也。后来由德还国，应清华大学之聘。其时先母已逝世。先君厉声曰："尔若不娶，吾即代尔聘定。"寅恪乃请稍缓。先君许之。乃至清华，同事中偶语及：见一女教师壁悬一诗幅，末署

---

[1] 陈美延编：《陈寅恪集·寒柳堂集》，北京：中华书局2010年版，第203—204页。

104 ｜ 陈三立陈寅恪研究

"南注生"。寅恪惊曰："此人必灌阳唐公景崧之孙女也。"盖寅恪曾读唐公请缨日记。又亲友当马关中日和约割台湾于日本时，多在台佐唐公独立，故其家世，知之尤谂。因冒昧造访。未几，遂定偕老之约。[①]

唐筼的祖父唐景崧，别号南注生。署理台湾巡抚期间，《马关条约》签订，台湾被割让与日本。唐景崧被推举为台湾民主国总统。事败后内渡，被勒令回籍，1903 年病故。陈寅恪的舅舅俞明震曾在唐景崧台湾巡抚衙门中任职，因此陈寅恪会对唐景崧的故事有所耳闻。唐筼乃名家之后，暗合陈寅恪胜流结缘的条件，婚姻自然是水到渠成。

1943 年 3 月，吴宓在昆明西南联大写作《读散原精舍诗笔记》，对陈三立诗多有称赞。文末评陈氏三代，提出"文化贵族"的概念：

> 先生一家三世，宓夙敬佩，尊之为中国近世之模范之家。盖右铭公受知于曾文正公，为维新事业之前导及中心人物，而又湛深中国礼教，德行具有根本；故谋国施政，忠而不私。知通知变而不夸诬矜躁，为晚清大吏中之麟凤。先生父子，秉清纯之门风，学问识解，惟取其上，而无锦衣纨绔之习，所谓"文化之贵族"，非福贵人之骄奢欢淫。降及衡恪、寅恪一辈，犹然如此。诚所谓君子之泽也。……故义宁陈氏一门，实握世运之枢轴，含时代之消息，而为中国文化与学术德教所托命者也。寅恪自谓少无勤读，盖实成于家学，渊孕有自。而寅恪之能有如斯造诣，其故略如宓以上所言，非偶然者也。重读散原先生诗集毕，辄书其平日之所

---

① 陈美延编：《陈寅恪集·寒柳堂集》，北京：中华书局 2010 年版，第 236 页。

感所思，以示友生，并质寅恪云。①

吴宓的《读散原精舍诗笔记》，1945 年经陈寅恪听读并修改过。陈家祖孙三代，陈宝箴为官，陈三立为诗，陈寅恪为学，生活道路各不相同，但精神气象、家教家风多有传承。吴宓作为陈寅恪的学术同道人，在社会众人"胜流家族，世家子弟"的普遍印象之外，以"握世运之枢轴""含时代之消息""为文化托命人"的一类话语，建构义宁陈氏"文化贵族"形象。"文化贵族"概念的提出，对陈寅恪的研究产生了重要影响。

第二节　生命遭际与学术之变

陈三立 1900 年 5 月迁家南京，是因为江宁官绅多为故旧，加上妻兄俞明震在江南陆师学堂任职，便于互相接济帮助。陈寅恪的读书生涯是从南京开始的，先是陈家自办家塾，后腾出寓所后院，由南京学者柳诒徵办新式学堂，名"思益小学"，陈三立诗集中有"儿童觊作抛球场"②诗句记其事。陈寅恪《柳如是别传》回忆在南京的读书生活云：

> 寅恪少时家居江宁头条巷。是时海内尚称义安，而识者知其
> 将变。寅恪虽年在童幼，然亦有所感触，因欲纵观所未见之书，

---

① 陈三立：《散原精舍诗文集》，上海：上海古籍出版社 2014 年版，第 1560—1561 页。

② 陈三立：《散原精舍诗文集》，上海：上海古籍出版社 2014 年版，第 1560 页。

以释幽忧之思。伯舅山阴俞觚斋先生明震同寓头条巷。两家衡宇相望，往来便近。俞先生藏书不富，而颇有精本。如四十年前有正书局石印戚蓼生钞八十回石头记，其原本即先生官翰林日，以三十金，得之于京师海王邨书肆者也。一日寅恪偶在外家检读藏书，获睹钱遵王曾所注牧斋诗集，大好之，遂匆匆读诵一过，然实未能详绎也。①

陈寅恪又于1964年写作《赠蒋秉南序》追忆少年读书之片段云：

> 清光绪之季年，寅恪家居白下，一日偶检架上旧书，见有《易堂九子集》，取而读之，不甚喜其文，唯深美其事。以为魏、丘诸子值明清嬗蜕之际，犹能兄弟戚友保聚一地，相与从容讲文论学于乾撼坤岌之际，不谓为天下之至乐大幸，不可也。当读是集时，朝野尚称苟安，寅恪独怀辛有、索靖之忧，果未及十稔，神州沸腾，寰宇纷扰。②

陈寅恪少年时代在南京的阅读，已对易代之际文人生活表现出浓厚的兴趣。少年的阅读与兴趣，种下了日后学术研究的种子。

1902年2月，俞明震受两江总督刘坤一的委派，到日本视察学务兼送陆师学堂学生二十八人到日本留学，鲁迅即在这批学生中。陈衡恪、陈寅恪兄弟因为没有取得留学资格，2月随船去，5月即随舅父返回国内，此年，陈寅恪只有十三岁。陈寅恪在上海偶遇李提摩太在此年，陈三立在陈宝箴墓

---

① 陈美延编：《陈寅恪集·柳如是别传》，北京：生活·读书·新知三联书店2001年版，第2—3页。
② 陈美延编：《陈寅恪集·寒柳堂集》，北京：生活·读书·新知三联书店2001年版，第182页。

前有"大孙羁东溟，诸孙解西史"①的告语也在此年。陈衡恪获江南留日官费在 1902 年 11 月，陈寅恪获留日官费在 1904 年秋。陈三立 1904 年 12 月有到吴淞口送江南省包括两个儿子在内的百余名学子留学日本欧美的诗，记录其事。陈寅恪 1905 年冬因病回国，1907 年至 1909 年在复旦公学插班完成高中学习，1915 年在北京短期在蔡锷主持的经界局任职，1916 年受谭延闿聘在湖南交涉使署任职一年。除上述时间外，陈寅恪均处在东西洋游学状态。其轨迹是 1909 年德国柏林，1911 年瑞士苏黎世，1913 年法国巴黎，1919 年美国波士顿，1921 年德国柏林，四年后应清华聘，1926 年任职清华。从 1902 年去日本，到 1925 年回国任职，吴宓向清华推荐陈寅恪时所讲的 18 年的留学生涯，大致在以上断断续续的过程中完成。

吴宓与陈寅恪初识是在波士顿。陈寅恪 1919 年初至美国，入哈佛大学，学梵文、希腊文。其时，陈寅恪的学术兴趣在东方学，而东方学的中心在欧洲。选择去美国是因为第一次世界大战，欧洲缺乏安全。吴宓则前一年到哈佛，陈寅恪的表弟俞大维及汤用彤先后也在哈佛读书。吴宓对陈寅恪的第一印象是："不但学问渊博，且深悉中西政治、社会之内幕。"②此后，吴宓在日记中记陈寅恪学术交谈及购书事甚多。《吴宓日记》1919 年 12 月 14 日，记陈寅恪关于学术的谈话内容最详：

（一）中国之哲学、美术，远不如希腊，不特科学为逊泰西也。但中国古人，素擅长政治及实践伦理学，与罗马人最相似。其言道德，惟重实用，不究虚理，其长处短处均在此。……故中国孔孟之教，悉人事之学。而佛教则未能大行于中国。……今人

---

① 陈三立：《散原精舍诗文集》，上海：上海古籍出版社 2014 年版，第 55 页。
② 吴学昭整理：《吴宓自编年谱》，北京：生活·读书·新知三联书店 1995 年版，第 188 页。

误谓中国过重虚理，专谋以功利机械之事输入，而不图精神之救药，势必至人欲横流，道德沦丧，即求其输诚爱国，且不能得。

（二）中国家族伦理之道德制度，发达最早。周公之典章制度，实中国上古文明之精华。……至若周、秦诸子，实无足称。……今人盛称周、秦之国粹，实大误。汉、晋以还，佛教输入，而以唐为盛。唐之文治武功，交通西域，佛教流布、实为世界文明史上，大可研究者。佛教于性理之学 Metaphysics，独有深造，足救中国之缺失，而为常人所欢迎。惟其中之规律，多不合于中国之风俗习惯，如祀祖、娶妻等。故昌黎等攻辟之。然辟之而另无以济其乏，则终难遏之。于是佛教大盛。宋儒若程若朱，皆深通佛教者。既喜其义理之高明详尽，足以救中国之缺失，而又忧其用夷变夏也。乃求得两全之法，避其名而居其实，取其珠而还其椟。采佛理之精粹，以之注解四书五经，名为阐明古学，实则吸收异教，声言尊孔辟佛，实则佛之义理，已浸渍濡染，与儒教之宗传，合而为一。此先儒爱国济世之苦心，至可尊敬而曲谅之者也。故佛教实有功于中国甚大。……自得佛教之禅助，而中国之学问，立时增长元气，别开生面。故宋、元之学问、文艺均大盛，而以朱子集其大成。朱子之在中国，犹西洋中世之 Thomas Aquinas，其功至不可没。而今人以宋、元为衰世，学术文章，卑劣不足道者，则实大误也。欧洲之中世，名为黑暗时代 Dark Ages，实未尽然。吾国之中世，亦不同。甚可研究而发明之也。

（三）自宋以后，佛教已入中国人之骨髓，不能脱离。……然惟中国人之重实用也，故不拘泥于宗教之末节，而遵守"攻乎异端，斯害也已"之训，任儒、佛、回、蒙、藏诸教之并行，而大度宽容 tolerance，不加束缚，不事排挤，故从无有如欧洲以宗教牵入政治，千余年来，虐杀教徒，残毒倾挤，甚至血战百年不息，涂炭生灵。至于今日，各教各派，仍互相仇视，几欲尽铲除异己者而后快。此与中国人之素习适反。今夫耶教不祀祖，又诸多行事，均与中国之礼俗文化相悖，耶教若专行于中国，则中国立国之精神亡。且他教尽可容耶教，而耶教……决不能容他教。谓佛、回、道及儒，必至牵入政治，则中国之统一愈难，而召亡愈速。此至可虑之事。今之留学生，动以"耶教救国"为言．实属谬误。①

  吴宓1919年底的《日记》，真实显现出陈寅恪而立之年求学哈佛时的学术思想，已是清晰成熟，通达求实。陈寅恪呼吁在功利机械之外，应更注重在精神上疗救中国。在中国精神世界的形成发展过程中，陈寅恪看重中古，中古是一个令史学家心仪着迷的文明时代：唐之文治武功，交通西域，佛教流布，宋元之学术文章，五光十色，异彩纷呈。宋儒"名为阐明古学，实则吸收异教"的策略，创造了中国学问文艺元气淋漓，别开生面的新时代，其成功做法值得今人借鉴。在精神疗救中国过程中，耶教因其狭隘倾挤，与中国旧有儒、道、佛、回，难以融合，无法担负"耶教救国"的重任。耶教若专行于中国，则中国精神亡。围绕精神疗救的目标，斟酌学术；以吸收异教的策略，阐明古学。陈寅恪民族文化本位立场是坚定执着的。而中华文明气象最为宏大的中古时期，成为陈寅恪心仪的学术目标。
  在哈佛两年半后，陈寅恪1921年9月又由美赴德，重返柏林大学研究院，研究梵文及东方古文字学。陈寅恪在德国留学所努力的学术方向是欧洲18世纪兴起、20世纪方兴未艾的东方学。欧洲的东方学是个庞大的体系，欧洲人通过东方学认识欧洲之外的民族与文化，因此欧洲之外的亚、非研究

---

  ① 吴学昭整理：《吴宓日记》第二册，北京：生活·读书·新知三联书店1998年版，第100—104页。

都曾经被囊括在东方学的范畴内。欧洲的东方学研究，带有与生俱来的欧洲中心文化优胜的倾向。陈寅恪关心的是与中国有关的东方学研究，他试图从学习梵文、东方古文字学入手，进行与中国边疆历史、文化有关的研究，陈寅恪1923年所写的《与妹书》谈他在欧洲各大学盘桓不归的原因及所确立的学术方向云：

> 我前见中国报纸告白，商务印书馆重印日本刻大藏经出售，其预约券价约四五百元。他日恐不易得，即有，恐价亦更贵。不知何处能代我筹借一笔款，为购此书。因我现必需之书甚多，总价约万金。最要者即西藏文正续藏两部，及日本印中文正续大藏，其他零星字典及西洋类书百种而已。若不得之，则不能求学，我之久在外国，一半因外国图书馆藏有此项书籍，一归中国，非但不能再研究，并将初着手之学亦弃之矣。我现甚欲筹得一宗巨款购书，购就即归国。……西藏文藏经，多龙树、马鸣著作而中国未译者。即已译者，亦可对勘异同。我今学藏文甚有兴趣，因藏文与中文，系同一系文字。如梵文之与希腊拉丁及英俄德法等之同属一系。以此之故，音韵训诂上，大有发明。因藏文数千年已用梵音字母拼写，其变迁源流，较中文为明显。如以西洋语言科学之法，为中藏文比较之学，则成效当较乾嘉诸老，更上一层。然此非我所注意也。我所注意者有二：一历史，（唐史、西夏）西藏即吐蕃，藏文之关系不待言。一佛教，大乘经典，印度极少，新疆出土者亦零碎。及小乘律之类，与佛教史有关者多。中国所译，又颇难解。我偶取《金刚经》对勘一过，其注解自晋唐起至俞曲园止，其间数十百家，误解不知其数。我以为除印度西域外国人外，中国人则晋朝唐朝和尚能通梵文，当能得正确之解，其余多

是望文生义，不足道也。……又蒙古、满洲、回文书，我皆欲得。①

以梵语藏文为语言工具，从事唐史学、佛教学的研究，其学术内涵陈寅恪1942年在《陈述辽史补注序》中概括为"塞外之史、殊族之文"。陈寅恪这样一封充满学术信仰和热情的家书，被吴宓在1923年8月的《学衡》杂志刊载，影响甚广。以至于人还在国外，尚没有学术成果发表的陈寅恪，已经在1924年被因古史辨派而暴得大名的顾颉刚，列入国学的五个流派之中：

> 现今国学的趋势有五派。一是考古学，用古代的实物和文字来解释古史，……罗振玉、王国维是这一派的代表。二是东方言语学及史学，研究亚洲汉族以外的各民族的文化，他们在甘肃、新疆、中央亚细亚等处发掘，有巨大的发见。法人伯希和，英人斯坦因，中国罗福成、张星烺、陈寅恪、陈垣等都是这一派的代表。三是地质学，……因发掘地层而得有铜器时代以前之古物，可助古史学之研究，因到各处实地调查而对历史地理学发生新解释。丁文江、翁文灏、章鸿钊等都是这一派的代表。四是学术史，……要求把文化的进程做一个系统的排列。胡适、章炳麟、梁启超等都是这一派的代表。五是民俗学，……北大国学门中的风俗调查会和歌谣研究会，都是向这个方面进行的表示。周作人、常惠等是这一派的代表。这五派学问都是二十年来的新进展，旧式学者梦想不到的。②

---

① 陈美延编：《陈寅恪集·金明馆丛稿二编》，北京：生活·读书·新知三联书店2001年版，第355—356页。

② 卞僧慧：《陈寅恪先生年谱长编》，北京：中华书局2010年版，第87页。

而身为清华研究院筹委会主任的吴宓，则径以《与妹书》为学术广深高远的凭据，推荐陈寅恪为研究院导师：

当时任研究院筹委会主任，学校已聘定三教授，乃向校长曹云祥推荐陈先生。教务长张彭春认为陈先生留学虽久，学问亦好。然而一无学位，二无著作，不符合聘任教授条件，为保证今后教授水准，不应放松聘任标准，不同意聘请。我说：陈先生先后留学十八年，他人不过四五年。陈先生学问渊博，能与外国教授上下其议论，堪称学侣。虽无正式著作发表，仅就一九二三年八月《学衡》杂志第二十期所节录的《与妹书》，寥寥数百字，已足见其学问之广而深，识解之高而远。①

1925 年 2 月，清华校长签发了聘任电报，陈寅恪接受聘任后提出：一需多购书，二需处理家事，答应明年就聘。陈寅恪这次在德国留学的四年间，宗白华、金岳霖、陈登恪、俞大维、毛子水、姚从吾、罗家伦、徐志摩先后在柏林留学。1923 年秋，傅斯年入柏林大学，学术取向也逐渐向东方学和历史语言学方向靠近。1924 年 5 月，赵元任夫妇游学欧洲，在德国逗留四十余天，与在德留学生有广泛的交往切磋，这些都成为陈寅恪回国后重要的学术朋友。1926 年上半年，陈寅恪从欧洲归国，还带回了俞大维的三岁的儿子俞扬和。俞扬和回国后，由陈寅恪的妹妹陈新午照看。1928 年 8 月，39 岁的陈寅恪与在北京女子文理学院任体育教师的唐篔在清华订婚。1929 年，33 岁的俞大维娶陈新午，原来的姑舅表亲，亲上加亲，成为陈寅恪的妹夫。1934 年 8 月，回国后兴办史语所的傅斯年，在胡适、丁文江的帮助下，办理完与结发妻子的离婚后，经俞大维的撮合，与俞大维的妹妹俞

---

① 卞僧慧：《陈寅恪先生年谱长编》，北京：中华书局 2010 年版，第 89 页。

大彩结缘，此年傅斯年 39 岁。共同的留学经历与胜流世家之间的联姻，给予 30 年代的学者心态与学术格局以微妙的影响。

清华国学研究院 1925 年 9 月开学时，吴宓把国学研究院的宗旨概括为两点：一是研究高深学术，为中国养成通才硕学；二是注重个人指导，在精不在多。研究院导师的任职要求有三：通知中国学术文化之全体；具正确精密之科学的治学方法；稔悉欧美日本学者研究东方语言即中国文化之成绩。清华国学研究院招生时，把研究院规程和导师指导范围印在招生简章中，学生研究期限以一年为期，完成论文一篇，论文合格，即可毕业，毕业学生可申请留院继续研究。

陈寅恪 1926 年 9 月履职后，在指导学科范围方面设立五个题目，分别为：年历学；古代碑志与外族有关系者之比较研究；摩尼教经典与回纥文译本之研究；佛教经典各种文字译本之比较研究；蒙古族、满族之书籍及碑志与历史有关系之研究。稍后又在国学研究院加梵文课程。

自 1927 年起，陈寅恪开始在清华所办的《国学论丛》及《清华学报》上发表多与佛学、敦煌学、蒙古学有关的学术论文。首篇论文《大乘稻芊经随听疏跋》一文，因感敦煌石室所发见的《稻芊经随听疏》博大而精审，非此土寻常经疏可及。颇疑其别有依据，追根寻源，得出其译经人法成，应为吐蕃沙门，生当唐文宗太和之世，译经地在沙州、甘州等初步线索。再进一步探究，"予因此并疑今日所见中文经论注疏，凡号为法成所撰集者，实皆译自藏文"。由藏文译佛经，实为梵文译经的重要补充渠道。在前两个判断的基础上作第三步考证，则是通过蒙文、梵文、藏文、中文译者姓名的不同音读，确认所指译者即为法成。法成的译经贡献可逼近玄奘：

> 夫成公之于吐蕃，亦慈恩之于震旦；今天下莫不知有玄奘，法成则名字湮没者且千载，迄至今日，钩索故籍，仅乃得之。同为沟通东西学术，一代文化所托命之人，而其后世声闻之显晦，

殊异若此，殆有幸有不幸欤！ [①]

在 1200 字的跋文中，根据敦煌文献记载，提出译师"法成"的吐蕃沙门身份及由藏文译补的学术设想；又通过多种古代语言的音读互证，证实这一设想的真实。从而将一个沟通东西学术，地位可以与玄奘相提并论的文化托命人法成及其译经，介绍给读者。跋文比较典型地显现出通过多源语言学比较、佛经传播路径爬梳，追寻东西文化交流印痕的学术理路。

同样写作于 1927 年的《童受喻鬘论梵文残本跋》，是一篇运用佛教语文学的方法，研究佛经早期著述者童受的专业论文。论文认为：昔德意志人在中国龟兹之西，得到一梵文佛经残文，陈寅恪的老师、柏林大学路得施教授研究认定为《大庄严论》残本。《大庄严论》的中文译本为鸠摩罗什所译，且中文译本在流传过程中阴差阳错地成为天地间的孤本。鸠摩罗什译本的著作者署名为马鸣，马鸣与童受是同时代的经师。在路得施教授研究的基础上，陈寅恪根据中文译本与梵文残本的信息，得出鸠摩罗什所译马鸣《大庄严论》实即童受的《喻鬘论》的结论。童受的《喻鬘论》梵文残本研究是 20 世纪东方学的热题。以陈寅恪为代表的中国学者利用汉语及梵文、德文的综合能力，参与了这一热题的研究，牛刀小试，应该是在东方学前沿问题上所做出的中国人的努力。陈寅恪本人对此文比较重视，分别发表于中山大学语言历史学研究所周刊与《清华学报》，还寄给在上海的胡适。胡适在1928 年修改出版的《白话文学史》中的"佛教翻译文学"一章中，作一附记，提及此文的学术贡献和对鸠摩罗什翻译风格的概括。

1929 年对 40 岁的陈寅恪来说，是一个重要的年头。年初，梁启超去世。清华国学研究院导师队伍变得阵容不全。清华国学研究院 1928 年暑期

---

① 陈美延编：《陈寅恪集·金明馆丛稿二编》，北京：生活·读书·新知三联书店2001 年版，第 288—289 页。

招生，只招到研究生 2 人，和 1925 年、1926 年的 30 余人相比，反差甚大。至 1929 年下半年清华国学研究院撤销。陈寅恪改任历史、中文系教授合聘教授，并为哲学系开课。在中文系讲授佛教翻译文学，在哲学系讲授佛典校读、中国中世纪佛学史，在历史系讲授《高僧传》研究、唐代西北石刻译证。清华升入大学之后的体制调整与更精细的专业划分，以无形的力量，悄悄改变着陈寅恪接下来的学术方向与专业选择。

1929 年 6 月，傅斯年主持的中央研究院历史语言研究所迁入北平北海静心斋，陈寅恪兼任第一组历史组主任，历史语言研究所负有组织协调研究人员完成年度计划的责任。卞僧慧在《陈寅恪年谱长编》中曾摘录陈寅恪 1929 年 7 月至 1930 年 6 月年度报告。通过年度报告，可以窥知历史语言研究所迁至北京后的工作情况。报告显示，历史语言研究所一年间主要工作有三项：第一项，编定《金石书目录》《敦煌劫余录》《藏文籍目录》；第二项，整理明清内阁大库档案；第三项，研究历史上各项问题。上古史、中古史、近代史各完成论文若干。陈寅恪治《蒙古源流》，共成论文五篇：《大乘义章书后》《灵州宁夏榆林三城译名考》《吐蕃彝泰赞普名号年代考》《敦煌本维摩诘经文殊师利问疾品演义跋》《西游记玄奘弟子故事之演变》。通过这一报告，可以得知，历史语言研究所上古史、中古史、近代史的分设，同时陈寅恪此时的学术方向仍偏重于"塞外之史、殊族之文"的东方学研究，论文均发表于中央研究院《历史语言研究所集刊》。

陈寅恪个人著述中的学术旨趣是专深而小众的。他 1929 年以后的几篇碑铭、序跋和审查报告，则成为影响深远广泛的学术表达。1929 年 6 月，王国维自沉二周年，清华国学研究院为其在校园内立纪念碑，陈寅恪撰写碑文，以"独立之精神，自由之思想"作为王国维及一代读书人的理想信念的概括。1930 年冯友兰《中国哲学史》申请列入《清华丛书》，陈寅恪为上下册写作审查报告。上册的审查报告申明"对古人之学说，应具了解之同情"的宏论，和历史史料的辨别中"伪材料亦有时与真材料同一可贵"，"若善用之，皆有助于考史"，也可"推论及于文艺批评"的判断。[①]下册的审查报告描述佛教进入中国后，儒家、道教吸收输入之思想，嬗变为新儒家及道教真精神的过程，对当下正如火如荼的中西文化接触果敢断言："其真能于思想上自成系统，有所创获者，必须一方面吸收输入外来之学说，一方面不忘本来民族之地位。此二种相反而适相成之态度，乃道教之真精神，新儒家之旧途径，而二千年吾民族与他民族思想接触史之所昭示者也。寅恪平生为不古不今之学，思想囿于咸丰同治之世，议论近乎湘乡南皮之间。"[②]同在本年，陈寅恪作《陈垣敦煌劫余录序》，阐发了著名的学术之新潮流中的"预流"与"未入流"的概念："一时代之学术，必有其新材料与新问题。取用此材料，以研求问题，则为此时代学术之新潮流。治学之士，得预于此潮流者，谓之预流（借用佛教初果之名）。其未得预者，谓之未入流。此古今学术史之通义，非彼闭门造车之徒，所能同喻者也。敦煌学者，今日世界学术之新潮流也。……勉作敦煌学之预流。庶几内可以不负此历劫仅存之国宝，外有以襄进世界之学术于将来。"[③]1931年又有《吾国学术之现状及清华之职责》一文，惊叹"东洲邻国以三十年来学术锐进之故，其关于吾国历史之著作，非复国人所能追步"[④]。而呼唤中国学术独立，实关乎民族精神生死之大事。

以"独立之精神，自由之思想"作为学术中人的思想旗帜；以"了解之同情""伪材料与真材料"同样具有价值，纠正从辨伪入手的"整理国故"

---

① 陈美延编：《陈寅恪集·金明馆丛稿二编》，北京：生活·读书·新知三联书店2001年版，第279—281页。

② 陈美延编：《陈寅恪集·金明馆丛稿二编》，北京：生活·读书·新知三联书店2001年版，第284—285页。

③ 陈美延编：《陈寅恪集·金明馆丛稿二编》，北京：生活·读书·新知三联书店2001年版，第266—268页。

④ 陈美延编：《陈寅恪集·金明馆丛稿二编》，北京：生活·读书·新知三联书店2001年版，第361页。

的偏颇；以"一方面吸收输入外来之学说，一方面不忘本来民族之地位"作为西学东渐时代健康的民族文化心态；以研究新材料、新问题，加入世界学术新潮流为号召，呼吁加强对敦煌学一类新学科的关注。在呼唤个人学术独立的同时，呼唤民族学术独立，将民族学术独立引以为学术界及清华的责任。处在精力充沛、思想活跃、风华正茂时期陈寅恪，以其高屋建瓴、宏通大气的学术识度、学术责任感，成为30年代中国学术界的翘楚与领袖人物。

抗战爆发前的清华十年，是陈寅恪学术的黄金时期。其被称为"教授中之教授"的学术影响力，不仅体现在个人的专业研究中，更重要的体现在对学术界学术风气的引领中。研究院及大学讲坛，也是学术精神传播的重要区域。

卞僧慧是1931年入学的清华学生，1932年转历史系学习，后因病及战乱等原因肄业。据卞僧慧的《陈寅恪先生年谱长编》记载，1932年陈寅恪在清华所开设的课程：中文系为唐诗校释、唐代诗人与政治关系研究、中国文学中佛教故事研究、佛教翻译文学；哲学系为中国中世纪哲学；历史学系为晋南北朝隋唐史研究、文化史、西北史料、蒙古史料研究。这是一个头绪甚多、令人叹服的课程表。由此可以想象讲课人的中年奔波与努力。1934年，时任历史学系主任的蒋廷黻向学校报告，蒙古史料、唐代西北石刻课程，因学生程度不足而更改。断代史课程向学生开设，专题研究课题向研究班开设，以求课程更合理地兼顾学生的接受与教授的讲授。卞僧慧1932年《晋至唐文化课开课笔记》记曰：

> 本课程讲论晋至唐这一历史时期的精神生活与物质环境的关系。精神生活包括思想、哲学、宗教、艺术、文学等；物质环境包括政治、经济、社会组织等。要著重讲条件。
>
> 以往研究文化史有二失：

旧派失之滞：旧派作中国文化史，其材料一般采自二十四史中的儒林、文苑传及诸志及《文献通考》《玉海》等类书。类书乃为科举对策搜集材料之用，没有必要全行采入。这类文化史，不过钞钞而已。其缺点：只有死材料，没有解释。拘文牵义，不能了解人民精神生活与社会制度的关系。不过这类书里的材料还可以用。

新派失之诬：新派是留学生，所谓"以科学方法整理国故"。新派书似有条理，有解释，然甚危险。他们以外国的社会科学理论解释中国的材料。此种理论，不过是假设的理论。而其所以成立的原因，乃由研究西洋历史、政治、社会的材料，归纳而得的结论。人类活动本有其共同之处。彼之理论，对于我们的材料，也能有相当的适用。所以"以科学方法整理国故"是很有可能性的，不过也有时不适用，因为有时中国材料在其范围以外，所以讲大概则似乎很对，讲精细则不太准确。而历史重在准确，不怕琐碎。[1]

卞僧慧还记载了陈寅恪讲授选修课"晋至唐史"课的情况，也极具有学术引导的效果。陈寅恪认为：通史课程主要讲新见解、新解释，不求面面俱到。原因一是自己研究有限，古人今人的成说，均见记载，读书即可，不必重说一遍；二是有些问题值得讲，但缺乏材料不能讲；三是以前讲过的不愿重复。所以可讲的更少。今日坊间教科书，以夏曾佑《中学历史教科书》为最好。作者以公羊今文家的眼光评论历史，有独特见解。其书出版已三十年，不必再加批评。选修课需要读的书分为三类：最低限度必读书，进一步学习参考书，进行广泛研究的参考书。所列出的参考书，皆属旧材料。而

---

① 卞僧慧：《陈寅恪先生年谱长编》，北京：中华书局2010年版，第361—362页。

新材料将在讲授涉及时提出。历史的新材料，包括上古史部分如甲骨、铜器等，中古史部分如石刻、敦煌文书、日本藏器之类。所谓新材料，并非从天空中掉下来的，乃指新发现，或原藏于他处，或本为旧材料而加以新注意、新解释。必须对旧材料很熟悉，才能利用新材料。因为新材料是零星发现的，是片断的。旧材料熟，才能把新材料安置于适宜的地位。要养成独立精神、自由思想、批评态度。这种高屋建瓴、通览古今中外、金针度人的学习指导，给学生提供了丰富的学习空间，同时又无时无刻不在播撒着学术的种子。

与国学研究院的授课方式相比，大学课程的知识讲授，应注意知识生产的基础性、学理性、完整性，注意知识传播的连点成面，举一反三，克服旧派失之滞、新派失之诬的偏颇，避免学术繁琐饾饤与碎片化的弊端。在确认了夏曾佑编写的《中国古代史》不堪再用之后，在确认了"释古"比"信古"更具科学精神之后，后五四时代从"疑古"入手的"整理国故"运动，开始逐渐走向"释古"与"再造文明"的彼岸。大学教育与社会阅读都需要新旧兼采、中西融合，反映中国学术发展与进步的第一流的教材与学术专著。陈寅恪把这种学术追求与努力，提高到追步邻国、实现国家学术独立的高度。在"释古"与学术独立精神的鼓舞下，冯友兰1927年着手写作《中国哲学史》，经陈寅恪、金岳霖1930年的审查后，1934年出版，成为胡适《中国哲学史》之后的第二代中国哲学史著作。汤用彤1933年后，闭门著书四年，1938年终于完成《汉魏两晋南北朝佛教史》的出版，成为现代佛教史研究的奠基之作。中国学人的学术自觉与学术努力，铸就了北伐后、抗战前中国学术的黄金十年。

1933年，常常被研究者看作是陈寅恪由东方学向中古史研究的转折点。这一年，陈寅恪发表《支愍度学说考》《李唐氏族之推测后记》。前文可以看作是东方学研究的尾音，后文可以看作是中古史研究的开篇。

支愍度为东晋僧人，般若学派"六家七宗"心无宗创始人。《支愍度学说考》从早期支愍度等僧人使用的译经方法入手，观察解释异质民族文化交流融合的蛛丝马迹。据《世说新语》所言，"心无义"乃愍度所创，实为度江后为得食疗饥，取外书之义以释内典之文，即格义而得到结果。格义之为物，罕见于旧籍，盛行于后世，以其为我民族与他民族二种不同思想初次的混合品。中土佛典译出既多，往往同本而异译，于是有编纂合本以资对照者。"合本"与"格义"二者皆为六朝初年僧侣研究经典之方法。"格义"之比较，乃以内典与外书相配拟；"合本"之比较，乃以同本异译之经典相参照。其所用方法似同，而其结果迥异。格义附会中西学说，如"心无义"即其一例。后世所有融通儒释之理论，皆其支流演变之余；"合本"与今日语言学者之比较研究法暗合。此两种似同而实异之方法及学派，支愍度俱足以代表。"格义"与"合本"皆鸠摩罗什未入中国前事，这两种译经方法给捐弃故技、别求新知者打开了一扇思想之窗，所以般若"色空"诸说盛行之后，而道生、谢灵运之"佛性""顿悟"等新义出焉。《支愍度学说考》在陈寅恪"东方学"研究中是一篇内容较为复杂、意义也较为重大的论文，不仅要解决中古思想史关系中的一个重大问题，还试图为20世纪30年代中西文化冲突融合找到思想出路。陈寅恪本人对这篇文章是极为重视的。论文收入1933年1月为蔡元培65岁生日所编辑的纪念文集中。而1931年8月20日，胡适在《致陈寅恪》信中已读过此文，并评价曰："尊著之最大贡献，一在明叙心无义之历史，二在发现'格义'之确解，三在叙述'合求'之溯源，此三事皆极重要。"[1]佛教传入中国，给中国原生学术带来新质又为原生学术所化的经验，成为陈寅恪谋求中国学术独立的重要思想凭借。

　　也是在1931年，陈寅恪有《李唐氏族之推测》一文，可视为是其唐史研究的开端。该文"引言"交待写作缘起："李唐氏族问题，近人颇有讨论。寅恪讲授清华，适课唐史，亦诠次旧籍，写成短篇。其所征引，不出习见之

---

① 卞僧慧：《陈寅恪先生年谱长编》，北京：中华书局2010年版，第138页。

书。凡关系疏远之证据，事实引申之议论，虽多可喜可观者，以限于体裁，不能详及。极知浅陋简略，无当于著述之旨。然此文本意，仅供备讲堂之遗忘，资同学之商榷。间有臆测之说，固未可信为定论，尤不敢自矜有所创获。"①课堂讲授，需要不断有新材料、新见解。把课堂讲授的遗珠碎玉，连缀起来，便成论文。将相互关联、学理自洽的论文系统化、体系化，便成著述。这可能是伴随着大学成长而必然面临的知识生产、知识创新的方式。陈寅恪在"晋至唐史"开课时所立的三不讲原则（古人今人有成说的不讲，该讲但缺乏材料的不讲，以前讲过的不讲），对讲课者与听课者都稍显苛刻。由《李唐氏族之推测》的"引言"中可以看出，陈寅恪对著述的持格也稍显过严："所征引不出习见之书"，"关系疏远之证据、事实引申之议论，不能详及"皆被视为"浅陋简略，都无当于著述之旨"的要素。关于李唐氏族，陈寅恪1931年有《李唐氏族之推测》《李唐武周先世事迹杂考》，1933年有《李唐氏族之推测后记》，1935年有《三论李唐氏族问题》，对中古史的探究渐成主体。而之前所进行的"塞外之史、殊族之文"的研究，自然成其为中古史研究的重要组成部分和坚实的学术根基。但陈寅恪喜欢把这种学术重心由东方语言学向历史学的转移称为"改行"。其1936年10月《致闻宥》云："寅数年以来苦于精力之不及，'改行'已久。"②1942年《陈述辽史补注序》云："寅恪频岁衰病，于塞外之史、殊族之文，久不敢有所论述。"③均可作为夫子自道。这种学术方向的转移与学术兴趣的变化有关，与大学课程开设的需要有关，更与《吾国学术之现状及清华之职责》所说的"国可亡，而史

---

① 陈美延编：《陈寅恪集·金明馆丛稿二编》，北京：生活·读书·新知三联书店2001年版，第320页。

② 陈美延编：《陈寅恪集·书信集》，北京：生活·读书·新知三联书店2001年版，第212页。

③ 陈美延编：《陈寅恪集·金明馆丛稿二编》，北京：生活·读书·新知三联书店2001年版，第265页。

不可灭"的学术自觉有关。

专心于中古史研究的陈寅恪 1939 年、1941 年分别推出《隋唐制度渊源略论稿》《唐代政治史述论稿》。而此时的陈寅恪,已经右眼失明,挈妇将雏,在抗战逃亡的路上颠沛流离。1937 年 9 月 14 日,陈三立病故于陈寅恪家中,年 85 岁。陈三立的灵柩厝于长椿寺,直到 1948 年才归葬杭州。1937 年 10 月,清华电命教授赴长沙,陈家 11 月 3 日动身,经天津、青岛、济南、郑州、汉口,11 月 20 日到长沙,不久又南迁。1938 年元月,陈寅恪把家人安排在香港,自己独自到蒙自西南联大办学地。1939 年 6 月,陈寅恪接到牛津大学邀请讲学,他也曾谋划到英国疗眼疾,但因欧战,未能成行。之后,辗转于香港大学、桂林广西大学、成都燕京大学任职,1944 年 12 月在成都燕京大学任职时,在存仁医院两次手术失败,左眼失明。1945 年 2 月,陈寅恪有《甲申除夕病榻作时目疾颇剧离香港又三年矣》《目疾久不愈书恨》诗记述悲愤之情:

> 雨雪霏霏早闭门,荒园数亩似山村。携家未识家何置,归国惟欣国尚存。四海兵戈迷病眼,九年忧患蚀精魂。扶床稚女闻欢笑,依约承平旧梦痕。[1]
>
> 天其废我是耶非,叹息芟弘强欲违。著述自惭甘毁弃,妻儿何托任寒饥。西浮瀛海言空许,北望幽燕骨待归。弹指八年多少恨,蔡威唯有血沾衣。[2]

战争彻底打乱了清华教授教书著述的生活。八年的颠沛流离,四海兵

---

① 陈美延编:《陈寅恪集·诗集》,北京:生活·读书·新知三联书店 2001 年版,第 39 页。

② 陈美延编:《陈寅恪集·诗集》,北京:生活·读书·新知三联书店 2001 年版,第 39 页。

戈，国破尚存，父死无葬，妻女寒饥，眼疾不治，一切愁情恶绪，都令怀抱学术独立梦想的学者泪尽血垂。在流亡八年期间，陈寅恪以时不我待的紧迫感完成"唐史三论"的写作。其分别为1939年冬至1940年完成的《隋唐制度渊源略论稿》，1941年在香港完成的《唐代政治史述论稿》，1944年在成都完成的《元白诗笺证稿》。陈寅恪在1944年8月《致陈槃》的信中说明"唐史三论"的相互关系道：

> 弟近草成一书，名曰《元白诗笺证》，意在阐述唐代社会史事，非敢说诗也。弟前作两书，一论唐代制度，一论唐代政治，此书则言唐代社会风俗耳。现虽已脱稿，但书写潦草，尚须重誊一清稿，然后呈史语所教正刊印。
>
> 拙稿不过七万字上下，当费纸不多。如何之处，乞酌复。近日纸贵，如太觉费钱，则可作罢论。不敢多费公家之钱，于心不安也。①

"唐史三论"分别从制度、政治、风俗三个方面着手叙写唐史，实是陈寅恪自具统系的隋唐一代专史。

《隋唐制度渊源略论稿》约12万字，分叙论、礼仪（附：都城建筑）、职官、刑律、音乐、兵制、财政、附论数个章节。《叙论》言"制度史"写作缘起：

> 夫隋唐两朝为吾国中古极盛之世，其文物制度流传广播，北逾大漠，南暨交趾，东至日本，西极中亚，而迄鲜通论其渊源流

---

① 陈美延编：《陈寅恪集·书信集》，北京：生活·读书·新知三联书店2001年版，第231页。

变之专书，则吾国史学之缺憾也。兹综合旧籍所载及新出遗文之有关隋唐两朝制度者，分析其因子，推论其源流，成此一书，聊供初学之参考。①

《叙论》把隋唐制度的形成，归纳为三个来源：一为以洛阳、建邺为中心的北魏北齐；二为以建康为中心的梁、陈；三为以西安为中心的（西）魏、周。陈寅恪认为：在隋唐制度的形成过程中，最重要的来源是北魏北齐一源，南朝梁、陈次之，而继承西魏、北周一源成分最少。

陈寅恪的三源说，打破了传统史家隋唐制度由西魏、北周而出的旧说。被陈寅恪视为隋唐制度的三个来源，实际是隋唐统一前的三个割据政权。在陈寅恪的"三源说"中，北魏成为隋唐制度最重要的来源，是因为它曾经是最善于学习的北方政权。它既注意汉魏传统继承、河西残存的汉魏制度的挖掘，又在王肃北奔后注意吸收江左宋齐制度的优长，故而应作为隋唐制度的第一源头。晋室南迁，应是神州文化正统所在。梁、陈在王肃北逃之后，其文物制度变迁发展，没有被北魏、北齐魏孝文及其子孙采用，保留着江左政权的独特优势，江左梁、陈成为隋唐制度仅次于北魏北齐的第二重要来源。隋唐制度的最后一个来源是西魏、北周的创造。西魏、北周的制度建立最晚，其在洛阳、建邺与江陵文化势力的夹缝中生存，关中世家苏绰帮助宇文泰建立的制度，其建构具有权宜性和临时性。陈寅恪论述关中世家苏绰帮助宇文泰建立制度的出发点及其优劣之处道：

> 盖自汉代学校制度废弛，博士传授之风气止息以后，学术中
> 心移于家族，而家族复限于地域，故魏、晋、南北朝之学术、宗

---

① 陈美延编：《陈寅恪集·隋唐制度渊源略论稿》，北京：生活·读书·新知三联书店 2001 年版，第 3 页。

教皆与家族、地域两点不可分离。(苏)绰本关中世家,必习于本土掌故,其能对宇文泰之问,决非偶然。适值泰以少数鲜卑化之六镇民族窜割关陇一隅之地,而欲与雄据山东之高欢及旧承江左之萧氏争霸,非别树一帜,以关中地域为本位,融冶胡汉为一体,以自别于洛阳、建邺或江陵文化势力之外,则无以坚其群众自信之心理。此绰所以依托关中之地域,以继述成周为号召,窃取六国阴谋之旧文缘饰塞表鲜卑之胡制,非驴非马,取给一时,虽能辅成宇文氏之霸业,而其创制终为后王所捐弃,或仅名存而实亡,岂无故哉!质言之,苏氏之志业乃以关中地域观念及魏晋家世学术,附合鲜卑六镇之武力而得成就者也。故考隋唐制度渊源者应置武功苏氏父子之事业于三源内之第三源。[1]

在隋唐之前的三个割据政权中,宇文泰为代表的北周曾经实力最弱,但北周在 577 年率先灭了实力最强的北齐,完成了北方统一。北周被杨坚颠覆而建隋,隋在 589 年大举南下灭陈,使东汉以来持续四百年的乱世重归一统。西魏、北周成就霸业的奥妙,在于其坚持以关中为本位,融胡汉为一体。加上府兵制度,将府兵将领的郡望、姓氏与土地结合,建立了足以与东魏、梁抗衡的关陇集团后,顺势而为,一统天下。

隋唐制度形成吸收最少的西魏、北周,却是陈寅恪《隋唐制度渊源略论稿》最为关注的研究对象。在分析隋唐制度形成的过程中,陈寅恪提出他的"胡化汉化文化观":

全部北朝史中凡关于胡汉之问题,实一胡化汉化之问题,而

---

① 陈美延编:《陈寅恪集·隋唐制度渊源略论稿》,北京:生活·读书·新知三联书店 2001 年版,第 20 页。

非胡种汉种之问题，当时之所谓胡人汉人，大抵以胡化汉化而不以胡种汉种为分别，即文化之关系较重而种族之关系较轻，所谓有教无类者是也。①

胡化与汉化的生成变化、此消彼长，是观察晋至隋唐历史演进的关键，也是陈寅恪研究中古史的重要贡献。陈寅恪1933年写作的《李唐氏族推测后记》中说："李唐一族之所以崛兴，盖取塞外野蛮精悍之血，注入中原文化颓废之躯，旧染既除，新机重启，扩大恢张，遂能别创空前之世局。"②陈寅恪这里既是对隋唐帝国出现的礼赞，也包含着对自隋唐而来的中华民族生生不息的祝福。陈寅恪在重构民族历史的过程中，有着饱含深情的民族文化立场。

陈寅恪在《隋唐制度渊源略论稿》结尾的《附论》中交待写作境况：

寅恪自唯学识本至浅陋，年来复遭际艰危，仓皇转徙，往日读史笔记及鸠集资料等悉已散失，然今以随顺世缘故，不能不有所撰述。乃勉强于忧患疾病之中，姑就一时理解记忆之所及，草率写成此书。命之曰稿者，所以见不敢视为定本，及不得已而著书之意云尔。③

陈寅恪文中所言读书笔记及鸠集资料等悉已散失诸事，据蒋天枢1987

① 陈美延编：《陈寅恪集·隋唐制度渊源略论稿》，北京：生活·读书·新知三联书店2001年版，第79页。
② 陈美延编：《陈寅恪集·金明馆丛刊二编》，北京：生活·读书·新知三联书店2001年版，第344页。
③ 陈美延编：《陈寅恪集·隋唐制度渊源略论稿》，北京：生活·读书·新知三联书店2001年版，第175页。

年所写的《陈寅恪先生读书札记弁言》记载，约有两次，一次是从北京寄至长沙朋友家的书，因没有携带到昆明而在长沙大火中烧毁；一次是先生任教昆明，他人代交滇越铁路转运的两箱书籍，被越南承用人用两箱砖块盗换。而陈寅恪著书，大多取材于平素用力甚勤之笔记，其批校特密者往往即后来著书之蓝本。因此两次失书，给计划中的著述带来毁灭性的打击。文中所说的"不能不有所撰述"，当指教书授课的需要。流亡过程中的"唐史三论"均以"稿"字命名，是不视为定本，留下修改提高的空间。

"唐史三论"中的《唐代政治史述论稿》约 12 万字，完成于香港。陈寅恪 1941 年元旦所作《自序》云：

> 寅恪尝草隋唐制度渊源略论稿，于李唐一代法制诸端，妄有所论述。至于政治史事，以限于体例，未能涉及。兹稿所言则以唐代政治史为范围，盖所以补前稿之未备也。夫吾国旧史多属于政治史类，而《资治通鉴》一书，尤为空前杰作。今草兹稿，可谓不自量之至！然区区之意，仅欲于袁机仲书中增补一二条目，以便初学。[①]

文中所提及袁机仲，名袁枢，南宋史学家，与朱熹同时。为解决阅读司马光《资治通鉴》的困难，袁枢作《通鉴纪事本末》，以历史事件为中心，把上至"三家分晋"，下到"世宗征淮南"，计 1300 年的史事，编集 239 个事目，与事件有关的史料，包括司马光的史论，按年次作以类编，个人不发表任何意见，加以醒目的标题，成书 42 卷。袁枢的《通鉴纪事本末》，秉承司马光写史原则，创造了以纪事本末体史书编辑体例。陈寅恪的《唐

---

① 陈美延编：《陈寅恪集·唐代政治史述论稿》，北京：生活·读书·新知三联书店 2001 年版，第 179 页。

代政治史述论稿》，在阅读旧史料及综合新史料的基础上，对三百年唐代政治史的发展，做出了极为明确的描述与判断，奠定了现代唐史学研究的基础。

《唐代政治史述论稿》在结构上分为上、中、下三篇，上篇为"统治阶级之氏族及其升降"，中篇为"政治革命及党派分野"，下篇为"外族盛衰之连环性及外患与内政之关系"。上、中、下三篇各有分述的重点，又有紧密的逻辑联系。作者娴熟地运用胡化汉化、关中本位政策、政治革命、党派之争、内政外患等政治与学术话语，将唐代三百年历史做出了提纲挈领、纲举目张的分析与描述。作者认为：北朝、隋唐时期，统治阶级之家汉化程度不断增高，成为一种普遍现象。此问题是研究中古史的一大关键。李唐成为唐代三百年之中心，得益于宇文泰的"关中本位政策"及该政策所结集团体之后裔。自武曌把持中央政策后，大崇文章之选，破格取人，则使原来"关中本位"所建立的平衡，得以打破。武周之代李唐，不仅是政治变迁，实亦社会革命。武则天专政后，统治阶级分化为两类：一为受高深文化之汉族，所谓外廷之士大夫，大抵以文词科举进身者；一为受汉化不深之蛮夷，或蛮夷化之汉人，身居内廷，实握政治及禁军之权者。矛盾聚集，遂有天宝安史之乱。安史乱后，别成一新局面：中央政府与地方藩镇截然划为不同区域，政治军事不能统一，社会文化也互不关涉。长安政权成为奉长安文化为中心，仰东南财赋以存立的政治集团。唐初频频发生的宫廷政变，转而为唐后期此起彼伏的内、外廷对抗及士大夫中的牛李党争。武则天后，皇位虽复归李氏，但因上述基本矛盾不能有效解决，再加上吐蕃、高丽、南昭等外族的强弱变化，"借东南经济力量及科举文化以维持之李唐皇室，遂不得不倾覆矣"[①]。唐朝的分崩堕落，不可救止。

---

① 陈美延编：《陈寅恪集·唐代政治史述论稿》，北京：生活·读书·新知三联书店2001年版，第355页。

陈寅恪《唐代政治史述论稿》在文献的使用上仍是旁征博引，步步为营，带有考据实证的明显特征。但其思想创新的张力与运用新词汇营造学术系统的能力，也得以充分彰显。在陈寅恪《隋唐制度渊源略论稿》《唐代政治史述论稿》后，唐史研究的现代框架已渐渐显露。

陈寅恪写作上述两书时，生存条件极差。在朝不虑夕的战争环境下，作者甚至产生过"必欲于未死之前留一二痕迹以自作纪念"的壮烈情怀。陈寅恪1942年9月《致刘永济》的信中列举了二十年所拟著述而未成之稿，悉在安南遗失。中有《蒙古源流注》《世说新书注》《五代史记注》，以及佛教经典之存于梵文者与藏译中译合校等，让作者痛惜不已。而已经写出的《隋唐制度渊源论》《唐代政治史》尚出版无期：

> 所余者仅不经意之石印《旧唐书》及《通典》二种，置于别筐，故幸存。于书眉之上，略有批注。前岁在昆明，即依《通典》批注，草成《隋唐制度渊源论》，已付商务书馆刊印。稿在上海，久不见刊出。自太平洋战起，沪稿迄无消息，不知存佚如何？去岁居港，又取《旧唐书》上之批注，草成《唐代政治史》一书。此次冒险携出，急欲写清付印。盖中年精力殚竭，绝无成效，所余不经意之剩余一种，若复不及身写成（弟字太潦草，非亲写不可），则后悔莫及。敝帚自珍，固未免可笑。而文字结习与生俱来，必欲于未死之前稍留一痕迹以自作纪念者也。①

当一代学术名家因正常的教书写作的节奏被打破，而以时不我待的急切心态，奋发著述，希望留一些文字痕迹给世界的时候，其生活与健康状况

---

① 陈美延编：《陈寅恪集·书信集》，北京：生活·读书·新知三联书店2001年版，第245—246页。

又是一个左支右绌、处处艰辛的情况。陈寅恪在同一时期《致刘永济》信中有如下记述：

> 前日广西大学接中英庚款会设一讲座，授课每周三小时，而月薪颇不能敷此间月用之半数（桂林物价亦大涨，与重庆所差无几），但迫于情势，与其借筹川资供全家入川，而又病困不能即时授课，有负亲友之期望，何如短期留桂不行，即以所借之川资移补日用，以俟日后元气恢复再定行止，似较妥慎。①
>
> 以弟目前病体之不能耐汽车之震动，固不能不滞留于桂林。（飞机亦无法可乘，行李亦难托人代运，近已无汽油车，由金城江至贵阳须五日，而且无覆蔽之车篷……）②

战争给世界、国家及每个家庭带来灾难，也使学术的传播与书写变得异常艰难，中年的陈寅恪可谓艰辛备尝。

陈寅恪于40年代完成的"唐史三论"还有《元白诗笺证稿》，这是他1944年在成都燕京大学时的作品。这一年，陈寅恪写作11篇论文，其中9篇与唐代诗人元稹、白居易有关，分别为《长恨歌笺证》《元微之悼亡诗笺证稿》《白乐天之先祖及后嗣》《白乐天之思想行为与佛道之关系》《论元白诗之分类》《元和体诗》《白乐天与刘梦得之诗》《白香山琵琶行笺证》《元微之古体乐府笺证》。陈寅恪1944年底与1945年初的眼病恶化，除其他原因外，一定与高强度的写作有关。陈寅恪1944年8月《致陈槃》的信中提到的7万字《元白诗笺证稿》，应该就是上述文字的集合。此后，双目失明的

---

① 陈美延编：《陈寅恪集·书信集》，北京：生活·读书·新知三联书店2001年版，第242页。

② 陈美延编：《陈寅恪集·书信集》，北京：生活·读书·新知三联书店2001年版，第243页。

陈寅恪在回到北京的清华大学后，在学生陈庆华、汪篯、王永兴的帮助下修改此稿。1950年，陈寅恪到岭南大学后，在助教程曦帮助下，将前所著有关元白诗各篇，整理为《元白诗笺证稿》一书。初冬，由岭南大学文化研究室作为该室丛书之一，印成直行线装本。后来又经助教黄萱协助修改，乃交上海中华书局改为直行平装普及本重刊，修订后的《元白诗笺证稿》扩展至约26万字。

到岭南大学工作，是陈寅恪60岁之年的重大选择。岭南大学校长陈序经，收到陈寅恪"南来休养"信后，自1948年夏天起聘陈寅恪为岭南大学教授。陈寅恪一家1949年1月16号到达广州。因是英伦疗眼疾东归后再次浮槎出海，陈寅恪有诗记其复杂心情："又附楼船到海涯，东归短梦不胜嗟。求医未获三年艾，避地难希五月花。形貌久供儿女笑，文章羞向世人夸。毁车杀马平生志，太息维摩尚有家。"[①]眼疾无方可疗，四海争战不休，毁车杀马，避地广州，只因安土重迁，不离父母之邦。重新修改完成的《元白诗笺证稿》，应该是给岭南大学的学术献礼。教授以学术之礼，报于大学，应是最为贵重。陈寅恪在岭南大学教授"两晋南北朝史""唐史研究"课程，继续唐史研究。在中文系开设课程"白居易诗"。1949年12月出版的第10卷第1期的《岭南大学学报》，陈寅恪同时发表了《白乐天之思想行为与佛道之关系》《论元白诗之分类》《元和体诗》《白乐天与刘梦得之诗》数篇论文。1951年写作的论文分别是《论唐高祖称臣于突厥事》《论隋末唐初所谓山东豪杰》《论韩愈》。1952年，岭南大学取消，中山大学迁入岭南大学校舍，陈寅恪自然成为中山大学教授。1953年写作的论文分别是《记唐代之李武韦杨婚姻集团》《述东晋王导之功业》《论李栖筠自赵徙卫事》，仍与晋唐史研究有关。在岭南大学，燕京大学毕业生程曦为助手。同在岭南大学中文系

① 陈美延编：《陈寅恪集·诗集》，北京：生活·读书·新知三联书店2001年版，第63—64页。

任教的冼玉清教授，雅好诗文，早年陈三立曾读其诗稿，并为其"碧琅玕馆"题匾。陈寅恪家1941年在香港时，客寓香港的冼玉清曾托人给生活困难的陈家送去四十港元的"军票"，陈家没有接受。对陈家父辈的感激，在陈寅恪安家广州后，转移为对陈家的照拂。冼的文史修养及意气相投，使其成为陈寅恪与陈家的知音。1952年，在程曦不再担任助手后，与陈家相邻的岭南大学医学院院长周寿楷的夫人黄萱，因听过陈寅恪课，经人介绍，于1952年11月，由中山大学聘为陈寅恪的助教。黄萱在陈寅恪的指导下，可以找到文献的出处，可以记录其学术口述。这种合作一直持续了13年，直到1966年而被迫结束。与陈寅恪晚年学术研究有重要关系的还有两人，一为岭南大学图书馆编目部主任周连宽，一为清华国学研究院第三届学生蒋天枢。周连宽自1954年起，开始担任为陈寅恪寻找图书任务，后被副校长陈序经调至历史系资料室工作。蒋天枢1943年起在复旦大学中文系工作，陈寅恪去广州前在上海暂住期间，蒋曾多次拜谒。接下来就是1953年、1964年的两次广州之行。

1953年夏，蒋天枢寄陈寅恪《再生缘》道光刊本及《申报》排印本各一册，助手黄萱读与陈寅恪听。《再生缘》引发了陈寅恪唐史唐诗之外的写作热情。本月，蒋天枢被召从上海来访，居十余天。陈寅恪有《广州赠别蒋秉南》诗两首，第二首云："孙盛阳秋海外传，所南心史井中全。文章存佚关兴废，怀古伤今涕泗涟。"① 陈寅恪将编印平生著作的重任，郑重托付于蒋天枢。

在佛学文化、隋唐历史著述有了整理出版机会之后，陈寅恪的学术研究，有了一次摆脱"著书都为稻粱谋"桎梏、放飞心灵的机会，这便是《论再生缘》与《柳如是别传》的写作。陈寅恪的《论再生缘》写作开始于

---

① 陈美延编：《陈寅恪集·诗集》，北京：生活·读书·新知三联书店2001年版，第98页。

1953 年的 9 月，完成于 1954 年 2 月。考述乾隆时期民间女子陈端生写作弹词《再生缘》事，旨在使《再生缘》再生。紧接着，陈寅恪又因少时在南京舅父俞明震家初见钱谦益《牧斋诗集》，大好之；旅居昆明时，偶而购得钱氏故园红豆为缘起，重读钱集，开始了《钱柳因缘诗释证稿》的写作，自言"不仅借以温旧梦、寄遐思，亦欲自验所学之深浅也"。[①]1961 年 7 月，吴宓到广州看望，陈寅恪有诗赠吴宓，其中以"著书唯剩颂红妆"[②]描述自己的学术写作。陈寅恪所言"颂红妆"主要是指《论再生缘》的校补与《钱柳因缘诗释证稿》的写作。1964 年，80 余万字的《钱柳因缘诗释证稿》稿成，易名为《柳如是别传》。

由隋唐史研究转入"颂红妆"写作，因学术跨度甚大，曾让很多读者大惑不解。读者可以从陈寅恪 1935 年在《陈垣元西域人华化考序》一文中获得一种启发。陈文以为：清代经学与史学，俱为考据之学。经学盛时，群舍史学而趋于经学之一途。虽有研治史学之人，大抵于宦成以后休退之时，始以余力肆及，殆视为文儒老病销愁送日之具。陈寅恪晚年著述《论再生缘》《柳如是别传》何尝不是一次有意识的学术转移？将学术研究主场，由隋唐的制度政治等纯然学者的历史书写，转至明清易代之际女诗人及清乾隆年间女弹词作家的文学书写，权作一次老病销愁、寄托幽情愁绪的文学之旅。

如果说，陈寅恪《论再生缘》以前的东方学、隋唐史的写作，是尺幅千里的史学写作，而《论再生缘》之后"颂红妆"的写作，是家国情怀融合贯通的文学写作。史学写作，写佛学迁播，写隋唐制度，写唐代政治，所据均典册高文，皇皇正史，意在叙历史之大势；文人写作，写弹词作家，写倚

---

① 陈美延编：《陈寅恪集·柳如是别传》，北京：生活·读书·新知三联书店 2001 年版，第 3 页。

② 陈美延编：《陈寅恪集·诗集》，北京：生活·读书·新知三联书店 2001 年版，第 137 页。

门女子，写文体变迁，所据为诗歌弹词，官私书志，旨在发潜德之幽光。陈寅恪以学者之笔写中古隋唐之盛世，以文人之笔写刚毅多才之红妆，考证之严谨依旧，了解之同情依旧，独立精神、自由思想的张扬依旧，而所写人物、场景及态度，则有了根本的不同。以 1953 年为界，陈寅恪由创见迭出的历史书写，转至神采飞扬的文学书写。

1964 年，对七十五岁的陈寅恪来说，更是重要的一年。此年为钱柳逝世三百年，陈寅恪《柳如是别传》完成，文成有《稿竟说偈》："刺刺不休，沾沾自喜。忽庄忽谐，亦文亦史。述事言情，悯生悲死。繁琐冗长，见笑君子。失明膑足，尚未聋哑。得成此书，乃天所假。卧榻沉思，然脂暝写。痛哭古人，留赠来者。"①偈文前半段说文体特点，庄谐并有，文史掺杂，古人情与事，了解之同情。后半段说自己的写作，失明膑足，假天力成，十年心血，哭人哭己。古人的情事幽光在此作，自己的心曲寄托也在此作。同样在这一年，陈寅恪根据新发现材料完成了对《论再生缘》的校补。因为《论再生缘》的最初传播经历了先海外、后国内的曲折过程，陈寅恪决定原文不改，校补部分一万余字另外成文，其作《校补记后续》："《论再生缘》一文乃颓龄戏笔，疏误可笑。然传播中外，议论纷纭。……噫！所南心史，固非吴井之藏；孙盛阳秋，同是辽东之本。点佛弟之额粉，久已先干；裹王娘之脚条，长则更臭。知我罪我，请俟来世。"②从这一年起，陈寅恪以"金明馆""寒柳堂"为自己书房命名。陈寅恪的学术论文集《金明馆丛稿》《寒柳堂集》，其名称均来自于柳如是词题《金明池·咏寒柳》。由此也可见作者对研究对象的青睐痴迷之深。

这一年 5 月底，蒋天枢最后一次来到广州。所见到的陈寅恪，因骨折行

---

① 陈美延编：《陈寅恪集·柳如是别传》，北京：生活·读书·新知三联书店 2001 年版，第 1250 页。

② 陈美延编：《陈寅恪集·寒柳堂集》，北京：生活·读书·新知三联书店 2001 年版，第 106—107 页。

动困难，需两护士夹扶起立。蒋停十余天离去，此行应是为陈著在上海出版事宜而来，并在离开时带走陈寅恪的诗稿一册。对承载最深处思想感情且最易为人误读的诗稿，陈寅恪是格外重视的。自 1962 年胡乔木到广州看望陈寅恪，谈及旧论文稿合集重印事，陈寅恪以"盖棺有期，出版无日"回应。胡以"出版有期，盖棺尚远"①安抚。可见当年陈寅恪对著作集的出版诉求，是十分紧迫而担心的。但因为种种原因，陈寅恪 1969 年去世前，仍是没有看到论文稿合集本及《柳如是别传》的出版。

1976 年后，在蒋天枢的努力下，由上海古籍出版社接手出版任务，并在 1980 年较完整地出版了《陈寅恪文集》。其中《隋唐制度渊源略论稿》《唐代政治史述论稿》《元白诗笺证稿》是旧刊新版。《金明馆丛稿初编》《金明馆丛稿二编》是论文的结集。陈寅恪 1963 年为《金明馆丛稿》所写《自序》只有一句话："此书稿不拘作成年月先后，亦不论其内容性质，但随手便利，略加补正，写成清本，即付梓人，以免再度散失，殊不足言著述也。"②盼望完整出版的心情，也由此可见。《寒柳堂集》一册也为论文集，收入《论再生缘》《寒柳堂记梦未定稿》《寅恪先生诗存》及《赠蒋秉南序》。《柳如是别传》三册，加上蒋天枢所编《陈寅恪先生编年事辑》一册，共 8 种 10 册。这是陈寅恪的著述第一次以较完整的形式问世。2001 年，陈寅恪女儿陈美延多方搜求，编成《陈寅恪集》13 种 14 册，由三联书店出版，成为更为完备的文集。

陈寅恪的《赠蒋秉南序》写在 1964 年蒋天枢离别广州时。75 岁的老人在著述整理完成后，知来日无多，在赠序中谈一生遭际与学术事业云：

---

① 卞僧慧：《陈寅恪先生年谱长编》，北京：中华书局 2010 年版，第 323—324 页。

② 陈美延编：《陈寅恪集·金明馆丛稿初编》，北京：生活·读书·新知三联书店 2001 年版，第 1 页。

清光绪之季年，寅恪家居白下，一日偶检架上旧书，见有《易堂九子集》，取而读之，不甚喜其文，唯深美其事。以为魏、丘诸子值明清嬗蜕之际，犹能兄弟戚友保聚一地，相与从容讲文论学于乾撼坤岌之际，不谓为天下之至乐大幸，不可也。当读是集时，朝野尚称苟安，寅恪独怀辛有、索靖之忧，果未及十稔，神州沸腾，寰宇纷扰。寅恪亦以求学之故，奔走东西洋数万里，终无所成。凡历数十年，遭逢世界大战者二，内战更不胜计。其后失明膑足，栖身岭表，已奄奄垂死，将就木矣。默念平生固未尝侮食自矜，曲学阿世，似可告慰友朋。至若追踪昔贤，幽居疏属之南，汾水之曲，守先哲之遗范，托末契于后生者，则有如方丈、蓬莱，渺不可即，徒寄之梦寐，存乎遐想而已。呜呼！此岂寅恪少时所自待及异日他人所望于寅恪者哉？虽然，欧阳永叔少学韩昌黎之文，晚撰《五代史记》，作义儿、冯道诸传，贬斥势利，尊崇气节，遂一匡五代之浇漓，返之淳正。故天水一朝之文化，竟为我民族遗留之瑰宝。孰谓空文于治道学术无裨益耶？^①

　　这是一段陈寅恪晚年用生命写成的"夫子自道"。因为战争频仍，因为失明膑足，使少时自待与他人所望于寅恪者，有所折损，这是陈寅恪的遗憾，也是中国学术界的遗憾。陈寅恪的人生遭遇的艰难，超越同时代的学者；其失明后著述的困难，也不为一般人所可想见。《柳如是别传》最后偈言所言"卧榻沉思，然脂暝写"，是其晚年呕心沥血工作的写照。作为一代学术大师，陈寅恪有隋朝王通"守先哲之遗范，托末契于后生者"的河汾之志；也有宋代欧阳修"遂一匡五代之浇漓，返之淳正"的天水理想。故

---

　　① 陈美延编：《陈寅恪集·寒柳堂集》，北京：生活·读书·新知三联书店 2001 年版，第 182 页。

而希望能像明清之际的易堂九子一样，"从容讲文论学于乾撼坤岌之际"以言之有物与行己有耻，验证著文与立身，于治道学术仍大有裨益。在学术界"但开风气"的陈寅恪，在经历东方学、隋唐史的转换后，晚年以《论再生缘》《柳如是别传》的写作为标志，进入到对弹词女作家、诗词女作家生平、家世及创作研究为主的文学书写。历史与文学在陈寅恪的研究中，总是形影不离的。当我们把《论再生缘》《柳如是别传》视为文学史个案研究示范的时候，可以使上述"少时自待与他人所望于寅恪者"的遗憾，稍稍缓解。"从来才大人，面目不专一"，龚自珍如此，陈寅恪也是如此。陈寅恪 1965 年以后写作的《寒柳堂记梦》，又是用笔记体记事的一种尝试。其生命的体验，从南京读书时期江南世家的感受中开始，又在江南世家的追忆中结束，构成了一个著名学者的人生闭环。陈寅恪文学书写的文本中，其所叙述的研究缘起，大多与年少时的读书记忆有关。毕竟，描述个人情感，文学的书写比历史的书写更为便捷一些。

第三节　独立之精神与自由之思想

"独立之精神，自由之思想"是陈寅恪所主张所信奉的学术精神最传神、最经典的概括。它出自陈寅恪 1929 年所写的《清华大学王观堂先生纪念碑铭》：

> 士之读书治学，盖将以脱心志于俗谛之桎梏，真理因得以发扬。思想而不自由，毋宁死耳。斯古今仁圣所同殉之精义，夫岂庸鄙之敢望．先生以一死见其独立自由之意志，非所论于一人之恩

怨，一姓之兴亡。呜呼！树兹石于讲舍，系哀思而不忘。表哲人之奇节，诉真宰之茫茫。来世不可知者也。先生之著述，或有时而不章。先生之学说，或有时而可商。惟此独立之精神，自由之思想，历千万祀，与天壤而同久，共三光而永光。①

王国维 1927 年 6 月 2 日自沉于颐和园昆明湖，年五十一岁。其遗言为："五十之年，只欠一死，经此世变，义无再辱。"王国维在任清华国学研究院导师而学术如日中天之时，自沉身亡，让学界与社会甚为震惊，其死因也众说纷纭。陈寅恪在国学研究院中，与王国维治学路径相似，来往也最为密切。王国维自沉当天，陈寅恪即有七律一首及一联挽之，随后又写作《王观堂先生挽词并序》。陈寅恪的《王观堂先生挽词并序》中的长诗部分，回顾记述了王国维一生的经历，其中包括很多古典与今典。蒋天枢 1954 年曾根据前一年在广州与陈寅恪谈话的内容，对此长律予以补注。蒋补注以为王国维遗言中"义无再辱"，是指 1924 年 11 月冯玉祥将溥仪逐出故宫，尚在故宫南书房任行走的王国维曾与柯劭忞、罗振玉相约投水未果。1927 年冯部将韩复榘兵至燕郊，王国维遂践旧约，奋沉于昆明湖。王国维遗言中"义无再辱"是指对北洋军阀的抗议。在诗前的长序中，作者更突出"殉文化"说：

> 凡一种文化值衰落之时，为此文化所化之人，必感苦痛，其表现此文化之程量愈宏，则其所受之苦痛亦愈甚；迨既达极深之度，殆非出于自杀无以求一己之心安而义尽也。吾中国文化之定义，具于白虎通三纲六纪之说，……近数十年来，自道光之季，

---

① 陈美延编：《陈寅恪集·金明馆丛稿二编》，北京：生活·读书·新知三联书店 2001 年版，第 246 页。

迄乎今日，社会经济之制度，以外族之侵迫，致剧疾之变迁；纲纪之说，无所凭依，不待外来学说之掊击，而已销沉沦丧于不知觉之间；虽有人焉，强聒而力持，亦终归于不可救疗之局。盖今日之赤县神州值数千年未有之巨劫奇变；劫尽变穷，则此文化精神所凝聚之人，安得不与之共命而同尽，此观堂先生所以不得不死，遂为天下后世所极哀而深惜者也。①

"殉文化"说以三纲六纪作为中国文化价值的要义。在中国三纲六纪文化价值体系面临外来学说的挑战而日渐消沉沦丧之时，为这种文化所化之人便极为痛苦；所化愈深，痛苦愈巨。故王国维不得不死。因为三纲六纪中有君臣父子夫妇之道，"殉清"与"殉文化"两说之间，仍有若干勾连与重合。

卜僧慧《陈寅恪先生年谱长编》还记录了陈寅恪1927年夏在上海向傅斯年所讲述的另一个王国维自沉的原因：罗振玉与王国维的著述纠纷。《陈寅恪先生年谱长编》载傅斯年在《殷墟书契考释》中的一段批语：

民国十六年夏，余晤陈寅恪于上海，为余言王死故甚详。此书本王氏自作自写，因受罗资，遂畀之。托词自比于张力臣，盖饰言也。后陈君为王作挽词，再以此等事叩之，不发一言矣。②

傅斯年所关注的王国维与亲家罗振玉著作权之争，及社会上广泛流传的王国维儿子1926年去世，罗、王两家的家事纠纷，都可囊括在"罗王失和"原因中。从傅斯年的批语中可知，至少在事件发生的当年，陈寅恪承认

---

① 陈美延编：《陈寅恪集·诗集》，北京：生活·读书·新知三联书店2001年版，第12—13页。

② 卜僧慧：《陈寅恪先生年谱长编》，北京：中华书局2010年版，第106页。

"罗王失和"是王国维自沉的诱因之一。

1929 年 6 月，王国维自沉两周年之际，清华国学研究院师生集资在校内为王国维立纪念碑，碑文由陈寅恪书写，陈寅恪对王国维的自沉有了一种认识的飞跃和超越性极强的描述："先生以一死见其独立自由之意志，非所论于一人之恩怨，一姓之兴亡。"①超越了个人恩怨、一姓兴亡的独立精神、自由思想，才是哲人之奇节，学说之真宰，才能与天地同久而永光。

"独立之精神，自由之思想"是一种新的文化价值观的表述。它代表着以读书治学为职志的现代中国知识分子在中西文化价值观激烈碰撞中现代学术的觉醒与自觉。陈寅恪提出以"独立之精神，自由之思想"作为现代读书治学之人的文化价值观，标志着陈寅恪历史价值取向有了一次升华。用"先生以一死见其独立自由之意志"，诠解王国维自沉，对死者与生者都是一种提升，一种解脱。"独立之精神，自由之思想"，自此成为陈寅恪坚守一生的学术旗帜，也成为中国现代学术史上的一座被一直仰望的思想灯塔。

陈寅恪所建构的独立精神，涵盖国家学术独立，学科学术独立，学者学术独立等多个层面。

独立精神的第一层面在谋求国家的学术独立。自近代西学东渐以来，中国以经史子集为基本形态的知识与学术体系受到冲击。如何在西学东渐的背景下，重建与民族国家生存传承息息相关的学术文化知识体系，是后五四时代知识人努力奋斗的重要目标。作为 20 世纪 30 年代位居读书治学重镇的领袖人物，重建中国学术与文化知识体系的紧迫感，弥漫在陈寅恪著述的字里行间。1929 年 5 月，陈寅恪在北大兼课，有《北大学院已巳级史学系毕业生赠言》："群趋东邻受国史，神州士夫羞欲死。田巴鲁连两无成，要

---

① 陈美延编：《陈寅恪集·金明馆丛稿二编》，北京：生活·读书·新知三联书店 2001 年版，第 246 页。

待诸君洗斯耻。"①鼓励北大学生学术自立，赶超邻国。1931年作《吾国学术之现状及清华之职责》，这是一篇以大学为依托，建立中国现代学术体系的宣言：

> 吾国大学之职责，在求本国学术之独立，此今日之公论也。若将此意以观全国学术现状，则自然科学，凡近年新发明之学理，新出版之图籍，吾国学人能知其概要，举其名目，已复不易。虽地质生物气象等学，可称尚有相当贡献，实乃地域材料关系所使然。古人所谓"慰情聊胜无"者，要不可遽以此而自足。西洋文学、哲学、艺术、历史等，苟输入传达，不失其真，即为难能可贵，遑问其有所创获。社会科学则本国政治社会财政经济之情况，非乞灵于外人之调查统计，几无以为研求讨论之资。教育学则与政治相通，子夏曰"仕而优则学，学而优则仕"，今日中国多数教育学者庶几近之。至于本国史学文学思想艺术史等，疑若可以几于独立者，察其实际，亦复不然。近年中国古代及近代史料发见虽多，而具有统系与不涉傅会之整理，犹待今后之努力。今日全国大学未必有人焉，能授本国通史，或一代专史，而胜任愉快者。东洲邻国以三十年来学术锐进之故，其关于吾国历史之著作，非复国人所能追步。昔元裕之、危太朴、钱受之、万季野诸人，其品格之隆污，学术之歧异，不可以一概论；然其心意中有一共同观念，即国可亡，而史不可灭。今日国虽幸存，而国史已失其正统，若起先民于地下，其感慨如何？②

---

① 陈美延编：《陈寅恪集·诗集》，北京：生活·读书·新知三联书店2001年版，第19页。

② 陈美延编：《陈寅恪集·金明馆丛稿二编》，北京：生活·读书·新知三联书店2001年版，第361—362页。

接下来，陈寅恪历数国文教育偏重于创造文学，思想史著述扎堆于上古，艺术史材料毁损流散严重，图书馆事业藏书严重不足且使用不便等弊端。凡此总总，均无法支撑中国学术独立。泱泱大国，无人可授本国通史，或一代专史；国虽在，国史已失其正统。灭人国者，先灭其史。中国学术，已到了不能支撑其国的濒危之境。学术独立，"实系吾民族精神上生死一大事者"①，因此，清华作为全国属望之大学需要努力，全国学术界需要努力。

与胡适所代表的以西化促进中国学术现代化的"疑古"思想路线不同，陈寅恪更倾向于在民族本位的立场下，建立中国通史或专史以"释古"为目标的学术与知识体系。1919 年在哈佛时，在与吴宓等朋友谈话中，即不同意把中国宋元之后视为衰世，是学术文章卑劣不足道的黑暗中世纪。宋儒以佛理之精粹注解四书五经，"名为阐明古学，实则吸收异教"②，佛之义理，浸渍濡染儒教，体现着先儒爱国济世之苦心。因为有上述认识，陈寅恪在 30 年代西学东渐的背景下考虑中国学术独立，仍援佛教传入而与儒、道合一的例证，主张在输入西学的同时，应坚持民族文化为本位。其《冯友兰中国哲学史下册审查报告》中以为：

> 窃疑中国自今日以后，即使能忠实输入北美或东欧之思想，其结局当亦等于玄奘唯识之学，在吾国思想史上，既不能居最高之地位，且亦终归于歇绝者。其真能于思想上自成系统，有所创获者，必须一方面吸收输入外来之学说，一方面不忘本来民族之地位。此二种相反而适相成之态度，乃道教之真精神，新儒家之旧途径，而二千年吾民族与他民族思想接触史之所昭示者也。寅

---

① 陈美延编：《陈寅恪集·金明馆丛稿二编》，北京：生活·读书·新知三联书店 2001 年版，第 363 页。

② 卞僧慧：《陈寅恪先生年谱长编》，北京：中华书局 2010 年版，第 73 页。

恪平生为不古不今之学，思想囿于咸丰、同治之世，议论近乎湘乡、南皮之间。[1]

一方面吸收输入外来之学说，一方面不忘本来民族之地位，应该成为谋求学术独立之中国切实可行的道路。陈寅恪所谓不古不今之学，应指自己所进行的中古史研究，议论近乎湘乡、南皮之间，当指持论与曾国藩、张之洞相近，讲求体用主从。

学术独立的第二层意义在史学学科独立。20世纪，中国大学教育的兴起，使历史学科成为最受关注的学科门类。历史学科最重要的任务是如何在纷纭复杂的中国历史乱象中，重新建构一种可以承载民族自信光荣，可以自立于世界民族之林的知识体系。一代史学家为这种重建付出了艰辛的努力。陈寅恪1935年在《陈垣元西域人华化考序》考述"有清一代经学号称极盛，而史学则远不逮宋人"原因，因为清代经盈史虚现象的形成与清王朝文字禁忌有关，也与史学特殊禀赋有关：

> 独清代之经学与史学，俱为考据之学，故治其学者，亦并号为朴学之徒。所差异者，史学之材料大都完整而较备具，其解释亦有所限制，非可人执一说，无从判决其当否也。经学则不然，其材料往往残阙而又寡少，其解释尤不确定，以谨愿之人，而治经学，则但能依据文句各别解释，而不能综合贯通，成一有系统之论述。以夸诞之人，而治经学，则不甘以片段之论述为满足。因其材料残阙寡少及解释无定之故，转可利用一二细微疑似之单证，以附会其广泛难征之结论。其论既出之后，固不能犁然当于

---

① 陈美延编：《陈寅恪集·金明馆丛稿二编》，北京：生活·读书·新知三联书店2001年版，第284—285页。

人心，而人亦不易标举反证以相诘难。譬诸图画鬼物，苟形态略具，则能事已毕，其真状之果肖似与否，画者与观者两皆不知也。往昔经学盛时，为其学者，可不读唐以后书，以求速效。声誉既易致，而利禄亦随之。于是一世才智之士，能为考据之学者，群舍史学而趋于经学之一途。其谨愿者，既止于解释文句，而不能讨论问题。其夸诞者，又流于奇诡悠谬，而不可究诘。……近二十年来，国人内感民族文化之衰颓，外受世界思潮之激荡，其论史之作，渐能脱除清代经师之旧染，有以合于今日史学之真谛，而新会陈援庵先生之书，尤为中外学人所推服。盖先生之精思博识，吾国学者，自钱晓征以来，未之有也。今复取前所著《元西域人华化考》，刻木印行，命寅恪序之。寅恪不敢观三代两汉之书，而喜谈中古以降民族文化之史，故承命不辞，欲借是略言清代史学所以不振之由，以质正于先生及当世之学者。至于先生是书之材料丰实，条理明辨，分析与综合二者俱极其工力，庶几宋贤著述之规模，则读者自能知之，更无待于寅恪之赘言者也。挚仲洽谓杜元凯《春秋释例》本为《左传》设，而所发明，何但《左传》。今日吾国治学之士，竞言古史，察其持论，间有类乎清季夸诞经学家之所为者。先生是书之所发明，必可示以准绳，匡其趋向。①

陈序对清代经学中谨愿派与夸诞派治学的作派穷形极相。又以为现代史学的兴起，与民族文化衰颓，世界思潮激荡有关。现代中国史学的建构，需要陈垣这样"材料丰实，条理明辨，分析与综合二者俱极其工力，庶几宋贤著述之规模"的史作，力求避免流于奇诡悠谬、不可究诘的夸诞之作。

---

① 陈美延编：《陈寅恪集·金明馆丛稿二编》，北京：生活·读书·新知三联书店2001年版，第269—270页。

与陈序针砭史学夸诞学风可形成对比的，还有本文前已引述的陈寅恪1932年在清华开设"晋南北朝隋唐文化史"绪论时，所批评的中国文化史研究的两大缺失：旧派失之滞，滞的成因是其研究材料抄自类书，不成系统，没有解释；新派失之诬，诬的成因是其用科学方法整理国故，貌似条理整齐，然立论甚为危险。滞与诬，谨愿与夸诞，均应为现代史学学术所不取。陈寅恪认为："讲历史重在准确，功夫所至，不嫌琐细。"①

史学学科独立，追求史学应有的学术品格，还要保持一种开放的体系，吸收最新材料，开拓学术区宇，上能继承先哲之业，下可转移一时风气。1934年，陈寅恪作《王静安先生遗书序》。在经历痛定思痛的过程之后，陈寅恪对王国维的学术贡献与路径有了经典化的概括：

> 自昔大师巨子，其关系于民族盛衰学术兴废者，不仅在能承续先哲将坠之业，为其托命之人，而尤在能开拓学术之区宇，补前修所未逮。故其著作可以转移一时之风气，而示来者以轨则也。先生之学博矣，精矣，几若无涯岸之可望、辙迹之可寻。然详绎遗书，其学术内容及治学方法，殆可举三目以概括之者。一曰取地下之实物与纸上之遗文互相释证。凡属于考古学及上古史之作，如《殷卜辞中所见先公先王考》及《鬼方昆夷猃狁考》等是也。二曰取异族之故书与吾国之旧籍互相补正。凡属于辽、金、元史事及边疆地理之作，如《萌古考》及《元朝秘史之主因亦儿坚考》等是也。三曰取外来之观念，与固有之材料互相参证。凡属于文艺批评及小说戏曲之作，如《红楼梦评论》及《宋元戏曲考》《唐宋大曲考》等是也。此三类之著作，其学术性质固有异同，所用方法亦不尽符会，要皆足以转移一时之风气，而示来者以轨则。

---

① 卞僧慧：《陈寅恪先生年谱长编》，北京：中华书局2010年版，第146页。

吾国他日文史考据之学，范围纵广，途径纵多，恐亦无以远出三类之外。此先生之书所以为吾国近代学术界最重要之产物也。[①]

考古成果与已有文献的互相释证，异族故书与吾国旧籍的互相补正，外来观念与固有材料的互相参证，陈寅恪精心概括的王国维的学术路径，在30年代的中国，应该成为文史学人的共同遵循。陈寅恪1930年所作《陈垣敦煌劫余录序》提出的"一时代之学术，必有其新材料与新问题"[②]，以为注意用新材料解决新问题者，谓之入流；否则，谓之未入流。是同样的学术号召，其提倡史学学科守正创新的殷切之情，充溢于字里行间。

学术独立的第三个层面是学者人格独立。陈寅恪30年代初在清华授"晋南北朝隋唐文化史"课，鼓励学生读历史原著，"要从原书中的具体史实，经追认真细致、实事求是的研究，得出自己的结论。一定要养成独立精神，自由思想，批评态度"[③]。读书的学生，需要培养独立自由精神和批评态度，写书的作者，也要尊重其独立思考。陈寅恪1942年致信潘公展，推荐学生罗香林担任《唐太宗》一书的写作："罗君十年来，著述颇多，斐然可观，自不用旧日教师从旁饶舌，以妨其独立自由之意志也。"[④]1938年，陈寅恪在昆明为西南联大历史系讲授"晋南北朝史"，开课时先讲北方南渡僧人支愍度所立"心无义"的故事，激励学生忠于学术良心，不因生存困厄，妄立新义，曲学阿世。此典此义，陈寅恪在1940年所写《陈垣明季滇黔佛教考序》中有更明确地表达：

① 陈美延编：《陈寅恪集·金明馆丛稿二编》，北京：生活·读书·新知三联书店2001年版，第247—248页。
② 陈美延编：《陈寅恪集·金明馆丛稿二编》，北京：生活·读书·新知三联书店2001年版，第266页。
③ 卞僧慧：《陈寅恪先生年谱长编》，北京：中华书局2010年版，第146页。
④ 卞僧慧：《陈寅恪先生年谱长编》，北京：中华书局2010年版，第210页。

呜呼！昔晋永嘉之乱，支愍度始欲过江，与一伧道人为侣。谋曰，用旧义往江东，恐不办得食，便共立心无义。既而此道人不成渡，愍度果讲义积年。后此道人寄语愍度云，心无义那可立，治此计，权救饥耳，无为遂负如来也。忆丁丑之秋，寅恪别先生于燕京，及抵长沙，而金陵瓦解。乃南驰苍梧瘴海，转徙于滇池洱海之区，亦将三岁矣。此三岁中，天下之变无穷。先生讲学著书于东北风尘之际，寅恪入城乞食于西南天地之间，南北相望，幸俱未树新义，以负如来。[1]

不负如来，这里表达的是不因饥困奔走而改变学术初衷的独立精神。

读书治学之人培养独立精神，还要提倡自由思想。自由思想与历史意识，在回到历史现场，显示历史真相，建构现代史学过程中，须臾而不可缺席。

中国是一个具有历史传统的国家，旧史系统以王朝帝王政治史的记述为主，且纷纭繁杂。以现代人的历史意识、思想观念与价值尺度，将古史材料排比联贯、解释综合，转换成系统的通史专史，并非易事。其中甘苦，陈寅恪在《冯友兰中国哲学史上册审查报告》时有所体会与披露，并由此提出"了解之同情"的治史思想：

凡著中国古代哲学史者，其对于古人之学说，应具了解之同情，方可下笔。盖古人著书立说，皆有所为而发。故其所处之环境，所受之背景，非完全明了，则其学说不易评论，而古代哲学家去今数千年，其时代之真相，极难推知。吾人今日可依据之材

---

① 陈美延编：《陈寅恪集·金明馆丛稿二编》，北京：生活·读书·新知三联书店2001年版，第273页。

料，仅为当时所遗存最小之一部，欲借此残余断片，以窥测其全部结构，必须备艺术家欣赏古代绘画雕刻之眼光及精神，然后古人立说之用意与对象，始可以真了解。所谓真了解者，必神游冥想，与立说之古人，处于同一境界，而对于其持论所以不得不如是之苦心孤诣，表一种之同情，始能批评其学说之是非得失，而无隔阂肤廓之论。否则数千年前之陈言旧说，与今日之情势迥殊，何一不可以可笑可怪目之乎？但此种同情之态度，最易流于穿凿傅会之恶习。因今日所得见之古代材料，或散佚而仅存，或晦涩而难解，非经过解释及排比之程序，绝无哲学史之可言。然若加以联贯综合之搜集及统系条理之整理，则著者有意无意之间，往往依其自身所遭际之时代，所居处之环境，所熏染之学说，以推测解释古人之意志。由此之故，今日之谈中国古代哲学者，大抵即谈其今日自身之哲学者也。所著之中国哲学史者，即其今日自身之哲学史者也。其言论愈有条理统系，则去古人学说之真相愈远。①

没有"了解之同情"，则无从知人论世，得其真相；过于滥用同情，易流于穿凿附会；过于追求条理统系，以古人就己，则去真相愈远。

自由之思想，对读书治学之人来说，除了上述"了解之同情"外，还包含若干层面的涵义：首先，个人有选择研究学术问题的自由，及不受外界影响，表达研究所得的自由。其次，只有张扬自由之思想，才有利于保持知识人的批判立场、学术良知，有利于产生原创性的学术成果。再次，学术研究应该为国家政治与进步服务，但国家政治不可干预影响学术研究。

---

① 陈美延编：《陈寅恪集·金明馆丛稿二编》，北京：生活·读书·新知三联书店2001年版，第279—280页。

在学术研究上，陈寅恪是有远大志向之人，其 1942 年所写《朱延丰突厥通考序》自言："寅恪平生治学，不甘逐队随人，而为牛后。"① 战乱及病目使他的学术志向饱受打击。因此他用龚自珍"但开风气不为师"的诗句描述其西北史地的研究。又于 1941 年在《论许地山先生宗教史之学》中自言："寅恪昔年略治佛道二家之学，然于道教仅取以供史事之补证，于佛教亦止比较原文与诸译本字句之异同，至其微言大义之所在，则未能言之也。"② 但西北史地与佛道研究，都成为其隋唐研究的重要基础。陈寅恪选择隋唐作为第二阶段学术研究的主攻方向，与中古时期文献足征、地面地下文物可以互见有关，与第一时期西北史地及佛道研究自然融合有关，更与李唐一族"盖取塞外野蛮精悍之血，入中原文化颓废之躯"，③ 开辟了中国历史上前所未有的宏大帝国有关。陈寅恪以汉化与胡化作为研究中古史的关键，力证李唐氏族为关陇起家的华夏世族，关陇集团胡汉杂糅形成唐室政权的基础。其学术立论与发覆，都有一个中国为各族之中国的大格局大情怀在。这种学术发现虽多有置疑，但作者依然坚持，因为这是他自由思想的学术结晶。

有民族政治统一作为基础，才可能有民族文化的复兴。在建构新史学过程中，陈寅恪一直把赵宋看作一个文化的理想时代。陈寅恪认为："中国史学莫盛于宋。"④ "北宋受西夏及辽之侵犯，对外持春秋大义，尊王攘夷。宋人尚气节（唐人不尚气节），朱子已言之。"⑤ 宋欧阳修晚撰《五代史记》：

---

① 陈美延编：《陈寅恪集·寒柳堂集》，北京：生活·读书·新知三联书店 2001 年版，第 162 页。

② 陈美延编：《陈寅恪集·金明馆丛稿二编》，北京：生活·读书·新知三联书店 2001 年版，第 360 页。

③ 陈美延编：《陈寅恪集·金明馆丛稿二编》，北京：生活·读书·新知三联书店 2001 年版，第 344 页。

④ 陈美延编：《陈寅恪集·金明馆丛稿二编》，北京：生活·读书·新知三联书店 2001 年版，第 272 页。

⑤ 卞僧慧：《陈寅恪先生年谱长编》，北京：中华书局 2010 年版，第 368 页。

"贬斥势利，尊崇气节，遂一匡五代之浇漓，返之淳正。故天水一朝之文化，竟为我民族遗留之瑰宝。"①宋文化造就了士大夫阶层。士大夫讲求气节，讲求精神独立，思想自由，从而形成华夏民族文化的高峰。唐宋文化的高光时期让人为之向往：

> 吾国近年之学术，如考古历史文艺及思想史等，以世局激荡及外缘熏习之故，咸有显著之变迁。将来所止之境，今固未敢断论。惟可一言蔽之曰，宋代学术之复兴，或新宋学之建立是已。华夏民族之文化，历数千载之演进，造极于赵宋之世。后渐衰微，终必复振。譬诸冬季之树木，虽已凋落，而本根未死，阳春气暖，萌芽日长，及至盛夏，枝叶扶疏，亭亭如车盖，又可庇荫百十人矣。②

此是陈寅恪1943年在桂林为邓广铭《宋史职官志考证》所写序中的文字，充满着温情与诗意。此时，抗战尚在进行，蛰居桂林的教授其生活朝不保夕。在种种困苦中生活的生命个体，却关心世局激荡及外缘熏习后中国文化的命运，并把中国文化的命运归结为宋代学术之复兴，或新宋学之建立，这需要多大精神力量。

中国为各族之中国，中华民族将在文化蜕变中迎来民族的复兴，这是20世纪中国知识主流给予国家民族的信心，这种以学术所传达的信心，既符合"为天地立心，为生民立命"的传统士大夫精神，又符合现代知识分子作为社会良心的角色使命，自然也是"独立之精神，自由之思想"的学术成

---

① 陈美延编：《陈寅恪集·寒柳堂集》，北京：生活·读书·新知三联书店2001年版，第182页。

② 陈美延编：《陈寅恪集·金明馆丛稿二编》，北京：生活·读书·新知三联书店2001年版，第277页。

果。在西北史地，中古历史、文学的研究，以及与学术中人的交往中，陈寅恪不忘文化托命人的责任，并在与学术中人的交往中，互相激励，彼此属望。1944年，陈寅恪听到傅斯年有参加国民政府视察团去延安的计划，就致信傅斯年，希望傅到延安后，能向林伯渠、范文澜索要"新刊中国史数种"。[①]此处的"中国史数种"，指范文澜以历史唯物主义为指导写作的《中国通史简编》，在这里，陈寅恪显现出不以政治划线的学术情怀，同时也因陈、范有姻亲的关系。1951年，陈寅恪在《岭南学报》发表《论唐高祖称臣于突厥事》，叙述唐高祖起兵太原时，实称臣于突厥。仅十二三年，竟灭突厥而臣之，耻雪而功成。50年代初期，陈寅恪挖掘这样一段史实，意在以史喻今，体现出新中国成立后浓重的家国情怀。

读史可以知兴替，明得失，古为今用。抗战末期，陈寅恪读吴其昌著《梁启超传》，以为梁启超不能如元明旧史中人物世外闲身而与人家国事，是因为受董仲舒国身通一、伊尹先觉觉人精神的濡染太深，故而不能与近世政治绝缘。此中国之不幸，非独先生之不幸。梁启超殁后十数年，中日战起，而所谓民主政治之论，甚嚣尘上，"余少喜临川新法之新，而老同涑水迂叟之迂"，验以人心民生，车轮似有逆转社会似有退化之嫌，"是以论学论治，迥异时流，而迫于事势，噤不得发"[②]，此为战乱时的学术心态。迁居南方之后，曾心情大好，有《元白诗笺证稿》修订，《论韩愈》《论唐高祖称臣于突厥事》等重要论文发表，论学论治，迥异时流的情况得到改变。

1953年劝陈入京的事件，再次触动了陈寅恪对"独立之精神，自由之思想"这一学术价值信仰的申发。1953年9月，北京中国历史问题研究委员会举行会议，决定在中国科学院根据历史分期，成立三个历史研究所，拟

---

① 陈美延编：《陈寅恪集·书信集》，北京：生活·读书·新知三联书店2001年版，第99—100页。

② 陈美延编：《陈寅恪集·寒柳堂集》，北京：生活·读书·新知三联书店2001年版，第168页。

聘请陈寅恪担任第二研究所所长。此后，多位学界朋友希望陈寅恪能够前往北京。11 月，学生汪篯前来说项，陈寅恪未允。汪与陈在广州的谈话，成《对科学院的答复》一文。文中，陈寅恪重申"独立之精神，自由之思想"的意义：

> 我的思想，我的主张，完全见于我所写的《王国维纪念碑》中。……我认为研究学术，最主要的是要具有自由的意志和独立的精神。所以我说"士之读书治学，盖将以脱心志于俗谛之桎梏"。"俗谛"在当时即指三民主义而言。必须脱掉"俗谛之桎梏"，真理才能发挥，受"俗谛之桎梏"，没有自由思想，没有独立精神，即不能发扬真理，即不能研究学术。……我认为王国维之死，不关与罗振玉之恩怨，不关满清之灭亡，其一死乃以见其独立自由之意志。独立精神和自由意志是必须争的，且须以生死力争。正如词文所示，"思想而不自由，毋宁死耳。斯古今仁贤所同殉之精义，夫岂庸鄙之敢望"。一切都是小事，惟此是大事。碑文中所持之宗旨，至今并未改易。①

从概括王国维治学成就而生成的"自由之思想，独立之精神"的精义，成为陈寅恪遵循一生的学术价值观念。凭借对这一学术价值观的坚守，陈寅恪在生命晚年才有底气宣布："默念平生，固未尝侮食自矜、曲学阿世，似可告慰友朋。"②陈寅恪后来自述未允北上的原因是："我贪恋广州暖和，又

---

① 陈寅恪：《对科学院的答复》，见陆键东：《陈寅恪的最后 20 年》，北京：生活·读书·新知三联书店 2013 年版，第 104—106 页。

② 陈美延编：《陈寅恪集·寒柳堂集》，北京：生活·读书·新知三联书店 2001 年版，第 166 页。

从来怕做行政领导工作，荐陈垣代我。"① 黄萱《怀念陈寅恪教授》中回忆：陈曾与黄商量，若全家到北京，希望黄萱同去。可见，陈寅恪起初是想去北京的，② 但如支愍度南渡自树新意，有负如来之类的行为，是不可效仿的。

第四节　晋至唐文学研究

文学研究一直是陈寅恪学术研究与学术关切的重要内容。他少年居住在南京这样一个见惯"旧时王谢堂前燕，飞入寻常百姓家""南朝四百八十寺，多少楼台烟雨中"的故事、有着丰富文化资源和积淀的古都。陈寅恪对佛学、历史与文学有天然的兴趣与热爱。其早年"塞外之史、殊族之文"，中年隋唐中古史、元白诗，晚年《再生缘》弹词、钱柳因缘诗学术取向的转换，与年少时的读书兴趣有关，也与文史学科之间的亲密无间有关。陈寅恪因佛教翻译研究，而旁及语言学的四声三问；由魏晋清谈之风的讨论，而拈出陶渊明、《世说新语》话题。又因研究隋唐史，而讨论韩愈与古文运动、小说之关系；由元、白与新乐府研究，涉及中唐文体之关系，文人之关系的梳理。"文化托命"与"续命河汾"是陈寅恪一生的学术理想。从清华到港大、燕大，最后在中大，陈寅恪坚持兼任历史系、中文系教授，在中文系讲授佛经翻译、元白诗、唐代乐府等课程。陈寅恪将王国维治学方法概括为"一曰取地下之实物与纸上之遗文互相释证。……二曰取异族之故书与吾国

---

① 卞僧慧：《陈寅恪先生年谱长编》，北京：中华书局 2010 年版，第 287 页。
② 卞僧慧：《陈寅恪先生年谱长编》，北京：中华书局 2010 年版，第 287 页。

之旧籍互相补正。……三曰取外来之观念，与固有之材料互相参证"①三种，其本人在《元白诗笺证稿》的写作与修订过程中，创造了以诗证史的文史考证新方法。陈寅恪晚年凭借以诗证史的方法，加上地方志乘的帮助，研究明清间人诗词，便有了《论再生缘》《柳如是别传》的写作。两部"颂红妆"之作，以女性为切入点，在高头典册史著之外的文人诗词弹词中，寻找并述写易代之际及乾嘉盛世文人雅士的情感生活，阐发正史之外社会生活的潜德之光。陈寅恪对旧体诗词喜爱，留下近三百首诗作。这些直通诗人心灵的情感之歌，曲折地显示出一代学术大师的心路历程。

陶渊明是晋宋时代的文人，生活在战乱纷纭、樊笼如盖的时代。陶渊明的身心经历、志尚情趣，是研究晋宋之交士林风尚、士大夫言行出处的最佳个案。陶渊明出生于江南世家，曾祖陶侃是东晋开国元勋，祖父做过太守，母亲是东晋名士孟嘉的女儿。陶渊明今存诗约 125 首，文计 12 篇。其诗文的艺术成就自唐代起，就备受推崇。陈寅恪研究陶渊明的论文，有《〈桃花源记〉旁证》《陶渊明之思想与清谈之关系》数篇。

写作于 1936 年的《〈桃花源记〉旁证》，开宗明义，以为"陶渊明《桃花源记》寓意之文，亦纪实之文"②。而《〈桃花源记〉旁证》一文，旨在讨论纪实的部分，不涉及寓意部分。陈寅恪认为：桃花源所讲述的避秦故事的背景，实为西晋末年的避戎狄。中原避难之人民，其不能远离本土迁至他乡者，则大抵纠合宗族乡党，屯聚堡坞，据险自守，以避戎狄寇盗之难。凡聚众据险者，因欲久支岁月及给养能自足之故，必择险阻而又可以耕种及有水泉之地。陶渊明把与其熟悉的征西将佐见闻，与《搜神后记》中卷一第五条《桃花源记》中之太守，及第六条刘驎之衡山采药时失道问径的故事杂糅

---

① 陈美延编：《陈寅恪集·金明馆丛稿二编》，北京：生活·读书·新知三联书店 2001 年版，第 247 页。
② 陈美延编：《陈寅恪集·金明馆丛稿初编》，北京：生活·读书·新知三联书店 2001 年版，第 188 页。

混合而成《桃花源记》讲述的故事。在经过步步假设与论证后，陈寅恪关于《桃花源记》有结论若干：

    （甲）真实之桃花源在北方之弘农，或上洛，而不在南方之武陵。

    （乙）真实之桃花源居人先世所避之秦乃苻秦，而非嬴秦。

    （丙）《桃花源记》纪实之部分乃依据义熙十三年春夏间刘裕率师入关时戴延之等所闻见之材料而作成。

    （丁）桃花源记寓意之部分乃牵连混合刘驎之入衡山采药故事，并点缀以“不知有汉，无论魏晋”等语所作成。

    （戊）渊明《拟古》诗之第二首可与桃花源记互相印证发明。[①]

陶渊明《拟古》诗第二首为：“辞家夙严驾，当往志无终。问君今何行？非商复非戎。闻有田子泰，节义为士雄。斯人久已死，乡里习其风。生有高士名，既没传无穷。不学狂驰子，直在百年中。”诗中的田子泰即田畴，东汉右北平郡无终县（今河北省玉田县）人。幽州牧刘虞派其到长安见献帝，返回后到刘虞墓祭拜，而激怒杀害刘虞的公孙瓒，被抓后复释放。田畴遂隐居徐无山中，归附他的百姓有五千余家。陈寅恪认为《拟古》诗中田畴这样的高士率百姓山中“隐居”事，可以与《桃花源记》中“避秦”者互相印证发明。

《陶渊明之思想与清谈之关系》一文写作于 1943 年的桂林，哈佛燕京学社 1945 年在成都出版单行本，此文重在论述魏晋两朝清谈内容的演变及陶渊明思想的进步。陈寅恪论文认为：魏末西晋是清谈前期，其清谈大多与

---

    ① 陈美延编：《陈寅恪集·金明馆丛稿初编》，北京：生活·读书·新知三联书店 2001 年版，第 199 页。

政治有关。东晋一朝为清谈后期，清谈转为口中或纸上玄言，是名士身份的体现。记载魏晋清谈之书的《世说新语》，所录诸名士，上至汉代，下迄东晋末刘宋初谢灵运止，止处恰在陶渊明生活的时代。与政治有关的清谈起于东汉时的郭泰，成于阮籍，其作为皆表现为以自然对抗名教，消极不与其时政治当局合作。竹林七贤所谓的竹林，陈寅恪认为是由"天竺"二字格义而出，与地方名胜无关。七贤中，"以嵇康、阮籍、山涛为领袖，向秀、刘伶次之，王戎、阮咸为附属"①。嵇康《与山巨源绝交书》，声明不仕当世，加之与曹家有姻亲，被以违反名教之罪杀之。阮籍不似嵇康之积极反晋，虚与委蛇，终得苟全性命，依旧保持放荡不羁之行为。阮籍得以苟全性命的奥秘在秉自然之旨，言必玄远，不评论时事、臧否人物，将早期清谈指斥天下是非之言论，一变而为完全抽象玄理之研究，遂开西晋以降清谈之风派。流风所至，清谈遂成以下结果：

> 至东晋时代，则成口头虚语、纸上空文，仅为名士之装饰品而已。夫清谈既与实际生活无关，自难维持发展，而有渐次衰歇之势，何况东晋、刘宋之际天竺佛教大乘玄义先后经道安、慧远之整理，鸠摩罗什师弟之介绍，开震旦思想史从来未有之胜境，实于纷乱之世界，烦闷之心情具指迷救苦之功用，宜乎当时士大夫对于此新学说惊服欢迎之不暇。回顾旧日之清谈，实为无味之鸡肋，已陈之刍狗，遂捐弃之而不惜也。②

陶渊明就是生活在清谈自然，而佛教渐起的时代。陈寅恪认为：研究

---

① 陈美延编：《陈寅恪集·金明馆丛稿初编》，北京：生活·读书·新知三联书店2001年版，第202页。

② 陈美延编：《陈寅恪集·金明馆丛稿初编》，北京：生活·读书·新知三联书店2001年版，第217页。

陶渊明的人，发现其虽与佛界人物有所往来，但其绝不受佛教影响。原因在于两晋南北朝之士大夫，有一类如范缜者，其家世奉天师道，为保持家传道法，排斥佛教。陶渊明家学奉天师道，于佛学的立场与范缜同。文章认为："中国自来号称儒释道三教，其实儒家非真正之宗教，决不能与释道二家并论。故外服儒风之士可以内宗佛理，或潜修道行，其间并无所冲突。"[1]陶渊明之为人为学实外儒而内道，表现对道家自然之说最充分的是《形影神》三首五言诗，而在《归去来辞》《桃花源记》《自祭文》中因书写的朦胧而变得难解。陈寅恪解读《形影神》诗结语"纵浪大化中，不喜亦不惧"之语，以为陶渊明既然视"旧自然说与名教说之两非"，陶渊明之学则可称为"新自然说"：

> 而新自然说之要旨在委运任化。夫运化亦自然也，既随顺自然，与自然混同，则认己身亦自然之一部，而不须更别求腾化之术，如主旧自然说者之所为也。但此委运任化，混同自然之旨自不可谓其非自然说，斯所以别称之为新自然说也。考陶公之新解仍从道教自然说演进而来，与后来道士受佛教禅宗影响所改革之教义不期冥合，是固为学术思想演进之所必致，而渊明则在千年以前已在其家传信仰中达到此阶段矣，古今论陶公者旨未尝及此，实有特为指出之必要也。[2]

以主要来自道家的新自然说概括描述陶渊明思想的进步，是陈寅恪学术的贡献。陈寅恪不仅看到陶渊明与嵇康、阮籍的不同，还看到陶渊明与嵇

---

① 陈美延编：《陈寅恪集·金明馆丛稿初编》，北京：生活·读书·新知三联书店2001年版，第219页。

② 陈美延编：《陈寅恪集·金明馆丛稿初编》，北京：生活·读书·新知三联书店2001年版，第225页。

康、阮籍有着许多精神上的连接：

> 取魏晋之际持自然说最著之嵇康及阮籍与渊明比较，则渊明
> 之嗜酒禄仕，及与刘宋诸臣王弘、颜延之交际往来，得以考终牖
> 下，固与嗣宗相似，然如咏荆轲诗之慷慨激昂及《读山海经》诗
> 精卫刑天之句，情见乎词，则又颇近叔夜之元直矣。总之，渊明
> 政治上之主张，沈约《宋书》渊明传所谓"自以曾祖晋世宰辅，
> 耻复屈身异代，自（宋）高祖王业渐隆，不复肯仕"最为可信。
> 与嵇康之为曹魏国姻，因而反抗司马氏者，正复相同。此嵇、陶
> 符同之点实与所主张之自然说互为因果，盖研究当时士大夫之言
> 行出处者，必以详知其家世之姻族连系及宗教信仰二事为先决条
> 件，此为治史者之常识，无待赘论也。①

陶渊明自唐代之后，受人追捧。不同的人读陶集，即勾划出不同的陶
渊明。陶诗平淡静穆与金刚怒目的多面性，在陈寅恪的论文都得到合理的
诠释。

在对晋宋时代士大夫清谈及陶渊明思想的研究中，陈寅恪引为自得的
家世姻族联系、宗教信仰两大观察视角，带入了许多晚清的经验。晋宋江南
与晚清江南，世家姻族与宗教信仰，有许多相通与可以相互发明之处。同样
是在此文中，陈寅恪批评梁启超《陶渊明之文艺及其品格》一文对陶渊明的
认识，局限在"不屑与热官为伍"的层面，近于不得要领。其原因是因为
"任公先生取己身之思想经历，以解释古人之志尚行动，故按诸渊明所生之

---

① 陈美延编：《陈寅恪集·金明馆丛稿初编》，北京：生活·读书·新知三联书店
2001 年版，第 227—228 页。

时代，所出之家世，所遗传之旧教，所发明之新说，皆所难通"①。而陈寅恪对陶渊明的研究，也同样具有强烈的"取己身之思想经历，以解释古人之志尚行动"的自我色彩。平心而论，东汉至晋宋清谈的演变及陶渊明新自然思想的渊源、构成和在诗歌作品中的表现，史家陈寅恪的研究，揭示得更准确深刻，因而更有说服力。

文学不仅与思想紧紧纠缠，也与语言不可分离。陈寅恪因一次率性而为的行为，使其更深刻地理解了语言对文学的意义。因此，对语言的流变，陈寅恪也予以充分留意。1932 年夏，清华新生入学考试，时任国文系主任的刘文典请陈寅恪拟定国文试题。陈寅恪原计划第二天去北戴河休养，遂匆匆草就国文试题：作文六十分，题为《梦游清华园记》；标点三十分；对对子十分，有"孙行者""少小离家老大回""人比黄花瘦"等句供学生属对。二千多学生考完后，议论纷纷。舆论界指摘"清华复古"的评论登上报端。

受到批评后，陈寅恪 8 月 17 日在《清华暑期周刊》上撰文，力辩"对对子"对学习国文的意义。陈寅恪认为：入学考试国文，所考主要在国文文法与文字特点。"'对对子'即是最有关中国文字特点，最足测验文法之方法。且研究诗、词等美的文学，对对子亦为基础知识。"②文章列举出对对子测验学生词类虚实分辨、四声平仄掌握、读书识字多寡、及对而不同，不同而能合的辩证思维能力，应该是好处多多。《清华暑期周刊》读者有限，9月 5 日，陈寅恪又在天津《大公报》文学副刊上发表《与刘叔雅论国文试题书》，再作申论。文章以为对偶确为中国语文之特性所在，"而欲研究此种特性者，不得不研究由此特性所产生之对子。此义当质证于他年中国语言文学

---

① 陈美延编：《陈寅恪集·金明馆丛稿初编》，北京：生活·读书·新知三联书店2001 年版，第 228 页。
② 卞僧慧：《陈寅恪先生年谱长编》，北京：中华书局 2010 年版，第 142 页。

特性之研究发展以后。今日言之，徒遭流俗之讥笑"①。1965年，陈寅恪又为三十余年前所写旧文《与刘叔雅论国文试题书》增写附记，以为当年对对子题中的"孙行者"，其最理想的对子是"胡适之"："寅恪所以以'孙行者'为对子之题者，实欲应试者以'胡适之'对'孙行者'。盖猢狲乃猿猴，而'行者'与'适之'意义音韵皆可相对，此不过一时故作狡狯耳。又正反合之说，当时惟冯友兰君一人能通解者。"②陈寅恪以正、反、正之辩证法解对对子的奥妙，能通解的只有研究西洋哲学又游学于苏联的冯友兰。这是晚年陈寅恪自证自己懂辩证法的例证。另外陈寅恪所说的"一时故作狡狯"，其潜台词是当时不过是想幽我的朋友胡适之一默，又稍稍显示一下自己包括对对子在内的文学童子功。大师的"一时故作狡狯"，对学堂中走出来的学生而言，不知所措是一种自然的反应。因此，学生以"复古"猜想清华，也在情理之中。

无独有偶，此类考题三十年后灵光再现。据复旦大学王水照教授《钱钟书的学术人生》一书回忆：比陈寅恪小二十岁的钱钟书，在20世纪60年代招考研究生时，所出试题是抄录若干首无主名的诗作，要求辨认出其是学习唐宋哪些大家的风格。诗学何人何家，是晚清诗者与诗话津津乐道的行话。在大学教育的体系中，其已成为非主流的冷知识。以此为题目考试研究生，其理由是大师真的认为这是学问之一种，或解释为大师"一时故作狡狯"的行为。

区分四声与运用平仄，形成诗词格律，同样是根据中国语文的特性所形成的文学创造。关于汉语四声的形成，陈寅恪认为与佛经翻译有关。他1934年写作《四声三问》，以问答的方式表达自己对四声的理解：中国自古

---

① 陈美延编：《陈寅恪集·金明馆丛稿二编》，北京：生活·读书·新知三联书店2001年版，第256页。

② 陈美延编：《陈寅恪集·金明馆丛稿二编》，北京：生活·读书·新知三联书店2001年版，第257页。

以宫商角徵羽五阶论声。印度古时分声之高低为三种。南齐永明时期，善声沙门与审音文士同居建康一城，在考文审音的过程中，借鉴摹拟天竺转读佛经的三种高低声，将其描述为平、上、去声，加上中国语附有 k、p、t 等辅音缀尾的入声，成四声新说。四声新说逐步应用于中国诗歌韵文，使音节和谐，平仄有致。自此，宫商角徵羽仍为声之本体；平上去入之则供行文应用。永明时期周颙、沈约等人依据"中体西用"的原则，发明四声，对中国诗歌韵文的发展影响极大。

文学作品创作，除讲究对仗、四声之外，还有音韵问题。陈寅恪反复声明于音韵、声律之学，绝无通解。讨论声律、音韵诸问题，只因读史所及，略附诠释而已，以供学界参考。1936 年陈寅恪有《东晋南朝之吴语》，1948 年有《从史实论〈切韵〉》均涉及音韵问题。在《东晋南朝之吴语》中，陈寅恪根据史书记载，梳理了东晋时期吴语在日常交流与诗文作韵时的使用情况。《宋书·顾琛传》记江东贵达某某数人，吴音不变，说明其余士族，虽本吴人，亦不操吴音。再进一步考史，则得出江左士族操北语，庶人操吴语的推论。南朝吴人进入士阶层者，其在朝廷论议、社会交际时不讲吴语，而北方士人如王导，在基业未固之际，也曾作吴语接待访客，以笼络人心。在北语与吴语同时存在的情况下，但无论原籍北朝还是南朝的士人，作韵语皆用北音，即洛阳附近方言。这就形成这一时期特有的"洛生咏"现象。

《从史实论〈切韵〉》是《东晋南朝之吴语》的续论。隋代陆法言所著《切韵》，唐初被定为官韵。陆法言是《切韵》的执笔者，他在记录颜之推、卢思道等八个著名学者聚会讨论所商定的审音原则的基础上，编写完成《切韵》，反映了中古汉语的语音系统。《切韵》已佚，其系统在《广韵》等书中得以保存。陈寅恪此文试图根据有关史书记载，论证《切韵》所据之标准音，仍以东晋南渡洛阳京畿旧音系统为主，参考南北朝时金陵士族与洛阳朝野所操之语，及有关韵书、关东江左名流之著作而成。《切韵》与 7 世纪长安方言无关，也与陆法言出生地河北方言无关。

讲求对仗声律，是骈偶之文的最显著特点。论及六朝长篇骈俪之文，陈寅恪在《论再生缘》中推梁代诗人庾信的《哀江南赋》为第一。梁武帝时，侯景叛乱，庾信时任建康令。建康失陷，庾信投奔梁元帝萧绎，554 年出使西魏。其间，西魏攻克江陵，杀萧绎。庾信被留任西安，官至骠骑大将军开府仪同三司，故后人称庾信为庾开府即由此而来。《哀江南赋》是庾信用赋体写作的记载梁代兴亡与个人沉浮遭际的名作。陈寅恪 1931 年有《庾信哀江南赋与杜甫咏怀古迹诗》，1941 年有《读哀江南赋》，两文讨论庾信这一名作。

前文中陈寅恪认为：庾信《哀江南赋》末一节凡八句："天地之大德曰生，圣人之大宝曰位。用无赖之子弟，举江东而全弃。惜天下之一家，遭东南之反气。以鹑首而赐秦，天何为而此醉？"[①] 注解者常误，如结合杜甫《咏怀古迹》中"羯胡事主终无赖"句，以杜解庾，则《哀江南赋》最末一节凡八句，则应是总论萧梁一代之兴亡。有梁一代，实仅梁武帝、梁文帝二主。《哀江南赋》结末八句中的前四句，写梁武帝江东之王业，因为错用无赖子弟侯景而丧生失位。后四句写梁元帝天下一家之局，因河东王萧誉反于湘州，卒至江陵为西魏所陷。

后文认为，学界解释《哀江南赋》，对庾信作赋的直接动机及篇中结语的要义，止限于诠说古典，却疏于今典。陈寅恪认为：庾信写作此赋，应在 578 年 12 月。庾信是在读到同羁北朝后回南朝的沈炯所作《归魂赋》后，从而引发情思。如果把《哀江南赋》的写作动机仅仅解释为本于楚辞《招魂》"魂兮归来哀江南"，则即只注意了古典，而忽略了今典。《哀江南赋》结语有"岂知霸陵夜猎，犹是故时将军；咸阳布衣，非独思归王

---

① 陈美延编：《陈寅恪集·金明馆丛稿二编》，北京：生活·读书·新知三联书店 2001 年版，第 300 页。

子"①的句子，不仅用李将军、楚王子等古典，还有陈宣帝以北朝元定军将士换庾信等人被拒等今典。如不知今典，会大大影响对文本的理解。

陈寅恪在《读哀江南赋》中以为：庾信作品，用古典以述今事，古事今情，今古合流，斯实文章之绝诣，而作者之能事。解读此类用典对偶的作品，需"古典""今典"并举并重：

> 解释词句，征引故实，必有时代限断。然时代划分，于古典甚易，于"今典"则难。盖所谓"今典"者，即作者当日之时事也。故须考知此事发生必在作此文之前，始可引之，以为解释。否则，虽似相合，而实不可能。此一难也。此事发生虽在作文以前，又须推得作者有闻见之可能。否则其时即已有此事，而作者无从取之以入其文。此二难也。②

今典与古典的解释诗文的原则，是陈寅恪文史研究中的一个重要方法和经验。这一方法在其诗史互证研究与著述中不断丰富，不断发展。至晚年写作《论再生缘》《柳如是别传》时，已渐臻于出神入化、百炼钢化作绕指柔的熟练程度。

唐代安史之乱后的贞元、元和时期，出现了韩愈、柳宗元所倡导的古文运动与白居易、元稹所倡导的新乐府运动。陈寅恪对元白时期韩愈及元、白的文学贡献，给予了较多的关注。

陈寅恪写于1935年的《论韩愈与唐代小说》一文，原稿以中文写作，译成英文后发表于1936年4月的《哈佛亚细亚学报》。程千帆从英文译中文

---

① 陈美延编：《陈寅恪集·金明馆丛稿初编》，北京：生活·读书·新知三联书店2001年版，第241页。
② 陈美延编：《陈寅恪集·金明馆丛稿初编》，北京：生活·读书·新知三联书店2001年版，第234—235页。

后，在 1947 年 7 月的《国文月刊》上刊载。陈文以为：《韩愈昌黎先生文集》中有张籍与韩愈书两通。张籍第一书有"比见执事多尚驳杂无实之说，使人陈之于前以为欢，此有以累于令德"①之语。张籍所言韩愈"尚驳杂无实之说"，当指唐代小说文体而言。宋人赵彦卫记唐人科考投卷，其投卷文字，"文备众体，可以见史才、诗笔、议论"②的记载。韩愈"尚驳杂无实之说"在前，《毛颖传》之撰作在后，则说明韩愈对小说文体先有深嗜，而后有以古文为小说的尝试。裴度《寄李翱书》又谓韩愈"不以文立制，而以文为戏"，这是以传统雅正之文体评论韩愈。陈寅恪认为：

> 顾就文学技巧观点论之，则《罗池庙碑》与《毛颖传》实韩集中最佳作品。不得以其邻于小说家之无实，而肆讥弹也。贞元（七八五—八〇五）、元和（八〇六—八二〇）为古文之黄金时代，亦为小说之黄金时代。韩集中颇多类似小说之作。《石鼎联句诗并序》（《昌黎先生文集》卷贰壹）及《毛颖传》皆其最佳例证。前者尤可云文备众体，盖同时史才、诗笔、议论俱见也。要之，韩愈实与唐代小说之传播具有密切关系。今之治中国文学史者，安可不于此留意乎？③

1953 年 11 月，汪籛来请陈寅恪北上，未允，带走陈的两篇论文，一篇为 1952 年写成的《记唐代之李武韦杨婚姻集团》，一篇为 1951 年写成的《论

---

① 陈美延编：《陈寅恪集·讲义及杂稿》，北京：生活·读书·新知三联书店 2001 年版，第 440 页。

② 陈美延编：《陈寅恪集·讲义及杂稿》，北京：生活·读书·新知三联书店 2001 年版，第 441 页。

③ 陈美延编：《陈寅恪集·讲义及杂稿》，北京：生活·读书·新知三联书店 2001 年版，第 443 页。

韩愈》，两文分别发表于 1954 年刚刚创刊的《历史研究》第 1 期与第 2 期，陈寅恪以学术论文的形式，表达对新成立的历史研究所的支持。《论韩愈》大气磅礴，开篇即言古今论韩愈者众，其毁誉均未得其肯綮要领。这种截断众流口气，与陈寅恪旧日属文的内敛风格大有不同。陈文从六个方面论述韩愈在唐代文化史上的贡献：一是建立道统。韩愈受新禅宗启发，溯源《孟子》卒章，在《原道》一文中重建由尧舜禹汤文武周公孔孟相传的儒学道统，以明确道统所在，诸学臣伏。二是直指人伦，扫除章句之繁琐。明经之学在韩愈时代已全失地位。韩愈借鉴新禅宗直指人心、见性成佛的学风，在《小戴礼记》中发见《大学》一篇，阐明个人修齐之心性，如何与国家治平之大业无缝对接。"天竺为体，华夏为用"，韩愈开辟了宋代新儒家治经之途径。三是排斥佛、老，匡救政俗之弊害。四是呵诋佛迦，申明夷夏之大防。远则周之四夷交侵，近则晋五胡乱华的历史与现实，促成韩愈一代士大夫的觉醒。唐代古文运动实由安史之乱及藩镇割据之局所引发，"尊王攘夷"便成为古文运动中心之思想。其他如萧颖士、李华、独孤及、梁肃等前辈古文家，如柳宗元、刘禹锡、元稹、白居易等同辈古文家，"然均不免认识未清晰，主张不彻底，是以不敢亦不能因释迦为夷狄之人，佛教为夷狄之法，抉其本根，力排痛斥，若退之之所言所行也"[①]。因此，韩愈为唐代古文运动领袖者。五是改进文体。六是奖掖后进。

关于韩愈的最后两大贡献，陈寅恪凭借其研究佛经传播的心得和长年在大学执教的体会，而有特别精彩的论述。

陈寅恪论韩愈之文，以为韩提倡秦汉奇句单行文体，扫除骈体，名虽复古，实则通今：

① 陈美延编：《陈寅恪集·金明馆丛稿初编》，北京：生活·读书·新知三联书店 2001 年版，第 329 页。

退之之古文乃用先秦、两汉之文体，改作唐代当时民间流行之小说，欲藉之一扫腐化僵化不适用人生之骈体文，作此尝试而能成功者，故名虽复古，实则通今，在当时为最便宣传，甚合实际之文体也。[1]

陈文复论韩愈以文为诗，以为韩愈以文为诗的灵感，当是从佛经偈颂中译的不成功中汲取教训，从而将诗之优美、文之流畅合而为一，最终获得成功：

盖佛经大抵兼备"长行"即散文及偈颂即诗歌两种体裁。而两体辞意又往往相符应。考"长行"之由来，多是改诗为文而成者，故"长行"乃以诗为文，而偈颂亦可视为以文为诗也。天竺偈颂音缀之多少，声调之高下，皆有一定规律，唯独不必叶韵。六朝初期四声尚未发明，与罗什共译佛经诸僧徒虽为当时才学绝伦之人，而改竺为华，以文为诗，实未能成功。惟仿偈颂音缀之有定数，勉强译为当时流行之五言诗，其他不遑顾及。故字数虽有一定，而平仄不调，音韵不叶，生吞活剥，似诗非诗，似文非文，读之作呕，此罗什所以叹恨也。……自东汉至退之以前，此种以文为诗之困难问题迄未有能解决者。退之虽不译经偈，但独运其天才，以文为诗，若持较华译佛偈，则退之之诗词皆声韵无不谐当，既有诗之优美，复具文之流畅，韵散同体，诗文合一，不仅空前，恐亦绝后，决非效颦之辈所能企及者矣。后来苏东坡、

---

① 陈美延编：《陈寅恪集·金明馆丛稿初编》，北京：生活·读书·新知三联书店2001年版，第329—330页。

辛稼轩之词亦是以文为之，此则效法退之而能成功者也。①

　　扫除陈腐僵化的骈偶之风，恢复奇句单行的先秦两汉文体，以复古而求通今；从佛经偈颂以文为诗的不堪，创新以文为诗的成功，并又为后代苏轼、辛弃疾的以文入词提供了可以借鉴的经验。韩愈在多层意义上都是中唐以降文体改进的旗手。

　　至于奖掖后进，新旧《唐书》都有论定。陈寅恪生发说：

　　　　退之在当时古文运动诸健者中，特具承先启后作一大运动领袖之气魄与人格，为其他文士所不能及。退之同辈胜流如元微之、白乐天，其著作传播之广，在当日尚过于退之。退之官又低于元，寿复短于白，而身殁之后，继续其文其学者不绝于世，元白之遗风虽或尚流传，不至断绝，若与退之相较，诚不可同年而语矣。退之所以得致此者，盖亦由其平生奖掖后进，开启来学，为其他诸古文运动家所不为，或偶为之而不甚专意者，故"韩门"遂因此而建立，韩学亦更缘此而流传也。世传隋末王通讲学河汾，卒开唐代贞观之治，此固未必可信，然退之发起光大唐代古文运动，卒开后来赵宋新儒学新古文之文化运动，史证明确，则不容置疑者也。②

　　《论韩愈》一文最后的结论是：唐代三百年历史，以安史之乱为分界，前期结束南北朝相承之旧局面，后期开启赵宋以降之新局面。韩愈是唐代文

---

　　① 陈美延编：《陈寅恪集·金明馆丛稿初编》，北京：生活·读书·新知三联书店2001年版，第330—331页。
　　② 陈美延编：《陈寅恪集·金明馆丛稿初编》，北京：生活·读书·新知三联书店2001年版，第332页。

化学术史中承先启后转旧为新关捩点之人物，其地位价值因此而特别重要，韩愈没有辜负他的时代。文中，陈寅恪用"天竺为体，华夏为用"，描述韩愈借力《大学》篇，将谈心说性之佛学与济世安民之儒学融会贯通的思想行为，这一描述引起了学界的广泛关注。吾民族与他民族思想接触的经验，在陈寅恪的著述中，总是被格外重视的。它体现出陈寅恪作为历史学家强烈的现实意识。因为这些经验不仅可以说明历史的中国，更可以借鉴于现实的中国。

《元白诗笺证稿》初成于1944年，约7万字。此年在成都燕大，陈寅恪开设"元白刘诗"课程。抗战结束重回清华后，王永兴、汪篯为助手，继续修改此稿，并在清华开设"唐诗研究"课程。初到岭南大学，程曦为助手，开设"白居易诗"课程。岭南大学并入中山大学后，在历史系开设"元白诗证史"课程。《元白诗笺证稿》于1950年11月由岭南大学文化研究室出版线装本，1955年文学古籍刊行社出印本，后又有古典文学出版社1958年版、上海古籍出版社1978年版，等等。作者附记云："此稿得以写成实赖汪篯、王永兴、程曦三君之助。又初印本脱误颇多，承黄萱先生相助，得以补正重刊。"①《元白诗笺证稿》的修改，经历战乱，经历政权更迭，经历双目失明，经历北上南下，是陈寅恪修改增补时间最久、内容前后变化最大的著述。三联书店2001年出版《陈寅恪集》时，《元白诗笺证稿》的字数为26万字。《元白诗笺证稿》研究的对象是生活在安史之乱后的中唐文人群体的历史与文学活动，是作者对变易时代、士人命运、文化播迁的诸种关注，由社会政治上层，渐移至社会中下层的学术过渡带的重大转折。《元白诗笺证稿》之前是隋唐政治、制度研究，《元白诗笺证稿》之后转向"颂红妆"之作。

---

① 陈美延编：《陈寅恪集·元白诗笺证稿》，北京：生活·读书·新知三联书店2001年版，第380页。

《元白诗笺证稿》1944 年的 7 万字初稿成时，陈寅恪在《致陈槃》中把它称为"言唐代社会风俗"的作品，学术界将它与唐代制度、唐代政治并称唐史三著。1950 年《元白诗笺证稿》出版后，作者分寄友人，杨树达《与陈寅恪书》信中直以文学史著作视之：

> 昨承赐寄大著《元白诗笺证》，敬读一过，语详事核，钦服无已。盖自有诗注以来，未有美富卓绝如此书者也。前于《岭南学报》读大著而说唐诗诸篇，即叹其精绝，谓必深入如此而后有真正之文学史可言，向来编文学史者大都浮光掠影，去真象不知几千万里，真可嗤也。今读此册，益见其然，除欢喜赞叹外，不复能赞一辞矣。窃尝私谓古来大诗人，其学博，其识卓，彼以其丰富卓绝之学识发为文章，为其注者必有与彼同等之学识而后其注始可读，始可信。否则郢书燕说，以白为黑，多唐突大家已甚矣。①

增补本《元白诗笺证稿》共六章，前三章分论《长恨歌》《琵琶行》《连昌宫词》，第四章论元稹艳诗与悼亡诗及《莺莺传》，第五章论白居易五十首新乐府，第六章论古体乐府。

《长恨歌》是白居易诗集的压卷之作。此诗既为当时人极为欣赏，流传于"王公妾妇牛童马走之口"，历千岁之后而至于今日，仍熟诵于赤县神州。陈寅恪认为：对这首诗的诠释，文人学士尚未见有切当之作。欲了解此诗，第一须知当时文体之关系。第二须知当时文人之关系。

陈著认为：中唐贞元、元和年间，安史之乱后藩镇跋扈、武夫横恣的纷乱依旧，但科举之盛，崇奖文词的风气，在悄然改变着社会与文学。诗与

---

① 卞僧慧：《陈寅恪先生年谱长编》，北京：中华书局 2010 年版，第 267 页。

文革新之风吹起，其代表是韩柳古文运动和元白元和体诗派。韩柳古文运动主张革新腐化之骈文，改用奇句单行之古文，且以古文试作小说，遂有"文起八代之衰"古文运动。元、白诗歌群体倡导新乐府运动，写出许多批评时政、针砭现实的新乐府诗和首尾完整的叙事诗。受唐代科考"投卷""荐举"方式的影响，古文革新与诗歌革新均有扩大诗文议论抒情的表现能力，向史才、诗笔、议论，文备众体方向发展的普遍趋势。古文、诗歌革新相互促进影响，使中唐文学的繁荣不让于盛唐时期。

诗文文体向文备众体方向发展，文人关系则向相互合作、各竭才智，竞造胜境方向靠近。陈寅恪据引白居易《与元九书》《和答诗十首序》中的话，描述元和体诗派之间的关系：

> 与足下小通，则以诗相戒；小穷，则以诗相勉；索居，则以诗相慰；同处，则以诗相娱。[①]
>
> 旬月来多乞病假，假中稍闲，且摘卷中尤者，继成十章，亦不下三千言。其间所见，同者固不能自异，异者亦不能强同。同者谓之和，异者谓之答。[②]

元和诗派诗人之间的相戒、相勉、相慰、相娱，同者互和，异者作答的合作关系，使他们的作品呈现出相互切磋、相互借鉴的情况。陈寅恪描述为"今并观同时诸文人具有互相关系之作品，知其中于措辞（即文体）则非徒仿效，亦加改进。于立意（即意旨）则非徒沿袭，亦有增创。盖仿效沿袭

① 陈美延编：《陈寅恪集·元白诗笺证稿》，北京：生活·读书·新知三联书店 2001 年版，第 8 页。

② 陈美延编：《陈寅恪集·元白诗笺证稿》，北京：生活·读书·新知三联书店 2001 年版，第 9 页。

即所谓同，改进增创即所谓异"①。

这种各竭才智、竞造胜境的气氛，使他们的作品之间有着多重的联系，并有着显然可见的因革演化的痕迹，研究者可以在参照对比中获得关联与真知。元稹、李绅撰《莺莺传》及《莺莺歌》于贞元时，白居易与陈鸿撰《长恨歌》及《长恨歌传》于元和时，其中两点应引起研究者的注意：一是白、陈之《长恨歌》《长恨歌传》与元、李之《莺莺传》有因袭、有创新；二是《长恨歌》《莺莺传》两篇作品中，"歌"与"传"形成互文。"歌"见诗笔，"传"见史才、议论。此即元和诗派追求的文备众体，不宜割裂开来。

贞元年间，元稹与李绅合作，元稹作传奇小说《莺莺传》，李绅据《莺莺传》事而作《莺莺歌》，元稹又以《会真诗三十韵》记其事。元和年间，白居易与陈鸿合作，白作《长恨歌》后，陈为《长恨歌传》。陈寅恪论析其异同及因革演化轨迹云：

> 此则《长恨歌》及《传》之作成在《莺莺歌》及《传》作成之后，其传文即相当于《莺莺传》文，歌词即相当于《莺莺歌》词及《会真》等诗，是其因袭相同之点也。至其不同之点，不仅文句殊异，乃特在一为人世，一为仙山。一为生离，一为死别。一为生而负情，一为死而长恨。其意境宗旨，迥然分别，俱可称为超妙之文。若其关于帝王平民……贵贱高下所写之各殊，要微末而不足论矣。……复次，就文章体裁演进之点言之，则《长恨歌》者，虽从一完整机构之小说，即《长恨歌》及《传》中分出别行，为世人所习诵，久已忘其与传文本属一体。然其本身无真正收结，无作诗缘起，实不能脱离传文而独立也。至若元微之之

---

① 陈美延编：《陈寅恪集·元白诗笺证稿》，北京：生活·读书·新知三联书店2001年版，第9页。

《连昌宫词》，则虽深受《长恨歌》之影响，然已更进一步，脱离备具众体诗文合并之当日小说体裁，而成一新体，俾史才诗笔议论诸体皆汇集融贯于一诗之中，……使之自成一独立完整之机构矣。此固微之天才学力之所致，然实亦受乐天新乐府体裁之暗示，而有所摹仿。故乐天于"每被老元偷格律，苦教短李伏歌行"之句及自注"元九向江陵日，尝以拙诗一轴赠行，自后格变""李二十尝自负歌行，近见吾乐府五十首，默然心伏"之语，明白言之。世之治文学史者可无疑矣。①

陈寅恪认为：后人不解"唐诗无讳避"及"诗传一体"的道理，论白诗常有失误。宋人魏泰、张戒诗话论诗，扬杜抑白，以为白《长恨歌》写燕昵之私，造语蠢拙。岂不知写燕昵之私，是言情小说文体的体中之意，也是元、白的擅长。清人汪立名不了解歌与传一体，乃有白诗虑未详而陈鸿作传以补充"惩尤物，窒乱阶"之意的迂腐议论。陈寅恪赞成洪迈《容斋随笔》中"唐诗无讳避"说："唐人歌诗，其于先世及当时事，直词咏寄，略无隐避。"②因为"无讳避"，故可以给文学以天上人间的创造空间："在白歌陈传之前，故事大抵尚局限于人世，而不及于灵界，其畅述人天生死形魂离合之关系，似以《长恨歌》及《传》为创始。此故事既不限现实之人世，遂更延长而优美。"③

陈寅恪在第一章结末为《长恨歌》总结："《长恨歌》为具备众体体裁

① 陈美延编：《陈寅恪集·元白诗笺证稿》，北京：生活·读书·新知三联书店 2001 年版，第 11 页。
② 陈美延编：《陈寅恪集·元白诗笺证稿》，北京：生活·读书·新知三联书店 2001 年版，第 12 页。
③ 陈美延编：《陈寅恪集·元白诗笺证稿》，北京：生活·读书·新知三联书店 2001 年版，第 13 页。

之唐代小说中歌诗部分，与《长恨歌传》为不可分离独立之作品。故必须合并读之，赏之，评之。明皇与杨妃之关系，虽为唐世文人公开共同习作诗文之题目，而增入汉武帝李夫人故事，乃自陈之所特创。诗句传文之佳胜，实职是之故。"①

《元白诗笺证稿》第二章论《琵琶引》（因诗序中有"命曰《琵琶行》"，今多称《琵琶行》）。《长恨歌》作于元和元年（806年），《琵琶行》作于元和十一年（816年）。时白居易已从尉螯屋至翰林院，又被贬为江州刺史。宋人张戒《岁寒堂诗话》以为《琵琶引》胜于《长恨歌》，而白居易本人仍首举《长恨歌》。白居易作《琵琶引》之前的元和五年，元稹已有《琵琶歌》行世。属同一题目，其因袭变革与词句意旨可资比较者甚多。陈寅恪以为：元稹诗盛赞管儿绝艺，复勉铁山精进，一题而二旨；白居易一题一意。元稹以诗偿诗债，旨显庸浅；白居易专为长安故倡女感今伤昔而作，又加上个人迁谪失路之怀，作诗之人与诗咏之人合二为一。其工拙殊绝，复何足怪。

就宋人洪迈《容斋随笔》所持江州司马夜与妇人船中饮酒，极丝弹之乐，颇涉瓜田李下之嫌的说法，陈寅恪解释：男女礼法，唐宋不同。乐天之与故倡，茶商之于外妇，皆当日社会舆论所视为无足重轻、不必顾忌者也。加上文词科举进身之人，"大抵放荡而不拘守礼法，与山东旧日士族甚异"。② 因此，江州司马夜与妇人船中夜饮之事，才突出"同是天涯沦落人"的为诗宗旨。

据文献记载，白居易是极珍视自己作品的人。白居易被贬，缘于为宰相武元衡喊冤。但白居易最终获罪的上疏，却不见于白居易的文集之中。陈寅恪推论是白居易故意删去，不使流传的可能性最大。当时政府主要政策是用兵淮蔡，白居易贬官与之有关。《琵琶引》中的琵琶女嫁作商人妇的原

<hr />

① 陈美延编：《陈寅恪集·元白诗笺证稿》，北京：生活·读书·新知三联书店2001年版，第45页。
② 陈美延编：《陈寅恪集·元白诗笺证稿》，北京：生活·读书·新知三联书店2001年版，第54页。

因是由于"弟走从军阿姨死"，陈寅恪认为："此弟之从军应是与用兵淮蔡有关。据是而言，两人之流落天涯皆是用兵淮蔡之结果。"[1]在作者的这种推测中，"同是天涯沦落人"的诗句，才可以得以落实。

第三章论元稹的《连昌宫词》。连昌宫为始建于隋，靠近洛阳一方的唐行宫。唐玄宗曾至连昌宫，次年而有安史之乱，连昌宫遂成为废墟。陈寅恪认为，《连昌宫词》的创作主旨是"托诸宫边遗老问对之言，以抒开元元和今昔盛衰之感"[2]，仍是与《长恨歌》相关题材的作品。陈寅恪论《连昌宫词》，开宗明义，指出："元微之《连昌宫词》实深受白乐天陈鸿《长恨歌》及《传》之影响，合并融化唐代小说之史才诗笔议论为一体而成。其篇首一句及篇末结语二句，乃是开宗明义及综括全诗之议论。又与自香山新乐府序……所谓'首句标其目，卒章显其志'者，有密切关系。"[3]

作者接着详考元稹写作《连昌宫词》是经过行宫感时抚事之作，还是闭门伏案之作，结论是后者。接着又考《连昌宫词》作于何时何地，结论是元和十三年写于通州。《连昌宫词》借宫边老翁之口，说出"努力庙谟休用兵"之类的话，是得到唐穆宗知赏的原因。《连昌宫词》既是依题悬拟之作，其中的虚构之处不尽合于史实。陈寅恪考订：杨贵妃不曾到过连昌宫，安禄山乱后未尝到过洛阳。《连昌宫词》中所写"太真同凭阑干立""御路犹存禄山过"，如同白居易《长恨歌》中"七月七日长生殿，夜半无人私语时"一样，均为想象虚构。文学的虚构与历史的真实，在陈寅恪的诗文互证中，有合有分，时合时分，显示着真与幻各自不同的魅力。

---

[1] 陈美延编：《陈寅恪集·元白诗笺证稿》，北京：生活·读书·新知三联书店2001年版，第363—364页。

[2] 陈美延编：《陈寅恪集·元白诗笺证稿》，北京：生活·读书·新知三联书店2001年版，第74—75页。

[3] 陈美延编：《陈寅恪集·元白诗笺证稿》，北京：生活·读书·新知三联书店2001年版，第63页。

第四章论元稹的艳诗、悼亡诗及《莺莺传》。陈寅恪认为：元稹善写男女情感，因此影响中国文学甚大：

> 微之自编诗集，以悼亡诗与艳诗分归两类。其悼亡诗即为元配韦丛而作。其艳诗则多为其少日之情人所谓崔莺莺者而作。微之以绝代之才华，抒写男女生死离别悲欢之情感。其哀艳缠绵，不仅在唐人诗中不可多见，而影响及于后来之文学者尤巨。如《莺莺传》者，初本微之文集中附庸小说，其后竟演变流传成为戏曲中之大国巨制，即是其例。①

为便于评论元稹的男女情感作品，陈寅恪先发一大段社会风习与士大夫道德互为升降的议论，作为评价的依据：

> 纵览史乘，凡士大夫阶级之转移升降，往往与道德标准及社会风习之变迁有关。当其新旧蜕嬗之间际，常呈一纷纭综错之情态，即新道德标准与旧道德标准、新社会风习与旧社会风习并存杂用。各是其是，而互非其非也。斯诚亦事实之无可如何者。虽然，值此道德标准社会风习纷乱变易之时，此转移升降之士大夫阶级之人，有贤不肖拙巧之分别，而其贤者拙者，常感受苦痛，终于消灭而后已。其不肖者巧者，则多享受欢乐，往往富贵荣显，身泰名遂。其故何也？由于善利用或不善利用此两种以上不同之标准及习俗，以应付此环境而已。譬如市肆之中，新旧不同之度量衡并存杂用，则其巧诈不肖之徒，以长大重之度量衡购入，而

---

① 陈美延编：《陈寅恪集·元白诗笺证稿》，北京：生活·读书·新知三联书店 2001 年版，第 84 页。

以短小轻之度量售出。其贤而拙者之所为适与之相反。于是两者之得失成败，即决定于是矣。

人生时间约可分为两节，一为中岁以前，一为中岁以后。人生本体之施受于外物者，亦可别为情感及事功之二部。若古代之士大夫阶级，关于社会政治者言之，则中岁以前，情感之部为婚姻。中岁以后，事功之部为仕宦。①

与上述类似的议论，曾出现在《王观堂先生挽词序》《王静安先生遗书序》及 1927 年与吴宓的谈话中。它是陈寅恪对时代风气与士大夫选择之间关系长期思考的又一次表达。其中也包含着家族与个人，尤其是中年以后的生活经验。带着个人的经验与思考，解释元稹、白居易的行为，符合陈氏"了解之同情"的批评原则。

陈寅恪以为，南北朝之官有清浊之别，士大夫仕宦求清望官，婚姻结高门第，是社会风尚。元稹虽是隋兵部尚书的六世孙，但至元稹一代，式微已甚。唐代风气重进士轻明经。元稹原是明经出身，后登进士科以致身通显，娶名门女韦氏，由翰林学士而至宰相。元稹所遵循的道德标准在旧族礼法家风与词科浮薄进士之间，并存杂用。礼法家风表现于处理韦丛事宜，浮薄放佚体现在与莺莺的交往之中。陈寅恪对元稹的道德人品、仕宦操守多有讥讽，对元稹的文学才华、创造能力则多加称赞：

吾国文学，自来以礼法顾忌之故，不敢多言男女间关系，而于正式男女关系如夫妇者，尤少涉及。盖闺房燕昵之情意，家庭米盐之琐屑，大抵不列载于篇章，惟以笼统之词，概括言之而已。

---

① 陈美延编：《陈寅恪集·元白诗笺证稿》，北京：生活·读书·新知三联书店 2001 年版，第 85 页。

此后来沈三白《浮生六记》之《闺房记乐》，所以为例外创作，然其时代已距今较近矣。

微之天才也。文笔极详繁切至之能事。既能于非正式男女间关系如与莺莺之因缘，详尽言之于会真诗传，则亦可推之于正式男女间关系如韦氏者，抒其情，写其事，缠绵哀感，遂成古今悼亡诗一体之绝唱。实由其特具写小说之繁详天才所致，殊非偶然也。①

《读莺莺传》是陈寅恪1941年写于香港的论文，附在第四章后。就行文的关系来说，《读莺莺传》是陈寅恪研究元白最早的成果。陈寅恪认为：元稹《莺莺传》，又称《会真记》，由元稹《会真诗》而来。会真是当时习用语，真与仙同义，会真即遇仙之谓。唐时，仙多用于妖艳妇人，或放诞女道士，或目倡伎者。陈寅恪认为，《莺莺传》为元稹自叙之作，其所谓张生即微之之化名，莺莺为其情人。元稹作《莺莺传》，直叙其始乱终弃之事迹，不为之少惭。舍弃寒女，别婚高门，是符合当时社会价值取向的行为。

《读莺莺传》论及元白在中唐的文坛地位。陈寅恪认为：《旧唐书》元稹白居易合传谓"元和主盟，微之、乐天而已"②，而非韩、柳。在当时一般人心目中，元和一代文章正宗，应推元、白，而非韩、柳。至宋人欧阳修重修《唐书》时，元、白与韩、柳之评价，才迥不相同。这种改变不太为治文学史者所注意。就古文革新而言，《白氏长庆集》中书制诰有"旧体""新体"的区别。而公文的新体，从提出主张到实施改良，与元、白有关。就古文作

<hr/>

① 陈美延编：《陈寅恪集·元白诗笺证稿》，北京：生活·读书·新知三联书店2001年版，第103页。
② 陈美延编：《陈寅恪集·元白诗笺证稿》，北京：生活·读书·新知三联书店2001年版，第117页。

公式文字而言，"则昌黎失败，而微之成功"①。而以古文试作小说，也是如此结果：

> 《毛颖传》者，昌黎摹拟《史记》之文，盖以古文试作小说，而未能甚成功者也。微之《莺莺传》，则似摹拟《左传》，亦以古文试作小说，而真能成功者也。盖《莺莺传》乃自叙之文，有真情实事。《毛颖传》则纯为游戏之笔，其感人之程度本应有别。夫小说宜详，韩作过简。《毛颖传》之不及《莺莺传》，此亦为一主因。
>
> 微之之文繁，则作小说正用其所长，宜其优出退之之上也。②

元和时期的文学革新，韩柳成功在古文，元白成功在诗、小说与公文写作。陈寅恪希望对元白诗文革新的贡献，做到还原真实，名至实归。这也可能是他用二十年之力，修改完善《元白诗笺证稿》的用心之一。

第五章讨论新乐府。中唐新乐府的形成，也是元白诗文革新的重要成果。陈寅恪指出：

> 元白集中俱有新乐府之作，而乐天所作，尤胜于元。洵唐代诗中之巨制，吾国文学史上之盛业也。以作品言，乐天之成就造诣，不独非微之所及，且为微之后来所仿效。……但以创造此体诗之理论言，则见于《元氏长庆集》者，似尚较乐天自言者为详。③

---

① 陈美延编：《陈寅恪集·元白诗笺证稿》，北京：生活·读书·新知三联书店 2001 年版，第 120 页。

② 陈美延编：《陈寅恪集·元白诗笺证稿》，北京：生活·读书·新知三联书店 2001 年版，第 119 页。

③ 陈美延编：《陈寅恪集·元白诗笺证稿》，北京：生活·读书·新知三联书店 2001 年版，第 121 页。

受杜甫《兵车行》《丽人行》"即事名篇，无复依傍"的启发，元稹在《乐府古题序》中，与白居易、李绅有"不复拟赋古题"的约定。元和四年，李绅有《新题乐府》20 首送元稹，元稹和 12 首，白居易作 50 首。李绅的乐府诗已佚，可资比较的只有元白之作。白居易《新乐府》有总序，每篇有一序，每篇首句为题目。"首章标其目，卒章显其志"。《新乐府》的句律，元稹以七字句为常，白居易则"多以重叠两三字句，后接以七字句，或三字句后接以七字句。此实深可注意。考三三七之体，虽古乐府中已不乏其例，即如杜工部《兵车行》，亦复如是。但乐天新乐府多用此体，必别有其故。……寅恪初时颇疑其与当时民间流行歌谣之体制有关，然苦无确据，不敢妄说。后见敦煌发见之变文俗曲殊多三三七句之体，始得其解。"① 陈寅恪据此概括白居易《新乐府》的构成特点云：

> 然则乐天之作新乐府，乃用毛诗、乐府古诗及杜少陵诗之体制，改进当时民间流行之歌谣。实与贞元元和时代古文运动巨子如韩昌黎元微之之流，以《太史公书》《左氏春秋》之文体试作《毛颖传》《石鼎联句诗序》《莺莺传》等小说传奇者，其所持之旨意及所用之方法，适相符同。其差异之点，仅为一在文备众体小说之范围，一在纯粹诗歌之领域耳。由是言之，乐天之作新乐府，实扩充当时之古文运动，而推及之于诗歌，斯本为自然之发展。惟以唐代古诗，前有陈子昂、李太白之复古诗体。故白氏新乐府之创造性质，乃不为世人所注意。实则乐天之作，乃以改良当日民间口头流行之俗曲为职志。②

---

① 陈美延编：《陈寅恪集·元白诗笺证稿》，北京：生活·读书·新知三联书店 2001 年版，第 125 页。

② 陈美延编：《陈寅恪集·元白诗笺证稿》，北京：生活·读书·新知三联书店 2001 年版，第 125 页。

重视敦煌文献，引以为唐代诗歌革新旁证；关注雅俗转换，以民间俗曲作唐代诗歌革新的结穴，都体现出后五四时代知识分子特有的学术研究的视野与价值观。这也正是陈寅恪接下来研究《再生缘》的一条伏线。弹词的句律，与佛经的翻译传播有关，与唐代《新乐府》相似，是流传于民间的口头俗曲。

以元白《新乐府》诗比较，白居易一吟咏一事，意旨专一，词语明白，更符合备风谣采择的风人之旨。而元稹之作，一题数意，端绪繁杂，不如白居易特点鲜明。一吟一事，也是白居易《秦中吟十首》的特点。《秦中吟》可以与《新乐府》视为同类。在与元稹诗作的比较中，陈寅恪还发现了白居易《新乐府》五十首在整体结构上的匠心独具：

> 惟观微之所作，排列诸题目似无系统意义之可言，而乐天之五十首则殊不然。当日乐天组织其全部结构时，心目中之次序，今日自不易推知。但就尚可见者言之，则自《七德舞》至《海漫漫》四篇，乃言玄宗以前即唐创业后至玄宗时之事。自《立部伎》至《新丰折臂翁》五篇，乃言玄宗时事。自《太行路》至《缚戎人》诸篇，乃言德宗时事。（《司天台》一篇，如鄙意所论，似指杜佑而言，而杜佑实亦为贞元之宰相也。）自此以下三十篇，则大率为元和时事。（其《百炼镜》《两朱阁》《八骏图》《卖炭翁》，虽似为例外，但乐天之意，或以其切于时政，而献谏于宪宗者。）其以时代为划分，颇为明显也。五十首之中，《七德舞》以下四篇为一组冠其首者，此四篇皆所以陈述祖宗垂诫子孙之意，即新乐府总序所谓为君而作，尚不仅以其时代较前也。其以《鸦九剑》《采诗官》二篇居末者，《鸦九剑》乃总括前此四十八篇之作，《采诗官》乃标明其于乐府诗所寄之理想，皆所以结束全作，而与首篇收首尾回环救应之效者也。其全部组织如是之严，用意如是之密，求

之于古今文学中，洵不多见。是知白氏新乐府之为文学伟制，而能孤行广播于古今中外之故，亦在于是也。①

总论元白《新乐府》后，陈寅恪对白居易五十首《新乐府》逐一释义，约十万字。这种释义，夹叙夹议，或简或繁，是一种特别适宜大学授业解惑的体例。这种叙例，留下了作者在大学的教学活动的印痕。

第六章论古题乐府。陈寅恪再论元、白作为诗友诗敌，其相互仿效改创对诗歌写作的重要推进作用：

夫元白二公，诗友也，亦诗敌也。故二人之间，互相仿效，各自改创，以蕲进益。有仿效，然后有似同之处。有改创，然后有立异之点。倘综合二公之作品，区分其题目体裁，考定其制作年月，详绎其意旨词句，即可知二公之于所极意之作，其经营下笔时，皆有其诗友或诗敌之作品在心目中，仿效改创，从同立异，以求超胜，决非广泛交际、率尔酬和所为也。②

元稹尝试过新乐府后，不能胜出白居易，则另辟蹊径。看到刘猛、李余的古乐府诗，羡其"虽用古题，全无古义""颇同古义，全创新词"，元和十二年后，又作《古题乐府十九首》。陈寅恪评元稹古题之作为"形则袭古，实则创新"，"十九首中虽有全系五言或七言者，但其中颇多三言五言七言相间杂而成，且有以十字为句者"③，长短参差，颇极变错之致。"故读微之古题

---

① 陈美延编：《陈寅恪集·元白诗笺证稿》，北京：生活·读书·新知三联书店2001年版，第131页。

② 陈美延编：《陈寅恪集·元白诗笺证稿》，北京：生活·读书·新知三联书店2001年版，第309页。

③ 陈美延编：《陈寅恪集·元白诗笺证稿》，北京：生活·读书·新知三联书店2001年版，第311页。

乐府，殊觉其旨趣丰富，文采艳发，似胜于其新题乐府。"①

《元白诗笺证稿》六章正文之后为附论。作者将《元白诗笺证稿》没有成书前发表的论文收入其中，有《白乐天之先祖及后嗣》《白乐天之思想行为与佛道关系》《论元白诗之分类》《元和体诗》《白乐天与刘梦得之诗》五种。附录论文中有三个学术问题，值得文学史研究者关注：

第一，由白居易看中唐士大夫风习。陈寅恪认为：元稹出于鲜卑，白居易出自西域，都非妄说。但关键不在血统，还看其所接受的文化。中唐文人，"韩公排斥佛道，而白公则外虽信佛，内实奉道。韩于排佛老之思想始终一致，白于信奉老学，在其炼服丹药最后绝望以前，亦始终一致"②。白居易炼服丹药，应至晚年。其六十三岁有《思旧》诗，有："退之服硫黄，一病讫不痊。微之炼秋石，未老身溘然。杜子得丹诀，终日断腥膻。崔君夸药力，经冬不衣绵。或疾或暴夭，悉不过中年。"③白居易所提及的元稹、杜元颖、崔群等旧友至交，皆当时宰相藩镇大臣，第一流人物，各因有怪癖，而生命不永。诗中提到的"退之"，清人钱大昕为尊者讳，认为不应是韩愈。陈寅恪认为此退之非韩愈莫属。白居易诗中自诩洁身自好："唯余不服食，老命反迟延。况在少壮时，亦为嗜欲牵。但耽荤与血，不识汞与铅。""已开第七秩，饱食仍安眠。且进杯中物，其余皆付天。"④在炼服丹药与声伎之乐这一问题上，白居易与韩愈一样，言与行充满矛盾。陈寅恪解释这种矛盾在中唐士大夫中具有普遍性："则疑当时士大夫为声色所累，即自号超脱，亦

① 陈美延编：《陈寅恪集·元白诗笺证稿》，北京：生活·读书·新知三联书店2001年版，第312页。
② 陈美延编：《陈寅恪集·元白诗笺证稿》，北京：生活·读书·新知三联书店2001年版，第337页。
③ 陈美延编：《陈寅恪集·元白诗笺证稿》，北京：生活·读书·新知三联书店2001年版，第335页。
④ 陈美延编：《陈寅恪集·元白诗笺证稿》，北京：生活·读书·新知三联书店2001年版，第335页。

终不能免。"①陈寅恪认为：白居易之思想行为，一言以蔽之曰"知足"。②理解白居易思想行为，须向老学处求，而不可据佛家之说："其趋向消极，爱好自然，享受闲适，亦与老学有关者也。"③

第二，元白诗的分类与元和体。元白诗的自我分类，体现着诗体创新者的自觉与由繁趋简的认知过程。陈寅恪在附录部分《论元白诗之分类》一文中，举元稹与白居易元和十年对各自诗作的分类，尚处在繁琐纷纭的状态。元稹《叙诗寄乐天书》将二十卷诗分为十体，分别为古讽、乐讽、古体、新题乐府、七言律诗、五言律诗、律讽、悼亡、五七言今体艳诗、五七言古体艳诗。白居易《与元九书》中将自己所作新旧体诗分为讽喻、闲适、感伤、杂律四类：

　　　自拾遗来，凡所适所感关于美刺兴比者。又自武德迄元和，因事立题，题为新乐府者，共一百五十首，谓之讽喻诗。又或退公独处，或移病闲居，知足保和，吟玩情性者，一百首，谓之闲适诗。又有事物牵于外，情理动于内，随感遇而形于叹咏者，一百首，谓之感伤诗。又有五言七言长句绝句，自一百韵至两韵者，四百余首，谓之杂律诗。凡为十五卷，约八百首。④

元稹与白居易的诗体分类，持内容、形式的多元标准，体现出元和十

　　① 陈美延编：《陈寅恪集·元白诗笺证稿》，北京：生活·读书·新知三联书店 2001 年版，第 336 页。
　　② 陈美延编：《陈寅恪集·元白诗笺证稿》，北京：生活·读书·新知三联书店 2001 年版，第 337 页。
　　③ 陈美延编：《陈寅恪集·元白诗笺证稿》，北京：生活·读书·新知三联书店 2001 年版，第 341 页。
　　④ 陈美延编：《陈寅恪集·元白诗笺证稿》，北京：生活·读书·新知三联书店 2001 年版，第 342 页。

年（815 年）诗体分类的繁杂矛盾。这种繁杂矛盾在元、白的努力下逐渐趋于简约。陈寅恪援引清人汪立名整理《白香山诗》时的发现：一是宝历元年（825 年），白居易有《故京兆元少尹文集序》，其区分元少尹诗已简化为格诗与律诗两类。二是白居易《前集》编"既分古调、乐府、歌行，以类各次于讽喻、闲适、感伤之卷，后集不复分类别卷，遂统称之曰格诗耳"①。陈寅恪赞成汪立名《白香山诗后集》卷一中关于"格诗"的析义："格者，但别于律诗之谓。"②白居易此时"格诗"一词的使用，一是演变为律诗之外各类古体诗的总称，二是兼有倡导古体诗特有讽兴之旨与厚重骨格的意味。在近体诗优势明显，古体诗再擅胜场的中唐时期，元白的诗体辨析实践在中国诗歌史上有特殊的存在意义。

元白对于诗体的辨析实践与诗体自觉，与"文章合为时而著，歌诗合为事而作"的认识有关，与以复古求创新，创立元和诗体的诗歌革新愿望有关，也与他们一生多次为自己作品编集的习惯有关。陈寅恪认为：元和体诗依照元稹《上令狐相公诗启》中的表述，可分为两类：其一为次韵相酬之长篇排律，其二为杯酒光景间之小碎篇章。此两类诗，影响广大。元稹《白氏长庆集序》描述："而二十年间，禁省观寺邮候墙壁之上无不书，王公妾妇牛童马走之口无不道。自篇章已来，未有如是流传之广者。"③陈寅恪指出，元和体诗，在当时并非美词，《国史补》记载"元和已后，诗章学浅切于白居易，学淫靡于元稹，俱名元和体"④可以为证。"而近人乃以'同光体'比

---

① 陈美延编：《陈寅恪集·元白诗笺证稿》，北京：生活·读书·新知三联书店 2001年版，第 343 页。

② 陈美延编：《陈寅恪集·元白诗笺证稿》，北京：生活·读书·新知三联书店 2001年版，第 344 页。

③ 陈美延编：《陈寅恪集·元白诗笺证稿》，北京：生活·读书·新知三联书店 2001年版，第 348—349 页。

④ 陈美延编：《陈寅恪集·元白诗笺证稿》，北京：生活·读书·新知三联书店 2001年版，第 349 页。

于'元和体'，自相标榜，殊可笑也。"①

第三，白居易与刘禹锡之诗。陈寅恪认为："乐天一生之诗友，前半期为元微之，后半期则为刘梦得。而于梦得之诗，倾倒赞服之意，尤多于微之。"②白居易认为刘禹锡的长处在标举《春秋》文章委婉之旨，并有"沉舟侧畔千帆过，病树前头万木春"等简练沉着之名句，正可以药救自己与元稹辞繁言激之病。

《元白诗笺证稿》体大精深，与陈寅恪的韩愈研究一起，共同成为中唐文学研究的扛鼎之作。

第五节 《论再生缘》与《柳如是别传》研究

陈寅恪1953年起，转入"颂红妆"为主题的学术研究。《论再生缘》开宗明义，讲述他对《再生缘》的研究，基于三个方面的原因：

> 寅恪少喜读小说，虽至鄙陋者亦取寓目。独弹词七字唱之体
> 则略知其内容大意后，辄弃去不复观览，盖厌恶其繁复冗长也。
> 及长游学四方，从师受天竺希腊之文，读其史诗名著，始知所言
> 宗教哲理，固有远胜吾国弹词七字唱者，然其构章遣词，繁复冗
> 长，实与弹词七字唱无甚差异，绝不可以桐城古文义法及江西诗

---

① 陈美延编：《陈寅恪集·元白诗笺证稿》，北京：生活·读书·新知三联书店 2001 年版，第 349 页。
② 陈美延编：《陈寅恪集·元白诗笺证稿》，北京：生活·读书·新知三联书店 2001 年版，第 351 页。

派句律绳之者，而少时厌恶此体小说之意，遂渐减损改易矣。又中岁以后，研治元白长庆体诗，穷其流变，广涉唐五代俗讲之文，于弹词七字唱之体，益复有所心会。衰年病目，废书不观，唯听读小说消日，偶至《再生缘》一书，深有感于其作者之身世，遂稍稍考证其本末，草成此文。承平蒌养，无所用心，忖文章之得失，兴窈窕之哀思，聊作无益之事，以遣有涯之生云尔。[①]

　　首先引发陈寅恪弹词研究学术兴趣的是文体演变。即弹词文体作为民间说唱形式，其与元白长庆体、唐五代俗讲有什么样的渊源流变关系？其次是陈端生的身世与写作之谜。具备绝代才华，有八十万字情节曲折跌宕起伏的弹词存留于世，而其身名湮没，事迹几不可考。依靠民间文献及日常生活关联，重建个人的生命史，对纵横捭阖隋唐制度史、政治史的一代史学大师来说，是一个富有诱惑力的学术挑战。再次是寄寓"同是天涯沦落人"的感慨。在经过"上穷碧落下黄泉"的努力，重建陈端生个人生活史后，联想起与陈端生同时期文人汪中《吊马守真文》中"荣期二乐，幸而为男"的自伤，触发作者个人求医万里，乞食多门，衰病流离，撰文授学，"身虽同于赵庄负鼓之盲翁，事则等于广州弹弦之瞽女"[②] 的困难遭遇，而生同是天涯沦落人的人生感慨。

　　先看《论再生缘》如何以缜密的文史考证，重建陈端生个人生命历史。陈寅恪指出：《再生缘》之"再生"二字，来自于它是弹词作品《玉钏缘》的续作。《玉钏缘》故事场景为宋代，《再生缘》故事场景为元代。《再生缘》全书二十卷，前十七卷为陈端生所写，后三卷为梁德绳所续。陈作与梁续间

---

① 陈美延编：《陈寅恪集·寒柳堂集》，北京：生活·读书·新知三联书店 2001 年版，第 1 页。
② 陈美延编：《陈寅恪集·寒柳堂集》，北京：生活·读书·新知三联书店 2001 年版，第 85 页。

隔 40 年左右。续书人与原作者有同里之亲，通家之谊，但仅以"某氏贤闺秀"称原作者。陈寅恪认为：陈端生于《再生缘》第十七卷中，述其撰著本末，身世遭际，哀怨缠绵，有许多可供使用的材料。另外，陈端生祖父陈兆仑的族孙陈文述，曾获见陈端生妹长生，其《碧城仙馆诗钞》中《题从姊秋谷（长生）绘声阁集七律四首》及《西泠闺咏》中《绘影阁咏家□□》中留有关端生及其夫范某的重要的记述线索。如陈文述《绘影阁咏家□□》记陈端生："适范氏。婿诸生，以科场事为人牵累谪戍。因屏谢膏沐，撰《再生缘》南词，托名女子郦明堂，男装应试及第，为宰相，与夫同朝而不合并，以寄别凤离鸾之感。曰，婿不归，此书无完全之日也。婿遇赦归，未至家，而□□死。许周生、梁楚生夫妇为足成之，称全璧焉。"[1]作者决意根据这些线索，"更参以《清实录》、《清会典》、清代地方志及王昶《春融堂集》、戴佩荃《蘋南遗草》、陆燿《切问斋集》等，推论端生之死及范某赦归之年。固知所得结论，未能详确，然即就此以论《再生缘》之书，亦可不致漫无根据，武断妄言也"[2]。

根据上述史料，作者考证推论出与陈端生及《再生缘》有关的事件如下：陈端生祖父陈兆仑，字句山，得中博学鸿词科，曾任太仆寺卿。父陈玉敦，举人，官内阁中书，后任职山东、云南。有女端、庆、长三人，庆生早亡。母汪氏，端生、长生之文学与其母有关。陈端生生于 1751 年，1773 年嫁范氏，生一女一男。作者疑范氏为范菼，陈兆仑交友范璨之子。范氏因科场事谪戍，后获恩赦。范氏恩赦如在嘉庆元年，端生去世应在 1796 年。陈端生写作《再生缘》开始于乾隆三十三年九月（1768），时年十八岁，地点为北京。十六卷完成于乾隆三十五年三月（1770），时年二十岁，地点为山

---

① 陈美延编：《陈寅恪集·寒柳堂集》，北京：生活·读书·新知三联书店 2001 年版，第 8 页。

② 陈美延编：《陈寅恪集·寒柳堂集》，北京：生活·读书·新知三联书店 2001 年版，第 9 页。

东登州。因母亲去世，写作中断。乾隆四十九年（1784）续写第十七卷，地点杭州。杭州续写时，对前十六卷也有修改。梁氏续书，在四十年之后。张文述、梁德绳之所以对原作者信息讳莫如深，当与范某案有关。

陈寅恪的考证，在确认范某身份时遇到困难。其对最终以范炎作为端生夫婿的结果，并不甚满意，深感有许多推论尚存在自相矛盾之处。作者把可能存在的问题也写在文中。以为"未见陈范两氏家谱以前，端生夫婿问题实一悬案，不能满意解决也"。

陈寅恪在论及陈端生的遭遇与情感时，主动把自己带入。《论再生缘》引第十六卷第六十回伤春之语，以为陈端生与曹雪芹是同时之人，陈写《再生缘》是不可能看到《石头记》的。但端生的伤春与林黛玉的感伤不期冥会，已是甚为殊异。而寅恪近有看花送春之作，与绘影阁体复有重复勾连，故抄录自作《甲午岭南春暮忆燕京崇效寺牡丹及青松红杏卷子有作》一诗，引以为同调。在论及陈端生二十岁才思敏捷，即写完《再生缘》十六卷，到杭州后，为人事俗事所牵，不得不中辍。十二年后，方始续写，最终卒非全璧，遗憾无穷时，遂联想自己，"至若'禅机蚤悟'，俗累终牵，以致暮齿无成，如寅恪今日者，更何足道哉！更何足道哉！"[①]叙写个人未能早著述的遗憾。

考证完毕，《论再生缘》复论陈端生之作的思想、结构、文词。陈寅恪认为，陈端生生活在科举为男性专占的时代，其不平之感，非他人所能共喻。《再生缘》中的主角孟丽君，即端生平日理想所寄托，遂于不自觉中极力描绘。《再生缘》中孟丽君中文状元，任兵部尚书，体现出端生心中对君父夫三纲的摧破，及对自由、自尊即独立之思想的向往。抱如是之理想，生若彼之时代，其遭遇困厄，身名湮没，又何足异哉！

论及结构，陈寅恪认为，《再生缘》皇皇八十余万字，长篇巨制，结构

---

① 陈美延编：《陈寅恪集·寒柳堂集》，北京：生活·读书·新知三联书店 2001 年版，第 60 页。

精密，系统分明，与《玉钏缘》的冗长支蔓相比，有天渊之别。《再生缘》一书，百余年来吟诵于闺帏绣阁之间，演唱于书摊舞台之上，比其入博学鸿词科的祖父的作品流播更广。韩愈有"发潜德之幽光"的话，"今寅恪殊不自量，奋其谫薄，特草此文，欲使《再生缘》再生"①。

抱有"使《再生缘》再生信念"的陈寅恪再论《再生缘》之文，谓其"乃一叙事言情七言排律之长篇巨制也"。弹词其句律与佛经翻译中的偈颂、近体诗中的排律一脉相承：

> 然观吾国佛经翻译，其偈颂在六朝时，大抵用五言之体，唐以后则多改用七言。盖吾国语言文字逐渐由短简而趋于长烦，宗教宣传，自以符合当时情状为便，此不待详论者也。职是之故，白香山于作《秦中吟》外，更别作新乐府。《秦中吟》之体乃五言古诗，而新乐府则改用七言，且间以三言，蕲求适应于当时民间歌咏，其用心可以推见也。……弹词之文体即是七言排律，而间以三言之长篇巨制。故微之、惜抱论少陵五言排律者，亦可以取之以论弹词之文。又白香山之乐府及后来摹拟香山如吴梅村诸人之七言长篇，亦可适用微之、惜抱之说也。弹词之作品颇多，鄙意《再生缘》之文最佳，微之所谓"铺陈终始，排比声韵"，"属对律切"，实足当之无愧，而文词累数十百万言，则较"大或千言，次犹数百"者，更不可同年而语矣。世人往往震矜于天竺希腊及西洋史诗之名，而不知吾国亦有此体。外国史诗中宗教哲学之思想，其精深博大，虽远胜于吾国弹词之所言，然止就文体立论，实未有差异。弹词之书，其文词之卑劣者，固不足论。若其佳者，如

---

① 陈美延编：《陈寅恪集·寒柳堂集》，北京：生活·读书·新知三联书店 2001 年版，第 69 页。

《再生缘》之文，则在吾国自是长篇七言排律之佳诗。在外国亦与诸长篇史诗，至少同一文体。寅恪四十年前常读希腊梵文诸史诗原文，颇怪其文体与弹词不异。然当时尚不免拘于俗见，复未能取《再生缘》之书，以供参证，故嗫不敢发。荏苒数十年，迟至暮齿，始为之一吐，亦不顾当世及后来通人之讪笑也。①

弹词与佛经翻译中的偈颂、近体诗中的排律一脉相承，符合"铺陈终始，排比声韵""属对律切"的结构特点。文词累数十百万言，就文体立论，可以和印度、希腊及西洋史诗相提并论。如此重要的发现，只有在作者研究过佛教翻译，研究过元白诗歌革新，研究过陈端生《再生缘》弹词之后，在融会贯通各文体精神气质之后，方才由"嗫不敢发"一变而为大胆立言。读陈寅恪的《论韩愈》时，作者在文章开始有一句古今论韩愈者众矣，誉者讥者"未中肯綮"②；结尾处"而千年以来论退之者，似尚未能窥其蕴奥"③是何等的傲视天下！而陈寅恪在《论再生缘》中的学术表达，同样具有截断众流的胆略气势。

弹词形式并不卑微，而弹词优美与否及传播广狭，则与作者的思想自由程度密切相关：

中国之文学与其他世界诸国之文学，不同之处甚多，其最特异之点，则为骈词俪语与音韵平仄之配合。就吾国数千年文学史

---

① 陈美延编：《陈寅恪集·寒柳堂集》，北京：生活·读书·新知三联书店 2001 年版，第 71—72 页。

② 陈美延编：《陈寅恪集·金明馆丛稿初编》，北京：生活·读书·新知三联书店 2001 年版，第 319 页。

③ 陈美延编：《陈寅恪集·金明馆丛稿初编》，北京：生活·读书·新知三联书店 2001 年版，第 332 页。

言之，骈俪之文以六朝及赵宋一代为最佳。其原因固甚不易推论，然有一点可以确言，即对偶之文，往往隔为两截，中间思想脉络不能贯通。若为长篇，或非长篇，而一篇之中事理复杂者，其缺点最易显著，骈文之不及散文，最大原因即在于是。吾国昔日之善属文者，常思用古文之法，作骈俪之文。但此种理想能具体实行者，端系乎其人之思想灵活，不为对偶韵律所束缚。①

以骈词俪语与音韵平仄为诗为文，是中国文学特异于其他国家文学之处。以古文之法作骈偶之文，能够做到游刃有余的，也是凤毛麟角。它要求作者思想灵活，不为对偶韵律所束缚。文学史上做得最好的是六朝与北宋：

六朝及天水一代思想最为自由，故文章亦臻上乘，其骈俪之文遂亦无敌于数千年之间矣。若就六朝长篇骈俪之文言之，当以庾子山《哀江南赋》为第一。若就赵宋四六之文言之，当以汪彦章《代皇太后告天下手书》（《浮溪集》壹叁）为第一。……庾、汪两文之词藻固甚优美，其不可及之处，实在家国兴亡哀痛之情感，于一篇之中，能融化贯彻，而其所以能运用此情感，融化贯通无所阻滞者，又系乎思想之自由灵活。故此等之文，必思想自由灵活之人始得为之。非通常工于骈四俪六，而思想不离于方罫之间者，便能操笔成篇也。②

弹词是以排律文体讲唱叙事的艺术形式。作者以骈词俪语与音韵平仄

① 陈美延编：《陈寅恪集·寒柳堂集》，北京：生活·读书·新知三联书店 2001 年版，第 72 页。

② 陈美延编：《陈寅恪集·寒柳堂集》，北京：生活·读书·新知三联书店 2001 年版，第 72—73 页。

配合的载体，表达曲折故事与复杂事理，需要较高的语言文字能力为车，更需要自由活泼思想为驭：

> 今观陈端生《再生缘》中第壹柒卷中自序之文，……与《再生缘》续者梁楚生第贰拾卷中自述之文，两者之高下优劣立见。其所以至此者，鄙意以为楚生之记诵广博，虽或胜于端生，而端生之思想自由，则远过于楚生。撰述长篇之排律骈体，内容繁复，如弹词之体者，苟无灵活自由之思想，以运用贯通于其间，则千言万语，尽成堆砌之死句，即有真实情感，亦堕世俗之见矣。不独梁氏如是，其他如邱心如辈，亦莫不如是。《再生缘》一书，在弹词体中，所以独胜者，实由于端生之自由活泼思想，能运用其对偶韵律之词语，有以致之也。故无自由之思想，则无优美之文学……①

陈之原著与梁之续作的差别，不在记诵广博与否，而在思想自由与否。无自由之思想，则无优美之文学。在民间弹词艺人的身上，陈寅恪依然可以发现独立精神、自由思想的可贵。在对《再生缘》弹词以排律形式形成上百万字叙事文体的研究中，陈寅恪得以将自己关于六朝排比声韵、属对律切之学兴起以来骈散文体变革的思考，如佛经偈颂、以文为诗，新乐府、七言排律、变文俗曲之间互通借鉴关系，在融会贯通后，进入一种豁然开朗的学术境地。这些都是《再生缘》研究的重要收获。

在依据甚不完全之材料，考证陈端生之事迹及著作，实属艰难，且不圆满。这种上穷碧落下黄泉的论证过程，触动文史大师的感慨：

---

① 陈美延编：《陈寅恪集·寒柳堂集》，北京：生活·读书·新知三联书店 2001 年版，第 73 页。

有清一代，乾隆朝最称承平之世。然陈端生以绝代才华之女子，竟憔悴忧伤而死，身名湮没，百余年后，其事迹几不可考见。江都汪中者，有清中叶极负盛名之文士，而又与端生生值同时者也，……作《吊马守真文》，以寓自伤之意，谓"荣期二乐，幸而为男"……。今观端生之遭遇，容甫之言其在当日，信有征矣。然寅恪所感者，则为端生于《再生缘》第壹柒卷第陆伍回中，"岂是蚤为今日谶"一语。①

乾隆承平之世女子陈端生有《再生缘》传世，生平事迹湮没而今已难考。而与陈端生同时代的汪中，吊秦淮妓女马守真，以"幸而为男"慰藉"哀乐由人"的幕僚生涯。以承平时期的女子陈端生、男子汪中的遭遇与心情，对比战乱之世一介书生陈寅恪的遭遇与心情，陈寅恪借陈端生"岂是蚤为今日谶"的诗句，将自己的故事从清华园的"诗谶"讲起。

九一八事变起，陈寅恪寓燕郊清华园，曾和陶然亭壁间清光绪时女子所题《咏丁香花绝句》，有"南朝旧史皆平话，说与赵家庄里听"句。卢沟桥事变后，流转西南，致丧两目，此数年间，亦颇作诗，以志一时之感触。其《蒙自南湖作》有："南渡自应思往事，北归端恐待来生。"②此句中竟有"端生"二字。自是求医万里，乞食多门。在英伦医院，听读小说，有李提摩太上书故事，回想初去日本读书时，在上海遇李提摩太，李有"君等世家子弟，能东游，甚善"之语，故时有"旧时王谢早无家"诗句。治目疾无效，回到南京，又有"去国欲枯双目泪"的感叹。时至今日，"则衰病流离，撰文授学，身虽同于赵庄负鼓之盲翁，事则等于广州弹弦之瞽女。荣启期之

<hr>

① 陈美延编：《陈寅恪集·寒柳堂集》，北京：生活·读书·新知三联书店 2001 年版，第 83 页。
② 陈美延编：《陈寅恪集·寒柳堂集》，北京：生活·读书·新知三联书店 2001 年版，第 84 页。

乐未解其何乐，汪容甫之幸亦不知其何幸也"①。因此，原来诗中的"说与赵家庄里听""北归端恐待来生"等皆成"诗谶"。陈寅恪在《论再生缘》文竟后有律诗两首并加长序如下：

　　癸巳秋夜，听读清乾隆时钱唐才女陈端生所著《再生缘》第壹柒卷第陆伍回中"惟是此书知者久，浙江一省遍相传。髫年戏笔殊堪笑，反胜那，沦落文章不值钱"之语，及陈文述《西泠闺咏》第壹伍卷《绘影阁咏家□□》诗"从古才人易沦谪，悔教夫婿觅封侯"之句，感赋二律。

　　地变天荒总未知，独听凤纸写相思。高楼秋夜灯前泪，异代春闺梦里词。绝世才华偏命薄，戍边离恨更归迟。文章我自甘沦落，不觅封侯但觅诗。

　　一卷悲吟墨尚新，当时恩怨久成尘。上清自昔伤沦谪，下里何人喻苦辛。彤管声名终寂寂，青丘金鼓又振振（《再生缘》间叙事战争事）。论诗我亦弹词体（寅恪昔年撰《王观堂先生挽词》，述清代光宣以来事，论者比之于七字唱也），怅望千秋泪湿巾。②

　　诗者在"论诗我亦弹词体"一句下自注："寅恪昔年撰王观堂先生挽词，述清代光宣以来事，论者比之于七字唱也。"发潜德之幽光，使《再生缘》再生；论弹词排律体，寄天涯沦落情。在《论再生缘》中，史学家与文学家的陈寅恪，彻底融为一体。

　　《论再生缘》之后，陈寅恪的力作是《柳如是别传》。《柳如是别传》

---

　　① 陈美延编：《陈寅恪集·寒柳堂集》，北京：生活·读书·新知三联书店 2001 年版，第 85 页。

　　② 陈美延编：《陈寅恪集·寒柳堂集》，北京：生活·读书·新知三联书店 2001 年版，第 85—86 页。

1954 年 3 月以《钱柳因缘诗释证》为题开始写作，至 1964 年夏初稿完成，80 余万字，用时十年，完成时恰值钱柳逝世三百年。双目失明的 75 岁老人在完稿后，有"合掌说偈曰"："刺刺不休，沾沾自喜。忽庄忽谐，亦文亦史。述事言情，悯生悲死。繁琐冗长，见笑君子。失明膑足，尚未聋哑。得成此书，乃天所假。卧榻沉思，然脂暝写。痛哭古人，留赠来者。"[1]其中陈寅恪对《柳如是别传》有两个方面的自我判断：一是这是一部值得看重的著作。它是在"失明膑足"的条件下，以十年"卧榻沉思，然脂暝写"的努力，借重"乃天所假"，足可"沾沾自喜"的成功之作；二是这是一部有思想内涵，有寄托讽喻的著作。它以"亦文亦史，忽庄忽谐"的传记文体，在"了解之同情"的立场下，"述事言情，悯生悲死"，为明清易代之际士大夫的政治作为、情感生活留下足以"痛哭古人，留赠来者"的借鉴。

《柳如是别传》共分五章，分别是第一章缘起，第二章考订柳如是姓氏名字及附带问题，第三章论述柳如是与几社胜流特别是与陈子龙的交往，第四章论述柳如是结识并婚于钱谦益前后，第五章介绍钱柳复明活动，附录交待钱氏家乱与柳如是自缢。

陈寅恪交待著书缘起，颇具浪漫色彩，类小说家言。著者自言笺注钱柳因缘的第一重原因是抗战旅居昆明，不意在书商处购得常熟白茆港钱谦益故园中红豆一粒，顿生笺注钱柳因缘的想法。二十余年过去，红豆尚存旧箧。作者有《咏红豆》诗，其"纵回杨爱千金笑，终剩归庄万古愁"[2]句，感喟经过年岁淘洗，美人之笑何在？终剩万古之愁。笺注钱柳因缘的第二重原因是少年时的南京，埋下的旧梦遐想。时在辛亥革命之前，钱谦益之书刚从清代乾隆期的禁令中解脱，而为"驱逐鞑虏，恢复中华"的反清志士疯狂

---

① 陈美延编：《陈寅恪集·柳如是别传》，北京：生活·读书·新知三联书店 2001 年版，第 1250 页。

② 陈美延编：《陈寅恪集·柳如是别传》，北京：生活·读书·新知三联书店 2001 年版，第 1 页。

| 陈三立陈寅恪研究

追捧。少年陈寅恪在舅父俞明震的书房中看到钱曾所注的《牧斋诗集》，心有所动。后钱氏遗著尽出，因研治范围与中国文学无甚关系，而与钱著未深有赏会。昆明得豆，广州忆往，再读钱氏之书，遂生"早岁偷窥禁锢编，白头重读倍凄然"①的感慨。笺注钱柳因缘的第三重原因，是以钱柳诗，自验所学之深浅：

> 自得此豆后，至今岁忽忽二十年，虽藏置箧笥，亦若存若亡，不复省视。然自此遂重读钱集，不仅借以温旧梦，寄遐思，亦欲自验所学之深浅也。盖牧斋博通文史，旁涉梵夹道藏，寅恪平生才识学问固远不逮昔贤，而研治领域，则有约略近似之处。岂意匪独牧翁之高文雅什，多不得其解，即河东君之清词丽句，亦有瞠目结舌、不知所云者。始知禀鲁钝之资，挟鄙陋之学，而欲尚论女侠名姝、文宗国士于三百年之前，……诚太不自量矣。虽然，披寻钱柳之篇什于残阙毁禁之余，往往窥见其孤怀遗恨，有可以令人感泣不能自已者焉。夫三户亡秦之志，《九章》《哀郢》之辞，即发自当日之士大夫，犹应珍惜引申，以表彰我民族独立之精神，自由之思想。何况出于婉娈倚门之少女，绸缪鼓瑟之小妇，而又为当时迂腐者所深诋，后世轻薄者所厚诬之人哉！②

从三百年前女侠名姝、文宗国士残阙毁禁的诗文之作中，窥知其孤怀遗恨及令人感泣不能自已者，表彰我民族独立之精神，自由之思想，同时为被深诋被厚诬的倡门女子辨污洗地。这是《柳如是别传》写作的最重要的

---

① 陈美延编：《陈寅恪集·柳如是别传》，北京：生活·读书·新知三联书店2001年版，第2页。

② 陈美延编：《陈寅恪集·柳如是别传》，北京：生活·读书·新知三联书店2001年版，第3—4页。

宗旨。

著述宗旨如此明确，如何实现，则困难重重。原因在于男主角钱谦益事迹见于两朝国史，固有阙误，尚多可考。女主角柳如是本末，散见名清间人著述及诸家诗文笔记中，因清乾隆以后的禁毁多亡佚不可得见。即使没有禁毁的史料，其中的简略错误、抄袭雷同、讳饰诋诬、虚妄揣测的地方比比皆是。梳理、辨证、发覆的工作，繁难重重。陈寅恪在第一章《缘起》中交待自己的书写策略：

> 今撰此书，专考证河东君之本末，而取牧斋事迹之有关者附之，以免喧宾夺主之嫌。起自初访半野堂前之一段因缘，迄于殉家难后之附带事件。并详述河东君与陈卧子（子龙）、程孟阳（嘉燧）、谢象三（三宾）、宋辕文（徵舆）、李存我（待问）等之关系。寅恪以衰废余年，钩索沉隐，延历岁时，久未能就，观下列诸诗，可以见暮齿著书之难有如此者，斯乃效《再生缘》之例，非仿《花月痕》之体也。①

陈寅恪在交待书写策略后，抄引了自己的九首诗，作为十年写作艰难的见证。前三首诗写于 1955 年。分别有："食蛤那知天下事，然脂犹想柳前春。""高楼冥想独徘徊，歌哭无端纸一堆。天壤久销奇女气，江关谁省暮年哀。""尚托惠香成狡狯，至今疑滞未能消。"②作者的歌哭无端，作者的冥想徘徊，无不与奇女才士的研究有关。中间四首写于 1956 到 1958 年，分别有："然脂暝写费搜寻，楚些吴歈感恨深。""平生所学惟余骨，晚岁为诗欠砍

---

① 陈美延编：《陈寅恪集·柳如是别传》，北京：生活·读书·新知三联书店 2001 年版，第 4 页。

② 陈美延编：《陈寅恪集·柳如是别传》，北京：生活·读书·新知三联书店 2001 年版，第 5 页。

头。""生辰病里转悠悠,证史笺诗又四秋。""岁月犹余几许存,欲将心事寄闲言。"①仍是然脂暝写、证史笺诗的爬梳,仍是以平生所学,诠写心史的努力。最后两诗写于1963年。此时,《钱柳因缘诗释证》粗告完成,作者忆清词人项鸿祚"不为无益之事,何以遣有涯之生"之语,作为心中之言:"惜别渔舟迷去住,封侯闺梦负绸缪。八篇和杜哀吟在,此恨绵绵死未休。""遗属只余传惨恨,著书今与洗烦冤。明清痛史新兼旧,好事何人共讨论。"②三百年前文宗国士、女侠名姝已为尘土,但死恨未休。今日修史之人考证著书,将旧史翻新,为其洗刷烦冤,见其孤怀遗恨。陈寅恪十年间因《柳如是别传》写作所写成的诗,同样显示着著述的艰难和旧史新说的努力。"斯乃效《再生缘》之例,非仿《花月痕》之体也。"③也是一句很重要的著述宗旨的交待:《柳如是别传》的写作,没有晚清小说《花月痕》以风花雪月的故事寄托才子佳人穷达升沉的意图,仍依《再生缘》之例,"发潜德之幽光",演绎易代之际匹夫匹妇行为情感所折射出的民族独立精神与自由思想。

《柳如是别传》中的男主钱谦益,字受之,号牧斋,江苏常熟人,1610年二十九岁时探花及第。钱谦益六十三岁以前,生活在明代;六十三岁以后,生活在清代。是一个身处易代之际,先经历过降清,复又从事过复明活动的文坛巨擘。他在明清两朝起起落落的宦海生涯,即充满着传奇色彩;加上六十岁时,在夫人陈氏安在的情况下,以合卺花烛迎娶秦淮名妓柳如是,更是一种惊世骇俗之举。柳如是二十四岁嫁入钱家,与钱谦益共同生活二十五年,风雨同行,危难共度,甚得钱氏欢心。生有一女。明末清初,支持并

---

① 陈美延编:《陈寅恪集·柳如是别传》,北京:生活·读书·新知三联书店2001年版,第5—6页。

② 陈美延编:《陈寅恪集·柳如是别传》,北京:生活·读书·新知三联书店2001年版,第6页。

③ 陈美延编:《陈寅恪集·柳如是别传》,北京:生活·读书·新知三联书店2001年版,第4页。

第三章 陈寅恪的学术取向与文学研究 | 199

参与反清复明的活动。康熙三年（1664年）钱谦益八十三岁时去世后不久，家难发生。在族人的威逼下，柳如是用以死抗争的方式，结束钱柳因缘。

《柳如是别传》是一部讲述女侠名姝、文宗国士沦落风尘，因结缡而走向各自的自我自赎的传奇，男女主角在越舞吴歌、更唱迭和之外，演绎君国兴亡、死生不渝之大义。据《柳如是别传》考述：柳如是幼姓杨，名爱，幼养于徐佛之家为婢，后至吴江故相周道登之家为妾，为群妾忌，卖与倡家，改名柳隐、柳是，字如是，取辛弃疾"我见青山多妩媚，料青山见我应如是"词意。柳如是流落人间后，与松江、云间胜流如宋徵舆、李待问、陈子龙多有往来，思想情感、诗文写作受胜流名士影响甚多。宋徵舆与柳如是同岁，初情甚好，后因宋的退缩，柳与之分手。对柳如是影响最大的是陈子龙。陈子龙大柳如是十岁，早年是复社、几社成员，又为云间诗派、词派名家，工婉约词。1647年入清后因参与反清活动被捕，投水自杀，年四十岁。《柳如是别传》第三章中，用相当的篇幅论述女主与陈子龙的交往。作者考证陈柳情意甚密始于崇祯六年，同居的时期在崇祯八年初夏至秋深，分手的原因在陈夫人张氏的干涉。分手后陈、柳仍眷恋旧情，陈、柳此年前后的唱和较多。陈寅恪认为：柳如是最著名的《金明池·咏寒柳》词，是因陈龙子《上巳行》之语意而作，在崇祯十二年或十三年结识钱谦益之前。

柳如是的婚姻救赎是柳如是自己发动的。宋徵舆、陈子龙不能成为依靠后，柳如是主动结识钱谦益。陈寅恪引顾苓《河东君传》记曰：

> 崇祯庚辰冬扁舟访宗伯。幅巾弓鞋，着男子服。口便给，神情洒落，有林下风。宗伯大喜，谓天下风流佳丽，独王修微、杨宛叔与君鼎足而三，何可使许霞城、茅止生专国士、名姝之目？留连半野堂，文宴浃月。越舞吴歌，族举递奏。香奁玉台，更唱迭和。

既度岁，与为西湖之游。刻《东山酬和集》，集中称河东君云。[1]

柳如是"幅巾弓鞋，着男子服"的拜访促成了钱谦益的合卺花烛迎娶。柳如是以婚姻完成了对自己风尘生涯的救赎。但好景不长。半野堂、绛云楼的更唱迭和并没有持续太久，接下来是明清易代的血雨腥风。最终柳、钱以复明的奔走呼叫，完成对钱谦益降清行为的救赎。

庚辰结缡后一年（1641年），钱、柳至京口，凭吊韩世忠、梁红玉大战外敌的古战场。庚辰结缡后三年（1643年），绛云楼成。庚辰结缡后四年（1644年），崇祯死。百僚南京议推戴讨贼。钱谦益主张推潞王朱常淓，而福王朱由崧在马士英、阮大铖等人的拥立下捷足先登。作为东林党领袖，钱谦益的无为，被人视为谀事马、阮。钱谦益任南明朝礼部尚书，携柳如是赴南京。庚辰结缡后五年（1645年），即顺治二年五月，清兵下江南，兵临城下。柳如是劝钱谦益投水殉国，钱谦益终未有走出殉国这一步的勇气。最后是钱谦益等三十一人出城迎降，遂成为钱谦益一生的愧疚与污点。七月，随例北行，柳如是未随行。庚辰结缡后六年（1646年），即顺治三年，清廷授钱谦益为礼部右侍郎，明史馆副总裁。五月，弘光帝朱由崧、潞藩朱常淓两人因叛乱罪被杀，六月，钱谦益引疾乞归。为洗刷城下降清与北上任职行为的耻辱，回籍后与柳如是共同参与东南遗老志士的反清复明活动。庚辰结缡后七年（1647年），钱谦益三月因黄毓祺起兵反清案牵连被逮，柳如是倾家营救，有人说贿金三十万。陈寅恪著述中考证钱氏已经没有如此多的财富。而另一史学家邓之诚认为钱家此年之后，贫富顿异，应与此次牢狱之灾有关。钱谦益此狱桎梏四十日，留南京颂系一年。灾事转化，与柳如是的拼死营救关系极大。

---

[1] 陈美延编：《陈寅恪集·柳如是别传》，北京：生活·读书·新知三联书店2001年版，第349页。

归里后，钱谦益与参与抗清的两位学生瞿式耜、郑成功联系密切，瞿式耜曾任流亡在肇庆的南明永历政权的兵部尚书，1650 年殉难桂林。此年，钱谦益藏有万卷古书的绛云楼毁于火灾。两事均为凶兆。另一学生郑成功最初效力于设在福州的南明隆武政权，后成为活动在沿海地区的抗清武装，有多次北伐之举。这些军事行为时胜时败，一直给钱谦益复明希望。钱谦益在接到永历政权李定国让其联络东南的指令后，甚至在 1655 年移居常熟白茆之芙蓉红豆山庄，因为这里离海上近，便于配合海上反清活动。此年钱谦益已七十五岁。稍后又与黄宗羲出资赎救抗清死难的张煌言的妻子。一切希望都在 1661 年后彻底破灭。此年，郑成功进攻南京失败后，移师台湾，次年死于台湾。南明永历帝被缅人所执，次年死于昆明。陈寅恪认为："郑氏之取台湾，乃失当日复明运动诸遗民之心，而壮清廷及汉奸之气者，……牧斋以为延平既以台湾为根据地，则更无恢复中原之希望……。"① 所以钱谦益从红豆山庄迁回城中，柳如是因为绝望而落发入道。反清复明虽终无所成，但钱、柳之努力，可以看作是一种对降清行为的自我救赎。1664 年春夏之交，钱、柳先后辞世于半野堂。

陈寅恪论钱、柳因缘合于三生三死之说：

> 吾国文学作品中，往往有三生之说。钱柳之因缘，其合于三生之说，自无待论。但鄙意钱柳之因缘，更别有三死之说焉。所谓三死者，第一死为明南都倾覆，河东君劝牧斋死，而牧斋不能死。第二死为牧斋遭黄毓祺案，几濒于死，而河东君使之脱死。第三死为牧斋既病死，而河东君不久即从之而死是也。②

---

① 陈美延编：《陈寅恪集·柳如是别传》，北京：生活·读书·新知三联书店 2001 年版，第 1208 页。

② 陈美延编：《陈寅恪集·柳如是别传》，北京：生活·读书·新知三联书店 2001 年版，第 899 页。

又论与柳如是结缡对于钱谦益生命的重要意义：

> 牧斋于万历三十八年庚戌二十九岁时，与韩敬争状元失败，仅得探花，深以为憾。又于崇祯元年戊辰四十七岁时，与温体仁、周延儒争宰相失败，且因此获谴，终身愤恨。然于崇祯十三年庚辰五十九岁时，与陈子龙、谢三宾争河东君，竟得中选。三十年间之积恨深怒，亦可以暂时洩息矣。①

在政坛上，钱谦益常常是一个失败者。探花及第后横跨明末清初三十余年的政治生涯中，处在党争不断、倾轧诬陷的旋涡之中，"在明朝不得跻相位，降清复不得为'阁老'，所谓'两朝领袖'，终取笑于人，可哀也已"②。其《明史》之编，毁于大火。《列朝诗集》，"主旨在修史，并暗寓复明之意"③，1649年刊刻《笺注杜工部集》，"能以杜诗与唐史互相参证，如牧斋所为之详尽者，尚未之见也"④。至于学佛，"平生虽博涉内典，然实与真实信仰无关。初时不过用为文章之藻饰品，后来则借政治活动之烟幕弹耳"⑤。因此，与柳如是的结合，便凸显成为钱氏人生的最重要的成功。

钱谦益结缡柳如是的成功，使他成为明末清初的风流教主。陈寅恪文中比较明季江左三佳丽柳如是、王修微、杨宛叔嫁人后的命运，王与杨均

---

① 陈美延编：《陈寅恪集·柳如是别传》，北京：生活·读书·新知三联书店 2001 年版，第 439 页。

② 陈美延编：《陈寅恪集·柳如是别传》，北京：生活·读书·新知三联书店 2001 年版，第 848 页。

③ 陈美延编：《陈寅恪集·柳如是别传》，北京：生活·读书·新知三联书店 2001 年版，第 1008 页。

④ 陈美延编：《陈寅恪集·柳如是别传》，北京：生活·读书·新知三联书店 2001 年版，第 1014 页。

⑤ 陈美延编：《陈寅恪集·柳如是别传》，北京：生活·读书·新知三联书店 2001 年版，第 810 页。

终离所嫁之人，只有柳随钱而死。"牧斋于此，殊足自豪。"①陈园园、董小宛、柳如是皆一时名姝，钱谦益晚年《病榻消夏杂咏四十六首》对"陈、董被劫，柳则独免"甚为欣慰。陈寅恪论陈、董被劫及柳则独免的原因：一是因柳如是特具刚烈性格，大异当时遭际艰危之诸风尘弱质如陈、董者。二是名姝所附之人对待爱情的态度，高下勇怯有别，这是钱谦益高于冒辟疆、宋辕文之流的地方。《柳如是别传》中对柳如是的描述，除了性格刚烈，处事有男人之风长处外，还有"善记忆多诵读"②、才华出众的一面，同时又"合'倾国倾城'与'多愁多病'为一人。倘非得适牧斋，则终将不救矣"③的一面。柳如是留给女儿的《遗嘱》中有："我来汝家二十五年，从不曾受人之气，今竟当面凌辱。我不得不死，但我死之后，汝事兄嫂，如事父母。"④写出了对钱谦益生前，柳如是在家庭生活中受到的尊重，也写出以死明志的刚烈与气节。对复明失败，柳如是的痛惜失望更甚于钱谦益。钱从白茆红豆山庄迁回城中后，柳如是继续在白茆红豆山庄居住，直到钱谦益病重才归。陈寅恪分析，柳如是总以为明室复兴尚有希望，海上交通犹有可能。国事家事的失望叠加，使柳如是断绝生念。柳如是的"不得不死"，与王国维的"只欠一死"，构成了一种遥远的呼应。陈寅恪的"了解之同情"的研究立场，使两个处在不同的易代之际的历史人物，瞬间有了精神的相通。

在讨论钱、柳情感论题时，陈寅恪有了一次把元白《莺莺传》《长恨歌》及陈端生的《再生缘》合而论之的机会：

---

① 陈美延编：《陈寅恪集·柳如是别传》，北京：生活·读书·新知三联书店2001年版，第790页。

② 陈美延编：《陈寅恪集·柳如是别传》，北京：生活·读书·新知三联书店2001年版，第597页。

③ 陈美延编：《陈寅恪集·柳如是别传》，北京：生活·读书·新知三联书店2001年版，第670页。

④ 陈美延编：《陈寅恪集·柳如是别传》，北京：生活·读书·新知三联书店2001年版，第1232页。

吾人今日追思崔张、杨、陈悲欢离合之往事，益信社会制度
与个人情感之冲突，诚如卢梭、王国维之所言者矣。寅恪曾寄答
朱少滨叟师辙绝句五首，不仅为杨玉环、李三郎、陈端生、范菼
道，兼可为河东君、陈卧子道。[①]

　　这是第三次在《柳如是别传》中引用自己诗。朱叟为朱师辙，中山大
学教师，退休后在杭州生活。陈诗因唱和朱叟在杭州观看《长生殿》绝句及
《论再生缘》文成有感而作，因此有"白头听曲东华史，……唱到兴亡便掩
巾""玉环已远端生近，暝写南词破寂寥""我今负得盲翁鼓，说尽人间未了
情"[②]之句。唱兴亡事，解不了情，是《长生殿》的主题，是《再生缘》的
主题，也是钱柳因缘的主题。陈寅恪认为：这些文学作品所演绎的兴亡之事
与男女之情，皆如卢梭、王国维所言，是"社会制度与个人情感之冲突"的
结果。执着于古今兴亡事，男女不了情的研究，是陈寅恪文学研究的主线。
在围绕"兴亡事"与"不了情"的研究中，陈寅恪努力寻求论证"独立之精
神，自由之思想"的普遍存在。它既在鸿儒士大夫去取进退中，也在孺子妇
人琐细日常里。作者由衷地赞美兴亡事与不了情中的女性，便成为其自嘲
"著书唯剩颂红妆"[③]的由来。
　　《柳如是别传》将"了解之同情"的研究立场与诗史互证的研究方法运
用到炉火纯青的地步。在以上的论述中，我们已经体会到"了解之同情"的
重要。明末吴越佳丽的故事，如陈圆圆、董小宛、李香君、柳如是，与党社

---

　　① 陈美延编：《陈寅恪集·柳如是别传》，北京：生活·读书·新知三联书店 2001 年
版，第 875—876 页。
　　② 陈美延编：《陈寅恪集·柳如是别传》，北京：生活·读书·新知三联书店 2001 年
版，第 876 页。
　　③ 陈美延编：《陈寅恪集·诗集》，北京：生活·读书·新知三联书店 2001 年版，第
137 页。

胜流交游，官家史书、坊间诗文中记述甚多，形成一时风雅。究其原因，则在于明末吴越间风气使然：

> 寅恪尝谓河东君及其同时名姝，多善吟咏，工书画，与吴越党社胜流交游，以男女之情兼师友之谊，记载流传，今古乐道，推原其故，虽由于诸人天资明慧，虚心向学所使然。但亦因其非闺房之闭处，无礼法之拘牵，遂得从容与一时名士往来，受其影响，有以致之也。清初淄川蒲留仙松龄《聊斋志异》所纪诸狐女，大都妍质清言，风流放诞，盖留仙以齐鲁之文士，不满其社会环境之限制，遂发遐思，聊托灵怪以写其理想中之女性耳。实则自明季吴越胜流观之，此辈狐女，乃真实之人，且为篱壁间物，不待寓意游戏之文，于梦寐中以求之也。①

这是一种颇有见地的联想。地域不同，吴越与齐鲁；时间有别，明末与清初。文士理想中的女性，由吴越佳丽遂成聊斋狐仙，好读小说之作者，用"了解之同情"式的阐释，把柳如是们与聊斋狐仙做了一次比较研究。比较研究是陈寅恪文史研究中使用频度高，操作纯熟的研究方法。

钱谦益在乾隆年间因高宗以"平生谈节义，两姓事君王。进退都失据，文章那有光"②的评介而打入贰臣之列，去取进退颇受訾议。《柳如是别传》"颂红妆"的同时，也需给钱谦益以"了解之同情"：

> 寅恪案：牧斋之降清，乃其一生污点。但亦由其素性怯懦、

---

① 陈美延编：《陈寅恪集·柳如是别传》，北京：生活·读书·新知三联书店 2001 年版，第 75 页。

② 孙之梅：《钱谦益与明末清初文学》，济南：山东大学出版社 2010 年版，第 5 页。

迫于事势所使然。若谓其必须始终心悦诚服，则甚不近情理。夫牧斋所践之土，乃禹贡九州相承之土，所茹之毛，非女真八部所种之毛，馆臣阿媚世主之言，抑何可笑。回忆五六十年前，清廷公文，往往有"食毛践土，具有天良"之语。今读提要，又不胜桑海之感也。①

寅恪尝论北朝胡汉之分，在文化而不在种族。……噫！三百五十年间，明清国祚俱斩，辽海之事变愈奇。长安棋局未终，樵者之斧柯早烂矣。②

钱谦益降清，一是因为怯懦，二是迫于事势。清朝是女真八部在禹贡九州相承之土上建立的政权，按照文化优胜的原则，加上隆武、永历两个南明政权在福建、广东的苟延残喘，钱谦益反清复明的行为是一种必然的选择。这些行为一定程度上可以洗刷钱氏降清的污点。《四库全书提要》馆臣对钱谦益的评价多为媚主之言。至清代末年，官吏公文中"食毛践土"感戴之言满天飞，与钱谦益当年的仕清相比，有过之而无不及。三百五十年间，明清国祚俱斩，沧海已变桑田。后人念此，只余遐思无限。

诗文互证，以诗考史、释史是陈寅恪在王国维双重证据法之外，着意探究的文史研究方法。这一研究方法在《元白诗笺证稿》《论再生缘》中已广泛使用，并发明甚多。写作《柳如是别传》时，因三百年间钱谦益、柳如是诗文曾遭禁毁；与钱、柳同时代人的记述多耳食或不实之言，需要甄别发覆之处甚众；加上钱谦益诗集的注者钱曾（遵王）作为钱谦益的族孙与学生，本是与事主晚年联系密切之人，但或避清讳或刻意遮蔽，钱、柳因缘叙

---

① 陈美延编：《陈寅恪集·柳如是别传（下）》，北京：生活·读书·新知三联书店2001年版，第1045页。

② 陈美延编：《陈寅恪集·柳如是别传（下）》，北京：生活·读书·新知三联书店2001年版，第1002页。

述需要的时、地、人多不明确。考虑《柳如是别传》写作的困难，陈寅恪在《缘起》中，辨析"今典"与"古典"概念，确立释证范围和义例：

> 自来诂释诗章，可别为二。一为考证本事，一为解释辞句。质言之，前者乃考今典，即当时之事实。后者乃释古典，即旧籍之出处。①
>
> 此书释证钱柳之诗，止限于详考本事。至于通常故实，则不加注解，即或遵王之注有所未备，如无大关系，则亦不补充，以免繁赘。②
>
> 若钱柳因缘诗，则不仅有远近出处之古典故实，更有两人前后诗章之出处。若不能探河穷源，剥蕉至心，层次不紊，脉络贯注，则两人酬和诸作，其辞锋针对，思旨印证之微妙，绝难通解也。③

第一条引文，诠释今典古典；第二条引文，确立释证钱柳诗，当以考证本事、释证今典为主；第三条引文，在释证钱柳时，钱、柳酬和诗的出处与脉络，当是重点中的重点。只有在酬和诗的思旨对应中，才能得其微妙。

虽然作者学术目标集中，围绕钱柳因缘，力求简洁，以免繁赘，但写作过程中，因为上穷碧落下黄泉式的证实证伪，头绪繁杂，释证缠绕，《柳如是别传》的阅读，仍是一个艰难备至的过程。陈寅恪描述《柳如是别传》

---

① 陈美延编：《陈寅恪集·柳如是别传》，北京：生活·读书·新知三联书店2001年版，第7页。

② 陈美延编：《陈寅恪集·柳如是别传》，北京：生活·读书·新知三联书店2001年版，第13页。

③ 陈美延编：《陈寅恪集·柳如是别传》，北京：生活·读书·新知三联书店2001年版，第12页。

写作的艰难，常使用"然脂暝写"这个词语。陈寅恪以为"然脂暝写"此典来自南朝徐陵的《玉台新咏序》。想到八十余万字浩繁精严的考释叙论，来自一位双目失明的老人十年然脂暝写的努力，读者对生命对学术的敬畏，便油然而生。

第六节　短毫濡泪记沧桑

"短毫濡泪记沧桑"[①]的诗句来自陈寅恪 1950 年所作《己丑除夕题吴辛旨诗》。吴辛旨名三立，为华南师大教授，曾任教于北京，与陈寅恪在 20 世纪 40 年代即有联系。共住广州后，多有文字交往。短毫濡泪记沧桑，是他写也是自叙。陈寅恪诗，生前由夫人唐篔手写三册，1967 年后因故遗失。上海古籍出版社 1980 年出版时，收入《寒柳堂集》的《寅恪先生诗存》约150 余题，是由弟子蒋天枢录存的。蒋称其为"丛残旧稿"。1991 年陈寅恪女儿陈美延、陈流求应清华中文系之邀，联手编辑《陈寅恪诗集》，除她们姐妹的收集之外，吴宓的女儿吴学昭从《吴宓日记》及遗稿中，寻找到相当数量的陈寅恪诗稿。吴宓自 1919 年与陈寅恪在哈佛相识后，即注意在自己的《日记》中保存与陈有关的学术史料。直到垂暮之年，吴宓在自身困厄之中，还写信给中山大学，询问陈、唐夫妻的命运。吴宓对陈寅恪朋友间的真诚与关怀，成为现代学术界的一段佳话。收入 2001 年三联书店版陈美延所编《陈寅恪集》中的陈寅恪诗约 280 余题。夫人唐篔，本来即是陈寅恪诗的

---

① 陈美延编：《陈寅恪集·诗集》，北京：生活·读书·新知三联书店 2001 年版，第71 页。

主角及深度参与者。三联书店版的《陈寅恪集·诗集》同时附录唐筼的诗作，在夫妻的唱和吟咏中，更见共命人的感情笃深。

《陈寅恪集·诗集》中的第一首诗《庚戌柏林重九作》写于 1910 年的柏林，时年作者 21 岁。因在海外听到日本合并朝鲜的消息，而有"兴亡古今郁孤怀，一放悲歌仰天吼"① 的愤慨。中日甲午战争即因朝鲜主权而起，中国战败后，日割台湾，1910 年再签《日韩合并条约》。日本在一步步实行在亚洲扩张的野心，而中国的利益一再受到损害与挑战。1912 年春，陈寅恪从瑞士短暂回国，因辛亥革命后的南京是中华民国临时政府所在地，陈家遂避居上海。上海一时成为清王朝罢官废吏聚集之地，遗老与悲观情绪充斥其间。陈寅恪与在北京帝都的朋友胡梓方唱和："千里书来慰眼愁，如君真解殉幽忧。优游京洛为何世，转徙江湖接胜流。茧嘒乾坤矜小照，蛩心文字感长秋。西山也有兴亡恨，写入新篇更见投。"② 京洛当指北京、南京两地，沦落江湖的胜流，茧嘒蛩心，幽忧万端。南昌西山崝庐是陈宝箴墓地。戊戌变政不成，当年的家难而成今日的国忧，兴亡之恨留待新篇续写。陈寅恪回到欧洲后，看到国内报纸有"大总统为终身职之议"，以法国巴黎选花魁的习俗讥讽国内的总统终身之议："花王那用家天下，占尽残春也自雄。"③ 陈寅恪留学时期的作品不多，但无不体现出对国家事务的关心。

回清华教书后，陈寅恪与王国维相处最好。王国维 1927 年 6 月 2 日投水，给陈寅恪极大的震动。其《挽王静安先生》有"文化神州丧一身""吾

① 陈美延编：《陈寅恪集·诗集》，北京：生活·读书·新知三联书店 2001 年版，第 3 页。
② 陈美延编：《陈寅恪集·诗集》，北京：生活·读书·新知三联书店 2001 年版，第 7 页。
③ 陈美延编：《陈寅恪集·诗集》，北京：生活·读书·新知三联书店 2001 年版，第 8 页。

侪所学关天意"的惋惜，也有"赢得大清干净水，年年呜咽说灵均"①的殉清判断。七律挽诗让陈寅恪意犹未尽，又写长诗《王观堂先生挽词并序》，诗仿王闿运、王国维《圆明园词》的笔意，叙写王国维的事功学术。诗中有"一死从容殉大伦"②句，结句为"他年清史求忠迹，一吊前朝万寿山"③，仍未脱殉清的痕迹。1953 年蒋天枢访粤，陈寅恪与蒋面谈，蒋天枢依据老师的意思，为《挽词》长诗加注。蒋天枢所加注文，多为与诗句表达有关的本事。已流传三十年的诗，再为其加注本事，可见作者对诗拒绝误读的决心。1927 年挽王国维诗序所持的"殉文化说"，至 1929 年陈寅恪所撰写的王国维的碑文中得到延伸："独立之精神，自由之思想"的提出，既是对死者精神的升华，又是对生者精神的提振。从此，"独立之精神，自由之思想"便成为陈寅恪坚持一生的思想旗帜，也成为许多读书人所心驰神往的学术境界。

陈寅恪进入学术界，便自带强烈的民族文化本体的意识，希望中国学术，代有人出，自立自强。1926 年傅斯年归国，陈赠诗，直言学术界正新旧交接，"正始遗音真绝响，元和新脚未成军"。而傅君学成归来，正好大显身手，对傅斯年寄寓"天下英雄独使君"④的厚望。1929 年在北大兼课，作《北大学院己巳级史学系毕业生赠言》，抒写"群趋东邻受国史，神州士夫羞欲死。田巴鲁仲两无成，要待诸君洗斯耻"⑤的感慨，把学术重建的希望寄

---

① 陈美延编：《陈寅恪集·诗集》，北京：生活·读书·新知三联书店 2001 年版，第 11—12 页。
② 陈美延编：《陈寅恪集·诗集》，北京：生活·读书·新知三联书店 2001 年版，第 13 页。
③ 陈美延编：《陈寅恪集·诗集》，北京：生活·读书·新知三联书店 2001 年版，第 17 页。
④ 陈美延编：《陈寅恪集·诗集》，北京：生活·读书·新知三联书店 2001 年版，第 18 页。
⑤ 陈美延编：《陈寅恪集·诗集》，北京：生活·读书·新知三联书店 2001 年版，第 19 页。

予年轻学子。陈寅恪"续命河汾"的夙愿在稍后的《吾国学术之现状及清华之职责》《冯友兰中国哲学史审查报告》中有更充分的表达。

日本的侵华战争，使华北放不下一张安静的书桌。战争后的流亡生活，陈寅恪比之于南渡乞食，比之于偷生岁月。在云南蒙自，陈寅恪有《戊寅蒙自七夕》诗云："银汉横窗照客愁，凉宵无睡思悠悠。人间从古伤离别，真信人间不自由。"唐筼和诗云："独步台边惹客愁，国危家散恨悠悠。秋星若解兴亡意，应解人间不自由。"①旧时世家子弟、怀续命河汾之志的清华教授，因战争瞬间成为贫贱夫妻，陷入百事俱哀的苦难之中。右眼失明，图书丢失，三女美延尚在襁褓之中，唐筼与孩子暂居香港，五十岁的陈寅恪奔波往返于香港昆明的途中。其1939年《己卯秋发香港重返昆明有作》，1942年《壬午五月发香港至广州湾舟中作用义山无题韵》两诗如下：

> 暂归匆别意如何，三月昏昏似梦过。残剩河山行旅倦，乱离骨肉病愁多。狐狸埋掆摧亡国，鸡犬飞升送逝波。人事已穷天更远，只余未死一悲歌。②
>
> 万国兵戈一叶舟，故邱归死不夷犹。袖间缩手嗟空老，纸上刳肝或少留。此日中原真一发，当时遗恨已千秋。读书久识人生苦，未待崩离早白头。③

之后，又有双目的失明。在漂泊无依，书无可读，家不能养的种种压

---

①　陈美延编：《陈寅恪集·诗集》，北京：生活·读书·新知三联书店2001年版，第25页。

②　陈美延编：《陈寅恪集·诗集》，北京：生活·读书·新知三联书店2001年版，第28页。

③　陈美延编：《陈寅恪集·诗集》，北京：生活·读书·新知三联书店2001年版，第32—33页。

力下，诗人悲愤难抑："天其废我是耶非，叹息苌弘强欲违。著述自惭甘毁弃，妻儿何托任寒饥。"[1]"渺渺钟声出远方，依依林影万鸦藏。一生负气成今日，四海无人对夕阳。"[2]1945 年陈寅恪五十六岁生日之际，有绝句三首，其一其二云："去年病目实已死，虽号为人与鬼同。可笑家人作生日，宛如设祭奠亡翁。""鬼乡人世两伤情，万古书虫有叹声。泪眼已枯心已碎，莫将文字误他生。"[3]因双目失明、因生活困顿，陈寅恪陷入一生的低谷。

接下来是日本投降签约，"石头城上降幡出，回首春帆一慨然"[4]；接下来是英伦求医无果，"远游空负求医意，归死人嗟行路难"[5]。接下来是重返清华园，"五十八年流涕尽，可能留命到升平？"[6]接下来是 1948 年 12 月 15 日从南苑机场匆匆飞离北京。陈寅恪有诗把北平卢沟桥事变、香港太平洋战争及这次逃离北京称为"临老"亲历的"三次乱离"，哀叹："北归一梦原知短，如此匆匆更可悲。"[7]

飞离北京后一个月，即 1949 年 1 月 16 日，陈寅恪全家除大女儿因读书留下外，从上海乘船到广州，就职于岭南大学。这种"无端来作岭南人"[8]

---

[1] 陈美延编：《陈寅恪集·诗集》，北京：生活·读书·新知三联书店 2001 年版，第 39 页。

[2] 陈美延编：《陈寅恪集·诗集》，北京：生活·读书·新知三联书店 2001 年版，第 42 页。

[3] 陈美延编：《陈寅恪集·诗集》，北京：生活·读书·新知三联书店 2001 年版，第 43 页。

[4] 陈美延编：《陈寅恪集·诗集》，北京：生活·读书·新知三联书店 2001 年版，第 52 页。

[5] 陈美延编：《陈寅恪集·诗集》，北京：生活·读书·新知三联书店 2001 年版，第 58 页。

[6] 陈美延编：《陈寅恪集·诗集》，北京：生活·读书·新知三联书店 2001 年版，第 61 页。

[7] 陈美延编：《陈寅恪集·诗集》，北京：生活·读书·新知三联书店 2001 年版，第 63 页。

[8] 陈美延编：《陈寅恪集·诗集》，北京：生活·读书·新知三联书店 2001 年版，第 64 页。

结果看似突兀，实际是陈寅恪求仁得仁的主动选择。这一选择在诗中被自嘲为"毁车杀马平生志"①、"避秦心苦谁同喻"②。此时，国民党尚有半壁江山，解放战争还在进行时。1949年的清明时节，诗人尚有"余生流转终何止，将死烦忧更沓来"③的人生忧患的叹息，至本年八月夏末，已换为"兴亡自古寻常事，如此兴亡得几回"④朝代更替的感慨。

岭南天暖，岭南多花。诗人赏梅之余，仍有"花事已随浮世改，苔根犹是旧时栽"⑤的浮想。只是时有空袭，给人"山河已入宜春槛，身世真同失水船"⑥的违和。落地广州，诗人喜用"白头维摩""岭表流民"自称，而居住心情也常用"寄寓""羁泊"一类词语。陈寅恪1950年写给两位老友的诗，比较真实地写出当时的心境：

> 道穷文武欲何求，残废流离更自羞。垂老未闻兵甲洗，偷生争为稻粱谋。招魂楚泽心虽在，续命河汾梦亦休。忽奉新诗惊病眼，香江回忆十年游。⑦
>
> 绛都赤县满兵尘，岭表犹能寄此身。菜把久叨惭杜老，桃源

---

① 陈美延编：《陈寅恪集·诗集》，北京：生活·读书·新知三联书店2001年版，第64页。

② 陈美延编：《陈寅恪集·诗集》，北京：生活·读书·新知三联书店2001年版，第64页。

③ 陈美延编：《陈寅恪集·诗集》，北京：生活·读书·新知三联书店2001年版，第65页。

④ 陈美延编：《陈寅恪集·诗集》，北京：生活·读书·新知三联书店2001年版，第67页。

⑤ 陈美延编：《陈寅恪集·诗集》，北京：生活·读书·新知三联书店2001年版，第70页。

⑥ 陈美延编：《陈寅恪集·诗集》，北京：生活·读书·新知三联书店2001年版，第72页。

⑦ 陈美延编：《陈寅恪集·诗集》，北京：生活·读书·新知三联书店2001年版，第70页。

214　｜　陈三立陈寅恪研究

今已隔秦人。悟禅獦獠空谈顿，望海蓬莱苦信真。千里报书唯一语，白头愁对柳条新。①

前诗答叶恭绰。叶氏赠诗将陈比作目盲的左丘明、师旷，陈诗改龚自珍诗句"著书都为稻粱谋"作答，屈赋魂魄还在，续命河汾梦休。抗战时叶恭绰也曾避居香港，因此香江曾有共同回忆。后诗答吴宓。吴宓时在重庆。本年为陈寅恪祝寿，有"文化神州系一身"之语。陈寅恪以为在战事未休的当下，得多方关照，岭表寄身，已是避乱的生活节奏。粤地面山向海，曾是南宗六祖慧能的成长地。悟禅与望海，均有可为。

岭南居住，避得战乱，避得寒冷，有梅可赏，但日子还要从柴米油盐过起。作为家庭主妇，唐篔1951年元旦有诗云："浮海相携岭外家，守贫何碍到天涯。"②诗里没有埋怨，只是一种真实描述。陈寅恪好言劝慰："夫妻贫贱寻常事，乱世能全未可嗟。"③陈寅恪为高血压所困，述其痛苦："刀风解体旧参禅，一榻昏昏任化迁。"④唐篔教以参禅解痛之法："排愁却病且参禅，景物将随四序迁。"⑤面对如此相依为命的老年生活，解诗者自不可心机太深。

至于学术，毕竟经历改朝换代，许多变化则如春江水暖，学人自知：

---

① 陈美延编：《陈寅恪集·诗集》，北京：生活·读书·新知三联书店2001年版，第72页。

② 陈美延编：《陈寅恪集·诗集》，北京：生活·读书·新知三联书店2001年版，第75页。

③ 陈美延编：《陈寅恪集·诗集》，北京：生活·读书·新知三联书店2001年版，第75页。

④ 陈美延编：《陈寅恪集·诗集》，北京：生活·读书·新知三联书店2001年版，第77页。

⑤ 陈美延编：《陈寅恪集·诗集》，北京：生活·读书·新知三联书店2001年版，第77页。

八股文章试帖诗，宗朱颂圣有成规。白头宫女哈哈笑，眉样如今又入时。①

厌读前人旧史编，岛夷索虏总纷然。魏收沈约休相诮，同是生民在倒悬。②

虚经腐史意何如，溪刻阴森惨不舒。竟作鲁论开卷语，说瓜千古笑秦儒。③

迁叟当年感慨深，贞元醉汉托微吟。而今举国皆沈醉，何处千秋翰墨林。④

第一首题为《文章》，应是讽刺文章写作恪守八股成规，不敢越雷池一步。第二首题为《旧史》，南北朝以降国史，南北互轻，魏沈相诮，对生民倒悬均漠不关心。第三首为《经史》，对学术界以经为虚、以史为腐甚为担忧。没有经史为根柢的学术，可能陷入秦儒说瓜、相难不决的窘境。第四首有感于北京琉璃厂书肆旧书改业新书，张之洞当年琉璃厂必有千秋的预言从此毁弃。

1950 年后，陈寅恪就可能遭遇北客催归之事，于是《陈寅恪集·诗集》有《改旧句寄北》诗。诗人把 1947 年所作《丁亥春日清华园作》一诗稍作修改寄上。中有"回首卅年眠食地，模糊残梦上心头"⑤ 句。1952 年春，陈

———

① 陈美延编：《陈寅恪集·诗集》，北京：生活·读书·新知三联书店 2001 年版，第 78 页。

② 陈美延编：《陈寅恪集·诗集》，北京：生活·读书·新知三联书店 2001 年版，第 78 页。

③ 陈美延编：《陈寅恪集·诗集》，北京：生活·读书·新知三联书店 2001 年版，第 86 页。

④ 陈美延编：《陈寅恪集·诗集》，北京：生活·读书·新知三联书店 2001 年版，第 81 页。

⑤ 陈美延编：《陈寅恪集·诗集》，北京：生活·读书·新知三联书店 2001 年版，第 85 页。

寅恪有《壬辰春日作》集中写出南渡与北归之间的考量："南渡饱看新世局，北归难觅旧巢痕。芳时已被冬郎误，何地能招自古魂。"①芳时已误，清华难回。清华是他和唐筼的结缡之地，那里有最好的学术时光。因此《陈寅恪集·诗集》中多处回忆燕郊旧园。1953 年，有《答北客》诗："多谢相知筑菟裘，可怜无蟹有监州。柳家既负元和脚，不采蘋花即自由。"②柳宗元有"欲采苹花不自由"诗，苏轼有"但忧无蟹有监州"诗，诗人改写，表明不再考虑北上的决心。

中山大学教授朱师辙，长陈寅恪十三岁，为清代文字学家朱骏声之孙，安徽籍人，退休后至杭州定居。陈寅恪有《次韵和朱少滨癸巳杭州端午之作》，"粤湿燕寒俱所畏，钱唐真合是吾乡"③。杭州牌坊山是父亲陈三立的埋葬地，在粤湿燕寒的比较中，杭州不失为定居的理想去处。

1953 年进入《论再生缘》的写作，随后又有十年《柳如是别传》的写作，诗人的论史笺诗工作充满着艰辛，并成为其生命重要组成部分。其六十八岁生日，感叹病中写书，不知何日可以刊布。诗云：

> 生辰病里转悠悠，证史笺诗又四秋。老牧渊通难作匹，阿云格调更无俦。渡江好影花争艳，填海雄心酒被愁。珍重承天井中水，人间唯此是安流。④
>
> 岁月犹余几许存，欲将心事寄闲言。推寻衰柳枯兰意，刻画

---

① 陈美延编：《陈寅恪集·诗集》，北京：生活·读书·新知三联书店 2001 年版，第 88 页。

② 陈美延编：《陈寅恪集·诗集》，北京：生活·读书·新知三联书店 2001 年版，第 100 页。

③ 陈美延编：《陈寅恪集·诗集》，北京：生活·读书·新知三联书店 2001 年版，第 96 页。

④ 陈美延编：《陈寅恪集·诗集》，北京：生活·读书·新知三联书店 2001 年版，第 128 页。

残山剩水痕。故纸金楼销白日，新莺玉茗送黄昏。夷门醇酒知难赏，聊把清歌伴浊樽。①

　　陈寅恪把一生中抗战流亡与流民岭南看作两次南渡。第一次南渡是抗战流亡，因国民政府迁都重庆，抗战流亡中的读书人对晚明流亡政权集体产生联想，与晚明有关的研究论著、文学作品渐渐增多。第一次南渡中的陈寅恪在昆明得芙蓉山庄红豆，移至唐篔家乡后，在桂林居所与红豆树为伴，知红豆四到六年才结籽一次。其时，温旧梦，寄遐想的想法已悄悄萌生。第二次南渡，成为岭南流民，受《论再生缘》成功的鼓舞，便将平生所学，在生命衰颓的情况下，作一次"推寻衰柳枯兰意，刻画残山剩水痕"的努力，以证史笔诗功夫，还原老牧、阿云的因缘，在钱柳因缘中寄写独立精神之心事，刻画自由思想之遐想。因担心此书不能刊布，又做好仿效南宋郑所南《心史》封函井中的思想准备。

　　《论再生缘》《柳如是别传》的写作也占据着唐篔的生命空间。原错以为陈寅恪1955年所写之诗，在三联书店版《陈寅恪集·诗集》中被纠正为唐篔之诗。诗云：

　　　　今辰同醉此深杯，香樣离支佐旧醅。郊外肴蔬无异味，斋中脂墨助高才。考评陈范文新就，笺释钱杨体别裁。回首燕都初见日，恰排小酌待君来。②

　　诗为陈寅恪66岁生日而作。夫人操持肴蔬，燃脂研墨，帮助高才之人，

　　① 陈美延编：《陈寅恪集·诗集》，北京：生活·读书·新知三联书店2001年版，第128页。
　　② 陈美延编：《陈寅恪集·诗集》，北京：生活·读书·新知三联书店2001年版，第228页。

考评陈、范，笺释钱、杨。回忆燕都初见时，也是以这样的心情安排小酌。学术中的夫唱妇随与生活中的妇唱夫随，使他们从北京，走到岭南。

《柳如是别传》完成，陈寅恪也进入"以病为邻"的生命时期。其《寒夕》诗云："寒夕无文谶，闲居有病身。废残天所命，迂阔世同嗔。飘忽魂何往，迷离梦未真。酒茶今并禁，药物更相亲。"[1]以病为邻的时期，虽然感慨"闻歌易触平生感，治史难逃后学嗤"[2]，"纵有名山藏史稿，传人难遇又如何"[3]，陈寅恪还是坚持《寒柳堂记梦》的写作。这是他最后一部与义宁之学，与湖南新政、与陈、唐因缘有关的著述。一代史学大师以一部家传，为一生的学术著述划上句号。

在中国学术现代化过程中，陈寅恪是一个史学现代化中的标志性人物。他出身于晚清世家，其家庭曾处在维新变法的风口之上，祖父仕宦、父亲文学，皆有较高的知名度。出自名门的经历与苦难，使敏感好学的陈寅恪获得独特的阅读社会与历史的经验，打下中国学术的根底，并在辛亥革命的易代之际，领悟顾炎武"亡国与亡天下"的真谛。之后辗转数国十余年的学习经历，使陈寅恪了解西方学术的发展，接受西方知识分子的学术精神。深知处在西学东渐中的中国学术，当选择宋代儒家"采佛学之精粹，以之注解四书五经，名为阐明古学，实则吸收异教"的策略，与世界学术会通。在儒、释、道、西学重压下的中国学人，读书治学，"将以脱心志于俗谛之桎梏"，真理才得以发扬。这种上下求索寻求真理的精神，被陈寅恪概括为"独立之精神，自由之思想"。民族文化本位的立场一直为陈寅恪所坚持，在《冯

---

① 陈美延编：《陈寅恪集·诗集》，北京：生活·读书·新知三联书店 2001 年版，第160 页。

② 陈美延编：《陈寅恪集·诗集》，北京：生活·读书·新知三联书店 2001 年版，第164 页。

③ 陈美延编：《陈寅恪集·诗集》，北京：生活·读书·新知三联书店 2001 年版，第171 页。

友兰中国哲学史审查报告》中被表述为"一方面吸收外来之学说,一方面不忘本来民族之地位"①。又被表述为"思想囿于咸丰、同治之世,议论近乎湘乡、南皮之间"②。独立之精神,自由之思想,也一直为陈寅恪所据守。在《论再生缘》《柳如是别传》的"颂红妆"中,作者所颂,均归结于独立、自由二义。其《赠蒋秉南序》中所引以自傲的"未尝侮食自矜,曲学阿世"的精神依据,也在于此。

陈寅恪进入学术选择从"殊族之史,异域之文"处入手,寻找中国西域学与世界东方学的连接融会。在后五四时代,中国大学快速发展,急需自成体系,充分利用新发现、新材料,与西学融合贯通,坚持民族本位立场的中国史课程与教材。根据大学教学与人才培养的需要,陈寅恪遂转向中古史的研究。并在抗战流亡中,写出《隋唐制度渊源略论稿》《唐代政治述论稿》两部中古史研究专著。两部著述坚持文化高于血统的基本观点,认为李唐的成功在取塞外野蛮精悍之血,注入中原文化颓废之躯,旧染既除,新机重启,遂有别创空前之世局。陈寅恪两部史著在结构上带有旧史学繁琐求证的特点,但其史论是截断众流、新意迭起的。陈寅恪史学著述所体现的文化自信,对抗战中的中国和站起来的中国,意义重大。

陈寅恪的学术兴趣,在 1944 年《元白诗笺证稿》初成及长达十几年的修改中,更多地转向文学。在文学研究中,佛教传播的中唱偈、元白的长庆体及《再生缘》的弹词,被联系起来,雅与俗的转换,构成文学史发展的契机。而民间女词人、吴门佳丽,也进入史学家的视野,并在"了解之同情"与"诗史互证"立场与方法的互动下,获得了经典的意义。

陈寅恪最值得尊敬的还在他顽强的生命意志。病目使他"续命河汾"

---

① 陈美延编:《陈寅恪集·金明馆丛稿二编》,北京:生活·读书·新知三联书店 2001 年版,第 284—285 页。
② 陈美延编:《陈寅恪集·金明馆丛稿二编》,北京:生活·读书·新知三联书店 2001 年版,第 285 页。

的理想大受打击。他在一目失明的情况下，完成为中古史奠基的两部著作；他在双目失明的困厄中，完成其他著作的修改、著述。这种情况在中国现代学术史中是绝无仅有的。他的耿介、傲岸，与他接受的教育与文化有关，也是他生命意志的一种表达方式。陈寅恪不是社会对立者，而是命运抗争者。把陈寅恪看作社会的对立者，可能是对陈寅恪最大的伤害。"了解之同情"，是陈寅恪所创造的历史的研究方法，也应该成为今天研究陈寅恪所应该秉持的基本态度。

陈寅恪"续命河汾"的
学术理想

1948 年底 1949 年初，年届 60 岁的陈寅恪以坚毅果敢的方式，完成生命中的一次重要选择。1948 年 12 月，在解放军炮声可闻，北京南苑机场已被封锁的情况下，南京政府"抢救学人计划"也在紧急实施中。15 日清晨，在傅作义短期夺回南苑机场控制权的空隙里，陈寅恪携全家四人，与胡适一家及钱思亮、英千里等，同机从北京飞到南京。陈寅恪一家到达南京后没有滞停，乘夜车赶往上海。一个月后，1949 年 1 月 16 日，除大女儿陈流求留上海读书外，陈寅恪又举家从上海乘客轮前往广州，选择前往陈序经任校长的岭南大学任教。

陈寅恪有诗记录此次北京仓惶撤离的行程。诗中有"临老三回值离乱，蔡威泪尽血犹存"，"北归一梦原知短，如此匆匆更可悲"[①] 的诗句。诗中加有小注，陈寅恪把卢沟桥事变、香港太平洋战争与北京撤退，列为临老之境经历的三次离乱。而 1948 年 12 月的北京撤退，更是匆匆且可悲。1949 年

---

① 陈寅恪：《戊子阳历十二月十五日于北平中南海公园勤政殿门前登车至南苑乘飞机途中作并寄亲友》，见陈美延编《陈寅恪集·诗集》，北京：生活·读书·新知三联书店 2001 年版，第 63 页。

第四章　陈寅恪"续命河汾"的学术理想　│　225

1月，在上海驶往广州的秋瑾号海轮上，陈寅恪有几分求仁得仁的轻松。他回忆最近一次的海上旅程，是1946年赴英国治疗眼疾，那次失望东归，是一种"求医未获三年艾"的痛苦记忆；而这次南迁南渡，前路未卜，则是"避地难希五月花"的忐忑。此诗的最末两句为"毁车杀马平生志，太息维摩尚有家"①，言南渡广州，就职于私立大学，其主要目的是避地求生。在避地求生的前提下，毁车杀马，在所不惜。平生志业，只能是两害相权取其轻了。1950年初，在太平洋战争时期在香港与陈寅恪有过交往的词人叶恭绰，寄诗于陈寅恪，询问近况，其询问触动陈寅恪心底的苦痛。陈寅恪作答：

> 道穷文武欲何求，残废流离更自羞。
>
> 垂老未闻兵甲洗，偷生争为稻粱谋。
>
> 招魂楚泽心虽在，续命河汾梦亦休。
>
> 忽奉新诗惊病眼，香江回忆十年游。②

一边是残废流离之体，一边是四海甲兵乱世，垂老之人招魂楚泽心在，续命河汾梦休，诗句透露出陈寅恪选择广州，任教岭大的悲怆与无奈。

"续命河汾"是陈寅恪一生的学术理想。其1919年与吴宓论学于哈佛，以"名为阐明古学，实则吸收异教"总括宋儒贡献，为日趋激烈的中西文化冲突寻找出路；其1927年以"文化神州丧一身"评定王国维自沉的意义，两年后擎起"独立之精神，自由之思想"大旗，为新读书人立标；其1931

---

① 陈寅恪：《丙戌春旅居英伦疗治目疾无效取海道东归戊子冬复由上海乘轮至广州感赋》，见陈美延编：《陈寅恪集·诗集》，北京：生活·读书·新知三联书店2001年版，第63页。

② 陈寅恪：《叶遐庵自香港寄诗询近状赋此答之》，见陈美延编：《陈寅恪集·诗集》，北京：生活·读书·新知三联书店2001年版，第70页。

年写作《吾国学术之现状及清华之责任》中，将民族学术独立，看作是清华及全国大学的责任；审查冯友兰《中国哲学史》，坚持在吸收输入外来之学说的同时，不忘本来民族之地位。上述种种，无不显示出陈寅恪鲜明的民族文化本位立场和文化托命人的使命意识。

在"续命河汾梦亦休"的感慨之后，陈寅恪1951年写作《论韩愈》一文，重提隋末王通"讲学河汾"的旧典，重述韩愈再建儒学道统、古文文统的意义："世传隋末王通讲学河汾，卒开唐代贞观之治。此固未必可信，然退之发起光大唐代古文运动，卒开后来一赵宋新儒学新古文之文化运动，史证明确，则不容置疑者也。"① 王通讲学河汾，致力于儒学改革，造就了贞观之治；韩愈文起八代之衰，道济天下之溺，开赵宋新儒学先河。陈寅恪将王通、韩愈都看作是纷纭时代华夏学术传承的续命之人。

在新中国百废待兴之际，重提"续命河汾"，陈寅恪有深意寄寓其中。1953年，中国科学院拟成立三个历史研究所，邀陈寅恪北上，并创刊《历史研究》。陈寅恪虽未允北上，但应约给刚刚创刊的《历史研究》两篇文章，一篇是写作于1952年的《记唐代之李武韦杨婚姻集团》，发表在《历史研究》1954年创刊号上；一篇是写作于1951年的《论韩愈》，发表在《历史研究》第二期上。这是两篇霸气外露的文章，与陈寅恪"唐史三书"均以"稿"称的低调作派，迥然有别。《论韩愈》中重提"续命河汾"的儒家传统，表现出在重新站起来之后的华夏中国，请民族文化登堂入室、回归主位的强烈愿望。作为在20世纪20年代中期即进入学术主流，在中国学术现代化大浪淘沙，适者生存进程中，站立潮头的人物，陈寅恪一直充当"续命河汾"的觉者行者。这种使命感，越到晚年，情越激切。1962年7月，陈寅恪因跌断右腿住院治疗，11月有《壬寅小雪夜病榻作》诗云："今生积恨应销骨，

---

① 陈寅恪：《论韩愈》，见陈美延编：《陈寅恪集·金明馆丛稿初编》，北京：生活·读书·新知三联书店2001年版，第332页。

后世相知傥破颜。疏属汾南何等事，衰残无命敢追攀。"①抱失明膑足之躯，无以膺命疏属汾南之事，其积恨可以销骨。1964年，陈寅恪在完成《柳如是别传》后，生命进入垂暮之年，他把编辑出版文集的重任托付给清华时期学生、时任复旦大学中文系教授的蒋天枢。其《赠蒋秉南序》中再提疏属汾南之志：

> 默念平生固未尝侮食自矜，曲学阿世，似可告慰友朋。至若追踪昔贤，幽居疏属之南，汾水之曲，守先哲之遗范，托末契于后生者，则有如方丈、蓬莱，渺不可即，徒寄之梦寐，存乎遐想而已。呜呼！此岂寅恪少时所自待及异日他人所望于寅恪者哉？②

此语更是沉痛。疏属汾南之事，依陈寅恪赠序所言，所指有二：一是续命文化，即文中所言"守先哲之遗范"者；二是开启来学，即文中所言"托末契于后生"者。在陈寅恪反复使用的"疏属汾南"之典中，寄寓着陈寅恪续命文化，守先待后的学术理想。"续命河汾"的学术理想，是陈寅恪一生都没有放下的行囊。因其志不磨，故其言沉痛。

---

① 陈寅恪：《壬寅小雪夜病榻作》，见陈美延编《陈寅恪集·诗集》，北京：生活·读书·新知三联书店2001年版，第143页。

② 陈寅恪：《赠蒋秉南序》，见陈美延编《陈寅恪集·寒柳堂集》，北京：生活·读书·新知三联书店2001年版，第182页。

第一节　海外论学：在阐明古学中吸收异教

1919 年，陈寅恪因欧洲战争，由德国留学改为美国留学。年初入哈佛大学，学梵文、希腊文。先于陈寅恪在哈佛读书的，有俞大维、梅光迪、吴宓、汤用彤。吴宓得俞大维介绍而与陈寅恪认识，并由此起步，开始了与之一生的情谊。吴宓是从清华学校考取留美公费到哈佛读书的。读本科的两年间，均请白璧德担任指导教师，在其指导下选修各门功课。1920 年 6 月本科毕业后，又用一年时间取得硕士学位。白璧德是哈佛大学比较文学教授，其新人文主义学说在学术界具有影响。吴宓以白璧德这位名师成为自己的指导教师为骄傲。与吴宓同时以白璧德为指导教师的，还有张鑫海、楼光来、林玉堂等。吴宓喜爱小说，在哈佛中国同学会上曾做《红楼梦新谈》的演说。陈寅恪也喜爱小说。吴宓演讲后，陈寅恪以《红楼梦新谈题辞》一诗相赠，诗中有"青天碧海能留命，赤县黄车更有人"[1]之句，引吴宓以为同好。吴宓把陈寅恪诗收录在《日记》中，并记叙了对陈寅恪的最初印象："陈君学问渊博，识力精到。远非侪辈所能及。而又性气和爽，志行高洁，深为倾倒。新得此友，殊自得也。"[2]吴宓有写日记的习惯，而陈寅恪不写日记，因此《吴宓日记》便成为吴宓与陈寅恪行迹往来、情感交流的珍贵记录。陈寅恪长吴宓四岁。在《吴宓日记》中，早年以陈君相称，晚年以陈寅恪兄相

---

[1] 吴学昭整理：《吴宓日记》第二册，北京：生活·读书·新知三联书店 1998 年版，第 20 页。

[2] 吴学昭整理：《吴宓日记》第二册，北京：生活·读书·新知三联书店 1998 年版，第 20 页。

称。吴宓对陈寅恪，其亲切敬畏，始终在亦兄亦友之间。

吴宓在哈佛读书时，正是欧洲第一次世界大战接近尾声，国内五四新文化运动如火如荼的时期。吴宓与陈寅恪交往越多，越生敬佩之情。其1919年4月25日《日记》记载：

> 近常与游谈者，以陈、梅二君为踪迹最密。陈君中西学问皆甚渊博，又识力精到，议论透彻，宓倾佩至极。古人"闻君一夕话，胜读十年书"。信非虚语。陈君谓，欲作诗，则非多读不可，凭空杂凑，殊非所宜。又述中国汉宋门户之底蕴，程、朱、陆、王之争点，及经史之源流派别。宓大为恍然，证以西学之心得，深觉着一贯之乐。为学能看清门路，亦已不易，非得人启迪，则终于闭塞耳。宓中国学问，毫无根底，虽自幼孜孜，仍不免于浪掷光阴。陈君昔亦未尝苦读，惟生于名族，图书典籍，储藏丰富，随意翻阅，所得已多，又亲故通家，多文士硕儒，侧席趋庭，耳濡目染，无在而不获益。况重以其人之慧丽勤学，故造诣出群，非偶然也。[①]

从陕西泾阳吴家大院走出的富家子弟、聪颖青年吴宓，在与陈寅恪、俞大维的交往中，发现了自己的劣势：自己虽自幼苦读，孜孜以学，但与生于江南名族，亲故通家，多文士硕儒的陈、俞二君相比，对旧学问的熟悉和对中国社会的了解，不免相形见绌。留学生出身的吴宓，在生命的晚年，重读晚清词人郑文焯《樵风乐府》，在1971年1月17号的《日记》中写道："一般人读书、积学，率皆由古迄今，自旧至新，惟宓适反。遂述宓所行所

① 吴学昭整理：《吴宓日记》第二册，北京：生活·读书·新知三联书店1998年版，第28页。

历，大抵由阅读杂志报章、小说笔记，终底于经史要籍。"① 由旧向新，抑或由新向旧，是新派留学生与世家子弟的区别。读书方向不同，知识结构不同，进入学术，进入中国社会的方式不同，其对古今、中西学术发展趋势的判断，对社会生活中的进退取舍的选择，也大不相同。正是出于对陈寅恪世家出身、学问学识的佩服，《吴宓日记》中才以大段的文字记录陈寅恪及其他同窗好友的学术见解，并丰富着自己对学术对社会的感悟。

吴宓1919年12月29日《日记》中记各位同窗学业选择情况云：

> 留美同人，志趣卑近，但求功名与温饱；而其治学，亦漫无宗旨，杂取浮摭。乃高明出群之士，如陈君寅恪之梵文，汤君锡予之佛学，张君鑫海之西洋文学，俞君大维之名学，洪君深之戏，则皆各有所专注。宓尚无定决。文学与报业，二者究将何择，久久不决。②

1919年8月18日《日记》记众人读书买书情况道：

> 哈佛中国学生，读书最多者，当推陈君寅恪，及其表弟俞君大维两君读书多，而购书亦多。到此不及半载，而新购之书籍，已充橱盈箧，得数百卷。陈君及梅（光迪）君，皆屡劝宓购书。回国之后，西文书籍，杳乎难得，非自购不可。而此时不零星随

---

① 吴学昭整理：《吴宓日记》续编第九册，北京：生活·读书·新知三联书店2006年版，第112页。

② 吴学昭整理：《吴宓日记》第二册，北京：生活·读书·新知三联书店1998年版，第166页。

机购置，则将来恐亦无力及此。①

同窗间学科选择不同，学问学力各异，形成了论学切磋的小环境。这个相处民主和谐的留学生团体，吴宓在本年9月7日的日记中戏称为"哈佛大学中国动物园"。而欧洲第一次世界大战、北京的五四运动与新文化运动，也自然不断进入他们的话题。吴宓1919年8月31日日记记载：

> 近读史至法国大革命事，愈见其与吾国之革命前后情形相类。陈（寅恪）君谓西洋各国中，以法人与吾国人，性习为最相近。其政治风俗之陈迹，亦多与我同者。美人则与吾国人，相去最远，境势历史使然也。然西洋最与吾国相类似者，当首推古罗马，其家族之制度尤同。稍读历史，则知古今东西，所有盛衰兴亡之故，成败利钝之数，皆处处符合；同一因果、同一迹象，惟枝节琐屑，有殊异耳。盖天理、人情，有一无二，有同无异。下至文章艺术，其中细微曲折之处，高下优劣、是非邪正之判，则吾国旧说与西儒之说，亦处处吻合而不相抵触。阳春白雪，巴人下里，日之于味，殆有同嗜。（今国中之妄谈白话文学，或鼓吹女子参政者，彼非不知西国亦轻视此等事。特自欲得名利，而遂悍然无所顾耳。）其例多不胜举。②

陈寅恪认为，因为中国人民族性格与法国近似，故选择辛亥革命的方式，推翻旧政权，建立共和国。又因为我国家族制度与古罗马类似，天理人

---

① 吴学昭整理：《吴宓日记》第二册，北京：生活·读书·新知三联书店1998年版，第55页。

② 吴学昭整理：《吴宓日记》第二册，北京：生活·读书·新知三联书店1998年版，第58页。

情及文章艺术，有同无异。有丰富欧、美留学经历且对中国政治熟悉的陈寅恪，其对辛亥革命、新文化运动的认知，对吴宓影响甚大。

陈寅恪有关中西文化比较、中国文化出路的议论，在吴宓 1919 年 12 月 14 日的日记中有更详尽的记录：

> 午，陈君寅恪来。所谈甚多，不能悉记。惟拉杂撮记精要之数条如下：
>
> （一）中国之哲学、美术，远不如希腊，不特科学为逊泰西也。但中国古人，素擅长政治及实践伦理学，与罗马人最相似。其言道德，惟重实用，不究虚理，其长处短处均在此。长处，即修齐治平之旨。短处，即实事之利害得失，观察过明，而乏精深远大之思。故昔则士子群习八股，以得功名富贵；而学德之士，终属极少数。今则凡留学生，皆学工程、实业，其希慕富贵、不肯用力学问之意则一。而不知实业以科学为根本。不揣其本，而治其末，充其极，只成下等之工匠。境遇学理，略有变迁，则其技不复能用，所谓最实用者，乃适成为最不实用。至若天理人事之学，精深博奥者，亘万古，横九垓，而不变。凡时凡地，均可用之。而救国经世，尤必以精神之学问（谓形而上之学）为根基。
>
> 今人误谓中国过重虚理，专谋以功利机械之事输入，而不图精神之救药，势必至人欲横流、道义沦丧，即求其输诚爱国，且不能得。①

陈寅恪所讲，是关于中国民族性格和思维的长处与短处。根据民族性

---

① 吴学昭整理：《吴宓日记》第二册，北京：生活·读书·新知三联书店 1998 年版，第 100 页。

格与思维的特点，陈寅恪认为：因为华夏民族普遍存在的实用理性，当下中国的救国经世之方，天理人事之学、精神形而上之学比工程实业之学更为急需，更为重要。疗救精神，遏制人欲横流、道义沦丧，才是救治中国的根本良方。

精神疗救中国，如何实施？陈寅恪的思路是：借鉴佛教中国化的经验，寻找探询以西学之精粹，入中学之经典；取异质文化野蛮精悍之血，注入中原文化颓废之体的学术路线：

（二）……汉、晋以还，佛教输入，而以唐为盛。唐之文治武功，交通西域，佛教流布，实为世界文明史上，大可研究者。佛教于性理之学，独有深造，足救中国之缺失，而为常人所欢迎。惟其中之规律，多不合于中国之风俗习惯，如祀祖、娶妻等。故昌黎等攻辟之。然辟之而另无以济其乏，则终难遏之。于是佛教大盛。宋儒若程若朱，皆深通佛教者。既喜其义理之高明详尽，足以救中国之缺失，而又忧其用夷变夏也。乃求得两全之法，避其名而居其实，取其珠而还其椟。采佛理之精粹，以之注解四书五经，名为阐明古学，实则吸收异教，声言尊孔辟佛，实则佛之义理，已浸渍濡染，与儒教之宗传，合而为一。此先儒爱国济世之苦心，至可尊敬而曲谅之者也。故佛教实有功于中国甚大……而常人未之通晓，未之觉察，而以中国为真无教之国，误矣。

自得修教之禅助，而中国之学问，立时增长元气，别开生面。故宋、元之学问、文艺均大盛，而以朱子集其大成。朱子之在中国，犹西洋中世之托马斯·阿奎纳斯，其功至不可没。而今人以宋、元为衰世，学术文章，卑劣不足道者，则实大误也。欧洲之中世，名为黑暗时代，实未尽然。吾国之中世，亦不同。甚可研究而发明之也。[①]

在陈寅恪的学术视野中，唐宋是世界文明史上的一座高峰，更是中国由国土重新统一，到文化再次灿烂的黄金时代。唐宋文化的重要成功，就是完成了佛教的中国化的过程，佛教的中国化催生了程朱理学。程朱理学在儒、释、道融合的基础上，改造孔孟儒学，成为指导宋以后中国人日常生活、引导社会有序发展的思想力量。中国的精神面貌、学问文艺，均因此而生气勃勃，别开生面。佛学中国化的奥妙，即在于宋儒"采佛理之精粹，以之注解四书五经，名为阐明古学，实则吸收异教，声言尊孔辟佛，实则佛之义理，已浸渍濡染，与儒教之宗传，合而为一。"这种移植改造体现着宋儒爱国济世之苦心。宋儒吸收佛理、改造儒学的学术路线，可以为今天西学东渐格局下民族本体文化的重建，提供历史借鉴。

对程朱理学的文化贡献，做出高度的历史评价；在中学西学冲突面前，提倡宋儒"名为阐明古学，实则吸收异教"的学术路线，认同民族本位文化建设的目标。在民族文化本位的认知方面，吴宓深受陈寅恪学理的影响。而其对待新文学、白话文方面的置疑，则更多地来自梅光迪的影响。《吴宓自编年谱》记述：1918 年 7 月，吴宓刚从弗吉尼亚大学英国文学系转学至哈佛，即有人告知吴宓，有个在哈佛学文学的梅光迪，是胡适好友。因不赞成胡适"新文学""白话文"之说，"在招兵买马，联合同志，拟回国对胡适作一全盘之大战"。果然不久，梅光迪即登门拜访，"梅君慷慨流涕，极言我中国文化可宝贵，历代圣贤、儒者思想之高深，中国旧礼俗、旧制度之优点，今彼胡适等所言所行之可痛恨"。"宓十分感动，即表示，宓当勉力

① 吴学昭整理：《吴宓日记》第二册，北京：生活·读书·新知三联书店 1998 年版，第 103 页。

追随。"①吴宓回忆哈佛的读书环境，以为和弗吉尼亚大学大大不同，中国学生多"在美国尚留居三年，并在哈佛大学上课，然每日所与往来、接触者，皆中国朋友，所谈论者，皆中国之政治、时事以及中国之学，文艺。盖不啻此身已回到中国矣！"②哈佛留学生将对中国政治与文化现状的不满，不知不觉地归咎于新文化、新文学运动。吴宓在1920年3月28日日记中记曰："盖胡、陈之学说，本不值识者一笑。凡稍读书者，均知其非。乃其势炙手可热，举世风靡，至于如此，实属怪异……经若辈此一番混闹，中国一线生机，又为斩削。前途纷乱，益不可收拾矣。"③在这种激愤情绪的支配下，在1919年远离北京的哈佛留学生中，形成了一个与五四新文化运动价值取向不同的小小团体。据吴宓观察判断："此间同学诸人，惟林玉堂君一人，为胡适、陈独秀之党羽，曾受若辈资助。他年回国，将任大学教席。故林君独与我辈见解不同。"1919年前后的哈佛小团体的骨干，回国后结成《学衡》的班底，于是便有了被钱玄同称之为"我们"和"他们"两个文化阵营。

---

① 吴学昭整理:《吴宓自编年谱》，北京: 生活·读书·新知三联书店1995年版，第177页。

② 吴学昭整理:《吴宓自编年谱》，北京: 生活·读书·新知三联书店1995年版，第175页。

③ 吴学昭整理:《吴宓日记》第二册，北京: 生活·读书·新知三联书店1998年版，第144页。

第二节 学术独立：
现代学术体系建设中的民族本位立场

　　1919 年 10 月，梅光迪率先回国，在南开大学、南京高等师范任教，1921 年 5 月来函吴宓，以东南大学英国文学教授与《学衡》杂志总编辑位置邀请吴宓回国。吴宓 1920 年 6 月完成本科学业。接着又在白璧德的引导下，确立了专门研究中国之学的学术方向。1921 年 2 月在《留学生月报》上发表《中国的新与旧》一文，呈送白璧德阅看。《吴宓日记》中记载："巴师谓于中国事，至切关心。东西各国之儒者，Humanists 应联为气，协力行事，则淑世易俗之功，或可冀成。故渠于中国学生在此者，如张、汤、楼、陈及宓等，期望至殷云云。"[①]白璧德新人文主义思想一时成为哈佛留学生团队的思想旗帜。1921 年 6 月，吴宓从研究院毕业，获得硕士学位。按照清华公费留学五年的规定，可以继续深造。但他此时已经是归心似箭：一是婚姻大事，水到渠成；二是东南大学职位与《学衡》杂志的召唤。在与汤用彤等通告后，吴宓当年 8 月回到国内。9 月，陈寅恪也离开美国，重返德国。

　　吴宓与刘伯明、梅光迪、柳诒徵、胡先骕为主要撰稿人的《学衡》杂志，创办于 1922 年春的南京。创刊号由柳诒徵写作"弁言"，第三期刊出的"《学衡》杂志简章"，则出自吴宓之手。吴宓标明《学衡》的办刊宗旨是

---

　　① 吴学昭整理：《吴宓日记》第二册，北京：生活·读书·新知三联书店 1998 年版，第 212 页。

"论究学术,阐求真理,昌明国粹,融化新知"①,与1919年胡适在《新思潮的意义》中所提出的"研究问题,输入学理,整理国故,再造文明"宗旨,遥遥相对。《学衡》作为以留学生为主体的同人刊物,突出其以民族文化为本位的学术立场。《学衡》简章在办刊宗旨下标明三个学术取向:(甲)同人以国学为切实功夫,整理条析,以见吾国文化有与日月争光之价值;(乙)对西学既博极群书,又审慎取舍,庶使吾国学子不至于道听途说,昧于大体;(丙)在语言表达上,坚持文言表达,表明吾国文学,可以表西来之思想,无须更张文法。②《学衡》设"通论""述学""书评"栏目,梅光迪、吴宓等多次发文评论新文化运动,置疑白话文。《学衡》设"文苑"栏目,在"诗录""文录""词录"专栏里,发表以江南文人创作为主的文言文、格律诗、词等旧体文学作品。以归国留学生为主要撰稿人的《学衡》,成为与新思潮团队南北对峙的传播平台。

《学衡》攻讦新文化运动的立论与旧体文学卷土重来的现象,引起了钱玄同等人的愤怒。1925年5月,钱玄同把第38期《学衡》转胡适,本期《学衡》有吴宓介绍白璧德等人思想的两篇译文,有景昌极评进化论、黄乃秋评胡适《红楼梦考证》的论文。钱玄同在与胡适的信中说:送《学衡》杂志是想让胡适知道"他们底议论与思想,混乱到什么地位",因为这种混乱存在,胡适应挺身而出,继续来做"思想界底医生"。钱玄同警告:思想界、文学界已经划然而成"他们"和"我们"两个阵营。③实际上,在钱玄同划分"他们"和"我们"时,吴宓已经到了清华,开始筹建国学研究院。

---

① 张宝明编:《斯文在兹:〈学衡〉典存》,上海:华东师范大学出版社2021年版,第1048页。

② 张宝明编:《斯文在兹:〈学衡〉典存》,上海:华东师范大学出版社2021年版,第1048页。

③ 钱玄同:《钱玄同文集》第六卷,北京:中国人民大学出版社2000年版,第115页。

1923 年前后，原来以输送留美学生为主的清华谋求改革，向在中国办大学方向努力。1925 年 4 月，外交部批准清华学校改组为留美预备部、大学部和研究院三部分。计划待 1929 年旧制学生全部毕业后，留美预备部停办，蒋天枢在《陈寅恪先生传》中叙述清华国学研究院的筹建过程道：

> 民国十四年（一九二五）。北京清华学校教务长张彭春（字仲述）创议，经外交部批准：停办留美预备部，创办国学研究院并大学部。于本年开始在全国招收第一届新生。研究院旨趣，取法于吾国书院，并仿英国牛津导师制。其初经多方筹商，聘请王静安、梁任公、赵元任及寅恪先生为教授（学生毕业证书上所列教师名衔均称导师）。[①]

张彭春为张伯苓的胞弟，庚款留美学生，1923 年至 1926 年任清华教务长，为"新月社"成员。蓝文徵《清华大学国学研究院始末》回忆更为详尽。其特别强调胡适是国学研究院的制度设计参与人：

> 当五四新潮后，提倡科学的呼声，响彻云霄；同时整理国故，也被世人所重视……十一年秋，北京大学成立研究所国学门，为我国大学设置研究所的嚆矢。国学门主任沈兼士敦请王静安先生为指导教授，王先生不克北上，遂聘为函授导师，书笺往返，诸研究生受益很多。此后数年间，北京国立八校，因经费拮据，弦歌时辍。惟清华学校，经费独立，基础深厚，实大有可为。校长曹云祥先生，于十三年秋，即计划改制，设大学各学系及国学研究院，留美预备班办至十八年结束，立得外交部批准及美国驻华

---

① 蒋天枢：《陈寅恪先生编年事辑》，上海：上海古籍出版社 1997 年版，第 219 页。

公使的赞助,遂开始筹备。曹校长想把研究院办好,特请胡适之代为设计。胡氏略仿昔日书院及英国大学制,为研究院绘一蓝图,其特点,如置导师数人(不称教授),常川住院,主讲国学重要科目,指导研究生专题研究,并共同治院;置特别讲师,讲授专门学科。后来研究院的规章,大致即本此蓝图。曹校长敦请胡氏为导师,胡氏很谦逊地说:"非第一流学者,不配作研究院的导师,我实在不敢当,你最好去请梁任公、王静安、章太炎三位大师,方能把研究院办好。"十四年春,曹校长敦聘梁任公、王静安、章太炎、赵元任四先生为导师,李济之先生为特别讲师。梁、王、赵、李四先生先后应聘,惟章氏不肯就。[①]

吴宓 1924 年 5 月底因东南大学裁并西洋文学系,而就聘于东北大学,1925 年 2 月,被聘往清华主持筹建国学研究院。吴宓筹建国学研究院的工作主要为两个方面:一是聘请研究院导师,二是制定研究院章程。研究院所聘请导师中,王国维、梁启超、赵元任三人是吴宓没有参与筹备时学校已选定的,吴宓的工作是尽心尽责把选定计划一一落实。落实的结果是 4 月王国维、梁启超、李济到校,6 月赵元任到校。陈寅恪的聘任,与吴宓的力争有关。吴宓向校长曹云祥推荐陈寅恪,教务长张彭春认为,陈学问虽好,但一无学位,二无著作,因而不同意聘请。吴宓据理力争,以为陈寅恪留学 18 年,能与外国教授上下其议论;1923 年《学衡》杂志登出的陈寅恪请求国内亲属帮其购书的《与妹书》,寥寥数百字,已足见其学问之广而深,识见其高而远。最后采用代校长写好电文,请校长签字的方式,终获成功。当年的 2 月 16 号,清华发出聘陈寅恪为清华国学研究院教授电报。在吴宓的积

① 夏晓虹编:《清华同学与学术薪传》,北京:生活·读书·新知三联书店 2009 年版,第 387 页。

极沟通下，陈寅恪 6 月 25 日正式回复就聘，但次年春方归国。

6 月 18 日，吴宓正式获聘国学研究院主任，任期一年，月薪 300 元。国学研究院 1925 年 7 月首届招生，正取 30 名，备取 2 名。9 月 9 日上午，在大礼堂举行开学礼。吴宓以国学研究院主任身份作题为《清华开办研究院旨趣及经过》。清华国学研究院的教学与学术指导方式，根据吴学昭所著《吴宓与陈寅恪》一书记叙，大体如下：

> 《研究院章程》规定，研究方法，注重个人自修，教授专任指导。教学方式分"普通演讲"及"专题研究"。普通演讲，即课堂讲授，为国学基本知识课程，学生必修或选修，由各教授就个人专长而开课。专题研究，是学生在教授指定的研究范围内，就自己的志趣及学力所近，自由选定研究课题，经与教授确定后，可定时向自己选定的授业导师请教。《章程》还规定，教授对专从本人请业的学员，"应订定时间，常与接谈，考询成绩，指示方法及应读书籍"，指导学科范围，由各教授自定，"俾可出其平生治学之心得，就其最专精之科目，自由讲授"。①

随着清华大学部设立方案的推进，1925 年底到 1926 年初，清华国学研究院体制进入吴宓所说的"一年三变"的动荡时期。对 1925 年清华三部鼎立的格局，吴宓是极为满意并引为得意的。他希望继续扩大导师队伍，并在高等研究外，设置普通国学课程。而教务长张彭春根据学校调整方向，着手修改吴宓制定的研究院《缘起》《章程》，试图把国学研究院改为研究院国学门，同时给国学研究院加上教授不增聘、普通国学亦不兼授的政策限制。张彭春与吴宓的争执由此而起。至 1926 年 1 月 19 日，校长召开的校务会议上，

---

① 吴学昭：《吴宓与陈寅恪》，北京：清华大学出版社 1992 年版，第 32 页。

吴宓、张彭春各述已见，争论不下时，其他委员发言，建议维护国学研究院目前的体制，直到大学院成立。大学院成立后，各分设系均设研究所时，国学研究院随之取消。参加会议的吴宓有挫折感，觉得"大势已去，本旨已乖，只得承认失败而已"。[①] 国学研究院改制争论在学生与老师中形成一场小小的风波。吴宓遂提出辞去国学研究院主任职务，到外文系任教。张彭春也决意辞职离开清华。吴宓退职后，校长曹云祥兼理国学研究院主任一个多月，交由新任教务处长梅贻琦兼管。

这些事情都发生在陈寅恪未入清华之前。1925 年 5 月，大学部开始招生。按照新的体制，王国维、梁启超、赵元任、陈寅恪、李济任研究院专任导师，讲授课程，指导学生。同时，王国维兼任国文系教授，梁启超兼任历史系、哲学系教授。陈寅恪 1926 年 7 月 8 日到清华，任国学院导师，参加研究院教务会议，开出的指导研究范围为年历学、古代碑志与外族有关系者之研究、佛教经典各种文字译本之比较研究，以及蒙古、满洲书籍及碑志与历史有关系者之研究。普通演讲题目为西人之东方学之目录学。吴宓推荐东南大学外语系毕业生浦江清担任陈寅恪助教。1927 年 6 月 1 日，清华研究院第二届学生毕业典礼，梁启超致辞，以为"吾院苟继续努力，必成为国学重镇无疑"[②]。研究院仍以国学重镇自期。毕业典礼的第二天，即 6 月 2 日，王国维在颐和园自沉。1928 年 8 月，清华学校改为国立清华大学，罗家伦被任命为校长，梅贻琦到美国接任清华留美学生监督处监督，不再主持研究院工作。研究院也不再充实主任职位。9 月，罗家伦在就职典礼上发表"学术独立与新清华"的演讲，把争取中国学术在国际间的独立自由平等的地位，作为新清华努力的方向。[③] 此年，陈寅恪在研究院的课程中增加"梵文

---

① 吴学昭整理：《吴宓日记》第三册，北京：生活·读书·新知三联书店 1998 年版，第 131 页。

② 齐家莹编：《清华人文学科年谱》，北京：清华大学出版社 1999 年版，第 53 页。

③ 齐家莹编：《清华人文学科年谱》，北京：清华大学出版社 1999 年版，第 71 页。

文法"与"唯识二十论校读"等课程。1929年1月，梁启超去世。6月底，随着大学部的逐步完善，国学研究院与留美预备部同时宣告结束。四年间，国学研究院共招收研究生72人。他们中的大部分人聚则学有专攻，散则满天星斗，成为20世纪30年代文史学科的翘楚。清华国学研究院取消后，陈寅恪改任中文系、历史系合聘教授。

清华国学研究院取消前后，又一个影响中国学术格局的学术研究机构应运而生。这就是蔡元培在南京设置的中央研究院，和努力搭上中央研究院研究所设置便车的历史语言研究所。南京国民政府成立后的1927年5月9日，国民党中央政治会议第九十次会议决定设置中央研究院筹备处，蔡元培为中央研究院筹备的领衔者。11月20日，筹备会议通过了组织条例，确定中央研究院为中华民国最高科研机关。1928年4月正式成立时，改名为国立中央研究院。蔡元培为首任院长。至1930年初，共成立物理、化学、工程、地质、天文、气象、历史语言、心理、社会科学9个研究所。其中物理、化学、工程、地质所、社会科学所在上海，天文、气象所、自然历史博物馆在南京，心理所在北京，历史语言所在广州。

设在广州中山大学的历史语言研究所所长为傅斯年。傅斯年是五四时期北京大学的学生领袖，办过《新潮》杂志，组织过五四游行。1919年冬考取山东官费到英国游学。在伦敦大学学习心理学专业。1923年到柏林，在柏林大学人文学院注册，与陈寅恪、俞大维、毛子水、姚从吾交往甚多，学术兴趣转向东方学和历史语言学。和陈寅恪一样，七年的海外学习，傅斯年没有获得任何专业的学位。1927年初，傅斯年回到广州中山大学，建立中山大学文学院及中山大学语言历史研究所。看准中央研究院成立若干研究所的时机，傅斯年将胡适、陈垣、陈寅恪、赵元任、李济、刘复名字写入，将刚成立的中山大学语言历史研究所，升格为中央研究院历史语言研究所，并于1929年春迁至北京北海静心斋。迁到北京的历史语言研究所，所长为傅斯年。下设三组：第一组为历史组，主任为陈寅恪；第二组为语言组，主任赵元任；第三组为考古组，主任李济。霸气十足的傅斯年，依靠国立中央研究院历史语言研究所的牌子，将清华国学院的导师班底尽收麾下。

史语所的创建，其目标是使中国语言学者和历史学者的造诣达到现代学术界的水平线上，在中国建立如欧洲一样发达的历史学、语言学研究。傅斯年《历史语言研究所工作之旨趣》以为：历史学不是著史。近代的历史学只是史料学，利用自然科学学供给我们的一切工具，整理一切可逢着的史料，是历史学的方向；语言学渐成近代欧洲学问中最有成就的分支。通过民族方言、语言流变的分析，探寻民族精神，是语言学的方向。中国语言学与历史学有光荣的历史，但近年来题目固定了，材料不大扩充了，工具不添新的了。"我们很想借几个不陈的工具，处治些新获见的材料，所以才有这历史语言研究所之设置。"新史语学反对国故，历史学、语言学和"国学"，不是名词的争执，而是精神的差异；新史语学反对疏通疏证的工作，一切事实在材料中显明。材料内发见无遗，材料外不越半步；新史语学反对普及，学术之用，属无用之用；学术的高度，当是国家文明的高度。傅斯年意识到："历史学和语言学发展到现在，已经不容易由个人作孤立的研究了。"因此在文章结尾，喊出三句口号：

我们高呼：

一、把些传统的或自造的"仁义礼智"和其他主观，同历史学和语言学混在一气的人，绝对不是我们的同志！

二、要把历史学、语言学建设得和生物学、地质学等同样，乃是我们的同志！

三、我们要科学的东方学之正统在中国！ [1]

---

[1] 欧阳哲生编：《傅斯年文集》第三卷，北京：中华书局 2017 年版，第 1 页。

超越国学的范畴，摆脱太多的道德情感羁绊；开拓以科学为本位的历史学、语言学研究，在文籍考订、史料征集、考古、人类及民物、比较艺术等历史学领域，在汉语、西南语、中央亚细亚语、语言学等语言学领域，确立研究的优势；从而在中国确立东方学的正统。以上三个层面，便构成史语所的工作旨趣与目标。

傅斯年刚回到国内时，陈寅恪有《寄傅斯年》诗。诗云："正始遗音真绝响，元和新脚未成军。今生事业余田舍，天下英雄独使君。"[①] 其中，国学研究的"正始遗音"，随着王国维的自沉，几成绝响；国外回来"元和新军"，跃跃欲试，有待成军。天下英雄，求田问舍，还看傅君身手，对傅斯年寄予厚望。史语所出现的意义，在告别"正始遗音"，建立"元和新军"。

史语所稍后几年通过殷墟发掘、明清内阁档案收购及整理、现代方言调查几项重要工作，使之成为中央研究院中成就卓然的团队。而清华国学研究院的李济、陈寅恪、赵元任在上述重要工作中具有不可替代的作用。中央研究院史语所的工作旨趣与目标，也必然给陈寅恪等人的学术研究，带来重要影响。

自 1927 年起，陈寅恪开始在清华国学研究院所办的《国学论丛》及《清华学报》发表佛学、敦煌学、蒙古学有关的学术论文。据蒋天枢所编《陈寅恪先生论著编年目录》，1927 年论文《大乘稻芊经随听疏跋》《有相夫人生天因缘曲跋》《童受喻鬘论梵文残本跋》，1928 年论文《俞曲园病中呓语跋》《忏悔减罪金光明经冥报传跋》《须达起精舍因缘曲跋》，1929 年《敦煌本十诵比丘尼波罗提木叉跋》《元代汉人译名考》。上述论文均发表于上述两刊，偶尔发表于《北京图书馆月刊》。

---

① 陈寅恪:《寄傅斯年》，见陈美延编:《陈寅恪集·诗集》，北京: 生活·读书·新知三联书店 2001 年版，第 18 页。

1930 年论文《大乘义章书后》《敦煌劫余录序》《敦煌本维摩诘经文殊师利问疾品演义跋》《灵州宁夏榆林三城译名考》（蒙古源流研究之一）、《吐蕃彝泰赞普名号年代考》（蒙古源流研究之二）、《三国志曹冲华陀传与印度故事》《西游记玄奘弟子故事之演变》《敦煌本唐梵翻对字般若波罗蜜多心经跋》。1931 年论文《几何原本满文译本跋》《彰所知论与蒙古源流》（蒙古源流研究之三）、《蒙古源流作者世系考》（蒙古源流研究之四）、《李唐氏族之推测》。上述论文大多发表于《中研集刊》，偶尔发表于《国学论丛》及《清华学报》。

以上论文排列是为了印证两个结论：一是陈寅恪 1931 年前论文涉及的主要研究方向，属"塞外之史、殊族之文"的东方学范畴；二是从文章发表刊物的变化，可以看出中央研究院史语所迁至北京，对陈寅恪的学术研究的影响。身为史语所历史组主任的陈寅恪，需要完成两个方向的任务：教学上需要满足国立清华大学历史系、中文系教授的授课任务；研究上需要肩起国立史语所的发表论文的责任。这两项都需要付出十二分的努力才能胜任。《陈寅恪先生年谱长编》载有陈寅恪所写历史组 1929 年 7 月至 1930 年 6 月年度工作报告。其当年的主要工作是：一、编定《金石书目录》《敦煌劫余录》《藏文籍目录》。二、整理明清内阁大库档案。三、研究历史上各项问题。上古史论文若干；中古史论文若干；近代史论文若干。陈寅恪论文若干。[1] 史语所迁北京后设办公地址在北海，是因为国民政府南迁后有空房余出，"国立"的研究机构可以暂时栖身。钱玄同的国语所也在北海。就迁居北京的所长傅斯年而言，希望陈寅恪更多的精力放史语所，所以劝陈寅恪在城中租房。而陈寅恪着实放不下清华，其 1930 年《致傅斯年》信中，提出在历史组挂名，不领史语所薪水，由清华支付全额薪水的解决办法，并解释其中原因道："一年以来，为清华预备功课几全费去时间精力。故全薪由清

---

① 卞僧慧：《陈寅恪先生年谱长编》，北京：中华书局 2010 年版，第 131 页。

华出，亦似公允。所以为清华卖力者，因上课不充分准备，必当堂出丑。人之恒情只顾其近处，非厚于清华而薄于史语所也。"①

　　陈寅恪在清华预备功课困难，是因为在大学学科方建、鸿蒙初开时期，没有可供使用的教材。授课教授需要自己确认授课内容，寻找授课资料，编写授课讲义。而陈寅恪对课堂讲授又持格甚严，坚持所谓的三不讲：古人今人的成说，读书即可，不讲；值得讲的问题，缺乏材料，不讲；以前讲过的，不愿重复，不讲。因此他必然会经历"为清华预备功课几全费去时间精力"的艰难。陈寅恪1931年在清华建校二十年时所作的《吾国学术之现状及清华之职责》描述30年代中国学术界的简陋与不堪的状况云：

　　　　观吾国学术现状，则自然科学，凡近年新发明之学理，新出版之图籍，吾国学人能知其概要，举其名目，已复不易。虽地质、生物、气象等学，可称尚有相当贡献，实乃地域材料关系所使然。古人所谓"慰情聊胜无"者，要不可遽以此而自足。西洋文学、哲学、艺术、历史等，苟输入传达，不失其真，即为难能可贵，遑问其有所创获。社会科学则本国政治、社会、财政、经济之情况，非乞灵于外人之调查统计，几无以为研求讨论之资。教育学则与政治相通，子夏曰"仕而优则学，学而优则仕"，今日中国多数教育学者庶几近之。至于本国史学、文学、思想、艺术史等，疑若可以几于独立者，察其实际，亦复不然。近年中国古代及近代史料发见虽多，而具有统系与不涉傅会之整理，犹待今后之努力。今日全国大学未必有人焉，能授本国通史，或一代专史，

---

　　① 陈寅恪：《致傅斯年》，见陈美延编：《陈寅恪集·书信》，北京：生活·读书·新知三联书店2001年版，第39页。

而胜任愉快者。①

　　中国大学不能授本国通史或一代专史，而环顾日本，关于中国历史的研究却使国人不可追步。国可亡，史不可灭。中国幸存，而国史已失正统，是一件值得警惕的事情。其他研究如国语研究、方言调查，不能通解剖析民族文化，而错以创造文学为旨归；思想史著作集中于先秦两汉，好古不化；艺术史材料，或流散东西诸国，或为权豪之家藏品，不能为公家博物馆收藏，供国人共享；图书馆收书极少，不敷研究所之用；目录版本学不讲，奇书珍本，或入外国人手，或藏于本国私家，不能成为社会资源。这些都构成吾国学术走向独立的障碍。在罗列学术界的不足之后，陈寅恪呼吁：清华成立二十年，其今后与吾国大学的共同责任，就是谋求学术独立；学术独立，"实系吾民族精神上生死一大事者。"②

　　学术独立，是国立清华大学成立最重要的目标。1928 年 9 月，罗家伦就任清华校长，其 10 月 18 日的任职宣言题为《学术独立与新清华》。把学术独立与国家独立相提并论，改造庚款建立的学校，把"学术独立"作为新清华立校之本，是国民革命有骨气有气节的行为。陈寅恪在清华建校二十年纪念日，把学术独立提高到民族精神生死的高度，同样是民族文化本位精神的张扬。陈寅恪文中所提及的历史学、语言学、文学、思想史、艺术史等部类，又与傅斯年《历史语言研究所工作之旨趣》所涉及部类一一对应。因此，陈寅恪《吾国学术之现状及清华之职责》，罗家伦《学术独立与新清华》与傅斯年《历史语言研究所工作之旨趣》，共同激荡起 20 世纪 20 年代末 30 年代初与民族独立自由平等桴鼓相应的学术独立自由平等的主潮，开启了后

---

　　① 陈寅恪：《吾国学术之现状及清华之职责》，见陈美延编：《陈寅恪集·金明馆丛稿二编》，北京：生活·读书·新知三联书店 2001 年版，第 361 页。
　　② 陈寅恪：《吾国学术之现状及清华之职责》，见陈美延编：《陈寅恪集·金明馆丛稿二编》，北京：生活·读书·新知三联书店 2001 年版，第 363 页。

五四时代现代学术由疑古到释古的转折。

后五四时代整理国故是从"疑古"起步的。钱玄同、顾颉刚辨别古史真伪的努力，掀起以扫除尘障、恢复本面为主旨的学术清理工作。胡适1919年在提出"研究问题，输入学理，整理国故，再造文明"十六字方针的同时，以明变、求因、评判的著述标准，写作了《中国哲学史大纲》上卷，成为新学术的典范之作。胡适以《中国哲学史大纲》作为教材在北大课堂使用时，冯友兰是听课的学生。十年后，在哥伦比亚大学获得哲学博士学位的冯友兰入职清华，于1929年、1933年分别写作完成《中国哲学史》上下册。这是冯友兰在讲授"中国哲学史"讲义基础上，修改而成的著述之作。此书被学术界视为从重考据转向重义理的哲学史著述。在《中国哲学史》作为"清华丛书"由商务印书馆出版时，陈寅恪、金岳霖为冯友兰的《中国哲学史》写作了"审查报告"。陈寅恪的"审查报告"为两篇，分别写作于1930年、1933年。陈寅恪在冯友兰《中国哲学史》上、下册审查报告中，坚持国家学术独立立场，针对学界的现状，系统阐述了自己的学术思想。

冯友兰《中国哲学史》上册为汉代前哲学史，作者称之"子学时代"。陈寅恪在上册审查报告中，强调研究古人学说，应具了解之同情：

> 凡著中国古代哲学史者，其对于古人之学说，应具了解之同情，方可下笔。盖古人著书立说，皆有所为而发。故其所处之环境、所受之背景，非完全明了，则其学说不易评论，而古代哲学家去今数千年，其时代之真相极难推知。吾人今日可依据之材料，仅为当时所遗存最小之一步，欲借此残余断片，以窥测其全部结构，必须备艺术家欣赏古代绘画雕刻之眼光及精神，然后古人立说之用意与对象始可以真了解。所谓真了解，必神游冥想，与立说之古人处于同一境界，而对于其持论所以不得不如是之苦心孤

诣，表一种之同情，始能批评其学说之是非得失，而无隔阂肤廓之论。否则数千年前之陈言旧说，与今日之情势迥殊，何一不可以可笑可怪目之乎？但此种同情之态度，最易流于穿凿傅会之恶习。因今日所得见之古代材料，或散佚而仅存，或晦涩而难解，非经过解释及排比之程序，绝无哲学史之可言。然若加以联贯综合之搜集及统系条理之整理，则著者有意无意之间，往往依其自身所遭际之时代、所居处之环境、所熏染之学说，以推测解释古人之意志。由此之故，今日之谈中国古代哲学者，大抵即谈其今日自身之哲学者也。所著之中国哲学史者，即其今日自身之哲学史者也。其言论愈有条理统系，则去古人学说之真相愈远。①

今人与古人学说相关的著述，其搜集、条理、排比、统系古人学说，是治学与写作的基本路径与方法。在治学与写作的过程中，如果不是神游冥想的追随，没有设身处地的洞悉，缺乏了解之同情，其治学与著述，便不得要领；如以意逆志，强解古人古学，则会走向隔阂肤廓，穿凿附会一途。其言论愈有条理统系，则去古人学说之真相愈远。如当下研究"墨学"者流。

陈寅恪认为：对古人古说，持了解之同情的态度之外，还需具有"通识"。通识是一种可以正确合理使用一切材料的能力。通方知类的学者，不管是真材料、伪材料，是直接材料还是间接材料，即使上穷碧落下黄泉得来者，皆可为我所用，皆可化腐朽为神奇：

> 以中国今日之考据学，已足辨别古书之真伪。然真伪不过相对问题，而最要在能审定伪材料之时代及作者，而利用之。盖伪

① 陈寅恪：《冯友兰中国哲学史上册审查报告》，见陈美延编：《陈寅恪集·金明馆丛稿二编》，北京：生活·读书·新知三联书店 2001 年版，第 279 页。

材料亦有时与真材料同一可贵。如某种伪材料，若径认为其所依
托之时代及作者之真产物，固不可也。但能考出其作伪时代及作
者，即据以说明此时代及作者之思想，则变为一真材料矣。中国
古代史之材料，如儒家及诸子等经典，皆非一时代一作者之产物。
昔人笼统认为一人一时之作，其误固不俟论。今人能知其非一人
一时之所作，而不知以纵贯之眼光，视为一种学术之丛书，或一
宗传灯之语录，而断断致辩于其横切方面。此亦缺乏史学之通识
所致。[1]

疑古是学术研究的必要阶段，但不是学术研究的全部。学术研究需要
在综合搜集、细心排比后，把古人古学所遭际之时代、所居之环境、所熏染
之学说，给予系统的推测阐释。这样的著述，才能像冯友兰的《中国哲学
史》一样，达到取材谨严、持论精确的水平。此文另发于1931年3月的《论
衡》第74期。这是吴宓"截胡"的结果。可能与陈寅恪文中所批评的"墨
学"研究与胡适的研究有关。

冯友兰《中国哲学史》下册起自西汉董仲舒，止于清末廖平，作者统
称为"经学时代"。陈寅恪审查报告重在考论新儒学生成的历史，而预告西
学东渐、中西交汇后，中国文化所面临的选择和个人的学术立场。陈寅恪
认为：

> 中国自秦以后，迄于今日，其思想之演变历程至繁至久。要
> 之，只为一大事因缘，即新儒学之产生，及其传衍而已。[2]

---

[1] 陈寅恪：《冯友兰中国哲学史上册审查报告》，见陈美延编：《陈寅恪集·金明馆丛
稿二编》，北京：生活·读书·新知三联书店2001年版，第280页。

[2] 陈寅恪：《冯友兰中国哲学史下册审查报告》，见陈美延编：《陈寅恪集·金明馆丛
稿二编》，北京：生活·读书·新知三联书店2001年版，第282页。

自秦以后新儒学的滥觞，与佛教的传入、道教生长及与儒教的融合有关：

南北朝时，即有儒、释、道三教之目，至李唐之世，遂成固定之制度。如国家有庆典，则召集三教之学士，讲论于殿廷。是其一例。故自晋至今，言中国之思想，可以儒、释、道三教代表之。此虽通俗之谈，然稽之旧史之事实，验以今世之人情，则三教之说，要为不易之论。儒者在古代本为典章学术所寄托之专家。李斯受荀卿之学，佐成秦治。秦之法制实儒家一派学说之所附系。《中庸》之"车同轨，书同文，行同伦"为儒家理想之制度，而于秦始皇之身而得以实现之也。汉承秦业，其官制法律亦袭用前朝。遗传至晋以后，法律与《礼经》并称，儒家《周官》之学说悉采入法典。

夫政治社会一切公私行动，莫不与法典相关，而法典为儒家学说具体之实现。故二千年来华夏民族所受儒家学说之影响最深最巨者，实在制度法律公私生活之方面。而关于学说思想之方面，或转有不如佛、道二教者。如六朝士大夫号称旷达，而夷考其实，往往笃孝义之行，严家讳之禁。此皆儒家之教训，固无预于佛、老之玄风者也。释迦之教义，无父无君，与吾国传统之学说、存在之制度，无一不相冲突。输入之后，若久不变易，则决难保持。是以佛教学说能于吾国思想史上，发生重大久远之影响者，皆经国人吸收改造之过程。其忠实输入不改本来面目者，若玄奘唯识之学，虽震动一时之人心，而卒归于消沉歇绝。……

六朝以后之道教，包罗至广，演变至繁，不似儒教之偏重政治社会制度，故思想上尤易融贯吸收，凡新儒家之学说，几无不有道教，或与道教有关之佛教为之先导。……

至道教对输入之思想，如佛教、摩尼教等，无不尽量吸收，然仍不忘其本来民族之地位。既融成一家之说以后，则坚持夷夏之论，以排斥外来之教义。此种思想上之态度，自六朝时亦已如此。虽似相反，而实足以相成。从来新儒家即继承此种遗业而能大成者。

窃疑中国自今日以后，即使能忠实输入北美或东欧之思想，其结局当亦等于玄奘唯识之学，在吾国思想史上，既不能居最高之地位，且亦终归于歇绝者。其真能于思想上自成系统、有所创获者，必须一方面吸收输入外来之学说，一方面不忘本来民族之地位。此二种相反而适相成之态度，乃道教之真精神，新儒家之旧途径，而二千年吾民族与他民族思想接触史之所昭示者也。

寅恪平生为不古不今之学，思想囿于咸丰、同治之世，议论近乎湘乡、南皮之间。[1]

陈寅恪以其"塞外之史、殊族之文"研究的经验，论述佛学传入，先与道教合流，又与儒教合流的过程。儒教在中国制度法律公私生活的权威不能改变，佛教的无君无父思想在与儒教的融合中不断被改造变易，才有了宋代儒释道合一的新儒学出现。而未曾谋求与儒教结合的佛教中的唯识宗，其最终寂寂无名，无能生存。借鉴道教之真精神，新儒家之旧途径，即中国思想史学术史的经验，"其真能于思想上自成系统，有所创获者，必须一方面吸收输入外来之学说，一方面不忘本来民族之地位"。这是陈寅恪对甲午以来即存在，五四以后更趋激烈的中西之争的解决方案。陈寅恪1919年在哈佛与吴宓的讨论，即是主张走宋代新儒学吸收佛、道，改造原始儒学的学术

---

[1] 陈寅恪：《冯友兰中国哲学史下册审查报告》，见陈美延编：《陈寅恪集·金明馆丛稿二编》，北京：生活·读书·新知三联书店2001年版，第282页。

路线，十余年后再次表明吸收输入外来、不忘民族本位的学术立场。为强调自己的学术立场，陈寅恪还作了"平生为不古不今之学，思想囿于咸丰、同治之世，议论近乎湘乡、南皮之间"的明确表述：不古不今之学，是指从事中古史的研究；思想囿于咸丰、同治之世，是指鸦片战争之后师夷之长技以制夷的洋务运动时期；议论近乎湘乡、南皮之间，是指所持救国之方，在曾国藩、张之洞中体西用之间。在二三十年代学术独立的思想潮流中，陈寅恪勇于标明自己的学术立场，并以个人中古史研究的学术实践，为现代学术体系的多元化呈现，殚精竭虑。

自入职清华到抗战逃亡，陈寅恪在北京度过了十年的学术黄金期。清华的课堂传授，史语所的研究课题，给中年陈寅恪搭建了"续命河汾"的重要平台。为往圣继绝学，为天下开太平，成为学者陈寅恪生命中的最高理想。据清华1931级卞僧慧《陈寅恪先生年谱长编》记载，1932年陈寅恪在清华所开设的课程：中文系，唐诗校释、唐代诗人与政治关系研究、中国文学中佛教故事研究，佛教翻译文学；哲学系，中国中世纪哲学；历史学系，晋南北朝隋唐文化史，西北史料、蒙古史料研究。[①] 这是一个头绪繁多的课程表。由此可以感知讲课人的奔波与努力。1934年，时任历史学系主任的蒋廷黻向学校报告，蒙古史料、唐代西北石刻课程，因学生程度不足而更改。断代史课程向学生开设，专题研究课题向研究班开设，以求课程更合理地兼顾学生的接受与教授的讲授。与大学课程的改革有关，1933年前后，陈寅恪的研究重心由"塞外之史、殊族之文"的东方学转移至中古史，其中包括晋隋唐史，兼及宋史。日本侵华战争打破了陈寅恪教书著述的生活。在逃亡办学的近十年间，陈寅恪在两次失书的窘境中，1940年完成《隋唐制度渊源略论稿》，1941年完成《唐代政治史述论稿》，1944年完成《元白诗笺证稿》。其1942年写的《致刘永济》的信中描述："文字结习，与生俱来，

---

① 卞僧慧：《陈寅恪先生年谱长编》，北京：中华书局2010年版，第142页。

必欲于未死之前稍留一痕迹以自作纪念也。"①著史太晚，几成陈寅恪一生的遗憾。流亡中所成之隋唐史三书，无不体现出中华民族在多艰岁月走向复兴辉煌的历史主线和民族精神。陈寅恪在对中古史的阐释中，始终体现出民族文化本位的价值理念。陈寅恪抗战背景下写成的"唐史三稿"，成为现代学术体系中中古史研究的奠基之作、典范之作。

第三节　自由思想独立精神：
走出憔悴忧伤的遗民情感自设

王国维自沉事件发生在 1927 年 6 月 2 日。6 月 1 日是国学研究院的毕业叙别会，叙别会上，梁启超发表了"吾院苟继续努力，必成国学重镇无疑"的致辞。王国维参加了在清华工字厅举办的叙别会，并与毕业班同学老师一同午餐，雍容淡雅之态无异于平常。饭后去陈寅恪家，然后回到清华园西园自己家。在家接待了几拨来访的研究院学生。晚阅学生试卷毕。6 月 2 日早餐后到研究院，交待学生毕业试卷，谈下学期招生事宜后，借研究院秘书五元纸币，前往颐和园。约十一点左右，在鱼藻轩投水身亡。检查遗物，有留与儿子王贞明的遗书一封："五十之年，只欠一死。经此世变，义无再辱。"然后是简单的家事交待。刚刚度过五十岁生日的清华国学研究院导师，以自沉的方式结束生命，时间在端午前，地点在颐和园鱼藻轩，遗书中有"只欠一死""义无再辱"的字样。其自沉的原因便成为全社会议论纷纭的

---

① 陈寅恪：《致刘永济》，见陈美延编：《陈寅恪集·书信》，北京：生活·读书·新知三联书店 2001 年版，第 246 页。

话题。

　　陈寅恪参与了6月3日下午在颐和园的入殓与告别活动。据姜亮夫回忆："我们二十几位同学行三鞠躬礼，但陈寅恪先生来后向他行三跪九叩大礼。我们当时深感情义深浅在一举一动中可见。"① 陈寅恪小王国维13岁。在清华短短不足一年的共事中，因为同住学校，议事论学，交流来往最多，陈寅恪对王国维，尊敬有加，且以"后学"谦处。王国维遗书中有"书籍可托陈、吴二先生处理"之语，也可以看出王国维对陈寅恪、吴宓的信任。陈寅恪撰挽联云："十七年家国久魂销，犹余剩水残山，留与累臣供一死；五千卷牙签新手触，待检玄文奇字，谬承遗命倍伤神。"② 其中的十七年，是指辛亥革命以来岁月；五千卷，是指委托陈、吴代为处理的书籍。在大清的残山剩水中，以累臣身份自沉。陈寅恪最早写成的挽联中，殉清的判断，是十分清晰无误的。

　　稍后，陈寅恪有《挽王静安先生》七律诗的写作：

　　　　敢将私谊哭斯人，文化神州丧一身。

　　　　越甲未应公独耻，湘累宁与俗同尘。

　　　　吾侪所学关天意，并世相知妒道真。

　　　　赢得大清干净水，年年呜咽说灵均。③

　　七律挽诗中遂有"殉清"与"殉文化"两个判断，并行交错。陈寅恪

　　① 姜亮夫：《忆清华国学研究院》，见夏晓虹编：《清华同学与学术薪传》，北京：生活·读书·新知三联书店2009年版，第402页。

　　② 陈寅恪：《王观堂先生挽联》，见陈美延编：《陈寅恪集·诗集》，北京：生活·读书·新知三联书店2001年版，第180页。

　　③ 陈寅恪：《挽王静安先生》，见陈美延编：《陈寅恪集·诗集》，北京：生活·读书·新知三联书店2001年版，第11页。

在"越甲未应公独耻"句下有注，谓1924年10月甲子岁冯兵逼宫，溥仪迁出故宫的"皇室奇变"中，王国维与柯劭忞、罗振玉约同死而未果。1927年冯部再次兵至燕郊，即是王国维遗言中"义无再辱"所指，遂践旧约，以自沉赴死。挽诗中的"文化神州丧一身"，指向殉文化；"赢得大清干净水"，指向"殉清"。

挽联与七律挽诗后，陈寅恪意犹未尽，再以长庆体仿王国维《颐和园词》作《王观堂先生挽词并序》。《挽词并序》最早发表在1927年10月的《国学月报》。1928年7月，正式发表于《学衡》六十四期。1953年秋蒋天枢到广州，陈寅恪与其谈晚清掌故及与此诗有关本事，蒋天枢归后，记所闻，笺注于诗句之下，便成为《挽词并序》加蒋天枢笺注的通行文本。读蒋天枢笺注的《王观堂先生挽词并序》，其"挽词"部分指向"殉清"，"序"部分指向"殉文化"。

王国维的《颐和园词》1912年3月写作在日本。其在《致铃木虎雄》自言："此词于觉罗氏一姓末路之事略具，至于全国民之运命，与其所以致病之由，及其所得之果，尚有更悲于此者，拟为《东征赋》以发之。"[1]长诗从咸丰丧礼慈禧操权始，至辛亥国变、结束帝制止，围绕慈禧与颐和园，叙写爱新觉罗氏如何走向末路。全诗九十一韵，王国维以历史审判者的眼光，叙述慈禧近五十年间如何由两宫"临朝"走向一人"称制"的权利巅峰。慈禧听政的同治、光绪年间，操弄权柄。尤其是光绪年间，用海军经费，修建以万寿山为中心的颐和园，之后有甲午战败，变法流产、庚子西狩，使大清帝国走向日暮途穷之地。在光绪病入膏肓之际，慈禧又选溥仪作皇帝，演出三岁登基的闹剧。三年后而有辛亥国变，溥仪成为亡国之君。王国维的《颐和园词》重在以吟咏颐和园为题，叙写晚清政局与慈禧专权，寄寓历史兴

---

① 王国维：《致铃木虎雄》，《王国维全集·书信》，北京：中华书局1984年版，第27页。

亡之感。诗中表现出辛亥革命时期具有遗民情结的汉族知识分子特有的价值观：将清王朝的覆灭归咎于慈禧的弄权主政，对光绪的不能自立报以同情，将袁世凯视为窃国大盗。王国维《颐和园词》因此而成为共和初行年代长歌当哭的名篇。

陈寅恪的《王观堂先生挽词》有意仿王国维《颐和园词》，以长篇律体记录王国维一生的作为与著述。《挽词》五十六韵，其叙事节奏可分以下章节：首先分述清朝十代传承，因不见中兴，王国维遂有《颐和园词》之作，寄托兴亡之感；其次忆及张之洞主持学部时期，秉持中体西用主张。王国维任职学部，因词成功，转研戏曲。再次写王国维辛亥国变后到日本，《宋元戏曲考》等著述的刊行，与罗振玉一起考释殷书。五年后返回上海，有两考一论问世，开创以地下文物证地上文物的学术新路。第四节写 1923 年 7 月起，入值逊帝溥仪南书房，并经历 1924 年 10 月冯玉祥赶溥仪出宫的甲子之变。第五节写王国维受聘清华，学院传业。最末写自沉之恸："风义平生师友间，招魂哀愤满人寰。他年清史求忠迹，一吊前朝万寿山。"[①]清史留忠迹，仍是一种殉清的判断。

辛亥革命使中国成为亚洲第一个选择共和制度的国家。溥仪在辛亥革命后成为逊帝时，还是孩童。逊帝与共和的共同存在，对中国政治与中国的士大夫阶层而言，都是新鲜的事情。推翻帝制后无君无父情感的释放或失落，和国家政治秩序经济治理的杂乱无序，同时摆在中国人面前。让民主平等的观念走入每个国民的心中，使共和制度在军政的体系之上得以顺利运作，成为中华民国政权面临的最艰难的问题。在一个专制君主制实行上千年的国度，由于历史政治的惯性和国家治理的节奏经验，极容易从前无古人的民主共和轨道，滑向轻车熟路的专制君主制轨道。袁世凯复辟，张勋复辟，

---

① 陈寅恪：《王观堂先生挽词》，见陈美延编：《陈寅恪集·诗集》，北京：生活·读书·新知三联书店 2001 年版，第 17 页。

都是逆共和潮流而动的行为。1917年7月的张勋复辟，虽然只存在十二天，但因为有逊帝溥仪的参与，更是搅浑了民国政治斗争的泥潭。在一种合力的推动下，数年后王国维也不幸身陷泥潭之中。

辛亥革命初起，王国维便随罗振玉到了日本，在帮助罗振玉校刊殷墟甲骨与敦煌古简、佚书的同时，自己的学术兴趣也转向古史、古文字学的考释研究。王国维的《丙辰日记》称在日本四年多的生活"最为简单，惟学问则变化滋甚"，"客中书籍无多，而大云书库之书，殆与取诸宫中无异"[①]。王国维1916年回国后，在上海哈同花园编辑《学术丛编》，在孙诒让、罗振玉破解甲骨文字的基础上，向人名、地理、礼制等考史的方向努力，有《殷卜辞中所见先公先王考》及《续考》《殷周制度论》"两考一论"的问世。以殷墟卜辞考殷周古史，王国维走出了现代学术史上的一大步。

正在学术巅峰时期的王国维入值故宫南书房，是一个绝大的错误。1922年，16岁的逊帝溥仪大婚。无政可亲的逊帝，在陈宝琛一帮旧臣的安排下，会见遗民，追赠谥号，遴选硕学，以显示存在的忙碌，构成宫中日常。1923年，故宫南书房征召行走，在罗振玉斡旋、升允的荐保下，王国维以诸生出身与三位进士同时得选。王国维在当年6月从上海来到北京，入值故宫，赏五品衔，着在紫禁城骑马。这是一种王国维从来不曾经历的生活。在南书房行走时期的王国维，有了很多观念上的变化：如对西学的拒绝，对"复辟"的关注，对"皇上"的维护。王国维入值南书房的恶梦，因甲子之变中得以终止。1924年10月23日，皈依孙中山南方革命阵营的冯玉祥，率军进入北京。首先幽禁了"贿选"总统曹锟，其次把复辟风波不断的逊帝溥仪赶出故宫，并宣布永远废除皇帝尊号，史称北京政变或甲子之变。溥仪离开故宫逃至天津张园后，清华不失时机地请王国维出任国学院导师，王国维才体

---

① 王国维：《丙辰日记》，见房鑫亮主编：《王国维全集》第15卷，杭州：浙江教育出版社2009年版，第911页。

面地走出机械太多、恶浊不堪的南书房行走的任职。1924甲子年所遭遇的困辱让人难忘，因此1927年6月，当冯玉祥的部队以北伐的名义临近北京，尚留着清朝辫子的王国维顿感大难来临，而有"五十之年，只欠一死"的判断，做出"经此世变，义无再辱"的选择。

造成1927年五十初度的王国维情绪低落的原因还有家事。1926年9月26日，王国维的长子、在上海海关任职的王潜明，因伤寒病去世。潜明夫人为罗振玉的三女儿孝纯。处理完后事之后，王国维欲将抚恤金寄媳，而罗家拒收。信件来往之间，情绪激化。罗振玉来信，甚至有"弟为人偏于博爱，近墨；公偏于自爱，近杨"[①]一类的激愤之语。失子与失和之痛，也应是王国维自沉的重要诱因。

王国维自沉后，罗振玉接下来的"神操作"加深了全社会的王国维殉清的印象。王国维的死讯6月4日报与天津罗振玉，罗振玉所作的第一件事是借王国维的口气写一份《遗折》递呈溥仪，溥仪下"诏"加封"忠悫"谥号，赏银两千两治丧。与之形成对比的是梁启超去政府外交部替王国维申请抚恤金，予以驳回。校方按常规发两个月薪金800元。王国维的死，与冯玉祥部逐溥仪出宫一样，成为"我们"与"他们"不同立场、不同情感、不同评价的事件。追悼会6月14日在全浙会馆进行，挽联及诗文由罗氏天津贻安堂汇刊为《王忠悫公哀挽录》。安葬8月14日在清华园东七间房墓地进行，墓碑上刻了"王忠悫公"的"谥号"。不久，罗振玉着手编印《王忠悫公遗书》。罗振玉主导下的王国维丧事的办理过程，把一代学术大师王国维与已经灭亡的清王朝更紧密地捆绑在一起。这对已经走出南书房，走入学术界的王国维来说，是不公平的，也是让人痛心的。

让王国维走出逊帝旧臣、忠悫谥号的阴影，还原一个孤苦无援，背负

---

① 罗振玉：《致王国维》，见王庆祥，萧立文校注：《罗振玉王国维往来书信》，北京：东方出版社2000年版，第661页。

沉重，情感多端，游走于晚清与民国之间，对中国现代学术有多重贡献大师的真面，对清华大学、对学术界及全社会，都有重要的意义。

王国维的葬礼在暑期进行，很多清华师生未能参加。9月20日，梁启超带领研究院全体同学到墓前祭奠，并发表演讲。梁启超的墓前演讲，从对王国维遗言的解读、王国维性格的多面与内在冲突，王国维的学术贡献三个方面，解读并重塑不仅属于中国，还应属于世界的学者王国维。

其一，关于自杀，梁启超认为：

> 自杀这个事情，在道德上很是问题：依欧洲人的眼光看来，是怯弱的行为；基督教且认做一种罪恶。在中国却不如此——除了小小的自终沟渎以外，许多伟大的人物有时以自杀表现他的勇气。孔子说："不降其志，不辱其身，伯夷叔齐与？"宁可不生活，不肯降辱；本可不死，只因既不能屈服社会，亦不能屈服于社会，所以终究要自杀。伯夷叔齐的志气，就是王静安先生的志气！违心苟活，比自杀还要更苦；一死明志，较偷生还更乐。所以王先生的遗嘱说："五十之年，只欠一死。经此世变，义无再辱。"这样的自杀，完全代表中国学者"不降其志，不辱其身"的精神；不可以欧洲人的眼光去苛评乱解。

杀身成仁是孔子以来儒家广为赞颂的士人精神。故中国看待自杀与外国、与基督教徒看待自杀的价值观有别。王国维的死，体现了儒家杀身以成仁的人生境界，代表中国学者不降其志、不辱其身的生命意志，有中国士人道德文化精神的浸润。

其二，关于王国维自杀，梁启超认为：

> 王先生的性格很复杂而且可以说很矛盾：他的头脑很冷静，

脾气很和平，情感很浓厚，这是可从他的著述、谈话和文学作品看出来的。只因有此三种矛盾的性格合并在一起，所以结果可以至于自杀。他对于社会，因为有冷静的头脑，所以能看得很清楚；有和平的脾气，所以不能取激烈的反抗；有浓厚的情感，所以常常发生莫名的悲愤。积日既久，只有自杀之一途。我们若以中国古代道德观念去观察，王先生的自杀是有意义的，和一般无聊的行为不同。

头脑冷静、脾气平和、情感浓厚，其所产生的困顿扭结，无以排除，而有王国维的自杀。

其三，关于王国维学术贡献，梁启超认为他不仅是中国的，还是世界的：

若说起王先生在学问上的贡献，那是不为中国所有，而是全世界的。其最显著的实在，在是发明甲骨文。和他同时因甲骨文而著名的虽有人，但其实有许多重要著作都是他一人做的。以后研究甲骨文的自然有，而能矫正他的绝少。这是他的绝学！不过他的学问绝对不止这点。我挽他的联有"其学以通方知类为宗"一语，"通方知类"四字能够表现他的学问全体。他观察各方面都很周到，不以一部分名家。他了解各种学问的关系，而逐次努力做一种学问。本来，凡做学问，都应如此。不可贪多，亦不可睬全，看全部要清楚，做一部要猛勇。我们看王先生的《观堂集林》，几乎篇篇都有新发明，只因他能用最科学而合理的方法，所以他的成就极大。此外的著作，亦无不能找出新问题，而得好结果。其辩证最准确而态度最温和，完全是大学者的气象。他为学的方法和道德，实在有过人的地方。[①]

　　梁启超长王国维四岁，同为中国晚清民国思想界、学术界的引领者。二人在清华共事，极大提高国学研究院的声誉。梁好动，王主静。陈寅恪初到清华园，以"南海圣人再传弟子，大清皇帝同学少年"[②]的联语赠研究院同学，让大家引以自豪。王国维自沉后，梁启超亲到外交部为王争取抚恤金，率学生墓前追悼，都体现出对王国维的尊敬。梁启超的墓前演讲，注意从现代社会、现代学者的高度，引导舆论与社会如何看待志士仁人的自杀行为，王国维个人的矛盾性格和困顿处境，王国维学术的高度及成功所在。梁启超的演讲，没有一字提到王国维殉清，一扫罗振玉经手王国维丧事所沾溉的乌烟瘴气。

　　梁启超之后，陈寅恪也注意思考西学东渐的潮流中，现代知识分子所遭遇的文化困境，试图从现代学术精神建构的高度，解读王国维遭遇的精神困顿，升华以死明志自沉行为的精神境界。据1927年6月14日《吴宓日记》记载：吴宓与楼光来当晚散步同访陈寅恪，交谈中，吴宓设二马之喻，以为自己心爱中国旧日礼教道德理想，而又思以西方之新方法，维持并发展此理想。二马分道，必遭车裂之刑。吴宓二马之喻的困境，为同时代许多知识分子所经历。《吴宓日记》记述陈寅恪与吴宓的交流道："寅恪谓凡一国文化衰亡之时，高明之士，自视为此文化之所寄托者，辄痛苦非常，每先以此身殉文化。如王静安先生，是其显著之例。而宓则谓寅恪与宓皆不能逃此范围，

---

　　① 梁启超：《梁启超全集》第十六集，汤志钧等编，北京：中国人民大学出版社2018年版，第412页。
　　② 陈寅恪：《赠清华国学院先生》，见陈美延编：《陈寅恪集·诗集》，北京：生活·读书·新知三联书店2001年版，第179页。

特有大小轻重之别耳。"①6月29日《吴宓日记》又记："夕，陈寅恪来，谈大局改变后一身之计划……又与寅恪相约不入（国民）党。他日党化教育弥漫全国，为保全个人思想精神之自由，只有舍弃学校，另谋生活。"②10月3日，《吴宓日记》记："夕，陈寅恪来，以所作《吊王静安先生》七古一篇见示。宓并召浦江清来，命为抄写云。"③此七古一篇即为《王观堂先生挽词》五十六韵。未提及序文。《王观堂先生挽词并序》正式发表在《学衡》杂志64期时为1928年7月。《挽词》所述已在前文论列，《序》文约640字，是6月14号晚《吴宓日记》所记陈寅恪谈话主要观点的深化提升：

> 凡一种文化值其衰落之时，为此文化所化之人，必感苦痛。其表现此文化之程量愈宏，则其所受之苦痛亦愈甚；迨既达极深之度，殆非出于自杀无以求一己之心安而义尽也。
>
> 吾中国文化之定义，具于《白虎通》三纲六纪之说，其意义为抽象理想最高之境，犹希腊柏拉图所谓 Idea 者。若以君臣之纲言之，君为李煜亦期之以刘秀；以朋友之纪言之，友为郦寄亦待之鲍叔。其所殉之道，与所成之仁，均为抽象理想之通性，而非具体之一人一事。
>
> 夫纲纪本理想抽象之物，然不能不有所依托，以为具体表现之用；其所依托表现者，实为有形之社会制度，而经济制度尤其重要者。故所依托者不变易，则依托者亦得因以保存。吾国古来

① 吴学昭整理：《吴宓日记》第三册，北京：生活·读书·新知三联书店1998年版，第355页。
② 吴学昭整理：《吴宓日记》第三册，北京：生活·读书·新知三联书店1998年版，第383页。
③ 吴学昭整理：《吴宓日记》第三册，北京：生活·读书·新知三联书店1998年版，第355页。

亦尝有悖三纲违六纪无父无君之说，如释迦牟尼外来之教者矣。然佛教流传播衍盛昌于中土，而中土历世遗留纲纪之说，曾不因之以动摇者，其说所依托之社会经济之制度未尝根本变迁，故犹能藉之以为寄命之地也。

近十年来，自道光之季，迄乎今日，社会经济之制度，以外族之侵迫，致剧疾之变迁；纲纪之说，无所凭依，不待外来学说之掊击，而已销沉沦丧于不知觉之间。虽有人焉，强聒而力持，亦终归于不可救疗之局。

盖今日之赤县神州值数千年未有之巨劫奇变。劫尽变穷，则此文化精神所凝聚之人，安得不与之共命而同尽，此观堂先生所以不得不死，遂为天下后世所极哀而深情者也。至于流俗恩怨荣辱委琐龌龊之说，皆不足置辨，故亦不及云。[①]

学术大师王国维自沉的原因，社会上有种种猜想，序文将社会上的种种猜想统归于"流俗恩怨荣辱委琐龌龊之说"，而给出了一个权威的解释：殉文化。中国本土文化以"三纲六纪"为核心，佛教流播不能动摇这一核心。清道光以来，中国文化遭遇巨劫奇变，面临衰落的命运。但为纲纪之说所化之人，愿意与"三纲六纪"共命同尽。以君纲而言，不管所遇之君是李煜还是刘秀；以友纪而言，友为郦寄亦待之鲍叔。王国维所殉之道，所成之仁，为抽象理想之物，而非一人一事所可替代。纲纪文化所构建的社会秩序，面临崩毁衰败，此王国维不得不死，其死所以震惊天下后世者。陈寅恪《序》的重要作用，在于以"殉文化"说诠释王国维死因，止损"殉清"、朋友失和、北伐军兴等说流传，给王国维之死带来的污名化。

---

① 陈寅恪：《王观堂先生挽词（并序）》，见陈美延编：《陈寅恪集·诗集》，北京：生活·读书·新知三联书店 2001 年版，第 12 页。

1929 年 6 月，王国维自沉两年，清华研究院同人在学校为王国维立纪念碑，碑铭为陈寅恪撰写：

　　士之读书治学，盖将以脱心志于俗谛之桎梏，真理因得以发扬。思想而不自由，毋宁死耳。斯古今仁圣所同殉之精义，夫岂庸鄙之敢望？先生以一死见其独立自由之意志，非所论于一人之恩怨，一姓之兴亡。呜呼！树兹石于讲舍，系哀思而不忘。表哲人之奇节，诉真宰之茫茫。来世不可知者也。先生之著述，或有时而不章。先生之学说，或有时而可商。惟此独立之精神，自由之思想，历千万祀，与天壤而同久，共三光而永光。[①]

　　两年过后，陈寅恪仍坚持王国维之死非为一人之恩怨，一姓之兴亡，但殉道求仁的原因，由三纲六纪层面，转向"独立之精神，自由之思想"层面。三纲六纪是对已经失去的世界而言，独立之精神、自由之思想是面对未来的世界而言。陈希望把独立之精神、自由之思想转换上升为读书人共同的理想。陈寅恪的思想认知，在对王国维之死的持续解释中，不断具有更多的现代精神。

　　1953 年，在广州中山大学任教的陈寅恪，做了两件事情。一是当年 9 月，约蒋天枢来广州，陈寅恪口述，蒋天枢记录，为《王观堂挽词》五十六韵添加本事笺注。12 月，陈寅恪口述汪篯所录的《对科学院的答复》中，重申了上述碑文所表达的基本观点："没有自由思想，没有独立精神，即不能发扬真理，即不能研究学术。""我认为王国维之死，不关与罗振玉之恩怨，不关满清之灭亡，其一死乃以见其独立自由之意志。独立精神和自由意志

---

　　① 陈寅恪：《清华大学王观堂先生纪念碑铭》，见陈美延编：《陈寅恪集·金明馆丛稿二编》，北京：生活·读书·新知三联书店 2001 年版，第 246 页。

是必须争的，且须以生死力争。"①1953年开始的"颂红妆"写作，从《再生缘》乾隆年间女弹词作家作品中，从明末清初钱柳因缘中，借助了解之同情的阅读，发见独立之精神、自由之思想，广布天地人寰。陈寅恪在王国维纪念过程中提炼生成的"独立之精神，自由之思想"这一充满现代意识的学术精神，既解释了"义无再辱"的王国维，也指引着"续命河汾"陈寅恪。从王国维，到陈寅恪，现代学术思想进步的脉络，清晰可见。

续命河汾，是陈寅恪一生没有放下的行囊。如果说"续命河汾"带有更多横渠四句所表达的士大夫精神遗韵的话，"学术独立"则是民族危亡所激发的现代学术精神。陈寅恪曾先后在蔡锷的经界局、谭延闿湖南交涉使署任职，最终仍是选择读书治学。作为中国士大夫与中国知识分子之间的摆渡人，他希望现代学术能为古老文明续命，走出一条吸收输入外来之学说，不忘本来民族之地位的学术道路；同时也希望中国现代读书人，肩起独立之精神、自由之思想大旗，创造自救他救、强大华夏民族的现代学术。1927年至1937年，是中国学术进步发展的黄金十年。包括清华在内的研究院，在学术独立的大旗下，培养了一批以学术研究为职志的读书种子，中国现代学术与学科的建设，在第二代学人的奋勇争先中初具规模初显格局。抗战流亡及新中国建立前后，陈寅恪在双目失明的情况下，以积极的学术实践，诠释独立精神、自由思想的精义，使其"续命河汾"的学术理想，变得更加深切感人，更加触手可及。

---

① 陈寅恪：《对科学院的答复》，见陈美延编：《陈寅恪集·讲义及杂稿》，北京：生活·读书·新知三联书店2001年版，第463页。

第五章

陈寅恪的文体辨识

第一节　"以诗证史"与文体辨识

陈寅恪的学术研究经历了早年治"塞外之史、殊族之文"[1]，中年治隋唐史、元白诗，晚年治《再生缘》弹词、钱柳诗的多次转换。受家族文化与学术研究兴趣的影响，陈寅恪是一个对文体有着敏感意识并善于用比较方法从事研究的学者。

陈寅恪的学术道路，在抗战时期因为健康原因而发生重大转折。1944年他在成都燕京大学抱病写成《元白诗笺证稿》后，即向在中央研究院任职的陈槃写信，商量由史语所刊印事宜："弟近草成一书，名曰《元白诗笺证》，意在阐述唐代社会史事，非敢说诗也。弟前作两书，一论唐代制度，一论唐代政治，此书则言唐代社会风俗耳。"[2]《元白诗笺证稿》与同样在抗战流亡

---

① 陈美延编：《陈寅恪集·金明馆丛稿二编》，北京：生活·读书·新知三联书店2015年版，第265页。

② 陈美延编：《陈寅恪集·书信集》，北京：生活·读书·新知三联书店2015年版，第231页。

中写作的《隋唐制度渊源略论稿》《唐代政治史述论稿》，合称为陈寅恪"唐史三稿"。书成不久，陈寅恪双目失明，《元白诗笺证稿》不幸而成为作者自主完成的最后一部文稿。

《元白诗笺证稿》初成时约七万字。抗战结束后，陈寅恪回到清华，在学生汪篯、王永兴的帮助下修改此书。1949 年 1 月，到岭南大学任教后，又在程曦的帮助下完成修稿。1950 年 11 月，《元白诗笺证稿》由岭南大学以线装本出版。陈寅恪当年致吴宓的信中说："现已将拙著《元白诗证稿》约十六万字十一月出版。当寄呈一部求教，并作为纪念。因以后此等书恐无出版之机会故也。"[1] 自印的线装本讹误甚多，流传不广。1955 年，作者将书稿交北京文学古籍刊行社出版，但编校质量不佳；后在助手黄萱的协助下[2]，校正错误，增补材料，1958 年由上海古典文学出版社重印出版。现在收入陈美延编《陈寅恪集·元白诗笺证稿》（北京：生活·读书·新知三联书店 2015 年版）约二十六万字。《元白诗笺证稿》是陈寅恪著作中修改时间最长、前后书稿差异最大的一种著述。

陈寅恪在清华大学、燕京大学、中山大学任职时，均坚持在历史系、中文系同时开课。他在历史系讲授唐史，在中文系讲授唐诗。其 1955 年致唐长孺信中自言："近数年仅为诸生讲授唐诗，聊用此糊口。所研者大抵为明清间人诗词及地方志乘之书。"[3] 陈寅恪所言"为诸生讲授唐诗"，所指的是为历史系学生所开"元白诗证史"课程。

"以诗证史"是陈寅恪对文史考证之学的一个创新。1934 年，陈寅恪在

---

① 陈美延编：《陈寅恪集·书信集》，北京：生活·读书·新知三联书店 2015 年版，第 268 页。

② 陈美延编：《陈寅恪集·元白诗笺证稿》，北京：生活·读书·新知三联书店 2015 年版，第 380 页。

③ 陈美延编：《陈寅恪集·书信集》，北京：生活·读书·新知三联书店 2015 年版，第 277 页。

《王静安先生遗书序》中将王国维的治学方法概括为三类：取地下之实物与纸上之遗文互相释证；取异族之故书与吾国之旧籍互相补正；取外来之观念与固有之材料互相参证；又以为："吾国他日文史考据之学，范围纵广，途径纵多，恐亦无以远出三类之外。"①陈寅恪在写作《元白诗笺证稿》的过程中，摸索积累，创造了颇有心得的以诗证史新方法。这一文史考据新方法，在其晚年《再生缘》、钱柳诗研究的学术实践中逐渐完善、成熟。

研究隋唐史，何以走入以诗证史的学术境地？陈寅恪晚年学术助手黄萱与夫人唐篔在广州的两篇听课笔记，记录了这位文史大师的学术心迹。

在"唐史"课程中，陈寅恪所讲主要观点是：唐乃中国最盛年代，版图恢弘，民族团结。唐史材料丰富，但多重复。重复的好处在便于比较，坏处在史料多注重政治，政治之外的史料要依靠地下的墓志及流传到日本、朝鲜、安南的风俗习惯及艺术品，如日本尚有《霓裳散序》遗音及双陆之戏。唐诗有很多材料可以补充唐史史料的缺乏。隋朝起源的科举制度，至唐演进为进士科、明经科并行。武则天注重进士科，在其时代，依靠作诗作文章便可达于高位，有利于打破南北朝以来的门阀制度。考生投考，时兴以诗文行卷，以获得高位者的认可，向考官推荐。行卷之风需要展示绝代才华，因此促进了诗文写作的出新出奇。唐代识字的人都能做诗，诗可分为摹拟与创作两种。与"历史"有关的，一定不是摹拟而是创作。唐诗七言居多，与音乐有关。翻译的佛经，也是四句七言。而且七言与饮食、起居、交际，关系甚多。唐诗纪事的价值大于宋代词话。武则天时期的改革，史籍中记录的少，诗里面记录的多。唐诗避讳较少。唐诗证史的好处，一是纠正错误，二是说明真相，三是别备异说，四是互相证发，五是增补缺漏②。

---

① 陈美延编：《陈寅恪集·金明馆丛稿二编》，北京：生活·读书·新知三联书店2015年版，第247页。

② 陈美延编：《陈寅恪集·讲义及杂稿》，北京：生活·读书·新知三联书店2015年版，第475页。

在"元白诗证史"课程中，陈寅恪所讲主要观点是：中国诗与外国诗的不同，在于中国诗虽短，却包括时间、人事、地理三个要点。外国诗多为宗教、自然而作，时间、人事、地理呈现较为空洞。中国诗有这三个特点，因此与历史发生紧密地联系。唐人有本事诗，宋人有唐诗纪事，但这类记述，事因诗而来，也随诗而去，没有组织，没有系统。人与人之间，事与事之间，从空间到时间，均没有联系，也没有综合，因此对历史无法构成阐释。就白居易的研究而论，需要"综合起来，用一种新方法，将各种诗结合起来，证明一件事。把所有分散的诗集合在一起，于时代人物之关系、地域之所在，按照一个观点去研究，联贯起来可以有以下作用：说明一个时代之关系；纠正一件事之发生及经过；可以补充和纠正历史记载之不足。最重要是在于纠正。元白诗证史即是利用中国诗之特点来研究历史的方法"①。唐人诗皆可用来证史。之所以取元白诗，一是因为元白诗在中唐，便于联系上之盛唐，下之晚唐；二是以唐诗看社会风俗最好，元白诗反映社会风俗的内容最多；三是元白诗流传者较多。以元白诗证史，要注意两点：一是了解唐朝整体局面，才能进入解释；二是要在变动的历史中观察，联系前后变迁，才能进入解释。

上述两篇弥足珍贵的听课笔记，学术含量极大。只有理解其中的价值判断和价值取向，我们才能明白在"唐史三稿"中，作者为何对《元白诗笺证稿》别有钟爱，坚持十余年写作、修改。"唐史三稿"中，《隋唐制度渊源略论稿》《唐代政治史述论稿》多是综合旧史记载，提出个人的分析判断，进行自立门户、自成系统的唐代制度史、政治史方面的学术建构，其学术贡献虽然巨大，但所遵循的学术路径和方法，与同时代学者相近。只有《元白诗笺证稿》，独辟蹊径，依靠以诗证史的学术方法，完成取元白诗证唐史、

———————
① 陈美延编：《陈寅恪集·讲义及杂稿》，北京：生活·读书·新知三联书店 2015 年版，第 483—484 页。

证唐代社会风俗、证唐代士人升降沉浮、证唐代文体变迁等诸多学术目标。在以诗证史的成功实践中，陈寅恪获得了更多的学术自信，进入个人创造的文史考证的新境界。以诗证史，关注诗人绚丽多彩的个体体验与生命感知，可以提供唐史研究的丰富史料；以诗证史，可以在综合、比较的唐诗研究中，开辟唐史研究的广阔空间；以诗证史，在对唐诗时间、人事、地理三大要素的准确把握下，可以给唐史研究带来更丰富的科学与情感色彩。如推而广之，紧紧把握中国诗歌中的时间、人事、地理三大要素，用以研究唐之外的历史与社会，应该也是切实可行、值得推广的。将"以诗证史"研究方法扩大拓展，在民间弹词所讲述的家庭故事、易代国士名姝所经历的情爱传奇中，寻找"独立之精神，自由之思想"的遍地生长和多彩绚烂，成为晚年陈寅恪的学术目标。正是凭借对以诗证史方法的自信，陈寅恪有充分的自信去从诗文入手，辅佐以"明清间人诗词及地方志乘之书"[①]，去解密《再生缘》的成书，去描述钱柳因缘的曲折。用治学功力和学术方法的自验与完善，来解释陈寅恪晚年孜孜不倦十余年的"颂红妆"[②]研究，至少是符合作者学术思想逻辑与研究实践的一种阐释。

在陈寅恪晚年的"颂红妆"研究中，《再生缘》研究的创获，不仅仅在以诗证史，更在于文体辨识。在《元白诗笺证稿》开始的诸如史与诗、唐人小说与元和诗体、唐人排律与佛教偈言等问题比较研究、持续探求的基础上，陈寅恪在对通常人们印象中繁复冗长的弹词七字唱重新审视时，突然获得一种豁然开朗的认知：唐人排律的格律音韵、元和诗体的叙事写情，竟在明清民间才女的手中变为长可衍为数十百万言、具有强大言情叙事功能的弹词七字唱。明清弹词是中国韵文在朝与野、雅与俗之间于不经意间完成的一次蝶变。

---

① 陈美延编：《陈寅恪集·书信集》，北京：生活·读书·新知三联书店 2015 年版，第 277 页。
② 陈美延编：《陈寅恪集·诗集》，北京：生活·读书·新知三联书店 2015 年版，第 117 页。

第二节　备具众体：对唐人小说的辨识

　　陈寅恪对唐人小说的关注，应在由治"塞外之史、殊族之文"转向隋唐史研究的 20 世纪 30 年代初。1931 年，在中央大学任职的汪国垣校录的《唐人小说》由神州国光社再版。汪国垣，字辟疆，江西人，1912 年毕业于京师大学堂，长陈寅恪三岁。其 1925 年发表在《甲寅》第 1 卷第 5 期上的《光宣诗坛点将录》，将陈寅恪的父亲陈三立置于诗坛都头领的位置，可见他是陈三立诗学的拥趸者。陈寅恪阅读《唐人小说》所写札记，现收《陈寅恪集·读书札记一集》中。陈寅恪的读书札记对汪国垣校录的包括《长恨歌传》在内的 18 篇唐人小说，援新、旧《唐史》及其他有关史料予以考释，多有发见。如指证以"安史之乱"为背景的《柳氏传》中的人物韩翊，实际应为诗人韩翃；《李娃传》作者未必为白行简；《东城老父传》作者为陈鸿祖，而非写《长恨歌传》的陈鸿。读书札记的概述部分，成为陈寅恪 1936 年发表在哈佛《亚细亚学报》上的《韩愈与唐代小说》的底稿。该文用中文写作，发表时译为英文，在陈寅恪后来的著述中经常被提及。汪国垣的学生程千帆 1947 年将《韩愈与唐代小说》译成中文，在《国文月刊》第 57 期上重新发表，成就了学术界一段佳话。

　　陈寅恪《韩愈与唐代小说》认为，唐贞元、元和之际为古文的黄金时代，也是小说的黄金时代。唐代小说，一篇之中，杂有诗歌、散文诸体；唐代小说家深受佛、道影响，思想纷杂；唐代小说，实含神鬼故事与人世杂闻，故呈现驳杂无实之象，实属文坛的新变化。韩集中颇多类似小说之作，如《石鼎联句诗并序》《毛颖传》皆其最佳例证，"前者尤可云文备众体，盖同时史才、诗笔、议论俱见也"①。以往学界多从传统雅正文体之视角评论韩愈，忽视小说的存在，这就屏蔽了韩愈以古文为小说的尝试。实际上，韩愈与唐代小说传播具有密切关系。

上述关于唐代小说的观点，在《元白诗笺证稿》中得以充分展开。陈寅恪开宗明义，指出把握唐贞元、元和文学变化，要注意文体之关系与文人之关系。他说：

> 盖唐代科举之盛，肇于高宗之时，成于玄宗之代，而极于德宗之世……然就文章言，则其盛况殆不止追及，且可超越贞观、开元之时代。此时之健者有韩、柳、元、白，所谓"文起八代之衰"之古文运动，即发生于此时，殊非偶然也。又中国文学史中别有一可注意之点焉，即今日所谓唐代小说者，亦起于贞元、元和之世，与古文运动实同一时，而其时最佳小说之作者，实亦即古文运动中之中坚人物是也。

> 是故唐代贞元、元和间之小说，乃一种新文体，不独流行当时，复更辗转为后来所则效，本与唐代古文同一原起及体制也。唐代举人之以备具众体之小说之文求知于主司，即与以古文诗什投献者无异。元稹、李绅撰《莺莺传》及《歌》于贞元时，白居易与陈鸿撰《长恨歌》及《传》于元和时，虽非如赵氏所言是举人投献主司之作品，但实为贞元、元和间新兴之文体。此种文体之兴起与古文运动有密切关系，其优点在便于创造，而其特征则尤在备具众体也。②

---

① 陈美延编：《陈寅恪集·讲义及杂稿》，北京：生活·读书·新知三联书店2015年版，第443页。

② 陈美延编：《陈寅恪集·元白诗笺证稿》，北京：生活·读书·新知三联书店2015年版，第2页。

唐举人科考，以备具众体，融诗笔、史才、议论于一体的传奇之文，叙写人情物态，投献主司。其风气影响士风文坛，演进为古文运动的推动力量；而韩、柳、元、白倡导古文运动，志在革除腐化衰弊之骈文，革除公式、套路化之古文。在恢复古文传统的主战场之外，众人或以驳杂无实之古文试作小说，或以诗传结合的方式增加诗文叙事的能力，这些努力与古文的革新并行，并成为古文运动的一部分。古文运动所收获领域不仅在古文，也在诗歌，还在小说。

在论及韩愈与唐代小说时，陈寅恪以韩愈被张籍批评为驳杂无实的《石鼎联句诗并序》为例，以为"即当时流行具备众体之小说文也"①。韩序中写了一个子虚乌有的道人轩辕弥明，此人形貌极丑，才华极高。与韩愈的弟子侯喜、朋友刘师服联句，很快使侯、刘思竭不能续，愿为弟子，不敢更论诗。轩辕弥明意犹未尽，又唱八句诗，其中有"全胜瑚琏贵，空有口传名"②之语，讥讽徒有其表、腹中空空的石鼎式人物。与韩愈的诗加序结构相似，白居易《长恨歌》与陈鸿《长恨歌传》、元稹《莺莺传》与李绅《莺莺歌》均为诗传联袂合体。只不过《长恨歌》先诗后传，《莺莺传》先传后诗。诗传合体使文人写作既保留了诗体的浪漫抒情，又增加了文与小说文体的盘纡虚构叙事。也正是从备具众体的角度考虑，陈寅恪《读唐人小说札记》不同意朱熹《韩文考异》对韩愈《石鼎联句诗并序》的评价——"简严者似于事理有所未尽，而重复者乃得见其曲折之详"，认为朱熹"不知文体不同，繁简应亦有异"③。

---

① 陈美延编：《陈寅恪集·元白诗笺证稿》，北京：生活·读书·新知三联书店 2015 年版，第 6 页。

② 陈美延编：《陈寅恪集·元白诗笺证稿》，北京：生活·读书·新知三联书店 2015 年版，第 7 页。

③ 陈美延编：《陈寅恪集·读书札记二集》，北京：生活·读书·新知三联书店 2015 年版，第 227 页。

陈寅恪论元白诗，先论及韩愈古文运动与唐代小说，是因为在他的研究视野中，古文运动与元和诗体是连动的。元和时期的文学革新，政治思想背景与"安史之乱"及藩镇割据有关，是汉族士大夫"再建道统"与"尊王攘夷"思想的一种反映。这一看法为陈寅恪长期坚持。陈寅恪在1954年发表在《历史研究》第2期上的《论韩愈》一文，在全面论述韩愈对中国文化的贡献时，再次强调古文运动的思想意义：

> 唐代古文运动一事，实由安史之乱及藩镇割据之局所引起。安、史为西胡杂种，藩镇又是胡族或胡化之汉人，故当时特出之文士自觉或不自觉，其意识中无不具有远则周之四夷交侵，近则晋之五胡乱华之印象，"尊王攘夷"所以为古文运动中心之思想也。在退之稍先之古文家如萧颖士、李华、独孤及、梁肃等，与退之同辈之古文家如柳宗元、刘禹锡、元稹、白居易等，虽同有此种潜意识，然均不免认识未清晰，主张不彻底，是以不敢亦不能因释迦为夷狄之人，佛教为夷狄之法，抉其本根，力排痛斥，若退之之所言所行也。退之之所以得为唐代古文运动领袖者，其原因即在于是。
>
> 关于退之之文，寅恪尝详论之矣。其大旨以为退之之古文乃用先秦、两汉之文体，改作唐代当时民间流行之小说，欲借之一扫腐化僵化不适用于人生之骈体文，作此尝试而能成功者，故名虽复古，实则通今，在当时为最便宣传，甚合实际之文体也。①

"尊王攘夷"，重建华夏民族的价值系统，恢复先秦两汉奇句单行的古

---

① 陈美延编：《陈寅恪集·金明馆丛稿初编》，北京：生活·读书·新知三联书店2015年版，第329页。

文传统，奠定了韩愈在思想史、文学史上的地位。诗传合体是唐代小说发展初期的一种特殊形态。它显示了中国文学发展中虚构性叙事文学要素的成长。韩、柳、元、白是中唐元和时期新文学的尝试者、创作者。一生喜欢阅读小说的陈寅恪，对小说文体的成长有浓厚的学术兴趣。其对小说的价值判断及对变文、弹词艺术的重视，都体现出五四后学者先进的思想理念。

第三节　次韵相酬：对元白元和体诗的辨识

中唐贞元、元和、长庆年间，是古文运动、新乐府运动相互激荡，各种文学体式发生重大变化的时期。在《元白诗笺证稿》未成书前，陈寅恪连续发表过几篇与元白诗有关的论文，这些论文后作为附录，收在《元白诗笺证稿》中，其中的学术观点，成为对元白元和体诗研究的重要支撑。在《读莺莺传》一文中，陈寅恪认为，《旧唐书》原来所持观点，以元白而非韩柳为元和一代文章正宗；至欧阳修、宋祁等修《新唐书》，评价发生变化。新、旧《唐书》韩柳与元白地位的对调，欧阳修起了重要作用①。在陈寅恪《元白诗笺证稿》的叙述中，元白与韩柳是元和文学的同盟军，元白的贡献至少不小于韩柳。在《论元白诗之分类》一文中，陈寅恪发现元白多次自编或互编诗集时的诗体分类，呈现出由繁至简的变化、演进轨迹。元稹早期把自己的诗分为十体，分别为古讽、乐讽、古体、新题乐府、七言律诗、五言律诗、律讽、悼亡、五七言今体艳体诗、五七言古体艳体诗。白居易早年把诗

---

① 陈美延编：《陈寅恪集·元白诗笺证稿》，北京：生活·读书·新知三联书店 2015 年版，第 117 页。

分为讽喻、闲适、感伤、杂律四类。元白诗早期分类特点一是繁多，二是混杂；后来则化繁为简，将诗体分为格诗与律诗两类。陈寅恪赞同清代《白香山诗后集》编校者汪立名的辨析。汪氏以为唐人集中，无号格诗者，白居易标举格诗，意在有别于律诗。根据格与律的区分标准，白居易集中的古体诗为格诗，讽喻、闲适、感伤均归此类；近体诗为律诗，杂律归于此类。在汪立名辨析格与律之别的基础上，陈寅恪更进一步引申，以为白居易数量众多的格诗，又有广、狭二义。广义而论，格指诗的体格、格样，此时的格，与律相对；狭义而论，格又指诗的格力、骨格。元稹编《白氏长庆集》，将歌行体诗与齐梁体诗同系于格诗之下，是因为歌行体诗符合格诗格力、骨格之标准。而白居易有"诗到元和体变新"之诗句，自注云："众称元白为千字律诗，或号元和格。"陈寅恪辨识道，这类大家称为"元和体"或"元和格"的千字律诗，其体为律诗，属近体诗，而非格诗[①]。

元和体诗所指范围，历来多有争讼。陈寅恪在《元和体诗》一文中引《旧唐书·元稹传》的记载，以为元稹自己界定元和体诗，主要指两类："其一为次韵相酬之长篇排律，""其二为杯酒光景间之小碎篇章，此类实亦包括微之所谓艳体诗中之短篇在内"。元稹所言"禁省观寺邮候墙壁无不书，王公妾妇牛童马走之口无不道"者主要指此两类诗。而讽喻诗《秦中吟》等不在其中。陈寅恪以为，元和体当日并非美词，"近人乃以'同光体'比于'元和体'，自相标榜，殊可笑也"。元白诗盛行一时，在其次韵相酬，在其流连光景，不仅仅因为易解[②]。

次韵相酬是元白诗生产的重要方式，它既是诗坛文人新风，又是诗体元和新变。在《元白诗笺证稿》中，陈寅恪认为，读元白诗，最首要的是了

[①] 陈美延编：《陈寅恪集·元白诗笺证稿》，北京：生活·读书·新知三联书店 2015 年版，第 345 页。

[②] 陈美延编：《陈寅恪集·元白诗笺证稿》，北京：生活·读书·新知三联书店 2015 年版，第 346—349 页。

解文体关系与文人关系。论及文人关系时，陈寅恪引白居易《与元九书》"与足下小通，则以诗相戒；小穷，则以诗相勉；索居，则以诗相慰；同处，则以诗相娱"的描述，又引白居易"每被老元偷格律"之诗句，说明元和诗人之间无缝的情感连接及彼此互动、切磋相长的风气。"文士各出其所作，互事观摩，争求超越"，形成"当时诸文士之各竭其才智，竞造胜境"的局面，促进了作品在思想意境、表现形式方面的创新。比较《长恨歌》《莺莺传》，两者均写至情，但一为人世，一为仙山；一为生离，一为死别；一为生而负情，一为死而长恨；一为平民，一为帝王。其意境、宗旨迥然不同，且诗与传出自不同人之手，史才、诗笔、议论汇集融贯，已合并为当日小说传奇体裁。这些具备众体的内容、形式新变，为后人所不解。如宋人魏泰、张戒以诗论《长恨歌》，清人汪立名驳斥魏泰之说，均不解当日小说为何物，而强作解事。陈寅恪又引宋人《容斋随笔》"唐诗无避讳"条所云"唐人歌诗，其于先世及当时事，直词咏寄，略无隐避"，解说唐人、宋人间的不同，因唐人无避讳，唐明皇与杨贵妃故事才能在元和、长庆时期成为众多文人作品书写的题材①。

在上述辨析的基础上，陈寅恪提出阅读《长恨歌》的方法：

> 《长恨歌》为具备众体体裁之唐代小说中歌诗部分，与《长恨歌传》为不可分离独立之作品。故必须合并读之，赏之，评之。明皇与杨妃之关系，虽为唐世文人公开共同习作诗文之题目，而增入汉武帝李夫人故事，乃白、陈之所特创。诗句传文之佳胜，实职是之故。②

①　陈美延编：《陈寅恪集·元白诗笺证稿》，北京：生活·读书·新知三联书店 2015年版，第 8—12 页。
②　陈美延编：《陈寅恪集·元白诗笺证稿》，北京：生活·读书·新知三联书店 2015年版，第 45 页。

一代文人的天才合作，留下了从人间而至天上的爱情故事，也留下了诗传一体的传奇小说。

诗坛多将元、白对举并称，二人既是诗友，也是诗敌。陈寅恪认为，白居易自述其平生得意之作，首举《长恨歌》而不及《琵琶引》。但在白氏心中，绝不以《琵琶引》为拙。白居易作《琵琶引》时，元稹已有《琵琶歌》，两厢比较，元稹为偿文债而作，白居易则是兼寓迁谪之怀，工拙自然殊绝。元白相较，元稹也有胜出之处，其艳诗与悼亡诗享誉文坛。悼亡诗即为元配韦丛而作，其诗"抒其情，写其事，缠绵哀感，遂成古今悼亡诗一体之绝唱，实由其特具写小说之繁详天才所致，殊非偶然也"①；艳诗"抒写男女生死离别悲欢之情感。其哀艳缠绵，不仅在唐人诗中不可多见，而影响及于后来之文人学者尤巨。如《莺莺传》者，初本微之文集中附庸小说，其后竟演变流传成为戏曲中之大国巨制，即是其例"②。

一代文学天才的合作，还在新乐府。新乐府是元白讽喻诗的代表作。元白作新乐府在元和四年（公元809年）前后，时白居易在左拾遗之位，元稹任监察御史。诗友李绅先作《新题乐府二十首》，元稹读到后，作《和李校书新题乐府十二首》。白居易后来居上，参与李、元唱和，一发而不可收。陈寅恪认为：

> 元白《集》中俱有新乐府之作，而乐天所作尤胜于元，洵唐代诗中之巨制，吾国文学史上之盛业也。以作品言，乐天之成就造诣，不独非微之所及，且为微之后来所仿效。但以创造此体诗

---

① 陈美延编：《陈寅恪集·元白诗笺证稿》，北京：生活·读书·新知三联书店2015年版，第103页。

② 陈美延编：《陈寅恪集·元白诗笺证稿》，北京：生活·读书·新知三联书店2015年版，第84页。

之理论言，则见于《元氏长庆集》者，似尚较乐天自言者为详。①

元稹是一个在文体上具有高度敏感与自觉的作家。陈寅恪引元稹《乐府古题序》中的话指出，古乐府诗的要义，即在讽兴当时之事，以贻后代之人。杜甫《哀江头》《兵车行》诸歌行之作，已初步建立"即事名篇，无复依傍"的新乐府传统。依此规制写作风雅比兴的讽喻之诗，是新乐府运动的行动纲领。陈寅恪在《元白诗笺证稿》中，还专节讨论过元稹的《连昌宫词》。他指出，《连昌宫词》实成于元和十三年，时元稹在通州司马任上。《连昌宫词》取白居易《长恨歌》题材，依照新乐府体制，改进创造为新作品。《连昌宫词》应是白居易嘲笑的"每被老元偷格律"之作。实际上这种"偷"，更是一种对《长恨歌》的呼应。摹仿与呼应是经典形成的必要条件②。

白居易写作了新乐府五十首，且仿《毛诗大序》，作了《新乐府五十首总序》：

> 首句标其目，卒章显其志，《诗三百》之义也。其辞质而径，欲见之者易谕也；其言直而切，欲闻之者深诫也；其事核而实，使采之者传信也；其体顺而肆，可以播于乐章歌曲也。总而言之，为君为臣为民为物为事而作，不为文而作也。③

---

① 陈美延编：《陈寅恪集·元白诗笺证稿》，北京：生活·读书·新知三联书店 2015 年版，第 63 页。

② 陈美延编：《陈寅恪集·元白诗笺证稿》，北京：生活·读书·新知三联书店 2015 年版，第 121—127 页。

③ 陈美延编：《陈寅恪集·元白诗笺证稿》，北京：生活·读书·新知三联书店 2015 年版，第 123 页。

"首句标其目，卒章显其志"，加上元稹所说的"即事名篇，无复依傍"，成为新乐府诗体结构形式上的主要特点。元白新乐府在立意表达、结构形式方面均向《诗经》靠拢，据此，陈寅恪把元白新乐府称为"唐代《诗经》"①。

在"唐代《诗经》"基本判断的基础上，陈寅恪对白居易新乐府的成就做出了下述三条结论。

第一，白居易与韩愈比较，韩愈有"作唐一经"的志向，其意在《春秋》，而韩书未成；白居易早年有采诗匡主之志，不数年间，作新乐府五十篇，足以引以自豪。第二，新乐府之句律，以七字句为常则，白居易所作多重叠两个三字句，后接以七字句，或三字句后接以七字句。此实深可注意。白居易用毛诗、乐府古诗、杜甫诗之体制，改进当时民间歌谣，实与韩愈以奇句单行文体试作小说传奇的方法一致。白居易新乐府实扩充古文运动而推及之于诗歌，其价值及影响或更高远。第三，元和年间新乐府的写作，李绅首开其端，元稹唱和倡导，白居易总其大成。白居易五十首新乐府诗，自成系统，从唐创业初立延绵至元和年间，最后一首为《采诗官》，阐明乐府所寄理想，首尾回环照应，组织之严、用意之密，于古今文学中洵不多见。白居易新乐府这样的文学伟制，能孤行广播于古今中外，原因即在于此②。

陈寅恪在《冯友兰中国哲学史上册审查报告》中曾提出著名的"了解之同情"③的治学理念，以为对数千年前之陈言旧说，须依据持说者所处之时代，洞悉其居处之环境，了解其所熏染之学说，才能推测、解释。陈寅恪

① 陈美延编：《陈寅恪集·元白诗笺证稿》，北京：生活·读书·新知三联书店 2015 年版，第 124 页。
② 陈美延编：《陈寅恪集·元白诗笺证稿》，北京：生活·读书·新知三联书店 2015 年版，第 131 页。
③ 陈美延编：《陈寅恪集·金明馆丛稿二编》，北京：生活·读书·新知三联书店 2015 年版，第 279 页。

《元白诗笺证稿》庶几已臻"了解之同情"的治学境地。他通过文体之关系与文人之关系两大线索的梳理，使中唐古文运动、元和体诗"互事观摩，争求超越"的风气，韩柳文人团体、元白文人团体"竭其才智，竞造胜境"的场景得以呈现。陈寅恪《元白诗笺证稿》无疑奠定了中国文学史中元白诗研究的基础。

第四节　叙事言情：对弹词长律文体的辨识

1953 年 9 月，在复旦大学任教的清华学生蒋天枢，给老师陈寅恪寄来道光刊本、《申报》排印本两种《再生缘》弹词。陈寅恪在听读中，有所感悟，决意研究《再生缘》。陈寅恪在《论再生缘》开端，交代了研究《再生缘》的原因：一是对作者身世感兴趣，试图依靠"以诗证史"的方法，在民间地方文献、文人诗文记载的经纬交错中，梳理作者身世及写作本末；二是陈寅恪在中年后研究元白长庆体诗，穷其流变，广涉唐五代俗讲之文，于弹词七字唱之体益复有会于心。陈寅恪晚年重温《再生缘》，一扫少年时期厌恶其繁复冗长的感受，而有"欲使《再生缘》再生的冲动"①。他的《再生缘》研究，收获是多方面的。陈寅恪在女作家陈端生的创作始末与文本叙事中，发见了独立意志、自由思想的普遍存在；在对弹词七字唱的研究中，将元白长庆体诗研究链条延长到民间弹词七字唱，建构了排律诗体从搢绅朝士到民间红妆、由雅到俗的转身轨迹。让《再生缘》再生的心愿，使衰年病目

---

① 陈美延编：《陈寅恪集·寒柳堂集》，北京：生活·读书·新知三联书店 2015 年版，第 69 页。

的老人获得沉甸甸的学术成就感。

在《论再生缘》一文中，陈寅恪对弹词名篇下了这样一个定义："《再生缘》之文，质言之，乃一叙事言情七言排律之长篇巨制也。"[①] 陈寅恪的这个判断包含三个关键词：一是"叙事言情"，二是"七言排律"，三是"长篇巨制"。"叙事言情"是说《再生缘》内容，其讲述的是元代尚书之女孟丽君与都督之子皇甫少华悲欢离合的人间故事；"七言排律"是说《再生缘》的文体，弹词之体制是讲究对仗、平仄、隔行押韵的律诗，以七言句为主，间有三言句；"长篇巨制"是说《再生缘》皇皇二十卷，长达十百万言。

在《论再生缘》中，陈寅恪追根寻源，梳理了唐代朝士搢绅手中次韵唱和的长律演变为弹词七字唱的过程。

首先，盛唐诗坛，李杜并称，元白学杜甫新乐府写作讽喻诗，学杜甫长律写作唱和诗，元白团队总体倾向是抑李扬杜。陈寅恪引了元稹《唐故工部员外郎杜君墓系铭并序》中的话：

> 山东人李白亦以奇文取称，时人谓之李杜。予观其壮浪纵恣，摆去拘束，模写物象，及乐府歌诗，诚亦差肩于子美矣。至若铺陈终始，排比声韵，大或千言，次犹数百，词气豪迈，而风调清深，属对律切，而脱弃凡近，则李尚不能历其藩翰，况堂奥乎？[②]

元稹以为不论乐府歌诗、长律，杜甫均好于李白。元白扬杜抑李的立场十分明确。陈寅恪又援引清人姚鼐选《今体诗抄》对杜甫长律体诗的评论："杜公今体四十字中包涵万象，不可谓少。数十韵百韵中运掉变化如龙

---

① 陈美延编：《陈寅恪集·寒柳堂集》，北京：生活·读书·新知三联书店 2015 年版，第 69 页。
② 陈美延编：《陈寅恪集·寒柳堂集》，北京：生活·读书·新知三联书店 2015 年版，第 70 页。

第五章　陈寅恪的文体辨识 ｜ 287

蛇，穿贯往复如一线，不觉其多……自来学杜公者，他体犹能近，长律则愈邈矣。"而元白学杜甫长律，被元好问讥为"少陵自有连城璧，争奈微之识珷玞"，这是因为元好问不了解长律的价值所致①。

其次，吾国佛经翻译，其偈颂在六朝时期用五言之体，唐以后改用七言。随着语言文字的变化，偈颂也有调整变化。元和年间，元白学杜甫作新乐府，《秦中吟》尚为五言古体，而新乐府则改为七言，且间有三言。这种句律是学习民间歌咏的结果。长律是杜诗的创新；元白学杜，将长律运用于唱和之作，同样也是一种创新。长律是近体诗中律诗的延长，在元代杨士弘《唐音》中被称为"排律"，至明代则为写诗人普遍接受并广泛使用。其用韵、平仄、对仗等规则与普通律诗相同，只是由于篇幅延长，增加了用韵数目而已。

最后，弹词是明清兴起、在南北方均流行的民间说唱艺术。长律言情叙事的强大功能在弹词七字唱中得到充分扩展和呈现。陈寅恪兴奋地发现：

> 弹词之文体即七言排律，而兼以三言之长篇巨制。故微之、惜抱论少陵五言排律者，亦可以取之以论弹词之文。又白香山之乐府及后来摹拟香山，如吴梅村诸人之七言长篇，亦可适用微之、惜抱之说也。弹词之作品颇多，鄙意《再生缘》之文最佳，微之所谓"铺陈终始，排比声韵""属对律切"，实足当之无愧，而文词累数十百万言，则较"大或千言，次犹数百"者，更不可同年而语矣。②

---

① 陈美延编：《陈寅恪集·寒柳堂集》，北京：生活·读书·新知三联书店2015年版，第70页。

② 陈美延编：《陈寅恪集·寒柳堂集》，北京：生活·读书·新知三联书店2015年版，第70页。

陈寅恪认为，元稹、姚鼐对杜甫长律铺陈、声韵、属对律切的描述，都可以套用来描述弹词；但元白当年次韵唱和"大或千言，次犹数百"的长律，与弹词数十百万言的长篇巨制相比，则是"小巫见大巫"。

　　以上文学现象的追溯联想，因清代弹词研究而起。陈寅恪因为有了研究《再生缘》的经历，所以他不但改变了对弹词繁复冗长的印象，还将弹词之文体、杜甫长律、元白唱和诗体、佛经翻译偈颂数种文体联系在一起，勾勒诸种文体互相渗透、互相影响、携手向言情叙事能力强化方向演进的行动路线。陈寅恪看似偶尔为之的弹词研究，却经历了如陶渊明《桃花源记》中"初极狭，才通人，复行数十步，豁然开朗。土地平旷，屋舍俨然"①的拓进境界。他早年的"塞外之史、殊族之文"研究、中岁的元白诗研究、晚年的韩愈研究和"以诗证史"研究，在《再生缘》研究过程中，得以融会贯通、豁然开朗，这是让研究者获得成就感的事情。他提出了下列与弹词七字唱文体辨识有关的学术判断。

　　第一，吾国优秀弹词七字唱的文体意义，可以与天竺、希腊及西洋史诗相提并论：

　　　世人往往震矜于天竺希腊及西洋史诗之名，而不知吾国亦有此体。外国史诗中，宗教哲学之思想，其精深博大，虽远胜于吾国弹词之所言，然止就文体立论，实未有差异。弹词之书，其文词之卑劣者，固不足论。若其佳者，如《再生缘》之文，则在吾国自是长篇七言排律之佳诗，在外国亦与诸长篇史诗至少同一文体。寅恪四十年前常读希腊梵文诸史诗原文，颇怪其文体与弹词不异。然当时尚不免拘于俗见，复未能取《再生缘》之书以供参证，故嗫不敢发。荏苒数十年，迟至暮齿，始为之一吐，亦不顾

――――――――――
①　徐正英注评：《陶渊明诗集》，郑州：中州古籍出版社2012年版，第273页。

当世及后来通人之讪笑也。[1]

陈寅恪多年寻找的与天竺、希腊长篇史诗类似的中国叙事诗体，终于在读到《再生缘》之后，有了实体参证。

第二，以律体作长篇叙事，甚属不易。陈寅恪认为，中国文学与世界其他国家文学相比，其最特异之处，是骈词俪语与音韵平仄之配合。在言情叙事的文体中，思想脉络的贯通、复杂事理的说明，骈文不如散文，诗体尤短于叙事。弹词排律写作，需要讲求声韵、属对、律切，其言情叙事，演绎家国兴亡哀痛之情感，且衍为数十百万言，绝非易事：

> 故此等之文，必思想自由灵活之人始得为之。非通常工于骈四俪六，而思想不离于方罫之间者，便能操笔成篇也。

> 撰述长篇之排律骈体，内容繁复，如弹词之体者，苟无灵活自由之思想，以运用贯通于其间，则千言万语尽成堆砌之死句，即有真实情感，亦堕世俗之见矣。

> 《再生缘》一书，在弹词体中所以独胜者，实由于端生之自由活泼思想，能运用其对偶韵律之词语，有以致之也。故无自由之思想，则无优美之文学。[2]

陈寅恪反复赞叹的作者，是一个二十岁前完成大部分写作的红妆闺秀。晚年陈寅恪学术研究的兴趣与视野，由皇皇正史转入明清文人诗词及地方志乘；其文体研究，由朝士文人之雅，延伸至雅俗共存的民间体式；其人物研

---

① 陈美延编：《陈寅恪集·寒柳堂集》，北京：生活·读书·新知三联书店 2015 年版，第 71 页。

② 陈美延编：《陈寅恪集·寒柳堂集》，北京：生活·读书·新知三联书店 2015 年版，第 73 页。

究，由帝王将相转为闺阁才女、江南名姝，此即陈寅恪与吴宓诗中以"著书唯剩颂红妆"①自嘲者也。

陈寅恪《论再生缘》在讲述陈端生故事的过程中，也寄寓了他个人的身世之感。陈端生二十岁前，已在北京、山东完成《再生缘》前十六卷的写作。后为家事所扰，至三十三岁时勉强写完第十七卷。十七卷之后的三卷为陈端生去世后朋友续写。陈端生的遭遇，触动陈寅恪"著书未早"的遗憾和晚年"衰病流离"的痛苦，因此文末作者有"身虽同于赵庄负鼓之盲翁，事则等于广州弹弦之瞽女"②的联想。至于文体，陈寅恪文末附录自己所作之诗，有"论诗我亦弹词体，怅望千秋泪湿巾"的诗句，句下附注道："寅恪昔年撰《王观堂先生挽词》，述清代光宣以来事，论者比之于七字唱也。"③1927年王国维自沉后，陈寅恪作《王观堂先生挽词》。他之所以选择长律，是因为长律有强大的言情叙事功能。越到晚年，陈寅恪对《王观堂先生挽词》越加重视。1953年9月，他召蒋天枢到广州，亲述与该诗有关的本事，请蒋天枢一一加注于诗行之中。将自己最看重的诗比作弹词七字唱，足见陈寅恪对后者之高度评价。

陈寅恪是20世纪中国学术现代化过程中产生的具有典范意义的重要学者。他留下的学术经典，是历史的，也是文学的。陈寅恪之后，学术界关于唐代小说、元和体诗、弹词七字唱等等的研究，都取得长足的进步。但集中考察陈寅恪对上述诸种文体的辨识与判断，可以帮助我们更深刻地理解陈寅恪的学术和意义。

---

① 陈美延编：《陈寅恪集·诗集》，北京：生活·读书·新知三联书店2015年版，第117页。

② 陈美延编：《陈寅恪集·寒柳堂集》，北京：生活·读书·新知三联书店2015年版，第85页。

③ 陈美延编：《陈寅恪集·寒柳堂集》，北京：生活·读书·新知三联书店2015年版，第86页。

第六章

陈寅恪的古典今典说

以诗证史或诗史互证，是陈寅恪文史考据的重要方法。在读诗解诗的学术实践中，陈寅恪拈出古典、今典这样一对范畴，便于更好地把握诗歌作品中的古事今情，更准确地释义混合古今的文学境界。陈寅恪的古典今典学说，对当下的学界、学术与学人，仍然具有一定借鉴意义和应用价值。

　　义宁陈氏在陈寅恪祖父陈宝箴时期进入同光胜流行列。陈宝箴1895年任湖南巡抚，戊戌变法时期，陈寅恪父亲陈三立襄助陈宝箴实施湖南新政，变法失败后，被双双革职。回南昌不久，陈宝箴病故，陈三立移居南京。经此事变，陈三立决意选择以诗人终老。个人学养与胜流之家的人生遭际，加上江南浓郁的旧诗词氛围，使他很快成为晚清民国诗界的大擘。陈寅恪随父移居南京时刚刚10岁。在朱雀桥边、乌衣巷口长大的少年，耳濡目染中，对旧体诗文产生了浓厚兴趣。《柳如是别传》中交待写作缘起，其中重要的一条，就是懵懂少年在舅父俞明震家中看到刚刚解禁的钱谦益诗集，而心有所动，情有所属。陈寅恪晚年写作钱柳因缘的灵犀一线，在少年时期的偷偷阅读中已经悄悄埋下。

　　留学东西洋后，陈寅恪在清华等校任国学、史学与文学教授，治学之路由"塞外之史、殊族之文"，到隋唐史学，再到隋唐文学。此时的中国，处在后五四时代。经过民主科学思想洗礼之后的中国大学与学术界，需要建立适应现代大学教育的学科体系与知识体系，陈寅恪恰逢其时地成为新学科与知识体系的促进者、建构者。1931年陈寅恪发表《吾国学术之现状及清华之职责》，呼吁"吾国大学之职责，在求本国学术之独立"。1931年为冯友兰《中国哲学史》写审查报告，提出中国学术如能于思想上自成体系，有所创获，"必须一方面吸收输入外来之学说，一方面不忘本来民族之地位"。陈寅恪小王国维13岁，在清华研究院与王国维关系相处最好。王国维自沉后，陈寅恪痛定思痛，在盘点整理王国维学术遗产的过程中，完善了自己的学术理想。其主张以"殉文化"说解释王国维的自沉，并以"独立之意志，自由之思想"的口号，提升包括王国维在内的现代知识人的思想品格与学术境界。陈寅恪1934年《王静安先生遗书序》总结王国维的学术内容与治学方法有三：一是取地下实物与纸上遗文互相释证，凡考古学及上古史之作归于此类。二是取异族之故书与吾国之旧籍互相补正，凡辽金元史及边疆地理之作归于此类。三是取外来之观念与固有之材料互相参证，凡属于文艺批评及小说戏曲之作归于此类。陈寅恪在《序》中断言："吾国他日文史考据之学，范围纵广，途径纵多，恐亦无以出三类之外。"

在"吸收输入外来之学说，不忘本来民族之地位"这一学术大目标下，陈寅恪在以诗证史和诗史互证方面，别有体会，并在学术实践中积极实践，使之日臻成熟。以诗证史、诗史互证，逐渐成为陈寅恪所概括的王国维释证、补证、参证之外第四种文史考证学方法。在以诗证史、诗史互证的体系中，陈寅恪赋予古典、今典这对概念以重要的阐释学意义。

陈寅恪回国之后的研究范围在"塞外之史、殊族之文"。其关于佛经翻译传播、西北历史地理的研究，属于西方东方学的分支，充满着比较与对比研究的思维。在转向中古史研究后，这种学术方法被继承下来。1931年，陈寅恪有《庾信哀江南赋与杜甫咏怀古迹诗》，以杜甫《咏怀古迹》中"羯胡事主终无赖"一句，为庾信《哀江南赋》最末一节"天地之大德曰生"以下八句诗作解，开启个人学术研究以诗解诗的模式。1935 年有《元白诗中俸料钱问题》，从元白诗的记载中，寻求地方官吏法定俸料之外，所可能存在的正当收入。这是陈寅恪有意识进行的以诗证史的实践。在不断学术实践的基础上，1939 年陈寅恪在《读哀江南赋》中提出"古典今典说"：

> 解释词句，征引故实，必有时代限断。然时代划分，于古典甚易，于"今典"则难。盖所谓"今典"者，即作者当日之时事也。

陈寅恪对今典古典的第一次界定有以下几层意思：一、今典与古典的区分是因"解释词句，征引故实"的需要而存在的；二、今典与古典的区分在时代，今典是今日之时事，古典是历史之故实；三、就解诗而言，对今典的把握难于对古典的把握。

陈寅恪以《哀江南赋》为例，做了一个区分古典意象和当日本事的示范。庾信原为南朝梁人，与徐陵同为萧纲的东宫学士，创"徐庾体"。554 年出使西魏，被留滞长安。庾信熟悉齐梁文学声律对偶之学，在西安洛阳的长期生活中，又接受北朝文学的苍浑劲健之气，是南北文学交流的主要人物，对唐代诗、赋的发展有着重要影响。其晚年作品常有故国之思。陈寅恪首先确定《哀江南赋》的写作时间是在 578 年 12 月，周武帝已崩，宣帝即位，尚未改元时期。时庾信 65 岁，已由洛阳刺史征还长安。其次，论证庾信之作是其看到沈炯《归魂赋》后而作。沈炯南归后有《归魂赋》，欲求南归而不可得的庾信因有《哀江南赋》。因此，学界人"注《哀江南赋》者，以《楚辞·招魂》之'魂兮归来哀江南'一语，以释其命名之旨。虽能举其遣词之所本，尚未尽其用意之相关。是知古典矣，犹未知今典也"。同理，其赋末结语为写作意旨所在。"岂知灞陵夜猎，犹是故时将军；咸阳布衣，非独思归王子"二句，非仅用李将军、楚王子之古典也，亦用当时之"今典"焉。通晓"故时将军""咸阳布衣"的今典,才能充分理解庾信依恋江南不得南归的痛苦。

陈寅恪抗战流亡中的三部著作《隋唐制度渊源略论稿》《唐代政治史述论稿》《元白诗笺证稿》被合称为"唐史三书",三书中作者对《元白诗笺证稿》增改最多,持续时间最长。此书初成时7万余字,我们现在看到的通行本约26万字。其中以诗证史、诗史互证的例证甚多。《元白诗笺证稿》是陈寅恪由历史研究转向文学研究的标志。

文学研究一直是陈寅恪不能忘怀的领地。他为王国维遗书作序,专门将王国维的文学研究立为一类,以为用外来观念解读中国戏曲小说是王氏开风气之先之处。陈寅恪多次在著述中提及自己喜读小说,其晚年写作《柳如是别传》,专门注明自己在衰废之年著书,"斯乃效《再生缘》之例,非仿《花月痕》之体也"。又在《柳如是别传》中别出心裁地指出,明末的吴越名姝,与清初《聊斋志异》中的齐鲁狐女,分别是明、清两代与南北两地文人眼中的尤物,时代与地域的差别,使文人对名姝和狐女的表现各有不同。看似偶然一笔,却是作者熟悉中国小说的证明。1953年以后,陈寅恪研究弹词,研究钱柳因缘,自嘲为"颂红妆"。"颂红妆"使陈寅恪向文学的研究跨出了一大步,也向以诗证史、诗史互证中的今典古典的发明应用跨出一大步。

陈寅恪在《柳如是别传》缘起部分再谈释证之学:

> 自来诂释诗章,可别为二。一为考证本事,一为解释辞句。质言之,前者乃考今典,即当时之事实。后者乃释古典,即旧籍之出处。

这段话可以看做陈寅恪关于今典、古典的第二次界定:今典是考证本事,理清当时之事实;古典是解释辞句,明了旧籍之出处。第二次界定比第一次界定更为明清简洁，更重要的是陈寅恪第一次界定后的学术操作是一篇论文，而第二次界定后的学术操作，是80余万字的著述。其所具有典范的意义更大更广泛。

钱谦益主盟文坛五十年，是一个有诗两千余首、著作等身的文人，又是经历降清复明活动故事甚多的东林党魁首。清乾隆时期，因其贰臣行为，著述被列入禁毁之列。其族孙钱曾注钱谦益诗集，因抵触时禁，宜有所讳。钱曾深恶柳如是，对钱谦益与柳如是的交往本事，有所隐蔽不著。加上文人民间流传的有关钱柳的记叙与史料也因禁毁及时间久远，湮没漫灭者不少。这给三百年后追寻钱柳因缘者带来极大的困难。陈寅恪立志追寻钱柳因缘时，已是一个双目失明的老人。他必须依靠学术助手的帮助，才能完成研究与书写。

明知困难重重，却要勉力而为，这是陈寅恪在《柳如是别传缘起》中表达的心情。《柳如是别传》的写作，除了成就当年朱雀桥边、乌衣巷口那个懵懂少年"温旧梦，寄遐思"的文学之想外，作者还有"自验所学"的冲动：自验所学其一是"牧斋博通文史，旁涉梵夹、道藏"，这些均为陈寅恪下过功夫的学术领域；自验所学其二，是钱之高文雅什、柳之清词丽句，多有让人瞠目结舌、不知所云者。解读钱柳之诗，正为以诗证史、诗史互证方法提供用武之地。温旧梦寄遐思与自验所学的两大学术目标，成为陈寅恪"始知禀鲁钝之资，挟鄙陋之学，而欲尚论女侠名姝、文宗国士于三百年之前"的重要凭借。

因为研究任务艰巨，陈寅恪为《柳如是别传》的写作制定了严格的释证范围及义例。其与"今典""古典"运用有关的原则如下：一、重在今典。释证钱柳之诗，于时、地、人考证甚详，以补钱曾原注之缺。无关钱柳之诗的本事从略。二、解释古典故实，自当引用其最原始出处。如原始出处不足通解诗意，则可引与诗意最洽接者。三、钱柳因缘诗，不仅注重今典、古典，还需注意两人酬和诸作的微妙互动，以求真实体会真实描述。

《柳如是别传》读起来是艰涩诘诎的。步步为营的求证，使阅读无法流畅。陈寅恪对自己用十年功夫完成此著，是富有成就感的。其书后偈言云："失明膑足，尚未聋哑。得成此书，乃天所假。卧榻沉思，然脂暝写。痛哭古人，留赠来者。"

依靠今典古典的转换，解读古人古籍，是困难重重且危险重重的行为。今人的阅读著述，都是对古人古籍的一种新解与重建。陈寅恪在为冯友兰《中国哲学史》写序时，对上述困难与危险有过提醒和警告。陈寅恪认为对古人之学说，应具有了解之同情，方可下笔。原因在于古人著书立说，有其环境、背景及时代之真相，如无真正了解，如无契合同情，则可能流于隔阂肤廓；但物极必反。如神游过度，同情失当，又极易流于穿凿附会。穿凿附会之弊，其为害不亚于隔阂肤廓。1932年陈寅恪在清华讲"晋与唐文化史"课程时，谈学术界研究现状，有旧派失之滞、新派失之诬的评价。失之滞的旧派，满足于资料，而很少有立论见解；失之诬的新派，有条理解释，但离真实很远。解读陈寅恪今典古典之说，重温陈寅恪当年的学术立意，对当下的学术建设，或许有所裨益。

读我连篇新派诗

——黄遵宪文学论略

黄遵宪（1848—1905），字公度，广东梅州人。祖父黄际升，经营当铺。父亲黄鸿藻，1856 年中举，曾任户部主事，广西思恩府知府。黄遵宪少有经世之志，但科场蹉跎。1876 年 29 岁中举，出资加五品衔。次年随首任驻日本大使何如璋出使东邻。之后相继任驻美国旧金山总领事、驻英国使馆参赞、新加坡总领事等职。1894 年底被张之洞调任回国，奉命办结江南五省教案，与日本交涉苏州开埠事宜。1895 年加入强学会，参与《时务报》创办。1897 年 7 月，补湖南长宝盐法道、署理按察使，成为湖南新政的重要推动者、实施者。戊戌政变后，被放归故里。七年后，病卒于梅州。

　　黄遵宪是晚清第一代走出国门的外交家。十二年的海外任职，"半世浮槎梦里过"①，"百年过半洲游四"②的独特经历，使他对中国、对世界，有着不同于常人的感受和眼光。其走出国门看世界的经历、经验，对十九、二十

---

① 黄遵宪：《人境庐之邻有屋数间余购取其地葺而新之有楼岿然独立无壁南武山人为书一联曰陆沈欲借舟权住天问翻无壁受呵因足成之》，《黄遵宪全集·人境庐诗草》卷九，北京：中华书局 2005 年版，第 152 页。
② 黄遵宪：《己亥杂诗》其一，《黄遵宪全集·人境庐诗草》卷九，北京：中华书局2005 年版，第 153 页。

附　录　读我连篇新派诗 ｜ 303

世纪之交逐步融入世界体系的中国，是弥足珍贵的。黄遵宪是晚清戊戌政治变法的亲历者。怀抱"滔滔海水日趋东，万法从新要大同"[①]政治理想的一代维新士人，经历"我自横刀向天笑"，[②]"劫余惊抚好头颅"[③]的牺牲与险境。他们的人生，显现着晚清政治变法时代的种种艰难和步步惊心。黄遵宪是一位抱有"别创诗界"理想的诗人，他以"我手写我口"[④]、"诗中有人，诗外有事"[⑤]的努力，写作了十一卷的《人境庐诗草》，二百首《日本杂事诗》和五十余万字的《日本国志》。这些诗文，留下了"别创诗界"诗人丰富的情感经历，也留下晚清"游东西洋"者艰难的思想跋涉。

第一节　吟到中华以外天

黄遵宪生活的时代，梅州尚属粤东北较为偏僻的地方。黄遵宪对广东黄氏来源，持三代遗民，中原旧族，过江入闽，沿海而主粤之说。因不同于土著，故名客家。这种见解，愈到晚年，愈为坚定。黄遵宪晚年《己亥杂诗》其二十四有"方言足证中原韵，礼俗犹留三代前"[⑥]，即体现出浓烈的中

---

① 黄遵宪：《己亥杂诗》其四十七，《黄遵宪全集·人境庐诗草》卷九，北京：中华书局 2005 年版，第 158 页。

② 梁启超：《饮冰室诗话》，《梁启超全集》第三集，北京：中国人民大学出版社 2018 年版，第 174 页。

③ 黄遵宪：《仰天》，《黄遵宪全集·人境庐诗草》卷九，北京：中华书局 2005 年版，第 153 页。

④ 黄遵宪：《杂感》其二，《黄遵宪全集·人境庐诗草》，北京：中华书局 2005 年版，第 75 页。

⑤ 黄遵宪：《黄遵宪全集·人境庐诗草自序》，北京：中华书局 2005 年版，第 68 页。

⑥ 黄遵宪：《黄遵宪全集》，北京：中华书局 2005 年版，第 115 页。

原文化认同意识。客家迁居山国，土瘠田薄。在 18 世纪之后，客家人耕读传家的传统之外，多出了一个到南洋谋生的生活选择。黄遵宪《己亥杂诗》其三十三"海国能医山国贫"[①]之句，即描述，这一人口流动趋向。此诗作者自注："海道既通，趋南洋谋生者，凡岁以万计"，"总计南洋华商，客人居十之三。"[②]客家人的生存理念，为黄遵宪中举后毅然选择外交官生涯埋下伏笔。晚清社会，又是一个某省某籍观念广泛流行的年代。同籍同年的盘根错节，成为读书求仕者重要的人设条件。1902 年 5 月，放归梅州后的黄遵宪，致信在日本创办《新民丛报》梁启超，自述人生遭际与学术选择道：

> 平生最不幸者，生于僻陋下邑，无师无友，踽踽独行。中国旧学，初亦涉猎，然不喜宋学，又不喜汉学，故无一成就。于文字中略喜为诗，谓可以言志……然又谓晋宋以后，词人浅薄狭隘，失比兴之义，无兴观群怨之旨，均不足学。意欲扫词章家一切陈陈相因之语，用今人所见之理，所用之器，所遭之时势，一寓之于诗。务使诗中有人，诗外有事，不能施之于他日，移之于他人，而其用以感人为主。[③]

无师无友、独行无助的孤独成长，鄙薄汉宋两学，独喜为诗的学术兴趣，以及鸦片战争之后内忧外患、战争频仍的家仇国恨，构成黄遵宪1876年未出国门之前的诗歌创作的基本情感。黄遵宪的早年诗主要收集在《人境庐诗草》一、二卷中。早年诗集中呈现两个方面的内容：一是抒写着"国耻

---

① 黄遵宪：《黄遵宪全集》，北京：中华书局 2005 年版，第 157 页。
② 黄遵宪：《黄遵宪全集》，北京：中华书局 2005 年版，第 157 页。
③ 黄遵宪：《黄遵宪集》，吴振清等编，天津：天津人民出版社2003 年版，第490 页。

诚难雪，何仇到匹夫"①的家国忧患和"频番缘木妄求鱼"②的科考焦虑，二是初步构建"我手写我口"③、"诗中有人，诗外有事"④的诗学理想。

　　黄遵宪早年的乡居读书生活，处在两次鸦片战争之间。中国被强力打破国家门户，随着《南京条约》《天津条约》等一系列不平等条约的签订，西方秩序开始了以粗暴的方式影响中国。太平天国 1853 年建都南京，在清王朝的围剿与太平军的反围剿过程中，中国的南方进入战乱频仍时期。连年的战乱动荡，使黄家家道中落，日常生活也甚受惊扰。1865 年，黄遵宪 18 岁，新娶同乡叶氏。太平军攻陷嘉应州城，黄氏全家乘舟逃往潮州。诗人有《乙丑十一月避乱大埔三河虚四首》《拔自贼述所闻四首》《潮州行》《乱后归家四首》记其事。其《潮州行》云："人生乱离中，所谋动乖忤。一夕辄三迁，踪迹无定所……虎口脱余生，惊喜泣相语。回看诸弟妹，僵伏尚如鼠。"⑤作者数年后与朋友说起乙丑冬月避乱潮州，兵退乃返的经历，尚有"回首六年离乱事，梦余犹觉客心惊"⑥的余悸。

　　两次鸦片战争后，侵略者的霸凌在中国无处不在。黄遵宪二十岁中秀才，之后三次到广州应试，也曾路经香港，1870 年有《香港感怀十首》、1873 年有《羊城感赋六首》，抒写对香港、广州两个城市的感受。"弹指楼

---

　　①　黄遵宪:《大狱四首》其一,《黄遵宪全集·人境庐诗草》卷三,北京:中华书局2005 年版,第 90 页。

　　②　黄遵宪:《将应顺天乡试仍用前韵呈霭人樵野丈》其一,《黄遵宪全集》,北京:中华书局 2005 年版,第 89 页。

　　③　黄遵宪:《杂感》其二,《黄遵宪全集·人境庐诗草》,北京:中华书局 2005 年版,第 75 页。

　　④　黄遵宪:《人境庐诗草自序》,《黄遵宪全集》,北京:中华书局 2005 年版,第 68 页。

　　⑤　黄遵宪:《黄遵宪全集》,北京:中华书局 2005 年版,第 72 页。

　　⑥　黄遵宪:《将至潮州又寄诗五》,《黄遵宪全集》,北京:中华书局 2005 年版,第 79 页。

台现，飞来何处峰？为谁刈藜蕹，遍地出芙蓉。"①是言香港割让，始于鸦片肇祸。割让后，鸦片进口益多，百里之地的香港成为英国鸦片进入中国的重镇。"虎穴人雄据，鸿沟界未明。传闻哀痛诏，犹洒泪纵横。"②是言香港割让，海界争端频起。道光皇帝因为失去香港，引以为耻，遗诏不入太庙。"遣使初求地，高皇全盛时。六州谁铸错，一恸失燕脂。"③痛定思痛，忆及清帝国全盛之时，英使马戛尔尼求地而被拒绝。早知今日恸失燕脂，何必当初居高临下？作者拈出马戛尔尼求地事件之"前踞"，对比道光时期因失地不入太庙之"后恭"，其对割让香港问题的历史追问反思的高度，几乎接近现代人认知水平。对于广州，黄遵宪感觉她是一个百物辐辏、风气迥异于中原的城市："早潮晚汐打城门，玉漏声催铜鼓喧。百货均输成剧邑，五方风气异中原。"④作者对鸦片战争中清王朝战和不定、首鼠两端的行为记忆深刻："慷慨争挥壮士戈，洗兵竟欲挽天河……纷纷和战都非策，聚铁虽坚奈错何！"⑤香港割让，广州便成为驱鳄伏波的前沿城市："骑羊漫诩仙人鹤，驱鳄难除海大鱼。独有十三行外柳，重重深护画楼居。"⑥对广州这一家乡的首善之区，作者寄寓深深的感情。

1872 年底，黄遵宪考取拔贡生，有资格参加顺天府乡试。1874 年起，

① 黄遵宪：《香港感怀十首》其一，《黄遵宪全集·人境庐诗草》卷一，北京：中华书局 2005 年版，第 77 页。
② 黄遵宪：《香港感怀十首》其二，《黄遵宪全集·人境庐诗草》卷一，北京：中华书局 2005 年版，第 78 页。
③ 黄遵宪：《香港感怀十首》其十，《黄遵宪全集·人境庐诗草》卷一，北京：中华书局 2005 年版，第 78 页。
④ 黄遵宪：《羊城感赋六首》其一，《黄遵宪全集·人境庐诗草》卷一，北京：中华书局 2005 年版，第 81 页。
⑤ 黄遵宪：《羊城感赋六首》其四，《黄遵宪全集·人境庐诗草》卷一，北京：中华书局 2005 年版，第 82 页。
⑥ 黄遵宪：《羊城感赋六首》其十，《黄遵宪全集·人境庐诗草》卷一，北京：中华书局 2005 年版，第 82 页。

黄遵宪的科考地改在北京。其行走路线是先到广州，从海道到天津，再至北京。述写到北京应试的心情："无穷离合悲欢事，从此东西南北人。"[1] 在天津，黄遵宪有《由轮舟抵天津作四首》，对天津这一京都门户，留下"华夷万国无分土，人鬼浮生共转轮"[2]、"东西市舶无分界，南北藩封此要津"[3]的印象。第一次廷试未售，黄遵宪留居京城。其时，黄遵宪的父亲黄鸿藻任户部主事。在父亲的帮助下，结识同乡先辈何如璋、邓承修、钟梦鸿。1875年，随父到天津、烟台。在天津，黄遵宪有《和钟西耘庶常德祥津门感怀诗》八首，再次表达对天津这所城市的感受。其最后一首云："东西南北走舟车，虎穴惊看插邑闾。七万里戎来集此，五千年史未闻诸。《考工》述物搜奇字，鬼谷尊师发秘书。教训十年民力盛，倘排犀手射鲸鱼。"[4] 诗人对充当京师门户的天津所蕴含所交集的风云之气，有着大胆的预测：如有五千年文明史上中国未尝有的事情发生，天津就可能成为风暴之眼。烟台时为南北通商要区。黄遵宪在烟台结识任职莱青道的广东南海人张荫桓（号樵野），并在同乡郑藻如的引见下，拜谒了处理云南马嘉理事件、参与中英谈判的李鸿章，被李鸿章誉为"霸才"。黄遵宪流连北京、天津、烟台的两年，研究曾国藩处理的"天津教案"，关心李鸿章签订的《烟台条约》，既是他走出家乡、广结人脉、摆脱无师无友困境的两年，又是开阔眼界、关心时务、了解国计民生大势的两年。

越是充分感受到世界与中国的巨大的变化，越是体会到积弱不振的中国，急需内政与外交方面的有识之士，越是痛恨中国的选士抡才制度。内忧

---

① 黄遵宪：《出门》，《黄遵宪全集·人境庐诗草》卷二，北京：中华书局 2005 年版，第 84 页。

② 黄遵宪：《黄遵宪全集·人境庐诗草》卷二，北京：中华书局 2005 年版，第 84 页。

③ 黄遵宪：《水滨》，《黄遵宪全集·人境庐诗草》卷二，北京：中华书局 2005 年版，第 84 页。

④ 黄遵宪：《和钟西耘庶常德祥津门感怀诗》其八，《黄遵宪全集》，北京：中华书局 2005 年版，第 88 页。

外患频仍下中国的人才选拔制度，依旧沿袭八股制艺方式，扼杀着无数读书人的聪明才智。对此，黄遵宪有着深刻的体会。自 1867 年在嘉应州考中秀才后，他三次广州乡试、一次北京廷试均告失利，个人情绪处在既极度厌恶科考但又急于敲开科考之门的矛盾与紧张之中。其写于烟台的《将应顺天试仍用前韵呈霭人樵野丈》《述怀再呈霭人樵野丈三首》吐露了对科举考试的愤懑与无奈：

> 平生揽辔澄清志，足迹殊难出里闾。万一铅刀堪小试，可容韫椟便藏诸？舳棱魏阙宵来梦，简练《阴符》夜半书。一第区区何足道，频番缘木妄求鱼。①
>
> 两汉举贤良，六朝贵门第。设科不分目，我朝重进士。孔孟生今日，必就有司试。岂能无斧柯，皇皇行仁义。宪也少年时，谓芥拾青紫。五岳填心胸，往往矜爪嘴。三战复三北，马齿加长矣。破剑短后衣，年年来侮耻。下争鸡鹜食，担囊走千里。时时发狂疾，痛洒忧天泪。群书杂然陈，所志非所事。柄凿殊方圆，如何可尝试……②

诗题中的霭人即龚易图（字霭仁），樵野即是张荫桓。诗人把科举取士看作缘木求鱼，讥讽特重进士出身的当朝：即使孔孟再生，可能也要通过有司之试。重经训八股的科考，与士人救国救民、揽辔澄清之志，方枘圆凿，格格不入。自己十年间破剑破衣，担囊千里，三战三北，处在"时时发狂疾，痛洒忧天泪"③的崩溃与痛苦之中。

---

① 黄遵宪：《黄遵宪全集·人境庐诗草》卷二，北京：中华书局 2005 年版，第 89 页。
② 黄遵宪：《黄遵宪全集·人境庐诗草》卷二，北京：中华书局 2005 年版，第 90 页。
③ 黄遵宪：《述怀再呈霭人樵野丈人》，《黄遵宪全集·人境庐诗草》卷二，北京：中华书局 2005 年版，第 89 页。

在制艺八股，需代圣人立言，诗与古文写作，走不出宗唐宗宋迷雾的时代，说当下的话，说自己的话，便成为黄遵宪诗歌写作理想的最初起点和最强动力：

> 世儒诵《诗》、《书》，往往矜爪嘴。昂头道皇古，抵掌说平治。上言三代隆，下言百世俟，中言今日乱，痛哭继流涕。摹写车战图，胼胝过百纸。手持《井田谱》，画地期一试。古人岂我欺，今昔奈势异。儒生不出门，勿论当世事。识时贵知今，通情贵阅世。卓哉千古贤，独能救时弊。贾生《治安策》，江统《徙戎议》。①

> 大块凿混沌，浑浑旋大圜。隶首不能算，知有几万年？羲轩造书契，今始岁五千。以我视后人，若居三代先。俗儒好尊古，日日故纸研。六经字所无，不敢入诗篇。古人弃糟粕，见之口流涎。沿习甘剽盗，妄造丛罪愆。黄土同抟人，今古何愚贤？即今忽已古，断自何代前？明窗敞流离，高炉蒸香烟。左陈端溪砚，右列薛涛笺。我手写我口，古岂能拘牵。即今流俗语，我若登简编。五千年后人，惊为古斓斑。②

两诗均为黄遵宪 20 岁时作品。前诗是《感怀》三首中的第一首，后诗是《杂感》五首中的第二首。"识时贵知今，通情贵阅世""我手写我口，古岂能拘牵"，均是黄遵宪最超越时俗与众人的见解。以通达的眼光，看待今事与古事、今人与古人，今语与古语，其诗学主张让人耳目一新。说当下时代的话，写自己想说的话，以流俗之语入诗，便成为黄遵宪最简单朴素的诗

---

① 黄遵宪：《感怀三首》其一，《黄遵宪全集·人境庐诗草》卷一，北京：中华书局 2005 年版，第 70 页。
② 黄遵宪：《杂感》其二，《黄遵宪全集·人境庐诗草》卷一，北京：中华书局 2005 年版，第 75 页。

文创新主张。

黄遵宪 1872 年考取拔贡生时，得识广东学政何廷谦的幕僚周琨。《人境庐诗草》中有与周琨唱和之作。周不久北归。黄遵宪有《致周朗山函》，讨论"有我之诗"的理念："苟能即身之所遇，目之所见，耳之所闻，而笔之于诗，何必古人？我自有我之诗者在矣""不能率其真，而舍我以从人……我已忘我，而吾心声皆他人之声，又乌有所谓诗者在耶？"① "有我之诗"的理念，与"识时贵知今""我手写我口"创新口号，共同成为黄遵宪早期诗学理想的基石。

1876 年 9 月黄遵宪在顺天乡试中举，之后便面临人生第一次重大的转机。李鸿章签署《中英烟台条约》后，郭嵩焘因马嘉理案赴英国道歉，此行也成为清政府在海外设立使馆的开端。随后，清政府向美、法、德、俄、日本设馆派使事宜，相继进入操作阶段。12 月，清政府任命何如璋为驻日本大使。在征得黄遵宪同意后，何如璋奏保黄遵宪为参赞。黄遵宪幸运地成为中国第一代使者，有同乡前辈的举荐，也有自己果敢决绝的选择："如此头颅如此腹，此行万里亦奇哉！诸公未见靴尖趯，待我扶桑濯足来。"② 因此，黄遵宪《将之日本题半身写真寄诸友》一诗，充满着求仁得仁的欢欣。

黄遵宪是一个时代感很强而又勤奋敬业的诗人。读书养望的年轻时代如此，十二年海外生涯更是如此。1877 年 9 月 25 日，年届 30 岁的黄遵宪从上海启程，前往日本，到 1882 年 2 月，奉调任美国旧金山总领事，黄遵宪在日本五年有余。日本五年间，作为政务中的大事，黄遵宪协助何如璋参与琉球与朝鲜事务的处理。琉球问题、朝鲜问题与中日甲午战争，是有着相互联系的日本在亚洲扩张行为。黄遵宪替何如璋上书总署提出的解决琉球

---

① 黄遵宪：《黄遵宪全集》，北京：中华书局 2005 年版，第 291 页。
② 黄遵宪：《人境庐诗草》卷二，《黄遵宪全集》，北京：中华书局 2005 年版，第 91 页。

争端的上中下三策,《朝鲜策略》中替朝鲜筹划的开放自强的五项国策,均体现维护清朝作为宗主国的基本利益和从亚洲全局着眼的外交家胸怀。黄遵宪"日本维新之效成则且霸,而首先受其冲者为吾中国"的警告,并没有被中国当政者所充分领会。之后是琉球、朝鲜、台湾一步步的相继失去。对琉球、朝鲜事,黄遵宪的《流求歌》有诗句云:"北辰太远天不闻,东海虽枯国难复。毡裘大长来调处,空言无施竟何补?"①叹息北辰太远,空言无补,而琉球不再。其《朝鲜叹》有句云:"土崩瓦解纵难料,不为天竺终波兰。吁嗟乎朝鲜!朝鲜吾忍言?"②担心众国觊觎下的朝鲜,如不能自保其身,则难免重蹈天竺、波兰国灭之覆辙。在琉球、朝鲜事务的处理中,黄遵宪体会到国际交往中知己知彼的重要与艰难。他在这一时期写给王韬的信中感叹中国外交:"通商以来,既三十余年,无事之日,失每在柔;有事之时,失每在刚。"③实为对中国外交的痛切之语。

黄遵宪与日本人士的交往情况,林振武等2019年出版的《黄遵宪年谱长编》中有如下记述:"黄遵宪广泛接触日本人士,或笔谈,或招饮,或出游,殆无虚日,有名可据者达八十多人。过从尤密者,有源桂阁、宫岛诚一郎、增田贡、冈千仞、石川鸿斋、青山延寿、龟谷省轩、松井强哉、关义臣、重野安绎、小森泽、副岛种臣、三浦安、加藤樱老等人。"④因语言不通,黄遵宪与日本友人的谈话是以笔谈方式进行的。1965年前后,日本学者实藤惠秀与新加坡华裔学者郑子瑜合作,将这批笔谈遗稿中与黄遵宪有关的部分特别择出,予以抄录、标点、整理、校订,编成《黄遵宪与日本友人笔谈遗稿》一书。《遗稿》及黄遵宪与其他日本、朝鲜朋友的笔谈,均收入

---

① 黄遵宪:《人境庐诗草》卷三,《黄遵宪全集》,北京:中华书局2005年版,第104页。

② 黄遵宪:《人境庐诗辑补》,《黄遵宪全集》,北京:中华书局2005年版,第216页。

③ 黄遵宪:《致王韬函》,《黄遵宪全集》,北京:中华书局2005年版,第315页。

④ 林振武:《黄遵宪年谱长编》,北京:中华书局2019年版,第116页。

陈铮编辑的《黄遵宪全集》。从笔谈的内容看，日本朋友更关心中国的经学经典的阅读与诗文写作，中国朋友更有兴趣于日本民族地理习俗与明治维新。在谈文论道与游宴之乐的交往中，黄遵宪有感于"中土士夫，闻见狭陋，于外事向不措意"，①而有著述《日本杂事诗》《日本国志》的计划。

《日本杂事诗》成书于 1879 年，《日本国志》成书于 1887 年。两书是互有侧重、形成犄角之势的联璧之作。黄遵宪 1891 年在英国使馆修订《日本杂事诗》时，在《杂事诗》结尾处的注中自述两书写作缘起与两书之区别道：

> 日本与我仅隔衣带水，彼述我事，积屋充栋；而我所记载彼，第以供一噱，余甚惜之。今从大使后，择其大要，草《日本志》，成十四卷。复举杂事，以国势、天文、地理、政治、文学、风俗、服饰、技艺、物产为次，衍为小注，串之以诗。余虽不文，然考于书，征于士大夫，误则又改，胡非向壁揣摩之谭也。②

两书共同的写作宗旨，是让中国对日本有更多的了解。《日本国志》为正史，《日本杂事诗》"复举杂事"，为正史的补充与衍生物。《日本杂事诗》的记叙门类与《日本国志》稍有不同，可以与《日本国志》互见发明。一诗一史，相得益彰。黄遵宪自信：诗与史的写作，有亲读其书的文献基础，有与其国士大夫互相质难切磋过程，有多次修改，以求其是的苦心孤诣，自与向壁而构者不同。

《日本杂事诗》1879 年首次由同文馆印行。凡两卷，一百五十四首。诗体均为七绝，每诗下有注，注文长短不一。其对日本历史政治文化风俗的描

---

① 黄遵宪：《日本杂事诗自序》，《黄遵宪全集》，北京：中华书局 2005 年版，第 6 页。
② 黄遵宪：《黄遵宪全集》，北京：中华书局 2005 年版，第 66 页。

写为国人所喜读：

（一）立国扶桑近日边，外称帝国内称天。

　　纵横八十三州地，上下二千五百年。[1]

（五）避秦男女渡三千，海外蓬瀛别有天。

　　镜玺永传笠缝殿，倘疑世系出神仙。[2]

这两首诗是言日本的地理与历史：日本因近于扶桑之地而有国名。立国二千余年，内称曰天皇，外称曰帝国。中国所传徐福避秦东渡而有日本之说，恐为儒者拘虚之见，非史家纪实之词。

（五五）化书奇器问新编，航海遥寻鬼谷贤。

　　学得黎鞬归善眩，逢人鼓掌快谈天。[3]

（五七）欲争齐楚连横势，要读孙吴未著书。

　　缩地补天皆有术，火轮舟外又飞车。[4]

前诗言日本明治维新后，留学他国，以求新学，渐成风气；后诗言日本的军事教育，因火轮飞车参与，缩地补天有术。在黄遵宪看来，日本现在的进步，正是需要中国见贤思齐、迎头赶上的地方。

（一一六）斜阳红映酒旗低，食槥归时袖各携。

---

① 黄遵宪：《黄遵宪全集》，北京：中华书局 2005 年版，第 7 页。
② 黄遵宪：《黄遵宪全集》，北京：中华书局 2005 年版，第 9 页。
③ 黄遵宪：《黄遵宪全集》，北京：中华书局 2005 年版，第 23 页。
④ 黄遵宪：《黄遵宪全集》，北京：中华书局 2005 年版，第 24 页。

都为细君留割肉，自拼空酹醉如泥。①

（一一七）湘帘半卷绮窗开，帕腹悄头烂漫堆。

道是莲池清净土，未妨天女散花来。②

前诗写日本人嗜酒善歌，后诗写日本特有的男女同浴。这些异域民族特有的生活习性，可以满足中国读者的阅读好奇心。

黄遵宪诗配注的《日本杂事诗》是一种特殊的文体，重在记事，以"诗"破题，以"注"明事。1879 年同文馆初版洪士伟序，以"特变诗人之例，为史氏之书。事纪以诗，诗详以注"③之语，概括《日本杂事诗》的文体特点。1880 年，王韬为香港版《日本杂事诗》作序，以为杂事诗是"政事之暇，问俗采风"之作，其表现内容及诗体特点是："叙述风土，纪载方言，错综事迹，感慨古今；或一诗但纪一事，或数事合为一诗，皆足以资考证。大抵意主纪事，不在修词，其间寓劝惩，明美刺，存微悒；而采据浩博，搜辑详明，方诸古人，实未多让。"④王韬所言"意主纪事，间寓劝惩"的诗旨宏义，与黄遵宪"诗外有事，诗中有人"诗学主张暗合。黄遵宪1885 年梧州版自序云："余在外九年，友朋贻书询外事者，邮筒络绎。余倦于酬答，辄以此卷应之。"⑤自序从特殊的角度道出此集翻印数版的原因。《日本杂事诗》的受读面，远远大于《日本国志》。

黄遵宪在日本的诗歌写作，主要收入《人境庐诗草》卷三中，约五十余首。与日本友人笔谈时唱和诗二十余首，诗人在编辑《人境庐诗草》时删除，今收入《人境庐诗辑补》中。黄遵宪为日本历史上尤其是明治维新时期

① 黄遵宪：《黄遵宪全集》，北京：中华书局 2005 年版，第 41 页。
② 黄遵宪：《黄遵宪全集》，北京：中华书局 2005 年版，第 42 页。
③ 黄遵宪：《黄遵宪全集》，北京：中华书局 2005 年版，第 4 页。
④ 黄遵宪：《黄遵宪全集》，北京：中华书局 2005 年版，第 5 页。
⑤ 黄遵宪：《黄遵宪全集》，北京：中华书局 2005 年版，第 6 页。

的武士义士，写过若干首赞诗。如《西乡星歌》，写日本维新三杰之一的西乡隆盛，描述其倒幕的壮举与叛乱死难的惨烈，把日本国人奉为"西乡星"的武士，作出"一世之雄旷士才"①的盖棺论定。再如在《赤穗四十七义士歌》中，叙写日本江户时期四十七名赤穗浪人，为主人报仇成功后，集体剖腹自刎而死的历史事件，表彰日本民族中的尚武忠义精神。收入《人境庐诗草》卷三的还有《近世爱国志士歌十四首》，歌颂十四个日本维新时期的爱国志士。其中四首，曾被梁启超1902年录入《饮冰室诗话》中，因为这些诗在初稿本中没有出现，研究者一般认为是诗人的补写之作。黄遵宪这些表彰义士题材的诗，意在激扬维新死难的精神，"以兴起吾党爱国之士"。②但因为是以他国历史人物历史事件为吟咏对象，对于中国的读者来说，无异是一个讲叙奇闻、创制新典的过程。加上多用古风诗体，夹叙夹议，读起来不免偏于艰涩沉重。较为简易明快的是《樱花歌》《游箱根》《都踊歌》等诗。诗人在异国他乡满足"平生烟霞心"③的同时，还饶有兴致地观察记录了西京街头的民间舞蹈与节奏："长袖飘飘兮鬈峨峨，荷荷！裙紧束兮带斜拖，荷荷！分行逐队兮舞傞傞，荷荷！往复还兮如掷梭，荷荷！回黄转绿兮挼莎，荷荷！"④诗人将街头歌舞"译而录之"，是因为有感于"其风俗犹之唐人《合生歌》，其音节则汉人《董逃行》也。"⑤

与日本友人的交往，黄遵宪有着诗人与外交官的双重身份。"东人喜读中人之诗，中人又喜闻东国之事"⑥，这是黄遵宪1885年在梧州时对东人、中人各具交流需求的经典概括。从日本走出的外交官黄遵宪，在之后的外交生

---

① 黄遵宪:《人境庐诗草》卷三,《黄遵宪全集》,北京:中华书局2005年版,第92页。
② 黄遵宪:《黄遵宪全集·人境庐诗草》卷三,北京:中华书局2005年版,第99页。
③ 黄遵宪:《黄遵宪全集·人境庐诗草》卷三,北京:中华书局2005年版,第98页。
④ 黄遵宪:《黄遵宪全集·人境庐诗草》卷三,北京:中华书局2005年版,第96页。
⑤ 黄遵宪:《黄遵宪全集·人境庐诗草》卷三,北京:中华书局2005年版,第96页。
⑥ 黄遵宪:《日本杂事诗自序》,《黄遵宪全集》,北京:中华书局2005年版,第5页。

涯中，再没有文酒相从、何等欢燕的经历。在美国，他感到"碧眼红髯，非我族类"，因此"不欲郁郁久居此地也"①。在伦敦也感到甚为不适：一方面是在湿冷天气中，肺部不好的黄遵宪未曾脱下棉衣，因此有"雾重城如漆，寒深火不红"②的诗句；另一方面，黄遵宪1885年从美国归国后，在家乡用一年半的时间，殚精竭虑，于1887年完成十二卷50万字《日本国志》，抄写四份，除一份自留外，分别送总理衙门、外相李鸿章、两广总督张之洞，结果却如明珠暗投，杳无音信。1890年以参赞身份派驻伦敦，在使馆中负责秘书之类的差事，这使雄心勃勃的黄遵宪，不免产生"虎头燕颔非吾事，何用眉头郁不申"③之类的牢骚。在伦敦使馆的黄遵宪做了两件诗人分内的事情：一是删改增写《日本杂事诗》，一是着手收集整理《人境庐诗草》。

黄遵宪因"使事多暇，偶翻旧编，颇悔少作，点窜增损"④，将《日本杂事诗》增改为二百首。其增改后所写《自序》中，谈及"颇悔少作"的原因：初到日本时，所交多旧学家，其对明治维新的看法偏于保守。"久而游美洲，见欧人，其政治学术，竟与日本无大异。今年日本已开议院矣，进步之速，为古今万国所未有"⑤，对日本明治维新的认识多有改变，加上《日本国志》已完成，《日本杂事诗》需要与《日本国志》的认识一致，因此便有这次"点窜增损"的行为。《日本杂事诗》1898年在长沙富文堂出版时，黄遵宪《后记》中声明："此乃定稿……其他皆拉杂摧烧之可也。"⑥

---

① 黄遵宪：《致宫岛诚一郎函》，《黄遵宪全集》，北京：中华书局2005年版，第338页。

② 黄遵宪：《重雾》，《黄遵宪全集·人境庐诗草》卷六，北京：中华书局2005年版，第120页。

③ 黄遵宪：《在伦敦写真志感》，《人境庐诗草》卷六，《黄遵宪全集》，北京：中华书局2005年版，第121页。

④ 黄遵宪：《日本杂事诗自序》，《黄遵宪全集》，北京：中华书局2005年版，第6页。

⑤ 黄遵宪：《日本杂事诗自序》，《黄遵宪全集》，北京：中华书局2005年版，第6页。

⑥ 黄遵宪：《日本杂事诗后记》，《黄遵宪全集》，北京：中华书局2005年版，第7页。

关于《日本杂事诗》原本和定本的比照比较研究，周作人、钱仲联等学者均有重要的成果。钟叔河 1985 年对照多个版本，取材《日本国志》《人境庐诗草》作《日本杂事诗广注》，为读者提供了对比对照阅读的方便。据王飚统计：定本与初本，诗与注保留未改的约一百零四首。诗和注全新增写的四十六首。其余五十首增删、分合、诗与注改写的情况甚为复杂。[①] 新增与修订后的定稿本，显现着诗人思想认识的新变化。如初本中第六首写明治维新诗与注，在定本中继续保留，定本为明治维新增写了第七首诗与注：

> （六）剑光重拂镜新磨，六百年来返太阿。
>
> 　　方戴上枝归一日，纷纷民又唱共和。
>
> ……明治元年，德川氏废，王政始复古。伟矣哉，中兴之功也！而近来西学大行，乃有倡美利坚合众国民权自由之说者。……[②]
>
> （七）呼天不见群龙首，动地齐闻万马嘶。
>
> 　　甫变世官封建制，竞标名字党人碑。
>
> ……至三年七月，竞废藩为县。各藩士族亦还禄秩，遂有创设议院之请。而藩士东西奔走，各树党羽，曰自由党，曰共和党，曰立宪党，曰改进党，纷然竞起矣。[③]

增写日本议会之设，是要将最新动态、最新的评论补充到日本书写中，给国人提供政治改革的镜鉴。

至于偶有颠覆性认知，则索性推倒重写。如初本中写报刊诗与注是：

---

① 王飚：《从日本杂事诗的修改看黄遵宪思想发展》，张永芳辑：《黄遵宪研究资料选编》，香港：香港天马图书有限公司 2002 年版，第 757 页。

② 黄遵宪：《日本杂事诗》，《黄遵宪全集》，北京：中华书局 2005 年版，第 9 页。

③ 黄遵宪：《日本杂事诗》，《黄遵宪全集》，北京：中华书局 2005 年版，第 9 页。

（五十）一纸新闻出帝城，传来今甲更文明。

　　　　曝檐父老私相语，未敢雌黄信口评。

　　新闻纸，山陬海澨无所不至，以识时务，以公是非，善矣。
然西人一切事皆藉以达，故又有诽谤朝政、诋毁人过之律，以防
其纵，轻则罚锾，重则监禁，日本皆仿行之。新闻纸中述时政者，
不曰文明，必曰开化。①

至定本中，则完全删除而重写：

（五三）欲言古事读旧史，欲知今事看新闻。

　　　　九流百家无不有，六合之内同此文。

　　新闻纸，以讲求时务，以周知四国，无不登载。五洲万国，
如有新事，朝甫飞电，夕既上板，可谓不出户庭而能知天下事矣。
其源出邸报，其体类乎丛书，而体大、而用博，则远过之也。②

　　对报刊作用认知的飞跃，是黄遵宪删除原诗原注并重写新诗新注的原
因。这也是黄遵宪维新变法时期积极筹备《时务报》的认识基础。

　　黄遵宪在英国使馆期间另一项重要工作是开始着手编辑自己的诗稿
《人境庐诗草》。梁启超《饮冰室诗话》记载："黄公度尝语余云：四十以前
所作诗，多随手散佚。庚辛之交，随使欧洲，愤时势之不可为，感身世之不
遇，乃始荟萃成编，借以自娱。"③黄遵宪去美国旧金山总领事馆任职前，与

---

① 黄遵宪：《日本杂事诗广注》，钟叔河主编《走向世界丛书》第一辑，第三册，长
沙：岳麓书社1985年版，第642页。
② 黄遵宪：《日本杂事诗》，《黄遵宪全集》，北京：中华书局2005年版，第22页。
③ 钱仲联：《人境庐诗草笺注》"附录"，上海：上海古籍出版社1981年版，第1260页。

日本朋友留别，有诗五首，第三首有"吟到中华以外天"①之句，黄遵宪对"吟到中华以外天"是颇为自豪的。"吟到中华以外天"之诗的波谲云诡，五光十色，叙写的是国人所不曾见过的外部世界，心仪的是中华所未曾遇到的异域文明。黄遵宪从美国乘船经太平洋回国，有《八月十五夜太平洋舟中望月作歌》，中秋之夜，太平洋上，轮船之中，诗人在时空的转换不定中，叙写今夕何夕之感："嗟我身世犹转蓬，纵游所至如凿空。禹迹不到夏时变，我游所历殊未穷。九州脚底大球背，天胡置我于此中？异时汗漫安所抵，搔头我欲问苍穹。"②再从香港到欧洲的途中，诗人有《今别离》四首，以"虽有万钧柁，动如绕指柔"（其一）、"安得如电光，一闪至君旁"（其二）、"对面不解语，若隔山万重"（其三）、"相去三万里，昼夜相背驰"（其四）③，歌咏轮船、电报、相片等最新工业文明，和跨州旅行才能充分体会到的东西昼夜相反一类的奇特感受。走出中国，才知道日本欧西世界求富求强目标下的日新月异，才觉察到老大帝国故步自封状态中的危机四伏。黄遵宪这一时期写作的《感事三首》写在欧洲国家的葡萄美酒、杯盘交错社交活动中诗人"问我何为独不乐，侧身东望三咨嗟"（其一）的特殊感受。诗人不乐的原因在"东西隔绝旷千载，列国崛兴强百倍……吁嗟乎！芒芒九有古禹域，南北东西尽戎狄。岂知七万余里大九洲，竟有二千年来诸大国"（其二）不知禹域之外的西方国家，缘于长期的闭关锁国。而故步自封的自大心态，导致胶柱鼓瑟的行为方式："世人已识地球圆，更探增冰南北极。"（其三）而中国尚在"堂堂大国称支那，文物久冠亚细亚。流沙被德广所及，却特威远蔑以加。宋明诸儒骛虚论，徒诩汉大夸皇华"（其三）的春秋大梦之中。中国沉湎于宋明虚论、汉大皇华迷梦时，已处四面强敌之中："鄂罗英法联翩起，

① 黄遵宪：《奉命为美国三富兰西士果总领事留别日本诸君子》，《黄遵宪全集》，北京：中华书局 2005 年版，第 105 页。
② 黄遵宪：《黄遵宪全集·人境庐诗草》卷五，北京：中华书局 2005 年版，第 111 页。
③ 黄遵宪：《黄遵宪全集·人境庐诗草》卷六，北京：中华书局 2005 年版，第 121 页。

四邻逼处环相伺。着鞭空让他人先，卧榻一任旁侧睡。"（其三）① 诗人希望以自己的忧患与呼喊惊醒国人，认识到东方文明古国在世界民族之林中已是遭遇觊觎危机四伏。

　　黄遵宪"吟到中华以外天"的诗，自然与未出国门时的诗，在思想、意境与书写方面大有不同。在十余年东、西洋的出使过程中，黄遵宪已经成为中国为数不多的能站在自立于世界民族之林的高度，比较东西方文明的优劣，从自强富足进步的角度，思考国家与民族的命运的知识分子。未出国门前的黄遵宪，对古与今、雅与俗的问题，有着超越流俗的见解，这些见解在走出国门后更趋深化。黄遵宪在英国使馆编辑的《人境庐诗草》时已收集个人之作，约有二三百篇，作《人境庐诗草序》云：

　　　　余年十五六，即学为诗。后以奔走四方，东西南北，驰驱少暇，几几束之高阁。然以笃好深嗜之故，亦每以余事及之，虽一行作吏，未遽废也。

　　　　士生古人之后，古人之诗号专门名家者，无虑百数十家，欲弃去古人之糟粕，而不为古人所束缚，诚戛戛乎其难。虽然，仆尝以为诗之外有事，诗之中有人；今之世异于古，今之人亦何必与古人同。尝于胸中设一诗境：一曰复古人比兴之体；一曰以单行之神，运排偶之体；一曰取《离骚》、乐府之神理而不袭其貌；一曰用古文家伸缩离合之法以入诗。其取材也，自群经、三史，逮于周、秦诸子之书，许、郑诸家之注，凡事名物名切于今者，皆采取而假借之。其述事也，举今日之官书会典、方言俗谚，以及古人未有之物，未辟之境，耳目所历，皆笔而书之。其炼格也，自曹、鲍、陶、谢、李、杜、韩、苏讫于晚近小家，不名一格，

　　① 黄遵宪:《黄遵宪全集·人境庐诗草》卷六，北京：中华书局 2005 年版，第 123 页。

不专一体，要不失乎为我之诗。诚如是，未必遽跻古人，其亦足以自立矣。然余固有志焉，而未能逮也。《诗》有之曰："虽不能至，心向往之。"聊书于此，以俟他日。①

　　黄遵宪的此序历来为研究者所看重，因为它全面阐发了维新变法前诗人中年时期的诗学理想。细绎《人境庐诗草序》所描述的诗境、可以到达的路径、可以借鉴的诗材，以及不名一格，不专一体，要不失为我之诗的主张，感到其思考的重点仍是欲弃去古人之糟粕，而不为古人所束缚这一古今继承脱化问题，这些与晚清流行的诗派如同光体、汉魏六朝诗派所面临的问题并无不同。古典诗歌在明清时期、在晚清时期发展的瓶颈问题即是复古与创新的矛盾。古典诗歌已经创造的盛世辉煌，已经形成的审美规范，难以逾越的名师大家，压迫着生于古人之后的今人。黄遵宪在一片懵懂迷茫之中，得以突出重围、别创诗界的奥妙无他，即在对"诗之外有事，诗之中有人"诗学观念的执着。

　　如果说"识时贵知今，通情贵阅世""我手写我口，古岂能拘牵"是黄遵宪早年的诗学理想，"诗之外有事，诗之中有人"便是走出国门，有了若干"吟到中华以外天"诗歌实践的诗人中年的觉悟。1902年黄遵宪进入生命的晚期，与梁启超的信中讨论诗界革命，仍以"诗外有事，诗中有人"为宗旨。对英国使馆以后的黄遵宪来说，诗外有事，就是走《日本杂事诗》的路子，以诗纪史；诗中有人，就是在诗中真实表达个人情感、以及对时代重大事件的参与和感受。

　　英国使馆之后的黄遵宪，被派至新加坡，然后回国。回国后，在上海、苏州、南京公干期间，黄遵宪曾将抄本的《人境庐诗草》送朋友阅读。梁启超《饮冰室诗话》记曰："丙申、丁酉间，其《人境庐诗草》稿本留余家者

---

① 黄遵宪：《黄遵宪全集》，北京：中华书局2005年版，第69页。

两月余，余读之数过。"①钱仲联《梦苕庵诗话》考辨：20 世纪 30 年代周作人所见《人境庐诗草》抄本一至四卷，现存北京大学图书馆。《人境庐诗草》五至八卷抄本，黄遵宪门人杨徽五有藏，黄遵宪从弟黄遵楷曾寄予钱仲联。卷末附有陈三立、徐仁铸、丘逢甲、梁启超等人评语识跋。②1897 年，黄遵宪有赠诗两首与曾国藩孙子曾广钧，其中第二首谓："废君一月官书力，读我连篇新派诗。"③在朋友诗友之间称自己的诗为"新派诗"，是一种自信和自许，其底气自然来自于其"吟到中华以外天"的诗所呈现出的新阅历、新情景、新词语、新境界。

第二节　胸中块垒当告谁

1897 年是黄遵宪职业与政治生涯的关键年头。1894 年黄遵宪被张之洞以"筹防需人"的理由奏调回国。最早在南京办理江南五省堆积教案，《马关条约》签订后，主持苏杭两地与日商的谈判。维新变法运动初起，黄遵宪列名上海强学会，认捐资金一千元，作为《时务报》举办费用，并积极奔走，为《时务报》筹资。黄遵宪参与《时务报》的事务，亲自制定办报章程，遴选汪康年为总经理、梁启超为主笔。《时务报》是维新变法的重要喉舌，黄遵宪作为《时务报》的实际创办人之一，主动投入维新变法事业，并得以与许多维新变法者结识熟悉。黄遵宪处理外交事务的能力，曾被直隶总

---

① 钱仲联：《人境庐诗草笺注·附录》，上海：上海古籍出版社 1981 年版，第 1257 页。
② 钱仲联：《人境庐诗草笺注·附录》，上海：上海古籍出版社 1981 年版，第 1294 页。
③ 黄遵宪：《人境庐诗草》卷八，北京：中华书局 2005 年版，第 149 页。

附　录　读我连篇新派诗 ｜ 323

督王文韶、两江总督刘坤一、湖广总督张之洞同时看好，竞相表达聘用办理洋务的意向。1896 年 11 月，光绪帝两次召见黄遵宪，也使其身价大增。清政府计划派黄遵宪出任驻英、驻德大使，均因出使国不同意而未能实现。半年后的 1897 年 7 月，黄遵宪被授湖南盐法道兼署理按察使。在湖南任职的短短一年一个月期间，黄遵宪参与湖南的实业兴办与创办时务学堂、创办《湘报》，组织南学会等维新变法活动，与陈三立、梁启超、谭嗣同、夏曾佑等人成为维新变法的同道与壮怀激烈的诗友。

　　陈三立是湖南新政时湖南巡抚陈宝箴之子，1891 年成进士后，任武昌张之洞两湖书院教职。其时，张之洞在武昌的幕府聚集了梁鼎芬、易顺鼎、郑孝胥、陈衍、汪康年、钱恂等一批文人，文酒诗会，颇具声名。黄遵宪1895 年在上海与陈三立结识，黄遵宪曾将《人境庐诗草》卷五至八抄本送阅与陈三立，陈三立也将早年自己的诗作送阅黄遵宪。钱仲联《黄公度先生年谱》记陈三立 1895 年读黄遵宪诗后的跋语云："驰域外之观，写心上之语，才思横轶，风格浑转，出其余技，乃近大家。此之谓天下健者。"[1]黄遵宪读陈三立诗，以"自辟境界，自撑门户，以我之力量，洗人之尘腐"之语与陈共勉。又以为："义理无穷，探索靡尽，公有此才识，再勉力为之，遵宪当率后世文人百拜敬谢也。"[2]黄遵宪在湖南新政时期，与陈宝箴、陈三立父子关系甚为融洽。对维新变法也抱有极大期望与热情。其《致陈三立函》云：

　　　　光绪乙酉，遵宪从美利坚归，尔时居海外十年矣，辄谓中国非除旧布新不能自立，妄草一规模，谓某事当因，某事当革，某

---

① 钱仲联：《人境庐诗草笺注》，上海：上海古籍出版社 1981 年版，第 1085 页。
② 陈三立：《散原精舍诗文集补编》，潘益民辑，南昌：江西人民出版社 2007 年版，第 120 页。

事期以三年，某事期以五年，计二三十年可以有成，尝与二三友
人纵谈极论。既而又自笑曰：此屠龙之技，竟安所施？遂拉杂废
之。嗟乎！不意今日耳中竟闻此变法变法云云也，恨不得与吾伯
严纵论其事也。①

　　不料写作此函一月之后，风云突变。戊戌政变爆发，陈氏父子被革职，
黄遵宪被放归。遭遇横祸厄运，黄遵宪与陈氏父子友情诗谊，一直保持到生
命的最后。黄遵宪归乡后所写的《己亥续怀人诗》分别怀念陈家父子。怀念
陈三立的诗为："文如腹中所欲语，诗是别后相思资。三载心头不曾去，有
人白皙好须眉。"② 对小自己五岁的陈三立继续保持敬重倾慕之情。
　　黄遵宪敬重倾慕的人中还有比他小 25 岁的梁启超。《时务报》初办，聘
梁启超为主笔，黄遵宪是支持者。第一期印出，黄遵宪在《致朱之榛》函中
称赞梁"年甫廿二岁，博识通才，并世无两"③。又在《致汪秉恩》函中称梁
为"海内通才"，"眼中得此人，平生一快事也"④。1897 年 10 月，《时务报》
第 40 期发表梁启超《知耻学会叙》，因有反清的锋芒，引起张之洞不满，要
求缓发。自此之后，《时务报》社汪康年、梁启超的矛盾逐渐升级。黄遵宪
在协调汪、梁冲突期间，湖南官绅界有聘梁启超到长沙任诗文学堂总教习
的想法，黄遵宪便力促此事。梁启超到长沙后，与汪康年做一去一留的摊
牌。张之洞是汪康年的支持者，于是《时务报》便有了汪留梁去的格局。梁
启超 1897 年秋来长沙，1898 年二月离开长沙，在时务学堂任教时间约四个
月。时务学堂包括蔡锷在内的学生虽然只有四十人，但梁启超、韩文举等康
门弟子在课堂上传播民权革命论及康有为立教改制学说，还是在风气较为闭

　① 黄遵宪：《黄遵宪全集》，北京：中华书局 2005 年版，第 417 页。
　② 黄遵宪：《黄遵宪全集·人境庐诗草》卷九，北京：中华书局 2005 年版，第 163 页。
　③ 黄遵宪：《黄遵宪全集》，北京：中华书局 2005 年版，第 382 页。
　④ 黄遵宪：《黄遵宪全集》，北京：中华书局 2005 年版，第 387 页。

塞的湖南引发不小的震动。梁启超不久被康有为召至北京，一是参加当年的会试，二是襄助变法事务。梁启超走了，其留在湖南的震动还在继续。这些震动自然引起张之洞及湘绅的注意和不满。陈氏父子在学理上并不认同康有为学说，但对湖南的变法成果却又是精心维护的。黄遵宪作为湖南行政要员，对梁启超持积极回护的态度，也得到陈氏父子的理解。稍后，黄遵宪处理《时务报》转官办这一事件的做法，引发张之洞对黄遵宪由支持到不满再到憎恨态度的变化。

1898 年 7 月 17 日，在京的康有为以御史宋伯鲁出面上奏由其代拟的"请将《时务报》改为官报折"，试图通过改《时务报》为官办而让梁启超重新执掌报馆。光绪帝交孙家鼐议复后，孙顺势提出《时务报》改为官办，派康有为离京到沪督办其事的提议，光绪帝照此明发谕旨。孙家鼐的提议可谓一石两鸟：既将康有为赶出北京，又阻止梁启超在《时务报》上位。汪康年与张之洞沟通后，做出"将《时务报》三字空名归官"的对策，谋划另出《昌言报》以与之对抗。刘坤一发电总理衙门，言汪康年抗旨不交报之事，光绪帝此时正拟命黄遵宪接任驻日本公使，通过张之洞、刘坤一转送，命黄遵宪在进京召见途中"查明""核议"此事。黄遵宪 8 月 27 日抱病离开长沙，路经武昌、南京，分别拜见张之洞、刘坤一。9 月 7 日到达上海。黄遵宪一年前在《时务报》梁、汪去留之争中，是偏袒梁启超的。这次奉命在上海处理纠纷，在听取各方意见后，9 月 17 日以出使日本大使的署衔发电给总理衙门，报告查明与核议的意见：《时务报》非私报，改为公报，理正势顺。《时务报》现存财产，应交官报。这个意见是张之洞、汪康年所不愿接受的。三天后，戊戌政变爆发。在康、梁被严拿后，张之洞指黄遵宪为康党，张之洞死党梁鼎芬也公开对黄发难。10 月 4 日，黄遵宪致电总理衙门，以病要求"请开差使"。10 月 9 日，因疑康有为藏匿，黄遵宪在上海的公寓被围。10 月 11 日在日本等国的外交援救下，清廷命黄遵宪"即行回籍"。

《人境庐诗草》卷九之后是黄遵宪放归回籍之后的作品。《放归》诗云：

"绛帕焚香读道书，屡烦促报讯何如。佛前影怖栖枝鸽，海外波惊涸辙鱼。此地可能容复壁，无人肯就问篑舆。玉关杨柳辽河月，却载春风到旧庐。"① 诗的夹注中叙公寓被围，旋得放归的过程。《感事》八首咏戊戌政变，"谁知高后垂帘事，又见成王负扆时"（其一）讥慈禧垂帘听政。"九死一生仍脱走，头颅声价重天亡"（其三）谓康有为命运。"芝焚蕙叹嗟僚友，李代桃僵泣弟兄"（其四）叹六君子之死。"可怜时俊才无几，瓜蔓抄来摘更稀"（其五）写陈三立父子被免。"五洲变法都流血，先累维新案尽翻"（其七）、"忍言赤县神州祸，更觉黄人捧日难"（其八）② 希望冤案得雪，黄人崛起。其《仰天》诗云："仰天击缶唱乌乌，拍遍阑干碎唾壶。病久忍摩新髀肉，劫余惊抚好头颅，篋藏名士株连籍，壁挂群雄豆剖图。敢托鸩媒从凤驾，自排阊阖拨云呼。"③ 这是一首壮怀激烈的诗，国内名士杀尽，国外群雄觊觎，被迫蛰居于家乡人境庐的诗人救国无门，只能仰天击缶、拍遍阑干。

被放归的次年是农历己亥年，距龚自珍写作著名的《己亥杂诗》正好一个甲子。黄遵宪作《己亥杂诗》八十九首，均为七绝诗体，写尽半世记忆、平生风波：

> 五十年前事未忘，白头诸母说家常。
> 指渠堕地呱呱处，老屋西头第四房。④（四一）
> 筚路桃弧展转迁，南来远过一千年。
> 方言足证中原韵，礼俗犹留三代前。⑤（二四）

---

① 黄遵宪：《人境庐诗草》卷九，《黄遵宪全集》，北京：中华书局 2005 年版，第 151 页。
② 黄遵宪：《黄遵宪全集·人境庐诗草》卷九，北京：中华书局 2005 年版，第 152 页。
③ 黄遵宪：《黄遵宪全集·人境庐诗草》卷九，北京：中华书局 2005 年版，第 153 页。
④ 黄遵宪：《黄遵宪全集·人境庐诗草》卷九，北京：中华书局 2005 年版，第 157 页。
⑤ 黄遵宪：《黄遵宪全集·人境庐诗草》卷九，北京：中华书局 2005 年版，第 155 页。

自携蜡屐自扶筇，偶亦偕行挈小童。

积习未除官样俗，袖中藏得歃烟筒。[1]（三）

听诸母说出生处，证客家之中原根，不经意外露官样旧俗。避开祸端、回到家乡之后，诗人经历的是以自己为中心的百姓生活。回顾走出家乡的日子，却仍是感慨无限，步步惊心：

尧天到此日方中，万国强由法变通。

惊喜天颜微一笑，百年前亦与华同。[2]（七〇）

御屏丹笔记名新，天语殷殷到小臣。

九牧盛名吾岂敢，知非牛李党中人。[3]（六八）

我是东西南北人，平生自号风波民。

百年过半洲游四，留得家园五十春。[4]（一）

第七十首记光绪帝召见事，以变法劝帝，帝表示赞同。第六八首记自己经多人保荐，旨交军机处记存十数次，却久困闲曹。如黄某是党中之人，何至于官场蹉跎至此？官场虽不如意，却得以周游四洲，这种阅历不是人人能够实现的。"我是东西南北人"，是诗人藏在心底的自豪。可惜黄遵宪"留得家园五十春"的愿望没能实现。他放归后生命历程只有短短的七年。七年间，黄遵宪心中的最具圣光的理想世界仍是变法维新，世界大同：

滔滔海水日趋东，万法从新要大同。

---

① 黄遵宪：《黄遵宪全集·人境庐诗草》卷九，北京：中华书局 2005 年版，第 153 页。
② 黄遵宪：《黄遵宪全集·人境庐诗草》卷九，北京：中华书局 2005 年版，第 161 页。
③ 黄遵宪：《黄遵宪全集·人境庐诗草》卷九，北京：中华书局 2005 年版，第 160 页。
④ 黄遵宪：《黄遵宪全集·人境庐诗草》卷九，北京：中华书局 2005 年版，第 153 页。

后二十年言定验，手书《心史》井函中。^①（四七）

蜡余忽梦大同时，酒醒衾寒自叹衰。

与我周旋最亲我，关门还读自家诗。^②（八九）

"关门还读自家诗"，自然是黄遵宪放归后最重要的情感活动。乡居七年，成为黄遵宪诗歌创作的高光时期。

首先看纪事之作。《人境庐诗草》十一卷，为黄遵宪亲自手定。初版印于 1911 年。按每卷所标明的写作时间，卷九后应是放归之后的作品。而实际上放归后补作的不少作品，因所记事件是放归前的事件，而被编入前几卷中。补作是研究黄遵宪作品必须注意的问题。乡居补作的诗作主要有两类：一是海外游历补作，一是甲午战争事件补作。

编入《人境庐诗草》卷五的《〈日本国志〉书成志感》为回乡后补作。诗云："湖海归来气未除，忧天热血几时摅？《千秋鉴》借《吾妻镜》，四壁图悬人境庐。改制世方尊白统，《罪言》我窃比《黄书》。频年风雨鸡鸣夕，洒泪挑灯自卷舒。"^③《日本国志》渗透着作者的心血与理想。稿成后写出四份，分送总理衙门、李鸿章、张之洞，一份自留。因为出版原因，书迟至 1895 年才刊刻问世。曾任总理衙门章京的袁昶，对《日本国志》在甲午战前没有引起当局注意甚为遗憾。以为此书早布，偿银二万万可省。诗人抚今追昔，不胜慨叹，这是"洒泪挑灯自卷舒"的由来。编入《人境庐诗草》卷七中的《以莲菊桃杂供一瓶作歌》《番客篇》《养疴杂诗》均为乡居期间的作品，所记为 1891 年至 1894 年就任新加坡总领事时期的事情。《以莲菊桃杂供一瓶作歌》^④记在新加坡借潮州富豪佘家养病时，诗人手摘莲菊桃李同供

---

① 黄遵宪：《黄遵宪全集·人境庐诗草》卷九，北京：中华书局 2005 年版，第 158 页。
② 黄遵宪：《黄遵宪全集·人境庐诗草》卷九，北京：中华书局 2005 年版，第 163 页。
③ 黄遵宪：《黄遵宪全集·人境庐诗草》卷六，北京：中华书局 2005 年版，第 116 页。
④ 黄遵宪：《黄遵宪全集·人境庐诗草》卷七，北京：中华书局 2005 年版，第 132 页。

瓶中时的奇思妙想。莲菊桃李本非一时之花，但在新加坡这一热带地区，却可以"一瓶海水同供养"。当杂花共处一瓶时，诗人感觉如蕃汉龟兹一律，仙佛魔一室。黄白黑种一国一样神奇。诗人因此脑洞大开，想知道"我今安排花愿否"？杂处一瓶的花，会不会产生非我族类或相煎何急的感觉？想知道此时乘飙轮回支那，花会不会干萎？想知道地球南北倒转，寒暑易位，广州是否可能成为四时之花并有的城市？想知道种花之术发达后，莲是否可变为桃，桃变成菊？想知道动物植物是否可以轮回生死，人变成花，花变成人？如可以互换人生，待花把我供在瓶中时，是否还愿意读一下我今天的诗？这是一首充满穿越想象的诗。地域穿越，寒暑穿越，物我穿越。穿越的条件是诗人依据物种变异、寒暑变化的自然知识与飙轮便利交通经验的支持，还有诗人长期外交生涯所形成的族类、人群的观念以及庄子"万物与我为一"的思想。《番客篇》为五言古风，长达 1700 字，以文入诗，写流寓南洋的华侨的婚姻繁衍、渔海经商等日常生活。海外谋生的华侨艰难备尝，虽传衍多代，成为化外之人，但仍念家乡。清朝初年海禁甚严，道咸通商后，朝廷有言无行，致使海外华侨犹如犹太人，无国可回。更可怕的是随着国势积弱，华人外迁，日见加剧："近来出洋众，更如水赴壑。南洋数十岛，到处便插脚。他人殖民地，日见版图廓。华民三百万，反为丛驱雀。"诗人盼望"谁能招岛民，回来就城郭？群携妻子归，共唱太平乐"[①] 一天的到来。《养疴杂诗》共十七首，诗序交代之所以养疴，是因为病虐经年。诗的写作过程是"随意成吟，亦未录草。病起追忆之，尚得数十首"。模糊了是当时所写还是后来补写。在热带海岛休养，感受自是不同："万山山顶树参天，树杪遥飞百道泉。谁信源头最高处，我方跂脚枕书眠。"（其一）"高高山月

---

① 黄遵宪:《黄遵宪全集·人境庐诗草》卷七，北京: 中华书局 2005 年版，第 133 页。

一轮秋，夜半椰阴满画楼。分付驯猿攀摘去，渴茶渴酒正枯喉。"（其四）[①]
其轻松惬意，溢于言表。

收入卷八的补作，主要是围绕甲午战争的纪事之作。有《悲平壤》《东沟行》《哀旅顺》《哭威海》《马关纪事》《降将军歌》《台湾行》《度辽将军歌》《书愤》等。1895 年的 3 月 23 日，黄遵宪与同人公祭沈葆桢，有《乙未二月二十七日公祭沈文肃公祠》一诗。沈葆桢 1874 年日本犯台事件中曾作为钦差大臣，赴台办理日本撤兵与筹办海防事宜。1879 年去世后，谥文肃，各省建专祠。南京沈文肃公祠在龙蟠里。黄诗此诗历数甲午战争中大东沟、威海卫等海战的失败，邓世昌、林永升的死难，以及战争中"人船兵甲各糜化，虫沙万数鱼鳖千"的惨烈，祈求沈文肃公在天之灵接引相助，扭转败局："愿公遣使携葆羽，垂手接引援上天。金戈铁马英灵在，倘藉神力旋坤乾。"[②]此时，甲午战争的败局已定，无神可佑。4 月 17 日，日本强迫清政府订立《马关条约》，割让台湾、澎湖，赔款军费二万万两。作为曾经多次提醒政府注意日本亚洲野心的使官，黄遵宪对甲午战争结局的痛心疾首是与众不同的。黄遵宪乡居后补写甲午战争的过程，是时事记述，也是针砭批判。《悲平壤》写平壤玄武门初战，高州镇总兵左宝贵中炮阵亡后，清军将领叶志超突竖白旗："天跳地踔哭声悲，南城早已悬降旗。三十六计莫如走，人马奔腾相践踩……一夕狂驰三百里，敌军便渡鸭绿水。一将拘囚一将诛，万五千人作降奴。"[③]清兵溃败逃过鸭绿江，日军完全占领朝鲜。平壤首败，败不在军力，败在将官的胆识与军队的士气。陆军如此，海军同样如此。9 月

---

① 黄遵宪：《人境庐诗草》卷七，《黄遵宪全集》，北京：中华书局 2005 年版，第 136 页。

② 黄遵宪：《人境庐诗草》卷八，《黄遵宪全集》，北京：中华书局 2005 年版，第 139 页。

③ 黄遵宪：《人境庐诗草》卷八，《黄遵宪全集》，北京：中华书局 2005 年版，第 137 页。

15 日，清舰护送四千余名入朝援军，返航至大东沟附近遭日军阻截，海战由此爆发。《东沟行》记鸭绿江口的大东沟黄海之战："敌军四面来环攻，使船使马旋如风，万弹如锥争凿空。地炉煮海海波涌，海鸟绝飞伏蛟恐，人声鼓声噤不动。漫漫昏黑飞劫灰，两军各挟攻船雷。模糊不辨莫敢来。此船桅折彼釜破，万亿金钱纷雨堕，入水化水火化火。水光激水水能飞，红日西斜无还时，两军各唱铙歌归。从此华船匿不出，人言船坚不如疾，有器无人终委敌。"[1]黄海海战，北洋水师虽损失巨大，但并没有战败。然李鸿章为保存实力，采用"从此华船匿不出"这种龟缩的战术，铸成后来北洋水师被围而全军覆没的大错。诗人认为大东沟海战失利的原因不在器物，而在人谋。其"有器无人"之语，可谓明快沉痛。《哀旅顺》写日军攻旅顺港，先占领大连，然后选择从军港背后陆地发起进攻，使旅顺港天险之守，瞬间瓦解。甲午之战的最后一战是威海卫之战。日本海军在海上紧逼对峙的同时，日军陆军分两路，先夺海港南岸炮台，复又进攻威海和北岸炮台。清军炮台被占领后，日军得以居高临下，进攻北洋水师，形成黄遵宪诗中所描述的"炮资敌，我杀我"的局面。半月有余的对峙，北洋水师渐入"天盖高，天不闻。四援绝，莫能救"[2]的困境。最后丁汝昌等人自杀，《威海降约》签订，北洋舰队十艘舰船被插上日本旗。北洋水师以屈辱的方式全军覆没。

平壤玄武门陆战、大东沟黄海海战、旅顺港陆海战、威海卫陆海战均是甲午战争重要的节点，黄遵宪均以诗记之。此外还有《降将军歌》《度辽将军歌》讽刺丁汝昌、吴大澂。丁汝昌是北洋水师提督，威海卫之战的总指挥。在战局不可挽回的绝境中，吞鸦片自杀，以死殉国。威海卫战役中前后因战事失利自杀的还有刘步蟾等五人。北洋舰队投降后，以身殉国的将领灵柩被运出威海。黄遵宪听信丁汝昌先降后死的传言，对丁汝昌之死语含讥

① 黄遵宪：《黄遵宪全集·人境庐诗草》卷九，北京：中华书局 2005 年版，第 138 页。
② 黄遵宪：《黄遵宪全集·人境庐诗草》卷八，北京：中华书局 2005 年版，第 138 页。

讽。而历史的真实是丁汝昌在"四援绝，莫能救"的绝望中自杀在前，其部下向敌军求降在后，丁汝昌不应背负降将军之名。后诗写湖南巡抚吴大澂事。吴因为得到一块刻有"度辽将军"字样的古印，以为是万里封侯的征兆，请兵出征山海关，驻军牛庄。在营前竖起"投诚免死"之牌，结果是："两军相接战甫交，纷纷鸟散空营逃。弃官脱剑无人惜，只幸腰间印未失。"[1] 国家生死之战，竟成为食国家俸禄者沽名钓誉之器。

甲午之败有马关条约的签订。黄遵宪《马关纪事》五首记赔款之巨云："括地难偿债，台高到极天。行筹无万数，纳币一千年。恃众忘蜂虿，惊人看雀鹯。伤心偿博进，十掷辄成鞕。"（其三）"纳币一千年"是指辽金时中原每岁纳币二十万两，而甲午战争的赔款竟高达两万万两，是辽金赔款一千年的数量。又记割地引发瓜分危险云："竟卖卢龙塞，非徒弃一州。赵方谋六县，楚已会诸侯。地引相牙犬，邻还已夺牛。瓜分倘乘敝，更益后来忧。"（其四）[2]《马关条约》有割让台湾的内容。黄遵宪《台湾行》记割台消息传来后，台湾人民的愤怒情绪："城头逢逢雷大鼓，苍天苍天泪如雨，倭人竟割台湾去。当初版图入天府，夫威远及日出处，我高我曾我祖父。"稍后台人谋求巡抚唐景崧为大总统的自治行为。但与日军基隆一战，便溃不成军。台湾的自立只持续了七天。黄诗不无讥讽评论道："嗳嚱吁！悲乎哉！汝全台，昨何忠勇今何怯，万事反覆随转睫。平时战守无豫备，曰忠曰义何所恃？"[3] 台湾自此次割让后，进入命运多舛之途。与甲午战事有关的还有《书愤》五首："一自珠崖弃，纷纷各效尤。瓜分惟客听，薪尽向予求。秦楚纵横日，幽燕十六州。未闻南北海，处处扼咽喉。"（其一）"弱肉供强食，人人虎口危。无边画瓯脱，有地尽华离。争问三分鼎，横张十字旗。波兰与

① 黄遵宪：《黄遵宪全集·人境庐诗草》卷九，北京：中华书局2005年版，第142页。
② 黄遵宪：《黄遵宪全集·人境庐诗草》卷九，北京：中华书局2005年版，第140页。
③ 黄遵宪：《黄遵宪全集·人境庐诗草》卷九，北京：中华书局2005年版，第142页。

天竺，后患更谁知？"（其五）①

对甲午战败后中国在弱肉强食世界里的命运深深担忧，归乡之后的事变，让诗人的更是感觉到大清王朝处在风雨飘摇之中。

放归后，黄遵宪诗除纪事写愤之作外，还有数量不少的怀人忆旧之作。《人境庐诗草》卷六中，黄有《岁暮怀人诗》三十六首，所忆多为出使英国前后的国内旧好。卷七中有《续怀人诗》十六首，所忆为多为日本旧友。而放归后的《己亥续怀人诗》二十四首，主要回忆在维新变法时期所结识的朋友。

> 白发沧江泪洒衣，别来商榷更寻谁？
>
> 闲云野鹤今无事，可要篮舆共扶持？② 义宁陈右铭先生。
>
> 一卷生花《天演论》，因缘巧作续弦胶。
>
> 绛纱坐帐谈名理，胜似麻姑背痒搔。③ 福州严又陵。
>
> 背负灵囊欲大包，东西游说日謷謷。
>
> 冶佣酒保相携去，幸免门生瓜蔓抄。④ 顺德麦孺博、南海韩树园、三
> 水徐君勉。

怀人诗写于1899己亥之年。第一首怀陈宝箴，陈次年病逝南昌。第二首怀严复，严的名理之作让人回味。第三首怀康有为三位弟子，党锢之祸中幸免于瓜蔓抄。

《三哀诗》三首写于1900年，分别哀悼此年去世的袁昶、吴德潚、唐才常。袁昶任总理衙门章京时，曾推荐黄遵宪随黎庶昌出使英国。庚子年因反对用义和团排外被清廷处死。吴德潚任浙江西安县令，参与强学会，支持维

---

① 黄遵宪：《黄遵宪全集·人境庐诗草》卷九，北京：中华书局2005年版，第153页。

② 黄遵宪：《黄遵宪全集·人境庐诗草》卷九，北京：中华书局2005年版，第163页。

③ 黄遵宪：《黄遵宪全集·人境庐诗草》卷九，北京：中华书局2005年版，第164页。

④ 黄遵宪：《黄遵宪全集·人境庐诗草》卷九，北京：中华书局2005年版，第165页。

新变法。义和团起后，因不许当地人仇杀洋人而被乱民杀害，同死者还两子一孙。唐才常在汉口谋自立军起义，被张之洞杀害。在戊戌政变之后政治清算的特殊年代，黄遵宪的怀人诗饱含着一个个血雨腥风的故事。

庚子年大事频仍，有义和团之变，有外国联军入犯京师，有慈禧光绪西狩。每件事都让人惊心动魄，黄遵宪也均有诗记述。其《京师》诗云："郁郁千年王气旺，中间鼎盛数乾嘉。可怜一炬成焦土，留与东京说梦华。鸤鸠来巢公在野，鸥鹨毁室我无家。登城不见黄旗影，独有斜阳咽暮笳。"①写联军施暴、母子西狩后的北京，一片凄凉残败。豺狼当道，燕雀在堂，瞻念前途，夜不能寐。其《夜起》云："千声檐铁百淋铃，雨横风狂暂一停。正望鸡鸣天下白，又惊鹅击海东青。沉阴噎噎何多日，残月晖晖尚几星。斗室苍茫吾独立，万家酣梦几人醒？"②诗人夜不能寐，皆因吾国吾民。

黄遵宪1902年自定《人境庐诗草》，起《感怀》，迄《李肃毅侯挽诗》。今本《人境庐诗草》中《寄题陈氏蜻庐》《病中纪梦述寄梁任父》两诗，为堂弟黄遵庚所加。李鸿章1901年11月去世，极尽哀荣。黄遵宪《李肃毅侯挽诗》四首，回忆1876年在烟台与李鸿章初识，二十年间，有知己之遇的感叹，也有无力回天的遗憾："人哭感恩我知己，廿年已慨霸才难"（其四）是言烟台拜谒，曾许黄以霸才。"老来失计亲豺虎，却道支持二十年"（其三）③是指李鸿章晚年联俄，以为可支持大清二十年，而实际是引狼入室的失计之举。黄遵宪放归时，尚与张之洞有书信报告。之后，张之洞对黄遵宪诸种投井下石的作为，乡居中黄遵宪不一定尽知。《己亥杂诗》第六十七首写张之洞事：黄鹤楼毁后，张曾语宾僚，将来以所炼之铁，改造黄鹤楼，庶

---

① 黄遵宪：《黄遵宪全集·人境庐诗草》卷十，北京：中华书局2005年版，第176页。
② 黄遵宪：《黄遵宪全集·人境庐诗草》卷十，北京：中华书局2005年版，第181页。
③ 黄遵宪：《黄遵宪全集·人境庐诗草》卷十一，北京：中华书局2005年版，第183页。

免火灾。但曾几何时，铁政一局，易官为商，张帅承诺，遂无从落实："擎天铁柱终虚语，空累尚书两鬓丝。"① 不无讥讽之意。

第三节　前有古人我为大宗　后有来者我为初祖

黄遵宪 1901 年《致陈三立函》中描述放归后与外界联系困难的情况道："所居地电报局均不能通。平生故人以党祸未解，亦无敢寄书慰问者。庚子之春，党狱又作……乱作以来，浮云苍狗，世态奇变，多出意外，而鄙人乃深山高卧，一切无干。"② 深山高卧中，黄遵宪第一个有密切交往的诗友是丘逢甲。

丘逢甲是台湾苗栗人，祖籍在广东镇平。丘 1889 年中进士，授工部主事，不就，返回台湾，讲学台中台南诸书院。《马关条约》签订后，刺血上书，恳请废约抗战。后举义师，倡议台湾自立为民主之国。兵败后内渡回粤，定居潮州，讲学韩山书院等处。因志愿多受阻阃，取号仲阃。1898 年冬，丘逢甲到梅州拜见黄遵宪。林振武《黄遵宪年谱长编》记曰："两人畅谈时局，惺惺相惜。临别前，黄遵宪请丘逢甲为他刚刚修复的书房'无壁楼'题写对联，丘逢甲欣然命笔，借用屈原遭楚怀王放逐的典故，书一联曰：'陆沉欲借舟权住，天问翻无壁受呵。'黄遵宪甚是赞赏，因足成一诗：半世浮槎梦里过，归来随处觅行窝。陆沉欲借舟权住，天问翻无壁受呵。偶

---

① 黄遵宪：《黄遵宪全集·人境庐诗草》卷十一，北京：中华书局 2005 年版，第160 页。

② 黄遵宪：《黄遵宪全集》，北京：中华书局 2005 年版，第 425 页。

引雏孙问初月，且容时辈量汪波。湾湾几曲清溪水，可有人寻到钓蓑？"①
在国事白云苍狗变幻莫测情况下，寂寥乡居中有一位可以议论时局，可以唱
和谈诗之人，可谓空谷足音。黄、丘两位诗人的情投意合，成就晚清诗坛的
一段佳话。《人境庐诗草》卷十、卷十一中，有二十余首诗是因丘逢甲而写。

　　1900年所写《寄怀丘仲阏逢甲》《感事又寄丘仲阏二首》，写"朝朝曳
杖看山去，看到斜阳莫倚栏"的愁苦，及因义和团事而引发的"石破真惊天
压己，陆沉可有地理忧"②的惊忧。此年秋冬之交，丘逢甲第二次到人境庐，
两人唱和之作达十余首。黄遵宪诗题为《久旱雨霁丘仲阏过访饮人境庐仲阏
有诗兼慨近事依韵和之》。所慨近事，与义和团、联军入京、母子西狩有关：
"夜雨红灯话《梦粱》，人言十事九荒唐。""岂独汉唐无此祸，五洲惊怪国人
狂。""忽传罪己兴元诏，沾洒青霄泪万行。""天何沉醉国何辜，横使诸华扰
五胡。"③11月15日，丘逢甲跋《人境庐诗草》云：

　　　　四卷以前为旧世界诗，四卷以后乃为新世界诗。茫茫诗海，
　　手辟新洲，此诗世界之哥伦布也。变旧诗国为新诗国，惨淡经营，
　　不酬其志不已，是为诗人中嘉富洱；合众旧诗国为一大新诗国，
　　纵横捭阖，卒告成功，是为诗人中俾思麦。
　　　　然在诗言诗，则已不妨前有古人，而我自为大宗；后有来者，
　　而我自为初祖矣！开卷盖如入文明之国，至其境而耳目益新，抵
　　其都市，游其宫廷，过其府舍，无一不新者。察之，则政政毕立，
　　而创因见焉；事事毕举，而疏密见焉。即其治象，其国度之高下，
　　可得而言也。

---

　① 林振武：《黄遵宪年谱长编》，北京：中华书局2019年版，第602页。
　② 黄遵宪：《黄遵宪全集·人境庐诗草》卷十，北京：中华书局2005年版，第167页。
　③ 黄遵宪：《黄遵宪全集·人境庐诗草》卷十，北京：中华书局2005年版，第172页。

地球不坏，黄种不灭，诗教永存，有倡庙祀诗圣者，太牢之享，必有一席。信作者兼自信也！

海内之能于诗中开新世界者，公外，偻指可尽。忽有自海外来与公共此土者，相去只三十西里耳！后贤推论，且将以此土为东方诗国之萨摩、长门，岂非快事？然开先之功，已日星河岳于此世界矣。①

上引节选跋文，突出表达三层意思：

第一层意思是把当时仅见的八卷本的《人境庐诗草》，明确划分为旧世界诗、新世界诗：前四卷为旧世界诗，后四卷为新世界诗。新世界诗应主要是指走出国门，"吟到中华以外天"之诗。在诗国，哥伦布类诗人的贡献是发现新大陆，即所谓的"手辟新洲"，嘉富洱类诗人的贡献是统一新旧国，即"变旧为新"，俾斯麦类诗人的贡献是铁血手段，"合众旧诗国为一大新诗国"，三者之间存在递进的关系。丘逢甲称赞黄遵宪诗完成了发现、转换、合众等三个蜕变进化的环节，成就了新时代诗。

第二层意思是在古与今的矩阵中衡量评价黄遵宪新诗。晚清诗国，任何一个有成就的诗人都必须面对继承与发展这一必答题。对古、今关系，黄遵宪早期"我手写我口"的诗论与1891年所写的《人境庐自序》"为我之诗"的命题，都有过认真的思考与清晰的回答，但均不如丘逢甲表达得直截了当、痛快淋漓。"前有古人，我为大宗"，是言大诗人首先要成为前人诗歌传统的优秀继承者，成为可与古人比肩之人；"后有来者，我为初祖"，是言大诗人有能力开创一代诗风，足为后人的立范。丘逢甲认为：黄遵宪在开诗国之新方面，卓有成效。"开卷盖如入文明之国，"其境、其都市、其宫廷、其府舍、其治象、其国度，政政毕立，事事毕举，疏密有致。"如入文明之国"，

---

① 钱仲联：《人境庐诗草笺注》，上海：上海古籍出版社1981年版，第1088页。

是对黄遵宪新时代诗格局与表达的由衷赞誉。

第三层意思表达"天下英雄，唯使君与操耳"豪气。黄种不灭，诗教永存。此第一重自信；二十世纪海内能于诗中开新世界者，唯君与逢甲。此第二重自信；君与逢甲，在特殊年代，因特殊遭际，在相距30公里地区同时居住，莫非梅、潮两州将为东方诗国之萨摩、长门？此第三重自信。

据《黄遵宪年谱长编》引今人丘铸昌研究成果，丘逢甲在《岭云海日楼诗钞》中写给黄遵宪的诗有二十三首，黄遵宪在《入境庐诗草》中奉和、回赠给丘逢甲的诗也达二十一首①。两人的频繁唱和还引发了"斗诗"的揣猜。就关心的国事发表意见，吟诵交流、互慰寂寥的成分，远远大于使才斗气。丘逢甲对黄遵宪别创诗界的评价是积极诚恳的。丘、黄之间的互相尊重、惺惺相惜也是显而易见的。

乡居期间，第二个联系上的诗人是陈三立。戊戌政变后，黄遵宪对陈氏父子的命运甚为挂念。得知陈宝箴去世的消息后，1901年黄遵宪从家乡致函陈三立，报告自己放归后情况，询问陈家近况。回忆政变之劫，有一段"孽不必己作，罪不必自犯"的议论："屡次濒死而卒不死，不知彼苍苍者生我之何用也？弟平生凭理而行，随遇而安，无党援，亦无趋避，以为心苟无瑕，何恤乎人言，故亦不知祸患之来。自经凶变，乃知孽不必己作，罪不必自犯。"②就在本年10月，两广总督陶模致电张之洞询问黄遵宪戊戌政变时情况，张之洞回复："湖南风气之坏，陈氏父子之受累，皆黄一人为之，其罪甚重。"③张之洞此语甚重，一语足以了断黄遵宪归乡后还可能存在的政治进路。好在陈三立并不像张之洞那样把陈氏父子厄运归咎于黄遵宪。黄遵宪的来信，陈三立1902年夏方才收到。陈有《黄公度京卿由海南人境庐寄书并

---

① 林振武：《黄遵宪年谱长编》，北京：中华书局2019年版，第645页。

② 黄遵宪：《黄遵宪全集》，北京：中华书局2005年版，第426页。

③ 林振武：《黄遵宪年谱长编》，北京：中华书局2019年版，第659页。

附近诗感赋》："天荒地变吾仍在，花冷山深汝奈何？万里书疑随雁鹜，几年梦欲饱蛟鼍。孤吟自媚空阶夜，残泪犹翻大海波。谁信钟声隔人境，还分新月到岩阿。"[1] 报告劫后平安与"孤吟""残泪"的心境。黄遵宪 1903 年有《寄题陈氏崝庐》二首，"前者主人翁，我曾侍杖履。后者继主人，雁行吾兄弟"（其一）以"主人翁""吾兄弟"称呼陈氏父子，以"嗟嗟我华种，受生即患始。尽是无父人，呼天失怙恃"（其一）[2] 的诗句，安慰以"孤儿"自比的陈三立。

黄遵宪放归后第三位联络上的旧友是梁启超，第四位是严复。联系严复，是因为黄遵宪要参与严复与梁启超在《新民丛报》关于文字艰深抑或平易的讨论。1902 年，严复翻译《原富》一书，梁启超《新民丛报》作新书推介。在盛赞译著的同时，对译笔稍有批评，即文笔过于艰涩古奥，非多读古书之人，一翻殆难索解。并由此呼吁文界革命。严复以为西方学理之书，意本曲折；中国文言词语，译西方之书，又如方枘圆凿，困难重重。梁氏报章之文，非文界之革命，乃文界之凌迟。梁、严之间，遂有译文艰深抑或平易，文界需不需要革命的争论。黄遵宪是梁启超平易论革命论的支持者："今日已为二十世纪之世界矣，东西文明，两相接合，而译书一事，以通彼我之怀，阐新旧之学，实为要务。""公以为文界无革命，弟以为无革命而有维新。如《四十二章经》，旧体也，自鸠摩罗什辈出，而内典别成文体，佛教益行矣。本朝之文书，元明以后之演义，皆旧体所无也，而人人遵用之而乐观之。文字一道，至于人人遵用之乐观之，足矣。"[3] 把"人人遵用之而乐观之"作为文字进化与进步的方向，与黄遵宪一以贯之的"我手写我口"诗学精神是相通的。前一年，黄遵宪作《梅水诗传序》发表了言文合一的观

---

① 陈三立：《散原精舍诗文集》，上海：上海古籍出版社 2014 年版，第 48 页。
② 黄遵宪：《黄遵宪全集·人境庐诗草》卷十一，北京：中华书局 2005 年版，第183 页。
③ 黄遵宪：《致严复函》，《黄遵宪全集》，北京：中华书局 2005 年版，第 434 页。

点："语言者，文字之所从出也。语言与文字合，则通文者多；语言与文字离，则通文者少。余于日本《学术志》中，曾述其意，识者颇韪其言。"①黄遵宪"遵用乐观""言文合一"价值观来自日本明治维新的借鉴，更来自个人"我手写我口"的经验。这些思想基础，使黄遵宪成为梁启超新民救国运动和文学界革命的支持者、参与者。20世纪最初的几年，两位年龄相距25岁的维新志士，以通信、写作的方式，共同参与了一场跨国鼓荡的思想与文学革命。在梁启超策动的文学界革命中，黄遵宪已有的创作被推为诗界革命成功的典范；而黄遵宪老当益壮的新作，又显示着诗界革命的实绩。

1902年5月，黄遵宪首次致函在日本办报的梁启超，至1905年2月病重最后一次致信梁启超，共九封信。这些书信的部分内容，曾在《新民丛报》上以"饮冰室师友论学笺"为题发表。1949年以后，梁启超后人将部分黄遵宪写给梁启超的信捐献给国家图书馆，现收入《黄遵宪全集》中。九封书信，论政、论学、论诗，意气风发，直写胸臆，是放归后备受压抑诗人的一次精神放飞。

黄遵宪与梁启超论学要点，在如何看待孔教，如何对待西学。1902年前后，梁启超进入"绝口不谈伪经，亦不甚谈改制。而其师康有为大倡设孔教会定国教祀天配孔诸议，国中附和不乏。启超不谓然，屡起而驳之"②的年代。梁启超写作《南海传》，征求黄遵宪意见。黄遵宪对康有为复原儒学，陋宋学、斥歆学、鄙荀学之论甚为佩服，但对尊孔子为教主，与耶、佛并立则不敢附和。谓崇教之说在近日欧洲已成糟粕，又引戊戌年在长沙南学会演讲的基本观点说明可以以孔子为人极，为师表，而不可为教主。古之儒者言卫道，今之儒者言保教，皆大可不必。对国粹之说声起，黄遵宪旗帜鲜明，

①　黄遵宪：《黄遵宪全集》，北京：中华书局2005年版，第287页。
②　梁启超：《清代学术概论》，《梁启超全集》第十集，北京：中国人民大学出版社2018年版，第279页。

主张大开门户，容纳新学："俟新学盛行，以中国固有之学，互相比校，互相竞争，而旧学之真精神乃愈出，真道理乃益明，届时而发挥之，彼新学者或弃或取，或招或距，或调和，或并行，固在我不在人也。"①

黄遵宪与梁启超论政要点，在于君权抑或民权，立宪抑或共和，黄氏以为："由蛮野而文明，世界之进步，必积渐而至，实不能躐等而进，一蹴而几也。"②故中国必为立宪之政体，共和政体万不可施于今日之中国。救国之道，在"欲奉主权以开民智，分官权以保民生，及其成功，则君权、民权两得其平"③。故当务之急，应以爱国、合群、自治、尚武诸种精神，增民知、新民德、强民力。黄遵宪在称赞梁启超以报刊鼓吹新民救国，威力强大的同时，也提醒梁启超谨慎立论。切莫口无遮拦于暗杀、革命之语，"一言兴邦，一言丧邦，芒芒禹城，惟公是赖。"④

因为经常读《新民丛报》，为梁启超迭出新论所折服，也为饮冰室主人救国救民的热情所感染，乡居的黄遵宪实际处在梁启超所构建的强大气场中。黄遵宪描述自己写信时的情不自禁道：

吾草此函，将敛笔矣。吾衰泪滂沱，栖集笔端。恍若汉唐宋明之往事，毕陈于吾前，举凡尽忠殉国、仗义兴师，无数之故鬼新鬼、亡魂毅魄，乃至亡国之君、亡国之君之妃后、亡国之君之宗族，呜呜而哭，一齐号咷，若曰："吾辈何不幸，居于专制之国，遭此革命之祸也！"吾热血喷涌，洋溢纸上；又若英德日意之新政，毕陈于吾前，举凡上下议院、新开国会，无数之老者少者、含哺鼓腹，乃至吾国万岁、吾民万岁、吾君万岁之声，熙熙

---

① 黄遵宪：《致梁启超函》，《黄遵宪全集》，北京：中华书局 2005 年版，第 433 页。
② 黄遵宪：《致梁启超函》，《黄遵宪全集》，北京：中华书局 2005 年版，第 448 页。
③ 黄遵宪：《致梁启超函》，《黄遵宪全集》，北京：中华书局 2005 年版，第 430 页。
④ 黄遵宪：《致梁启超函》，《黄遵宪全集》，北京：中华书局 2005 年版，第 449 页。

而来，一片升平，若曰："吾辈何幸，而生于立宪之国，享此自治
之福也！"吾亦不自知若何而感泣，忽辍笔而叹也；若何而蹈
舞，遂投笔而起也。嗟夫！孰使我哀哀至于此？吾憾公；孰使我喜喜
至于此？吾又德公。①

1902 年，也正是梁启超借《新民丛报》《新小说》杂志鼓吹文学界革命
的年头。梁启超写作的《饮冰室诗话》连载于《新民丛报》第四至九十五
期。《饮冰室诗话》提出诗界革命的成功之作，应具备新意境、新语句与古
人之风格三个要素。在以评点诗友之作阐发诗界革命的主张时，梁启超拈出
了两个有对比度的诗歌现象予以评论：一是夏曾佑、谭嗣同等人的"新学
诗"，一是黄遵宪的"新派诗"。

新学诗形成于 1894 年至 1895 年的北京，新学诗的参与者为夏曾佑、谭
嗣同、梁启超。1895 年梁启超 23 岁，夏曾佑 33 岁，谭嗣同 31 岁。时为维
新变法酝酿激发的年头，也是学问饥渴的年头。年轻学子厌恶旧学，向往新
学，而新学又无从寻觅。汉以前的经与诸子，教会的译书与主观理想，便成
为学问饥渴时代年轻学人的"新学"。更有甚者是这些年轻学人，要用"宗
教式的热情"去宣传这种"新学"，这便有了"新学诗"。新学诗作者的思想
情感，在康有为《孔子改制考》的思想笼罩下，他们希望孔教如同耶稣基
督、回教穆罕默德、佛教释迦牟尼诸位教主创造欧洲、伊斯兰、佛教文明一
样，给中国带来复兴。宗教狂热与想象情绪支配下写作的诗，一是怪异，二
是难解，但给他们带来精神解放的快乐。梁启超《饮冰室诗话》中把这类能
够带来精神解放愉快，但生编硬造，需要加很多注解才能读通的诗，概括为
"捃扯新名词以表自异"。梁启超《饮冰室诗话》中再举谭嗣同离开京师到南
京所作《金陵听说法》为例：

---

① 黄遵宪：《致梁启超函》，《黄遵宪全集》，北京：中华书局 2005 年版，第 450 页。

盖当时所谓新诗者，颇喜捃扯新名词以表自异。丙申丁酉间，吾党数子皆好作此题，倡之者为夏穗卿，而复生亦甚嗜之。其《金陵听说法》云："纲伦惨以喀私德，法会盛于巴力门。"喀私德即 Gaste 之译音，盖指印度分人为等级之制也。巴力门即 Parliament 之译音，英国议会之名也。又赠余诗四章，有"三言不识乃鸡鸣，莫共龙蛙争寸土"等语。苟非当时同学，断无从索解。盖所用乃《新约》全书中故实也。①

　　因为经历过"捃扯新名词以表自异"的新学诗，梁启超所倡导的诗界革命以新境界、新语句与古人之风格为三要素，三要素之间的关系如下：

　　过渡时代，必有革命。然革命者，当革其精神，非革其形式。吾党近好言诗界革命，虽然，若以堆积满纸新名词为革命，是又满州政府变法维新之类也。能以旧风格含新意境，斯可以举革命之实矣。苟能尔尔，则虽间杂一二新名词，亦不为病。②

　　《饮冰室诗话》以旧风格含新意境，间杂一二新名词的标准论诗，黄遵宪的新派诗被推为上乘："近世诗人，能镕铸新理想以入旧风格者，当推黄公度。"且举黄遵宪《酬曾重伯编修》诗中的"世界巨蟹横行日，世界群龙见首时"赞为佳句。梁启超认为：中国结习，薄今爱古，文章事业，以古人为不可及。黄遵宪《锡兰岛卧佛》一诗，皇皇二千余言，意象、风格不让古人。其他梁启超在《饮冰室诗话》中评点的黄诗还有写吴德潚死难事的《三

---

　　① 梁启超：《饮冰室诗话》，《梁启超全集》第三集，北京：中国人民大学出版社2018年版，第207页。
　　② 梁启超：《饮冰室诗话》，《梁启超全集》第三集，北京：中国人民大学出版社2018年版，第208页。

哀诗》，被陈三立推为千年绝作的《今别离》、与日本友人的唱和之作、《罢美国留学生感赋》《以莲菊花杂供一瓶》等诗，以为《人境庐集》中性情之作，纪事之作，说理之作，沉博绝丽，体殆备矣。"公度之诗，独辟境界，卓然自立于二十世纪诗界中，群推为大家，公论不容。"① 同时，《饮冰室诗话》还推夏曾佑、蒋智由与黄遵宪并列为近世诗界三杰。

在《饮冰室诗话》中获得"卓然大家"的盛誉，也极大鼓舞着黄遵宪写作的热情。1902 年底，黄遵宪写作《出军歌》《军中歌》《旋军歌》二十四首，梁启超全诗抄于《饮冰室诗话》中，并作评点如下：

> 中国人无尚武精神，其原因甚多，而音乐靡曼，亦其一端……吾中国向无军歌，其有一二，若杜工部前后出塞，盖不多见。然于发扬蹈厉之气尤缺；此非徒祖国文学之缺点，抑亦国运升降所关也。往见黄公度《出军歌》四章，大有"笑看吴钩"之乐。尝以录入《小说报》第一号，顷复见其全文，乃知共二十四首，凡《出军》《军中》《还军》各八章。其章末一字，义取相属，以"鼓勇同行，敢战必胜，死战向前，纵横莫抗，旋师定约，张我国权"二十四字殿焉。其精神之雄壮活泼沉浑深远不必论，即文藻亦二千年所未有也。诗界革命之能事，至斯而极矣。吾为一言以蔽之曰：读此诗而不起舞者，必非男子。②

把诗与歌，文与戏曲、小说的写作与国民精神更新、国运之升降紧密联系在一起，正是梁启超文学界革命初衷之所在。黄遵宪对此心有灵犀。其

---

① 梁启超：《饮冰室诗话》，《梁启超全集》第三集，北京：中国人民大学出版社2018 年版，第 184 页。

② 梁启超：《饮冰室诗话》，《梁启超全集》第三集，北京：中国人民大学出版社2018 年版，第 200 页。

对梁启超传播文明思想的报章文、小试身手所作的小说、戏曲，皆报以喝彩，偶尔也有同道间的出谋划策。黄遵宪称赞梁的报章文：《清议报》胜《时务报》远矣。今之《新民丛报》又胜《清议报》百倍矣。惊心动魄，一字千金。人人笔下所无，却为人人意中所有，虽铁石人亦应感动。从古至今，文字之力之大，无过于此者矣。"[1] "此半年中，中国四五十家之报，无一非助之舌战，拾公之牙慧者，乃至新译之名词，杜撰之语言，大吏之奏折，试官之题目，亦剿袭而用之。精神吾不知，形式既大变矣；实事吾不知，议论既大变矣。"[2]黄遵宪评梁启超的小说与戏曲创作道：《新中国未来记》表明政见，与我同者十之六七，他日再细评之，与公往复。此卷所短者，小说中之神采（必以透切为佳）之趣味耳（必以曲折为佳）。"《新罗马传奇》又得读《铸党》《纬忧》二出，乐极乐极。公不草此稿，吾不忍请人督责；公肯出此稿，吾当率普天下才人感谢公。"[3]

对于自己的写作，黄遵宪也自视甚高："鼓勇同行之歌，公以为妙……吾亦自谓绝妙也。此新体，择韵难，选声难，着色难。"[4]此外，黄遵宪此时期写作的《幼稚园上学歌》十首、《五禽言》五章，都属歌谣作品。"吾之五古诗，自谓凌跨千古。若七古诗，不过比白香山、吴梅村略高一筹，犹未出杜、韩范围。"[5]对个人写诗的能力自信满满，对救世报国的未来也自信满满。其1902年11月底《致梁启超》第五函回忆个人的心路历程道：

> 自吾少时，绝无求富贵之心，而颇有树勋名之念。游东西洋
> 十年，归以告诗五曰："已矣！吾所学屠龙之技，无所可用也。"

---

① 黄遵宪：《致梁启超函》，《黄遵宪全集》，北京：中华书局 2005 年版，第 429 页。
② 黄遵宪：《致梁启超函》，《黄遵宪全集》，北京：中华书局 2005 年版，第 429 页。
③ 黄遵宪：《致梁启超函》，《黄遵宪全集》，北京：中华书局 2005 年版，第 442 页。
④ 黄遵宪：《致梁启超函》，《黄遵宪全集》，北京：中华书局 2005 年版，第 438 页。
⑤ 黄遵宪：《致梁启超函》，《黄遵宪全集》，北京：中华书局 2005 年版，第 441 页。

盖其志在变法、在民权，谓非宰相不可，为宰相又必乘时之会，得君之专，而后可也。既而游欧洲，历南洋，又四五年归，见当道者之顽固如此，吾民之聋聩如此，又欲以先知先觉为己任，藉报纸以启发之，以拯救之。而伯严苦劝之作官，既而幸识公，则驰告伯严曰："吾所谓以言救世之责，今悉卸其肩于某君矣！"然自顾官卑职陋，又欲凭借政府一二人，或南北洋大臣以发摅之，又苦无其人。而吴季清又谓："与其假借他人之权，不如自入政府，自膺疆吏之为愈。"吾笑谢之。及戊戌新政，新机大动，吾又膺非常之知，遂欲捐其躯以报国矣！自是以来，愈益挫折，愈益艰危，而吾志乃益坚。盖蒿目时艰，横揽人材，有无佛称尊之想，益有舍我其谁之叹！

虽然，弃而不可留者，年也；流而不知所届者，时势也。再阅数年，加富尔变而为玛志尼，吾亦不敢知也。公忍待之。[1]

黄遵宪以为戊戌时期即欲以躯报国的志士，有朝一日成为革命军中的马前卒，也未可知。但个人健康没有再给黄遵宪"加富尔变而为玛志尼"的机会。1905年2月与梁启超的信中报告病肺情况，尚乐观估计"诚能善于摄养"，"不至遽患伤生"[2]的黄遵宪，在3月28日走到了生命的尽头。年五十八岁。前一年冬，黄遵宪有《病中纪梦述寄梁任父》三首，为梁启超在日本的安危担心，希望西方国家的国会与立宪早日出现于中国，也不枉自己以"遵宪"为名："以此名我名，苍苍果何意。人言廿世纪，无复容帝制。"（其二）也希望与梁启超共同唤醒睡狮："我惭嘉富洱，子慕玛志尼。与子平生

---

① 黄遵宪：《致梁启超函》，《黄遵宪全集》，北京：中华书局2005年版，第450页。
② 黄遵宪：《致梁启超函》，《黄遵宪全集》，北京：中华书局2005年版，第457页。

愿，终难偿所期。"（其三）^①烈士夙愿未偿，终成最后遗憾。

梁启超得黄遵宪逝世噩耗，于《饮冰室诗话》记其事："今日时局，遽失斯人，普天同恨，非特鄙人私痛云尔。吾友某君尝论先生云：有加富尔之才，乃仅予诗界辟一新国土，天乎？人乎？"^②梁启超、黄遵宪反复提到的加富尔、玛志尼与加里波第，是意大利统一运动中的三个人物。梁启超曾写作《意大利建国三杰传》，后又创作戏曲《新罗马传奇》，演绎建国三杰的故事，加富尔、玛志尼与加里波第便成为中国救国之士的楷模。梁启超认为：黄遵宪具有治事之才，在国人中能力超群，但可以报国者，区区著述文字而已，念此令人扼腕。黄遵宪在放归前后所写作的《支离》也表现出政治体制自相残杀与屠龙之技无所施用的遗憾："举鼎脱先绝，支离笑此声。穷途竟何世，余事作诗人。技悔屠龙拙，时惊叹蜡新。剖胸倾热血，恐化大千尘。"^③诗人思想深处也因为"余事作诗人"而有几分失落。

在晚清时代感到失落的何尝只有一个诗人？黄遵宪与梁启超的信中论曾国藩，曾有一段颇有见地的议论。黄遵宪认为，曾氏"生平所尤兢兢者，党援之祸，种族之争"。一生笃志守旧。然有二事甚奇：一是建长江水师，二是派留美学生。曾国藩在世时，"上有励精图治之名相，下多奉公守法之疆臣，固俨然一大帝国也"，故史有同治中兴之说。曾国藩去世后，格局大变矣。黄遵宪评曰："天之生文正，所以结前此名臣名儒之局者也。"^④在晚清的混乱格局中，位高如李鸿章、张之洞者，已失去曾国藩同治中兴、宜功宜业的时代。戊戌年前后的风云际会中，黄遵宪成为维新变法运动中重要人

---

① 黄遵宪：《人境庐诗草》卷十一，《黄遵宪全集》，北京：中华书局 2005 年版，第 441 页。

② 梁启超：《饮冰室诗话》，《梁启超全集》第三集，北京：中国人民大学出版社 2018 年版，第 260 页。

③ 黄遵宪：《人境庐诗草》，《黄遵宪全集》，北京：中华书局 2005 年版，第 151 页。

④ 黄遵宪：《致梁启超函》，《黄遵宪全集》，北京：中华书局 2005 年版，第 436 页。

物。但综合考量，黄遵宪留在文学史上的遗存，应该远远大于其留在政治史上的遗存。黄遵宪有充足地理由为"余事作诗人"感到庆幸。

作为诗人，黄遵宪能够随时代不断进步，有着超越流俗的眼光和批判现实的情怀。借用丘逢甲旧世界诗与新世界诗的说法，我们大致以1877年黄遵宪走出国门，出使日本作为旧、新世界诗的分界。在旧世界诗时代，黄遵宪对学术界流行的汉学、宋学，不盲从，不热衷。对俗儒尊古，日研故纸复古风气，保持批判的态度。在宗唐或宗宋，继承或脱化，古人或今人，性情或科举的挣扎中，喊出"识时贵知今，通情贵阅世"①、"我手写我口，古岂能拘牵"②的口号，已体现出同光诗坛难能可贵的"说当下话"，"写有我诗"的价值取向。在诗人的旧世界诗中，一边是"一恸失燕脂"③的香港，是"难除海大鱼"④的羊城，是"七万里戎来集此"⑤的天津；另一边是"古今昏不知，各各张空拳"⑥的科考大军，"学剑学书无一可，摩挲两鬓渐成丝"⑦的士大夫阶层，"彼此互是非，是非均一鄙。茫茫宇宙间，万事等儿戏"⑧的学界巨子。现实世界与学术世界的巨大反差，赋予黄遵宪的诗以批判的力量。形成黄遵宪诗的社会批判锋芒与传统。

---

① 黄遵宪：《人境庐诗草》卷一，《黄遵宪全集》，北京：中华书局2005年版，第71页。
② 黄遵宪：《人境庐诗草》卷一，《黄遵宪全集》，北京：中华书局2005年版，第75页。
③ 黄遵宪：《香港感怀十首》其十，《黄遵宪全集·人境庐诗草》卷二，北京：中华书局2005年版，第78页。
④ 黄遵宪：《羊城感赋六首》其六，《黄遵宪全集·人境庐诗草》卷二，北京：中华书局2005年版，第82页。
⑤ 黄遵宪：《和钟西耘庶常德祥津门感怀诗》其八，《黄遵宪全集·人境庐诗草》卷二，北京：中华书局2005年版，第88页。
⑥ 黄遵宪：《述怀再呈蔼人樵野丈》其一，《黄遵宪全集·人境庐诗草》卷二，北京：中华书局2005年版，第89页。
⑦ 黄遵宪：《三十初度》，《黄遵宪全集·人境庐诗草》卷三，北京：中华书局2005年版，第91页。
⑧ 黄遵宪：《杂感》其五，《黄遵宪全集·人境庐诗草》卷三，北京：中华书局2005年版，第75页。

新时代诗开始于1877年以后。作为中国第一代外交官员走出国门，西方的物质文明与精神文明可感可触，日本的明治维新，美国的两党选举，英国的宫廷奢华，法国的铁塔峻峥，新加坡的杂花相处，东西洋的时空变换，轮船电报的速度效率，都给黄遵宪带来激动与联想。激动的原因是世界在日趋新奇，联想的根源在中国如何迎头赶上："湖海归来气未除，忧天热血几时摅"①是《日本国志》初成时的感想。临渊羡鱼，故有忧天热血。"吾闻地球绕日日绕球，今夕英属遍五洲"②是伦敦大雾中的冥思。面对日不落帝国的霸业，国人将作如何感想？在英国宫廷的酒宴上，想到眼下已是"世人已识地球圆，更探增冰南北极"的时代，而中国尚在"堂堂大国称支那，文物久冠亚细亚……宋明诸儒骛虚论，徒诩汉大夸皇华"③的氛围之中，甚为忧虑。在莲菊桃"一瓶海水同供养"的新加坡，中国侨民的生存依然困难："他人殖民地，日见版图廓。华民三百万，反为丛驱雀。螟蛉不抚子，犬羊且无韏。比闻欧澳美，日将黄种虐。"④黄遵宪的新时代诗，所见所思均紧紧关联吾国吾民。境外的见识日新，吾国吾民的情结愈重；诗作意境词语趋新，对老大帝国的批判反省精神依旧。

黄遵宪1891年写作《人境庐诗草序》，将其早年的诗学主张重新概括为"诗之外有事，诗之中有人；今之世异于古，今之人亦何必与古人同"。诗外有事，诗中有人，成为黄遵宪新时代诗的目标。这一目标的实现，体现在性情之作中，也体现在纪事之作中。自《日本杂事诗》后，黄遵宪有意识

---

① 黄遵宪：《〈日本国志〉书成志感》，《黄遵宪全集·人境庐诗草》卷五，北京：中华书局2005年版，第116页。

② 黄遵宪：《伦敦大雾行》，《黄遵宪全集·人境庐诗草》卷六，北京：中华书局2005年版，第121页。

③ 黄遵宪：《感事三首》其三，《黄遵宪全集·人境庐诗草》卷六，北京：中华书局2005年版，第123页。

④ 黄遵宪：《番客篇》，《黄遵宪全集·人境庐诗草》卷三，北京：中华书局2005年版，第135页。

地写作纪事之作，为瞬息万变的时代及影响中国历史进程的重大事件，留此存照，留此清议，从而体现出维新时代士人特有的历史意识。《日本杂事诗》是黄遵宪有意为之的创新。《日本杂事诗》之后纪事之作，主要是与甲午战争、庚子事变有关的组诗。写甲午战争的诗，择取甲午中日陆战、海战的重要环节，还原其场景，针砭其将帅，痛心其恶果。写庚子事变的《天津纪乱》《京乱补述》《三哀诗》《聂将军歌》《群公》等诗，写天津京师战乱、哀慈禧光绪西狩，愤忠臣贤良屈死，字字有血，声声是泪，让人不忍卒读。黄遵宪纪事之作，多以古风形式，叙述与议论结合，沉郁顿挫。也有五、七律诗，大多为一诗题下数首，曲折往复，以表现复杂历史过程与情感。

1895 年之后，《人境庐诗草》卷五至八在朋友间流传，这是黄遵宪自诩为新派诗的作品，诗人黄遵宪为越来越多的人所知。戊戌政变后，从政梦碎，黄遵宪重新回到诗人的队列。1902 年，黄遵宪与新加坡诗人丘菽园谈及自己"别创诗界"的理想，有一段无比深情的话："思少日喜为诗，谬有别创诗界之论。然才力薄弱，终不克自践其言。譬之西半球新国，弟不过独立风雪中清教徒之一人耳。若华盛顿、哲非逊、富兰克林，不能不属望于诸君子也。诗虽小道，然欧洲诗人，出其鼓吹文明之笔，竟有左右世界之力。仆老且病，无能为役矣，执事其有意乎？"[①]黄遵宪对诗可以左右世界的表述，明显有梁启超文学界革命思想的影响。在梁启超"文学界革命"的鼓动下，少年时代即有"别创诗界"之志的黄遵宪成为诗界革命中"能以旧风格含新意境"代表性诗人，同时也身体力行于诗界革命，并为文界、小说界、戏曲界革命及中国复兴的大同世界鼓吹呐喊。钱仲联发现的诗人 1905 年去世前不久所写发表在《广益丛报》上的《侠客行》云：

忽而大笑冠缨绝，忽而大哭继以血。大笑者何为？笑我鼎镬

① 黄遵宪：《致丘菽园函》，《黄遵宪全集》，北京：中华书局 2005 年版，第 440 页。

甘如饴。大哭者何为？哭尔众生长沉苦海无已时。吁嗟！笑亦何奇，哭亦何奇，胸中块垒当告谁？平生胸吞路易十四十八九，挟山手段要为荆轲匕首张良椎。仗剑报仇不惜死，千辛万挫终不移。致命何从容，宁作可怜虫？岁寒知松柏，劲草扶颓风。君不见当今老学狂涛何轰轰，国魂消尽兵魂空。安得人人誓洒铁血红，拔出四亿同胞黑暗地狱中。①

钱先生据此诗立论，以为从"誓洒铁血红""拔出四亿同胞黑暗地狱中"的诗句中，"可以窥察到黄遵宪晚年政治思想逐渐演变到与当时民主革命派反清活动同步进行的脉搏"②。的确，这种歌哭无端、慷慨淋漓的诗风与稍后兴起的南社诗风何其相似？康有为1908年序《人境庐诗草》，以为黄遵宪诗"上感国变，中伤种族，下哀生民，博以环球之游历，浩渺肆恣，感激豪宕，情深而意远，益动于自然，而华严随现矣。公度岂诗人哉"！黄遵宪诗上承龚自珍，下开南社，庶几进入"前有古人，我为大宗；后有来者，我为初祖"的境界。当然，五四新文学运动引黄遵宪"我手写我口"以为同道，更是并不十分遥远的回响。

---

① 黄遵宪：《人境庐诗辑补》，《黄遵宪全集》，北京：中华书局2005年版，第227页。
② 张永芳辑：《黄遵宪研究资料选编》，香港：香港天马图书有限公司2002年版，第553页。

敝帚自珍（代跋）

在我国现存第一篇文学理论和文学批评的专论《典论·论文》中，曹丕引当时民间谚语"家有敝帚，享之千金"，用以表达东西虽然不好，但拥有者却十分珍惜的情感。当我把自己过去、现在写作的学术论文收辑结集，交中国大百科全书出版社出版时，所想到的最合适表达心情的词，就是"敝帚自珍"。

与中国大百科全书出版社结缘，是该社 2015 年启动编纂《中国大百科全书》第三版时，我被中国文学卷主编袁行霈先生选定为修订编写组成员，作为近代文学分支主编统筹中国近代文学有关词条的撰写与修订工作。《中国大百科全书》第三版的编纂工作在编写组专家与出版社同人的共同努力下进展顺利，我也通过学术互动与百科社结识，成为百科社的读者与作者。

2018 年，河南省设立"中原文化名家"专项资助项目，支持社科成果的出版。我申请到了该项目，并从此开始谋求将过去与现在的著述结集出版。于是便有了这次不自量力的"敝帚自珍"之举。此次整理出版 5 种著作，分别为《桐城派研究》《十九世纪中国文学思潮》《近代变革与文学转型》《中国百年学术与文学》《陈三立陈寅恪研究》。

《桐城派研究》，曾以《古典主义的终结：桐城派与"五四"新文学》为书名，1998 年由上海文艺出版社出版，此次为修订再版。1998年版有《后记》，简单记述此书写作缘起：1984 年我随导师任访秋先生参加在常熟举办的中国近代文学史料工作会议。主持会议的中国社科院文学所邓绍基研究员把桐城派研究资料的整理任务交予河南大学承担，会后我便在任访秋先生的指导下进行工作，同时我的硕士学位论文也就顺理成章地以中后期桐城派研究为题开展。1993 年申请国家社科基金项目时，我以"晚清旧派文学研究"为题申报成功，获得资助经费 8000 元。申报项目时，原计划将晚清桐城派、文选派、宋诗派、常州词派作总括性的描述，以窥知五四前夕旧派文学的生存状态。结果涉笔至桐城派，竟达 30 余万字。于是就以桐城派研究结项。此书的主要章节得到任访秋先生、赵明先生、刘增杰先生、栾星先生、樊骏先生、舒芜先生的指导帮助。这次准备再版时与上海文艺出版社联系，他们很专业也很大度，答应可以修订后由他们再版，也可由其他出版社出版。

《十九世纪中国文学思潮》，曾以《悲壮的沉落》为书名，1992 年由河南大学出版社出版，此次再版增补了部分内容。此书原为刘增杰先生 1988 年国家社科规划项目《19—20 世纪中国文学思潮史》五卷本的第一卷，主述 19 世纪中国文学思潮。五卷本因种种原因，最终未能在河南大学出版社出齐。刘增杰教授卧薪尝胆，多年之后，重集旧部，修改补充，于 2008 年在上海文艺出版社出版《中国近现代文学思潮史》，全书 87 万字。百科社对该书再版时，我将所写作的第一卷《悲壮的沉落》易名为《十九世纪中国文学思潮》。原书字数偏少，为保持各卷文字大致均衡，增补了本人后期所写作的多篇与该主题相关的论文，作为附录。

《近代变革与文学转型》，原名为《中国近代文学论集》，是我 2005 年自选五十岁以前的论文，为自己进入知天命之年的自贺，2006 年由中华书局出版，采用自己心中理想的竖排繁体形式。但我随即发现，竖排繁体，是会大大影响阅读效率的。就我自己的阅读来说，更愿意选择简体横排而非繁体竖排，遑论其他读者。集中的《柳亚子简论》是我在大学读本科时发表在《河南大学学报》上的第一篇文章。当时，河大中文系在本科生中提倡学术论文写作，此文是由我执笔成文，请任访秋先生指导的第一篇学术习作。《中国近代文学史绪论》是解志熙、袁凯声和我 1986 年共同完成写作的。当时任访秋先生约请国内专家，编写国内第一部《中国近代文学史》作为高校教材，我协助有关编写工作。《中国近代文学史》教材的《绪论》原来是任先生亲自撰写的，高屋建瓴，立论稳妥。而当时国内学术界正流行"新三论"，受其影响，刚满三十岁的我，约两个原没有参与教材编写的二十五岁的同门师弟解志熙、袁凯声，闭门一月，套用我们生吞活剥的理论，去解释中国近代文学的演进。完成后，由我拿给任先生看，已记不清当时是如何向先生表达的了。后来《中国近代文学史》1988 年由河南大学出版社出版时，换用了我们所写作的《绪论》。2008 年在任访秋先生去世八年后，我们在刘增杰先生的主持下编辑《任访秋文集》，我有机会看到先生《日记》中关于《中国近代文学史绪论》取舍的两处记载，初读任访秋先生《日记》中的文字，顿感汗流浃背、无地自容。从先生的《日记》中，读到二十年前我的莽撞和先生的大度。此集的旧文，记录了二十世纪八九十年代我的无知与青涩。

《中国百年学术与文学》，是我五十岁以后的论文集。此一阶段，我个人的学术兴趣，偏移于近代报刊史料与中国近代文学的关系研究，百年学术变革与百年文学发展的互动研究。我自 2014 年在中国近代文学学会兼任会长，也自然有一些事务和文字是为学会的工作鼓与呼。中国近代文学学会自 1988 年成立，我和很多学术界的朋友就在学会的聚合下，为学科的发展尽心尽力，学会是我们共同的家。

《陈三立陈寅恪研究》，是一本急就章。数年前，去九江师范学院参加学术会议，纪念陈宝箴、陈三立、陈寅恪祖孙三代。参会学者大部分论文是关于陈寅恪的，会上对陈寅恪"独立之精神、自由之思想"名言的争论演变为会议热点。我研究宋诗派，会议学术发言仅与陈三立有关。在会议评议环节，评议人因我在高校担任过党委书记，偏离我的发言主题，提出要我谈谈如何看待上述口号。会议上的临时答辩，我做到尽量不失礼貌而已。时任九江师院党委书记者，正是当年帮助在庐山植物所修建陈寅恪墓的有德之人。会议代表拜谒了陈寅恪墓，墓碑上镌刻的正是"独立之精神、自由之思想"十个大字。庐山的崇山峻岭、浩荡天风，对陈氏名言的理解，自然与我们凡夫俗子有很大不同。2020 年疫情期间，我用一年多的时间读书写作，试图对陈寅恪先生的精神做出自己的阐释，写作十余万字，结成此集。

《桐城派研究》《十九世纪中国文学思潮》《近代变革与文学转型》

三部，因注释繁简不一，此次出版特请郑学博士、和希林博士、陈云昊博士帮助，分别重新校核，统一注释，向他们深表感谢。同时，也对出版社编辑、校对人员的辛勤劳动，深表感谢。

2023 年 10 月于河南大学